Keri Arthur est née à Melbourne et vit toujours en Australie. Elle s'est mise à l'écriture quand elle avait douze ans pour réécrire un roman qu'elle venait de lire et dont la fin lui avait déplu. Elle n'a pas cessé depuis et a été publiée pour la première fois en 2000. Elle est l'auteur de nombreuses séries de bit-lit et celle consacrée à Riley Jenson remporte un succès mondial.

Du même auteur, chez Milady :

Riley Jenson :
1. *Pleine Lune*
2. *Le Baiser du mal*
3. *Tenter le diable*
4. *Jeu dangereux*
5. *Sombre Étreinte*

Keri Arthur

Jeu dangereux

Riley Jenson – 4

Traduit de l'anglais (Australie) par Lorène Lenoir

Milady

Milady est un label des éditions Bragelonne

1re édition : février 2011
2e tirage : septembre 2011

ISBN : 978-2-8112-0470-9

Bragelonne – Milady
60-62, rue d'Hauteville – 75010 Paris

E-mail : info@milady.fr
Site Internet : www.milady.fr

REMERCIEMENTS

Je voudrais remercier toute l'équipe de Bantam qui a rendu ce livre possible, en particulier mon éditrice, Anne, son assistant Joshua et ma relectrice, Madeline.

Je désirerais aussi remercier celle qui a rendu tout cela possible, mon agente, Miriam.

Ce livre est dédié à ma famille.

Chapitre premier

Je me tenais debout dans l'ombre, les yeux braqués sur le mort.

C'était une nuit glaciale et il pleuvait des cordes. L'eau dégoulinait le long du grand nez busqué du vampire, éclaboussant ses mâchoires carrées avant de rejoindre le torrent qui coulait sur son imperméable jaune. La flaque dans laquelle il se trouvait avait atteint la hauteur de ses chevilles et montait lentement le long de ses jambes poilues.

Comme la plupart des vampires récemment sortis de la tombe, il n'avait que la peau sur les os. Mais l'éclat rosé de celle-ci laissait deviner qu'il avait toujours mangé à sa faim, même si ses yeux pâles semblaient enfoncés dans leurs orbites… et tourmentés.

Cela n'était d'ailleurs pas surprenant. Hollywood et la littérature avaient tellement idéalisé le vampirisme que la plupart des humains semblaient penser qu'en devenant vampire, on obtenait immédiatement tout le pouvoir, le sexe et l'argent qu'on pouvait désirer. Ce n'était qu'en changeant réellement qu'ils se rendaient compte qu'être mort-vivant, ça n'était pas si rigolo que ça… et que la richesse, la luxure et la popularité étaient bien une possibilité, mais seulement si l'on survivait aux premières années durant lesquelles un vampire n'était qu'instinct et soif de sang. Bien sûr, si on survivait, on découvrait ensuite que la solitude éternelle – ne plus jamais sentir la caresse du soleil sur sa peau, ni le goût des aliments, devoir affronter la peur et la haine d'une grande partie de la population – faisait, elle aussi, partie de l'équation.

Ouais, d'accord, il existait des lois pour mettre un frein à la discrimination envers les vampires et autres non-humains, mais elles étaient récentes. Et même s'il y avait désormais des groupies à vampires, le phénomène était récent et ne concernait qu'une infime partie de la population. La haine et la peur des vampires étaient des sentiments ancestraux, et j'étais certaine qu'il faudrait des siècles pour qu'ils s'apaisent. S'ils s'apaisaient jamais.

Évidemment, les massacres sanglants tels que celui causé par le vampire que j'observais n'aidaient pas.

Douze personnes avaient été tuées le mois précédent, et nous étions à peu près certains que neuf d'entre elles avaient été victimes de ce vampire. Mais les différences entre le mode opératoire de ces meurtres-là et celui des trois autres donnaient à penser que nous avions un second tueur psychotique sur les bras. Il semblait évident qu'un vampire en proie à une soif de sang frénétique s'était nourri sur neuf des victimes. Alors que les trois autres avaient été ouvertes méticuleusement du cou à l'entrejambe avec un couteau et nettement vidées de leurs entrailles, une chose qu'un jeune vampire aurait été incapable de faire. Confronté à la possibilité de se nourrir, un vampire se nourrissait. Il n'y avait rien de net ou de méticuleux dans leur manière de faire.

En outre, les trois victimes du second tueur avaient le dos couvert de cicatrices à peine refermées, il leur manquait l'auriculaire à la main gauche et un sourire bizarrement satisfait flottait sur leurs lèvres figées par la mort. Celles qui tombaient, victimes de la faim dévorante d'un vampire, ne mouraient pas avec un tel sourire. Les âmes des neuf autres assassinées auraient probablement pu en témoigner.

Non que j'aie réellement envie qu'elles le fassent, loin de là. Ces derniers temps, j'avais eu mon content d'âmes arrachées à leur enveloppe corporelle. Je ne voulais pas que ça devienne une habitude.

Mais ces deux cinglés, en plus des patrouilles de gardiens habituelles, mettaient à l'épreuve les capacités du Directoire, et ça impliquait que tout le monde était prié de ne pas compter ses heures supplémentaires. C'était la raison pour laquelle Rhoan et moi étions de corvée par cette nuit pluvieuse après avoir passé la journée à chercher des indices à propos de celui que Jack – notre patron, le vampire qui dirigeait le département des gardiens au Directoire des Espèces Alternatives – appelait de façon charmante « le Couperet ».

Je laissai échapper un bâillement et m'appuyai contre le mur de béton qui longeait la petite allée où je me dissimulais. Ce mur appartenait à l'énorme complexe industriel qui occupait la plus grande partie du vieux West Footscray et me protégeait du plus gros des bourrasques de vent. Mais il ne pouvait rien contre cette foutue pluie.

Si ça dérangeait le vampire de se tenir dans une mare d'eau un soir d'orage, ça ne se voyait pas du tout. D'un autre côté, les morts ne prêtaient que rarement attention à ce genre de détails.

J'avais beau avoir du sang de vampire dans les veines, je n'étais pas morte et je détestais avoir les pieds mouillés.

L'hiver à Melbourne n'était jamais bien joyeux, mais, cette année-là, on avait eu tellement de pluie que je ne me souvenais même plus à quoi ressemblait le soleil. La plupart des loups ne craignaient pas le froid, mais je n'étais qu'une hybride et il me manquait visiblement ce gène-là. J'avais les pieds transis et ne sentais plus mes orteils. Tout ça alors que je portais deux épaisses paires de chaussettes en laine sous mes chaussures à semelle de caoutchouc ; qui donc n'étaient absolument pas étanches, contrairement aux promesses du fabricant.

J'aurais préféré mes talons aiguilles. Je n'aurais pas eu plus chaud, mais je me serais sentie plus à l'aise. Et puis, si le vampire m'avait vue, j'aurais pu me faire passer pour une pute désespérée. Mais Jack avait insisté : des talons hauts n'étaient pas compatibles avec mon travail.

De mon côté, j'étais persuadée qu'il avait un peu peur de mes chaussures. Pas tant à cause de leur couleur – en effet, souvent outrancière – que de leurs chouettes talons en bois. Or les vampires détestaient le bois.

Je relevai le col de ma veste en cuir et tentai de ne pas prêter attention aux gouttes d'eau glacée qui dégringolaient le long de mon échine. Ce dont j'avais vraiment besoin, plus que de chaussures correctes, c'était d'un bain chaud, d'une grande tasse de café et d'un bon hamburger. De préférence avec des oignons et du ketchup. Évidemment, dans cette espèce de ville fantôme faite d'entrepôts et d'usines obscures, c'était le genre de choses qu'il ne fallait pas espérer voir apparaître dans un futur immédiat.

Je repoussai une mèche dégoulinante de mes yeux et priai une énième fois pour que le vampire se décide à faire quelque chose. N'importe quoi.

Le suivre faisait peut-être partie de mon travail de gardienne, mais rien ne m'obligeait à apprécier cette tâche. Je n'avais pas vraiment eu le choix quand il s'était agi d'intégrer les rangs des gardiens, grâce aux quantités astronomiques de substances expérimentales que plusieurs cinglés m'avaient injectées à mon insu, et aux pouvoirs psychiques qui en avaient découlé. C'était soit devenir gardienne et rester au Directoire, soit rejoindre les autres malheureuses victimes de l'ARC1-23 dans un laboratoire de l'armée. Je ne tenais pas particulièrement à devenir gardienne, mais je refusais absolument de servir de cobaye aux militaires. Je préférais nettement savoir à quelle sauce j'allais être mangée.

Je me dandinai d'un pied sur l'autre. Il attendait quoi, le morceau de viande morte ? Il ne pouvait pas m'avoir détectée : j'étais assez loin pour qu'il ne puisse pas entendre le battement de mon cœur ou le sang qui coulait dans mes veines. Il n'avait pas regardé en arrière et ne pouvait donc m'avoir aperçue avec sa vision vampirique à infrarouges, et, en général, les suceurs de sang n'avaient pas l'odorat très développé.

Alors pour quelle raison restait-il planté dans une flaque d'eau au beau milieu de cette zone industrielle, l'air perdu ?

L'envie de le buter et d'en finir immédiatement me démangeait. Mais nous devions suivre ce bébé vampire jusqu'à chez lui pour voir s'il n'y avait pas de mauvaise surprise dans son nid. Comme les cadavres d'autres victimes... ou le vampire qui l'avait créé.

Il fallait bien avouer qu'il était inhabituel pour un vampire récemment créé de réussir neuf attaques sans être capturé ou tué. Pas sans aide, en tout cas.

Le vampire se décida enfin à émerger de son bain de pieds et descendit la rue légèrement en pente, ses talons frappant bruyamment le bitume fissuré. Les ténèbres flottaient autour de lui, mais il n'avait pas pris la peine de se camoufler complètement. Vu la blancheur de ses jambes et le jaune vif de son ciré, c'était pour le moins surprenant. Cela étant, nous nous trouvions vraiment au milieu de nulle part. Peut-être se croyait-il en sécurité.

Je sortis de l'allée et fus soufflée par une bourrasque de vent d'une telle force que je fus projetée latéralement sur quelques pas avant de pouvoir reprendre mon équilibre. Je traversai rapidement la rue et me fondis de nouveau dans l'obscurité. La pluie se mit à marteler mon dos et le ruisseau qui coulait le long de ma colonne vertébrale se transforma en torrent. J'avais plus froid que je ne l'aurais cru possible. Soudain, je renonçai au café et au sandwich et ne désirai plus qu'une seule chose : me réchauffer.

J'appuyai sur le petit interrupteur qui m'avait été greffé dans le lobe de l'oreille un peu plus de quatre mois auparavant. Il commandait à la fois un système de communication et un GPS. Jack avait non seulement insisté pour que je le garde, mais aussi pour que tous les gardiens s'en fassent implanter un. Il voulait être en mesure de suivre à la trace les mouvements de ses ouailles, même lorsqu'elles n'étaient pas en service.

Selon moi, ça puait le délire à la Big Brother, mais je comprenais son raisonnement. Les gardiens ne poussaient pas sur les arbres. Pas facile de trouver des vampires ayant autant de sens moral que d'instinct homicide. Raison pour laquelle le Directoire ne s'était pas encore complètement remis de la perte de onze gardiens dix mois auparavant.

L'un d'eux était une amie à moi et, certaines nuits, sa mort venait me hanter dans mon sommeil, même si la seule preuve que j'en avais vue était un peu de sable ensanglanté contenant son ADN. Comme pour la plupart des gardiens qui avaient disparu alors, on n'avait jamais retrouvé son corps.

Bien sûr, ces mesures de surveillance étaient arrivées trop tard pour ces onze-là, mais aussi pour un autre gardien : Gautier. Lui n'était pas mort, même si j'aurais été ravie du contraire. Quatre mois auparavant, il était encore le meilleur des gardiens du Directoire. Désormais, il s'était rebellé et son nom figurait en tête de la liste des criminels les plus recherchés par le Directoire. Jusqu'à aujourd'hui, il avait déjoué tous nos pièges et échappé à nos recherches. Ce qui signifiait qu'il était toujours dans le coin à attendre, observer et planifier sa revanche.

Sur moi.

J'eus soudain la chair de poule et, un bref instant, j'aurais pu jurer que son odeur putride chatouillait mes narines. Que cela soit le cas ou juste le fruit de mon imagination, le vent s'empressa d'entraîner cet effluve loin de moi.

Même si ce n'était pas réel, il s'agissait d'un avertissement : je devais faire preuve d'une extrême prudence. Gautier ne fonctionnait pas vraiment de la même manière que nous autres, les sains d'esprit. Pire, il aimait s'amuser avec sa proie.

Il appréciait de voir la peur et le désespoir l'envahir avant de l'achever.

Il me considérait peut-être comme une souris, mais il n'avait encore jamais eu l'occasion de jouer avec moi. Néanmoins, quelque chose me disait que c'était sur le point de changer.

Je fis la grimace et tentai de ne pas tenir compte de cette vision. Ma clairvoyance aurait pu avoir ses avantages si au moins elle avait été exploitable, avec des aperçus clairs des événements futurs, mais non, c'était visiblement trop demander. Au lieu de ça, j'avais seulement des prémonitions affreuses dont la signification précise m'échappait, ce qui était très frustrant. Et il était quasiment impossible d'apprendre à maîtriser un tel talent, même si Jack poussait ses agents à essayer quand même.

Ce flou disparaîtrait peut-être lorsque mon don serait mieux installé, mais on ne pouvait pas en être certain. Je savais que Gautier était en liberté quelque part. Je savais qu'il voulait ma peau. Je n'avais nul besoin d'avertissements imprécis et angoissants tous les deux jours à ce sujet.

Néanmoins, même si je savais que Gautier n'était probablement pas dans les environs immédiats cette nuit-là, je ne pus m'empêcher de promener un regard inquisiteur sur les zones d'ombre qui m'entouraient et murmurai :

— Mon très cher frère, je déteste ce foutu boulot.

Un rire chaleureux m'emplit l'oreille. Rien que de l'entendre, je me sentis mieux. Plus en sécurité.

— *C'est atroce, les nuits comme ça, pas vrai ?*

— Doux euphémisme, grommelai-je en jetant un regard au coin de la rue et en voyant le vampire prendre à gauche.

Je le suivis à pas furtifs en restant collée au mur, loin des flaques. Cela étant, vu l'état de mes pieds, ça n'aurait pas changé grand-chose.

— Et je te rappelle que je n'ai jamais signé pour le travail de nuit, renchéris-je.

Rhoan pouffa de rire.

— *Et moi, je me sens obligé de te faire remarquer qu'on ne t'a jamais rien fait signer, mais que tu as été recrutée de force. Tu peux donc râler tout ton saoul, ça ne fera pas la moindre différence.*

Il n'avait pas tort.

— Tu es où ?

— *Du côté ouest, près de l'ancienne fabrique de biscuits.*

Ce qui mettait le vampire exactement à mi-chemin entre lui et moi. Il était pris au piège. Avec un peu de chance, nous ne le perdrions pas.

Je ralentis en approchant du coin de la ruelle et coulai un regard prudent de l'autre côté du mur. Le vent me gifla la figure et j'eus l'impression que l'eau qui dégoulinait sur ma peau se transformait en glace. Le vampire s'était arrêté à l'autre bout du bâtiment et regardait autour de lui. Je me cachai précipitamment derrière le mur quand il tourna le regard vers moi, osant à peine respirer alors que le bon sens m'assurait qu'il ne pouvait pas m'avoir vue. Non seulement j'avais des gènes communs avec les vampires, mais j'en avais aussi certains talents, comme la capacité de me camoufler dans l'obscurité nocturne, la vision infrarouge et unc ahurissante vitesse.

Un grincement retentit dans la nuit. Je risquai un autre coup d'œil. Je ne vis qu'une porte métallique entrouverte : le vampire avait disparu.

Une invitation ou un piège ?

Je l'ignorais, mais je n'allais certainement pas prendre de risque. Pas toute seule, en tout cas.

— Rhoan, il est entré dans le bâtiment 4. L'entrée à l'arrière, sur la droite.

— *N'entre pas sans moi.*

— Je suis courageuse, mais je ne suis pas folle non plus.

Il gloussa encore. Je tournai dans la ruelle et m'approchai avec précaution de la porte. Le vent s'engouffra à l'intérieur et la fit claquer contre le mur de briques. Le fracas résonna dans la nuit avec un étrange écho de solitude.

Je me figeai et tentai de me concentrer sur les sons, mettant à contribution mes sens lycanthropes pour faire le tri entre d'éventuels bruits suspects et le hurlement de la tempête. Mais le vent soufflait si fort qu'il couvrait tout le reste.

Je ne sentais rien d'autre que l'odeur de la glace, des années et de l'abandon. Enfin, si de telles odeurs existaient et n'étaient pas seulement le fruit de mon imagination débordante…

Pourtant, une sensation de malaise me saisit. Je frottai mes bras gainés de cuir et espérai que mon frère ne tarderait pas à arriver.

— *OK*, dit enfin Rhoan dans mon oreille, me faisant sursauter. *Je suis de l'autre côté. La porte est fermée, mais il y a plusieurs fenêtres cassées. Je rentre.*

— Tu sens autre chose que notre vampire ?

— *Non.* (Il hésita.) *Et toi ?*

— Non. Mais il y a là-dedans quelque chose… ou quelqu'un de maléfique.

Il ne remit pas en question cette certitude. Au fil des années, mes intuitions nous avaient autant tirés de situations délicates qu'elles nous y avaient plongés. La seule différence, à présent, c'était que mon don de clairvoyance nous donnait une idée du type d'ennuis qui nous attendait au lieu de nous laisser les affronter à l'aveuglette.

Ce qui, j'imagine, en faisait quelque chose d'utile, en définitive, même si terriblement frustrant.

— *Utilise ton laser, alors*, décida-t-il. *Deux précautions valent mieux qu'une.*

Je sortis l'arme de la poche de ma veste. C'était le dernier cri en matière de technologie laser : une arme qui tenait dans la main, au rayon assez puissant pour traverser un épais mur de briques. Inutile de dire qu'elle avait un effet assez dévastateur sur la plupart des humains... et des non-humains, d'ailleurs.

— Jack nous fera la peau si on bute son vampire avant qu'il puisse l'interroger sur son créateur.

Le créateur avait en effet des responsabilités très strictes concernant les soins qu'il devait apporter à son bébé vampire et, en le laissant s'échapper, il avait signé son propre arrêt de mort.

— *Je préfère avoir à affronter sa colère que la mort de ma sœur.*

Je souris.

— Tu as surtout peur de devoir faire ta lessive tout seul.

— *Je peux convaincre Liander de laver mes fringues. Mais je ne pourrais pas vivre sans ton adorable bonne humeur matinale.*

— Je suis très agréable tant qu'on me donne du café avant tout, protestai-je. Et je ne compterais pas trop sur Liander pour faire ta lessive. Il avait l'air d'avoir une sacrée dent contre toi la dernière fois qu'on s'est parlé.

— *Ouais, eh bien, il n'a qu'à pas vouloir m'imposer des contraintes déraisonnables.*

— On n'a pas déjà discuté de tout ça il y a quatre mois ?

Je regardai rapidement à l'intérieur : rien, seulement l'obscurité. Je passai en vision infrarouge. Toujours rien : une pièce vide jonchée d'ordures.

— Je suis prête à entrer.

— *Moi aussi.* (Il hésita.) *Et, oui, nous avons déjà eu cette discussion.*

— Et alors, tu lui as parlé comme je te l'ai conseillé ?

— *À peu près, ouais.*

Ce qui signifiait qu'il avait adopté la solution de facilité : ne rien dire et bien le baiser à la place. Pas étonnant que Liander ait eu le sourire jusqu'aux oreilles le lendemain matin.

Et pas étonnant qu'il en soit toujours au même stade de frustration.

—Je peux te rappeler à quel point il est difficile de trouver un mec bien ?

—*Et moi, je peux te rappeler que tu es ici pour capturer un vampire et pas pour faire la leçon à ton grand frère qui a infiniment plus d'expérience que toi ?*

Je ne pus m'empêcher de sourire. Il était né à peine cinq minutes avant moi.

—J'y vais.

—*Pareil.*

Je me glissai à l'intérieur, à moitié courbée et dos au mur le temps de parcourir du regard mon environnement immédiat. C'était une grande pièce longée par une estrade. On aurait dit une baie de chargement, le genre où les camions venaient se garer en marche arrière et où les marchandises étaient stockées ou enlevées à l'aide de chariots. J'aperçus une paire de portes à double battant, l'une juste devant moi, l'autre à ma gauche. Cette dernière bougeait légèrement, signe certain que quelqu'un venait de la franchir.

Alors pourquoi la piste olfactive me menait-elle droit devant ?

Je n'en étais pas sûre, mais je n'allais pas me fier à des preuves visuelles, pas dans un endroit qui puait le piège comme celui-ci. Je continuai à longer le mur vers la droite, suivant l'odeur de mort le long de la rampe et franchissant la porte.

J'arrivai dans un long couloir percé de nombreuses portes. L'air dégageait une odeur de renfermé, de moisi, presque de pourriture. Comme si quelque chose se décomposait depuis un bon moment.

Je plissai le nez et espérai qu'il ne s'agissait que d'ordures et non de chair putride, malgré mon odorat de loup qui m'informait qu'au moins certaines des odeurs étaient d'origine organique.

Visiblement, le bébé vampire et, peut-être, son créateur avaient fait plus de victimes que nous le pensions.

Je continuai à avancer en ouvrant chaque porte et en tentant de ne pas me laisser submerger par les odeurs de plus en plus envahissantes de décomposition et de mort qui émergeaient de chacune de ces pièces. Ce bébé vamp ne pouvait pas travailler en solo, c'était évident. Il y avait au moins dix cadavres dans le coin, sans compter un assortiment de membres, têtes et autres organes éparpillés dans les différentes chambres. Même un vampire récemment sorti de la tombe en pleine soif de sang frénétique ne pouvait en consommer autant.

Je finis par atteindre une autre porte battante. L'odeur de mort était devenue irrespirable, ce qui signifiait que le bébé vampire se trouvait à proximité. Tout près. Genre de l'autre côté de la porte. Essayait-il de me tendre une embuscade ? Si c'était le cas, il aurait dû penser à prendre une douche avant. Son odeur corporelle le trahissait auprès de toute personne dotée d'un nez digne de ce nom.

Je reculai d'un pas et ouvris les portes d'un coup de pied. Les battants s'écrasèrent contre le mur et je plongeai dans l'embrasure, atterrissant souplement sur mes pieds et braquant mon laser sur le vampire dans un mouvement fluide.

Il était plus jeune que je le croyais : un adolescent, même pas un jeune adulte. De si près, les veines qui palpitaient sous sa peau, du bleu profond qui caractérisait les suceurs de sang bien nourris, étaient très visibles.

Il éclata d'un rire qui me fit frissonner. Pas tant parce que ce son grave était effrayant mais parce qu'il me rappelait quelqu'un.

Gautier.

Cela signifiait-il que notre gardien rebelle était le créateur de ce gamin ? En tout cas, ça expliquait pourquoi le Directoire était resté impuissant face à ces neuf meurtres.

J'eus à peine le temps d'y penser qu'une certitude courut comme une flammèche sur ma peau.

Il était ici. Gautier était ici.

Putain.

La terreur menaça de m'envahir mais je la réprimai sans pitié. Se laisser aller à la panique, ce serait entrer dans son jeu. Il aimait la peur. Il s'en nourrissait.

Mais je ne pouvais pas m'occuper de Gautier tout en gardant l'œil sur le bébé vampire. Il m'était déjà arrivé de combattre – et de vaincre – plus d'un vampire à la fois, mais Gautier était la plus impitoyable des machines à tuer formées par le Directoire. La seule fois où nous nous étions battus, il m'avait mis une raclée.

Je n'étais même pas sûre qu'à nous deux, Rhoan et moi, nous puissions le vaincre.

— Rhoan, nous avons un problème.

— *Ne me dis pas qu'on l'a perdu. Je n'ai pas envie de passer une autre nuit comme celle-ci.*

— J'ai le vampire dans mon champ de vision. Non, c'est un plus gros problème, qu'on a.

Plus gros et plus proche. Je fus parcourue d'un frisson, mais résistai à la tentation de regarder par-dessus mon épaule. Néanmoins, tous mes sens me disaient que l'obscurité avec laquelle Gautier se confondait s'éloignait du mur opposé et venait dans ma direction.

— *Comment ça, plus gros ?*

Je cédai à la tentation et regardai par-dessus mon épaule.

— Je sais que tu es là, Gautier.

J'eus à peine le temps de terminer ma phrase que le bébé vamp était sur moi, tel un tourbillon de bras, de jambes et de désespoir. Je reculai de quelques pas sous la violence de son attaque et réussis à glisser un bras entre nous. Ses crocs déchirèrent profondément ma paume au lieu de mon cou. Un éclair de douleur me parcourut tout le corps. Je poussai un sifflement de colère, mais c'était plus le bruit avide de succion que la douleur qui me fit sortir de mes gonds. Je n'avais nulle intention de servir de dernier repas à quelque vampire que ce soit. J'abattis lourdement mon poing sur sa tête, le frappant avec la crosse du pistolet laser de toutes mes forces. La puissance du coup l'arracha à ma chair et je le repoussai loin de moi avec un grognement d'effort. Il atterrit sur le dos et glissa sur plusieurs mètres, s'immobilisant non loin des pieds de Gautier, toujours camouflé.

— *Tue-le*, m'ordonna Rhoan. *C'est probablement Gautier son créateur, et, si ce n'est pas le cas, on s'en inquiétera plus tard.*

Je laissai échapper un soupir en espérant qu'il avait raison... sinon, Jack serait très contrarié. Je brandis donc mon laser et balayai le cou noueux du vampire d'un mouvement de gauche à droite, tranchant chairs et peau comme si ce n'était que du papier. Une odeur de chair grillée envahit l'atmosphère.

Mon estomac protesta mais je réussis à le maîtriser en me concentrant sur la présence toujours invisible de Gautier. Une présence qui me semblait encore plus obscure et menaçante que d'habitude, ce que je croyais impossible jusqu'à ce moment.

— Pas la peine de te cacher, Gautier. Je sais que tu es là. Ton horrible puanteur te trahit toujours.

Son ricanement résonna dans la nuit, un son rauque qui me fit grincer des dents. Il se dégagea du manteau d'ombre qui le dissimulait et s'approcha de moi d'une démarche nonchalante. Gautier était encore plus grand, maigre et noueux que le vampire qui gisait désormais au sol, et sa peau était tout aussi pâle. Mais, comme pour le bébé vampire, elle était loin d'être translucide : lui aussi avait l'aspect robuste d'un vampire qui se nourrissait bien, et souvent.

Je me souvins de l'odeur dans le couloir, des corps en décomposition et des morceaux de cadavres éparpillés dans les différentes pièces. Un frisson me parcourut. Apparemment, Gautier s'était libéré des contraintes du Directoire de bien des façons.

— *Je suis sur le palier du premier étage, à ta gauche*, dit Rhoan. *Dès qu'il entre dans mon champ de vision, on tire tous les deux.*

Ça me semblait un excellent plan. Jack voudrait probablement interroger ce pauvre malade pour découvrir à quels jeux macabres il s'était livré depuis son départ du Directoire, mais je me fichais totalement d'obéir aux ordres quand il s'agissait de Gautier.

Même si je doutais fortement qu'il nous laisserait aussi facilement lui mettre la main dessus.

Comme pour souligner le bien-fondé de cette pensée, il s'arrêta juste à côté du cadavre du bébé vampire, juste à la limite de la portée de mon laser et ricana de nouveau. Son gloussement me donna la chair de poule. Un Gautier content, ça n'était bon signe pour personne.

— Je ne te félicite pas d'avoir tué mon petit ami, me réprimanda-t-il d'un ton onctueux et moqueur. Tu ne sais pas que le Directoire préfère interroger les bébés vampires pour leur arracher le nom de leur créateur ?

— Nous savons tous deux qui est le créateur de celui-ci, Gautier, répliquai-je, mourant d'envie d'appuyer sur la détente de mon laser même si je savais que c'était inutile. Cela étant, je me demande vraiment pourquoi tu perdais ton temps avec un spécimen aussi pitoyable.

— C'est *vraiment* difficile de trouver de bons employés, de nos jours.

En particulier lorsque le patron était un psychopathe assoiffé de sang.

— Ton apparition ce soir signifie-t-elle que tu as recouvré tes esprits et décidé de te rendre ?

Il arqua un sourcil moqueur.

— Tu penses vraiment que je te faciliterais les choses à ce point ?

Bon, pas vraiment. Mais ça ne faisait pas de mal d'espérer. Un de ces jours, le destin finirait bien par m'envoyer un joli cadeau au lieu d'une patate chaude.

— Alors, à quoi tu joues, Gautier ?

— À un jeu dangereux. Aussi bien pour toi que pour le garçon si inventif qui a torturé ces trois autres femmes.

Un sentiment proche de la peur me picota la peau. Comment Gautier était-il au courant à propos des autres meurtres ? Y était-il mêlé ? Ce ne serait pas surprenant : après tout, qui se ressemble s'assemble, alors ce serait logique que Gautier fréquente d'autres petits salopards de psychopathes. Ce n'était pas précisément une lumière, même s'il était un tueur né entraîné dans ce but.

— Tu sais qui est derrière tout ça ?

— Bien sûr. Et j'ai beaucoup d'admiration pour ses méthodes.

Sans blague.

— *Je vais m'approcher par le flanc*, me prévint Rhoan. *Continue à le faire parler.*

— Gautier, as-tu oublié que le Directoire est spécialisé dans la capture des criminels non humains ? Que nous, les gardiens, sommes à la fois juge, jury et bourreau ? Nous allons démasquer celui qui se trouve derrière ces meurtres, et nous allons l'empêcher de nuire. (Je lui décochai un sourire carnassier qui était en grande partie du bluff. Gautier me fichait une frousse de tous les diables, je n'avais aucun problème pour l'admettre... Mais il était hors de question que je le lui montre.) Et, devine quoi, boule puante ? Tu as déjà été jugé et le verdict est : très, très coupable. Que tu y sois mêlé ou non, tu es un homme mort.

Son expression se figea légèrement et une aura menaçante tourbillonna autour de moi.

— C'est bon de voir que les événements récents n'ont pas réussi à te faire fermer ta grande gueule. C'est quelque chose dont j'ai toujours voulu me charger moi-même.

— Ouais, ouais, tu es le grand méchant vampire dont tout le monde a peur. On connaît la chanson. Allez, crache donc ce que tu es venu dire.

— Impatiente de se lancer dans le jeu. J'aime.

Il s'interrompit et leva le regard vers l'étage supérieur. À cet instant précis, je *sus* qu'il était au courant de la présence de Rhoan et mon cœur manqua un battement.

La situation était sur le point de violemment exploser.

— Mais d'abord, poursuivit-il de ce ton suave et mielleux, dis à ton coloc' que, s'il avance encore d'un pas, l'enfant mourra.

Oh, mon Dieu, oh, mon Dieu. L'enfant ? De quoi diable parlait Gautier ? Je me passai la langue sur les lèvres et tentai de maîtriser mes tripes tordues par la peur. C'était ce que cet enfoiré de psychopathe voulait, la peur, et je refusais de la lui donner aussi facilement.

— Qu'est-ce que tu racontes encore comme conneries, Gautier ? intervint Rhoan d'un ton brutal en sortant de l'ombre et en s'approchant de la rambarde.

Je fus contente de voir qu'il restait près d'une colonne porteuse. Cela lui ferait un abri si jamais Gautier sortait soudain une arme.

Après tout, il n'avait pas les mains derrière le dos pour rien. Gautier ne faisait jamais rien sans raison.

— Je parle de l'enfant suspendue au-dessus de nous.

— T'as pas plus usé, comme truc ? (Je l'avais d'ailleurs utilisé avec succès sur mon frère.) Je suis surprise que tu tombes aussi bas question créativité.

Il me gratifia de l'un de ses sourires impassibles.

— Oh, je n'ai rien contre les méthodes ancestrales. Mais j'aime aussi leur donner un tour un peu plus actuel. Par exemple, tu connais le jeu où tu dois choisir entre le contenu d'une boîte et de l'argent ?

Qu'est-ce qu'il me racontait, là ?

— Ta petite désertion t'a fait péter un câble ? Parce que ce que tu dis n'a absolument aucun sens.

— C'est très simple, vraiment. C'est juste une question de choix. Que désires-tu le plus : me capturer, ou sauver la vie de la gamine au-dessus de nous ?

— Quelle gamine ? demandai-je encore.

Je me tendis en le voyant lever la main, mais il se contenta de se pencher sur le côté et d'appuyer sur un interrupteur. Des plafonniers s'allumèrent en clignotant, creusant des puits de lumière dans les ténèbres qui emplissaient la pièce. Non qu'aucun de nous ait eu besoin de lumière. C'était juste pour l'effet.

— Putain, souffla Rhoan.

Je ne levai pas les yeux, même si ça me démangeait. C'était moi qui étais la plus proche de Gautier. C'était moi qui pourrais tenter quelque chose s'il bougeait d'un poil.

— Raconte-moi, dis-je à Rhoan sur un ton neutre.

— Il y a une petite fille pendue au-dessus de nous, avec une corde autour du cou. Elle est debout sur la pointe des pieds sur une fine planche.

— Morte ou vivante ?

Si elle était morte, j'allais foncer sur Gautier et le tuer, sans tenir compte de ce qu'il tenait toujours derrière son dos.

— Vivante. (Rhoan s'interrompit.) Tout juste. Son sang circule et j'entends un très faible battement de cœur.

Il était plus vampire que moi. Il avait besoin de boire du sang à la pleine lune et, de ce fait, percevait plus aisément les sons du corps humain. Mais la nouvelle que la petite était en vie ne fit rien pour apaiser la tension qui contractait mes membres. Bien au contraire, en fait.

Ce n'était pas parce qu'elle était encore vivante que Gautier avait l'intention que ça dure. Ou de nous laisser lui porter secours.

— Combien de temps continuera-t-il à battre ? Ça ne dépend que de vous. (Gautier montra sa seconde main, révélant enfin ce qu'il dissimulait dans son dos : un putain de gros fusil laser, plus gros que tout ce que j'avais vu jusque-là.) Un seul geste, Riley, et ton compagnon de meute est mort. Ceci est un fusil laser lourd, il traite la chair humaine de la même manière que le béton : avec un dédain absolu.

— Gautier, si tu as quelque chose à nous dire, dis-le, bordel de merde ! l'interrompit Rhoan.

Gautier sourit d'un air lascif. Il avait visiblement prévu tout ça bien en amont et n'allait certainement pas se hâter.

— Qu'est-ce que tu sais sur la pendaison ?

— Rien. Mais je serais ravie de faire des expérimentations sur toi.

C'était comme s'il ne m'avait pas entendue. Le grand Gautier s'était lancé dans une de ses tirades et il n'y avait pas moyen de l'arrêter. Et, j'avais beau vouloir secourir cette gamine, je croyais tout ce qu'il avait dit concernant son fusil laser.

Que ce soit pour une bonne ou une mauvaise cause, je n'accepterais jamais de sacrifier mon frère dans le vague espoir de capturer Gautier.

— Quand on pend quelqu'un sans hauteur de chute, comme c'est le cas pour la petiote au-dessus de nous, la mort finit par intervenir par strangulation. Ou, plus exactement, par asphyxie. La gamine s'est débattue pendant les une à trois minutes habituelles après suspension, puis est devenue comme vous la voyez maintenant. Néanmoins, il y a eu des cas de personnes réanimées avec succès après une demi-heure. (Il s'interrompit et jeta un regard à la montre à son poignet.) Ce qui vous laisse précisément dix-neuf minutes.

— Tu es un salaud, Gautier.

Je crachai cela avec un certain ressentiment qui le fit rigoler.

— Je croyais que c'était acquis.

— Et à quoi ça sert, toute cette comédie ? intervint Rhoan d'un ton égal, preuve qu'il était sur le point de vraiment s'énerver.

— Comme je l'ai dit, c'est juste une histoire de choix. (Il sourit avec l'air satisfait du chat qui sait que la souris lui appartient.) Choix numéro 1 : jouer mon jeu et sauver l'enfant. Choix numéro 2 : vous lancer à ma poursuite et la laisser mourir.

— Tu as oublié le choix numéro 3 : on te tue et on sauve la gamine.

— Parce qu'il n'existe pas. Si tu bouges, Rhoan meurt. S'il bouge, il meurt aussi. Quoi qu'il en soit, c'est moi qui gagne.

Parce qu'il savait que nous étions compagnons de meute. Il pensait peut-être que Rhoan était un loup devenu vampire, mais ça n'avait aucune importance. Il savait que la *vraie* mort d'un compagnon de meute pouvait laisser un loup sur le flanc des semaines, voire des mois durant. Surtout avec nous, étant donné que Rhoan n'était pas seulement mon compagnon de meute, mais aussi mon frère jumeau. Nous étions les deux moitiés d'un tout, et, pour être honnête, je n'étais même pas sûre que nous aurions simplement *envie* de vivre l'un sans l'autre. Nos vies étaient trop étroitement imbriquées.

Je croisai les bras. Ce qui signifiait que mon laser n'était plus braqué sur le monstre qui me faisait face et me rendait vulnérable, mais je n'avais pas peur qu'il me tire dessus. Loin de là. Il nous avait attirés là pour une raison, et ce n'était pas pour pouvoir nous tuer.

— À quel jeu veux-tu jouer, alors, Gautier ?

— J'espérais bien que tu ferais ce choix. Même si j'adore entendre la vie s'échapper d'un corps, ce jeu a un potentiel nettement plus excitant pour nous deux.

— Nom d'un chien, tu vas accoucher, oui ? s'écria Rhoan d'un ton exaspéré.

Le sourire de Gautier s'effaça. La sensation de menace qui flottait autour de moi devint soudain plus intense et mon front se couvrit de sueur.

— Jack a souvent vanté les exploits de Rhoan, et ceux qu'il attendait de toi, Riley, quand tu finirais par céder et que tu rejoindrais les rangs des gardiens. Alors je pense qu'il n'est que justice d'organiser un petit test pour voir qui de nous est le meilleur gardien. Et ce petit test, ce sera d'arrêter le fou qui se cache derrière cette récente série de meurtres.

— Je me sens obligée de te faire remarquer que, un, tu n'es plus un gardien, et deux, tu as déjà dit que tu savais de qui il s'agissait. Ça te donne un sacré avantage, pas vrai ?

Il me sourit de toutes ses dents.

— Je n'ai jamais dit que le jeu serait facile pour vous.

Et il n'hésiterait pas à le rendre encore plus difficile, si l'on devait en juger à l'étincelle de malveillance qui animait son regard. Non que ce soit surprenant.

— Alors tu veux qu'on joue à ton petit jeu et qu'on traque le Couperet. Qu'est-ce qu'il y a à gagner, en dehors de son exécution ?

— Eh bien, vous aurez la satisfaction de m'avoir battu.

— Trop cool.

Il acquiesça.

— Et, bien sûr, je quitterai l'État.

Et moi, il allait me pousser des ailes et je me mettrais à voler.

— Et si tu gagnes ?

— Alors on commencera une nouvelle partie. Avec moi qui te traque, toi et tous ceux qui te sont chers, et toi qui fais ton possible pour survivre.

Ce qui était précisément ce qu'il m'avait promis quatre mois auparavant.

— Je ne peux pas parler pour Rhoan, mais, si tu pars immédiatement, j'accepte le défi.

Ça valait le coup, rien que pour sauver la gamine.

— Pars maintenant, et je l'accepte aussi, siffla Rhoan d'un air venimeux.

Gautier eut un petit sourire.

— J'étais certain que vous verriez les choses de la même manière que moi. On se retrouve sur le champ de bataille.

Il nous salua de son pistolet laser.

Puis tira et fit exploser la planchette sous les pieds de la petite fille.

Chapitre 2

— Non ! hurlai-je en évitant les débris de la planche.

Le rire de Gautier résonna dans les couloirs alors qu'il disparaissait dans les ténèbres.

Je regardai pour la première fois vers le haut et vis le petit corps qui se balançait au-dessus de moi, ses pieds nus pleins de crasse, ses minuscules orteils à l'aspect si fragile. Ce n'était pas une adolescente, comme je le croyais pour une raison indéterminée, mais une toute petite fille, presque un bébé.

Salopard. Putain d'enfoiré de salopard.

— Rhoan, tu peux tirer sur la corde de là où tu es ?

— Oui. Prépare-toi à l'attraper.

Je fourrai mon laser dans ma poche et me positionnai sous la petite.

— Prête.

Un rayon bleuté transperça l'obscurité et coupa net la corde avant de faire exploser la fenêtre qui se trouvait en hauteur derrière moi. Une pluie d'échardes de verre acéré me tomba sur la tête. J'attrapai la gamine avec un grognement et son petit bras inerte vint me frapper le nez lorsque je me courbai dans l'espoir de la protéger des morceaux de verre.

Des éclats aiguisés comme des rasoirs s'abattirent sur mon dos, rebondissant sur mon manteau de cuir. J'attendis que l'averse mortelle soit complètement terminée avant de déposer délicatement la petite fille au sol.

Elle était toujours vivante : je sentis son pouls palpiter légèrement sous mes doigts. Mais bon sang qu'elle était petite, et fragile… et froide, aussi.

J'entendis un bruit étouffé, puis des pas qui s'approchaient. Je levai les yeux mais mes larmes m'empêchèrent de voir vraiment Rhoan arriver vers moi.

— Je m'occupe d'elle, lui dis-je. Toi, cours après Gautier.

— Reste prudente, m'enjoignit-il d'une voix vibrant de la même colère que j'essayais à grand-peine de réprimer, il peut tout à fait avoir créé d'autres bébés vamps. Peut-être traînent-ils encore dans le coin.

Si c'était le cas, je ne percevais pas leur présence. Mais j'acquiesçai néanmoins et, alors que Rhoan s'éloignait en courant, je regardai de nouveau la gamine et remarquai que ses lèvres avaient pris une nuance bleutée. C'était probablement dû à l'asphyxie ou à la perte de sang, vraisemblablement une combinaison des deux, en particulier si on devait en juger par les marques de morsure sur sa gorge. Il allait falloir que de l'aide arrive rapidement si on voulait qu'elle s'en sorte. J'ôtai mon manteau puis mon pull, et en emmaillotai le corps de la petite. Ce n'était pas grand-chose, mais c'était toujours mieux que la chemise de nuit légère dont elle était vêtue. Puis je sortis mon téléphone de ma poche et appelai les secours : la meilleure chose à faire si je voulais que la gamine s'en sorte. Peut-être même la seule.

Cinq minutes, me dirent-ils.

J'espérai que ce serait supportable pour la petite fille.

J'écartai délicatement une mèche de cheveux bruns tout emmêlés de son visage et sentis à quel point sa joue était glacée en contraste avec mes doigts tièdes. Bon Dieu, comment se faisait-il que personne n'ait signalé un enlèvement d'enfant au Directoire ? D'habitude, les services de police transmettaient tous les dossiers concernant ce genre de disparitions ou de kidnappings parce que les vampires solitaires s'attaquaient souvent aux plus jeunes et aux personnes vulnérables. La grande majorité de ces rapports n'avaient rien à voir avec les vampires, bien sûr, mais le Directoire vérifiait toujours, des fois que ce soit l'une des rares occasions où c'était le cas.

Mais peut-être que l'enlèvement ne remontait pas à très longtemps. Peut-être même que les pauvres parents ne s'étaient pas encore rendu compte de la disparition de leur fille.

Mon Dieu, quelle atroce manière de commencer la journée : un agent de police sur le pas de votre porte, vous annonçant que votre bébé a été enlevé et assassiné.

Je me mordis la lèvre et retins une nouvelle bouffée de rage et de larmes. Je savais au fond de moi qu'elle n'était pas seulement due à l'horreur de la situation, mais aussi au fait que je ne pouvais pas avoir d'enfant. Jamais je ne sentirais la vie croître en moi. Mes gènes de vampire avaient pris l'ascendant sur ceux de loup-garou en ce qui concernait ma fertilité, et j'étais devenue l'équivalent d'une mule : pas seulement stérile, mais aussi dotée d'un utérus dans lequel la vie ne pouvait pas se développer. Bien sûr, je pourrais toujours devenir mère en faisant appel à une mère porteuse, étant donné que les quelques ovules que j'avais fait conserver avaient été testés et semblaient viables. Mais c'était justement une option que j'aurais voulu éviter.

Évidemment, mon corps faisait toujours l'objet d'une guerre sans merci et il était impossible de savoir de quelle manière mes gènes de vampire allaient encore modifier mon avenir. Sans compter un autre petit supplément d'incertitude : la substance ARC1-23 qui courait dans mes veines en modifiant ma structure cellulaire.

—Je n'ai pas pu retrouver Gautier.

La voix de Rhoan retentit dans l'obscurité, me faisant sursauter. J'avais été trop absorbée dans mes tentatives de sauver la petite fille et c'était une erreur qui aurait pu nous coûter la vie à toutes les deux si Gautier avait décidé de revenir sur ses pas.

Rhoan arriva près de moi et enleva son blouson avant de me le tendre. J'en recouvris la gamine. Sa peau ne me semblait pas plus chaude, malgré les épaisseurs de manteau et de pull dans lesquelles je l'avais emmitouflée. Peut-être avait-elle perdu trop de sang.

— Pourquoi a-t-il fait ça ? s'interrogea Rhoan d'une voix douce. À quoi ça sert ?

J'essuyai une larme sur ma joue et levai le regard vers lui.

— Gautier est un psychopathe. Ses actions ne répondent à aucune logique.

— Ce n'est pas un psychopathe ordinaire, et il ne fait jamais rien sans raison.

— Le plaisir de tuer lui suffit, comme raison.

— Et pourtant il n'a pas tué cette petite. Elle ne représentait pas sa seule porte de sortie : Gautier a bien assez confiance en ses capacités pour penser qu'il nous aurait de toute façon échappé sans encombre. (Il désigna la gamine d'un signe du menton.) Il nous a laissé la sauver alors que ça lui aurait plus ressemblé de nous faire miroiter l'espoir juste avant de le faire voler en éclats. Il y a autre chose.

Je fronçai les sourcils.

— Mais c'est aussi dans sa nature de vouloir prouver qu'il est meilleur que tout le monde. Pourquoi ça ne serait pas le cas ici ? Il faut vraiment que ça cache autre chose ?

— Gautier est un tueur. Ça ne répond à aucune logique pour lui de nous attirer ici, de nous proposer ce « jeu » puis de nous laisser sauver la vie de la petite.

Ce qui n'était pas encore gagné. Je changeai de position et lançai un regard à ma montre. Encore deux minutes avant l'arrivée de l'ambulance. Bon Dieu, pourvu qu'elle se dépêche. L'air ambiant me parut soudain plus froid et il me sembla voir la mort s'agiter dans les ténèbres. Une mort réelle et définitive, pas le genre de mort qui se baladait sous forme de vampire.

— S'il ne joue pas vraiment, qu'est-ce qu'il veut, à ton avis ?

— Oh, je pense qu'il veut jouer. Mais je crois que c'est aussi une manière de détourner l'attention.

— Il dit connaître le véritable assassin.

— Quant à savoir s'il dit vrai…

— Ça ne ressemblait pas à un mensonge.

— Certes. Mais tu arrives à imaginer Gautier laissant un autre psychopathe que lui s'ébattre dans ce qu'il considère comme son territoire ?

— Ouais, c'est pas faux. Il n'est pas vraiment du genre à partager.

— Exactement. Alors quel est son véritable but ?

— Tant qu'on ne l'aura pas capturé, c'est une question qui restera sans réponse.

Et qui était passablement inquiétante. Rhoan se tourna légèrement, le regard braqué sur la porte par laquelle j'étais entrée. Il sentait sans doute l'odeur d'ordures et de mort, même si elle était loin d'être aussi forte que dans le couloir.

— Jack est arrivé, dit-il.

Et, heureusement, il n'était pas seul. Je m'écartai pour laisser les ambulanciers s'occuper de la petite fille, restant quelques secondes pour voir si elle était toujours vivante avant de me détourner et de m'éloigner vers l'escalier. Jack s'était accroupi à côté du jeune vampire que j'avais tué.

Je m'immobilisai près de lui et fis mon possible pour ne pas remarquer l'odeur de mort. Je n'avais aucun remords d'avoir tué le bébé vamp, pas après l'avoir traqué aussi longtemps. Pas après avoir dû affronter les conséquences de sa soif de sang frénétique et de celle de son maître.

Jack leva les yeux vers moi.

— As-tu pu lire dans ses pensées avant de le tuer ?

Je secouai la tête.

— Pas besoin. C'était Gautier, son créateur.

— Si tu n'as pas exploré son esprit, comment peux-tu en être certaine ?

— Parce que Gautier lui-même l'a confirmé.

— Il était ici ? Et vous l'avez laissé s'échapper ?

Sa voix vibrait de colère et je l'interrompis d'une main levée.

— On ne l'a pas laissé faire quoi que ce soit. On avait le choix entre prendre une vie ou en sauver une. On a préféré la seconde option.

— Et c'était le mauvais choix, marmonna-t-il en regardant par-dessus son épaule. Ton cœur sensible finira par causer ta perte, Riley.

— Sauver un enfant, ce n'est jamais le mauvais choix, Jack. Et je n'aurais pas supporté de vivre si j'avais fait le contraire.

— Mais, en sauvant cette vie, ce sont plusieurs autres vies que tu as mises en danger.

Il essayait visiblement de me faire culpabiliser et, d'une certaine manière, y parvenait. Il n'avait pas tort : il était probable que d'autres personnes perdent la vie à cause du choix que nous avions fait ce soir. Mais enfin, quelle autre décision aurais-je pu prendre ? Aucune, pas si je tenais à ma santé mentale et à mon âme, en tout cas. C'était certainement une bonne chose de sauver une si jeune vie, quelles qu'en soient les conséquences.

Mais je n'avais aucun doute sur le fait que Jack ne serait pas d'accord avec cette théorie. Même si c'était un gars plutôt sympa, c'était avant tout un vampire, et ces gens-là avaient des notions un peu étranges concernant la valeur de la vie.

— Nous avons néanmoins eu l'occasion de discuter un peu avec l'autre pervers, fis-je remarquer en me frottant les bras pour me réchauffer. (Il faisait tellement froid dans le hangar que j'avais l'impression d'être nue.) Il dit savoir qui est le Couperet.

Jack haussa un sourcil.

—Et il vous en a dit plus à ce sujet ?

—Non, intervint Rhoan en arrivant près de moi. Mais il nous a proposé de participer à un concours.

—Quel genre de concours ?

—Un petit jeu : le premier à démasquer et neutraliser le tueur a gagné.

Jack eut l'air étonné.

—Gautier se rend bien compte qu'il n'est plus gardien, n'est-ce pas ?

—Oh que oui, marmonnai-je d'un air ironique. Et tu verras qu'il semble sacrément apprécier la situation si tu jettes un coup d'œil dans les pièces qui se trouvent à l'arrière.

—Alors, pour quelle raison voudrait-il conclure un tel marché ? Surtout lorsque ça bénéficiera plus au Directoire qu'à lui ?

—Peut-être qu'il ne veut qu'avoir la satisfaction de savoir qu'il est meilleur que nous, suggérai-je en haussant les épaules. Il nous a dit que tu passais ton temps à t'extasier sur les talents de Rhoan, et sur ceux dont je ferais preuve en tant que gardienne. Il veut nous prouver, et se prouver à lui-même, que tu te trompais.

—Ouais, bien sûr, commenta Jack d'un air de dérision. Tu y crois vraiment ?

—Pas le moins du monde. Peut-être qu'il connaît effectivement l'identité du tueur, mais je crains que ses raisons de nous proposer ce défi soient beaucoup moins avouables. Gautier est un assassin, et ça fait un bon moment qu'il est convaincu de sa propre supériorité. Il n'a pas besoin d'un concours pour s'en assurer. Il n'en a jamais eu besoin.

—Exactement. Ce qui signifie que nous devons absolument le tuer avant que son plan, quel qu'il soit, puisse aboutir.

Comme si nous n'avions pas fait tout ce qui était en notre pouvoir pour ça tous ces derniers mois… Gautier était le meilleur gardien jamais formé dans les rangs du Directoire : espérer que des gardiens moins doués ou débutants réussiraient à le trouver et à l'exécuter appartenait au domaine de l'irrationnel.

— Gautier n'est pas idiot, commentai-je. Il sait que sa tête est mise à prix. Il ne va certainement pas constituer une cible facile.

— Non. Mais si l'un d'entre vous a l'occasion de le tuer, je veux que vous la saisissiez. (Il nous dévisagea d'un air sombre.) Même si quelqu'un se trouve sur votre chemin.

Rhoan acquiesça. Je restai silencieuse. Sur l'échelle de ce que je pouvais supporter en tant que gardienne, tuer un bébé vamp me donnait un peu la nausée, mais c'était acceptable. Tuer un innocent qui se retrouverait entre Gautier et moi, c'était *totalement* différent. J'avais déjà tué, rien ne servait de le nier, mais chaque fois c'était de la légitime défense, soit la mienne, soit celle de ma meute… en l'occurrence, Rhoan.

J'imagine qu'on aurait pu dire que le fait d'avoir fait sauter la cervelle de Davern relevait plus du meurtre de sang-froid que de la légitime défense, mais après tout il avait torturé mon frère et se trouvait être le cerveau de l'opération de clonages et d'hybridations qui avait fait nombre de victimes. Sans compter le fait que c'était à cause de lui qu'on m'avait injecté de l'ARC1-23 dans l'organisme.

Quand on joue avec le feu, il ne faut pas s'étonner de se brûler, répétait souvent ma mère. Eh bien, Davern avait un peu trop joué avec mon frère et moi, et il avait fini par en subir les conséquences.

— Riley ? Tu as entendu ce que je disais ?

Je regardai Jack.

— J'ai entendu.

— Et ?

— Et je refuse de tuer de sang-froid pour toi, Jack.

— Même s'il s'agit de Gautier ?

— Je tuerai Gautier dès que j'en aurai l'occasion. Mais je ne mettrai pas en péril la vie d'autres personnes pour arriver jusqu'à lui.

— Tu cherches toujours à éviter l'inévitable, on dirait.

— Ravie que ça t'amuse autant.

Il ricana doucement.

— Allez, rentrez donc chez vous pour vous réchauffer, d'accord ? Je vous attends pour votre rapport à 9 heures. On verra ce qu'il faut faire à ce moment-là.

Rhoan fit volte-face et se dirigea vers la porte. Quant à moi, j'allai vérifier comment se portait la gamine. Elle était toujours très pâle et l'équipe médicale qui s'occupait d'elle ne chômait pas. La peur me fit dresser les poils de l'échine. La mort semblait flotter dans l'air et, au fond de moi, je savais que si j'essayais d'envoyer une sonde psychique, je sentirais le sort promis à la petite… et la Faucheuse qui patientait dans les ténèbres.

J'eus un frisson et me détournai de la scène. Il y avait encore de l'espoir. Il fallait que je m'en convainque.

L'un des infirmiers leva la tête vers moi et me lança les manteaux et le pull.

— Attrapez le salopard qui a fait ça, me dit-il.

— Promis, assurai-je.

Je ne pouvais rien faire ou dire d'autre. À part traquer Gautier et lui faire sauter sa cervelle puante.

Je rattrapai Rhoan, lui rendis son blouson et enfilai mon manteau. Dès que nous sortîmes de l'entrepôt, une bourrasque de vent glacé nous frappa si violemment que j'en eus le souffle coupé. Rhoan m'entoura les épaules de son bras et me serra contre lui pour partager sa chaleur corporelle avec moi et lutter contre les trombes d'eau qui nous dégringolaient dessus.

Malheureusement, ni lui ni moi n'avions de voiture dans les environs, tout simplement parce que les bébés vamps ne circulaient pas en voiture. J'ignorais pourquoi, mais je supposais que c'était à cause de l'afflux de nouvelles sensations qui envahissait les vampires récemment transformés. Il devait être difficile de se concentrer sur une tâche aussi banale que la conduite quand le monde se muait en un immense terrain de jeu où régnaient la soif de sang et la luxure et où gambadaient des milliers de proies faciles.

Mais ça signifiait que, vu que les vamps se déplaçaient à pied, nous aussi, nous y étions contraints. Cela étant, je n'avais pas de voiture : je n'avais toujours pas remplacé celle que j'avais détruite contre un arbre plusieurs mois auparavant. Mais Rhoan, lui, en avait une, et j'aurais beaucoup apprécié de monter dans sa vieille Ford et de rouler vers la chaleur et la sécurité de notre maison.

Heureusement pour mon corps qui se transformait lentement en glaçon, nous finîmes par trouver un taxi.

— Rentre, proposa Rhoan quand le taxi s'arrêta devant la porte de notre immeuble. J'ai envie d'aller me détendre quelques heures au *Blue Moon*.

Le *Blue Moon* était l'un des cinq clubs de loups-garous de Melbourne, et celui que Rhoan et moi aimions le plus fréquenter. J'examinai mon frère un moment, puis remarquai :

— Tu pourrais aussi appeler Liander.

— Bon sang, Riley, je n'ai pas besoin que tu me fasses la leçon. Pas maintenant. J'ai juste envie d'évacuer un peu la pression, et c'est bien ce que j'ai l'intention de faire.

Liander aurait été ravi d'aider mon frère à évacuer toute la pression dont il avait besoin, et nous le savions tous les deux. Je me demandai une nouvelle fois pour quelle raison il était si réticent à s'engager de manière sérieuse dans sa relation avec Liander… mais la lueur de colère qui faisait étinceler ses yeux gris me fit deviner que ce n'était pas le bon moment pour une telle discussion.

Il devait pourtant prendre conscience qu'il était en train de courir le risque de perdre celui qui était probablement son âme sœur. Il fallait bien que ce soit ça : personne d'autre qu'une âme sœur n'aurait pu supporter les conneries de Rhoan, ces derniers temps.

— Fais attention à toi, me contentai-je de dire.

Je me penchai vers lui et l'embrassai avant de descendre du taxi.

Il m'adressa un signe de la main et la voiture s'éloigna. Avec un sourire, je gravis les marches qui menaient à la porte de notre immeuble.

Le fait que nous habitions toujours là ne réjouissait pas Jack. Après les premières menaces de Gautier, il avait insisté pour que nous emménagions dans un immeuble mieux protégé. Sauf que ça n'avait nullement arrêté Gautier. J'ignorais de quelle manière il s'était introduit dans notre appartement, étant donné qu'en théorie les vampires ne pouvaient franchir un seuil sans y avoir été invités, mais il nous avait laissé une rose ensanglantée et un simple message :

> « La mise à mort est meilleure quand on apprécie tout ce qui la précède. La vraie traque n'a pas encore commencé. »

À la suite de cet épisode, nous étions rentrés chez nous. Ce qui ne signifiait pas que nous relâchions la garde, mais nous avions bien compris le message de Gautier : il pouvait nous tomber dessus n'importe où, n'importe quand, il était donc inutile de nous cacher.

Je poussai l'antique porte vitrée en bois à l'entrée de l'immeuble et commençai à gravir l'escalier. Le vieux bâtiment en briques était autrefois un entrepôt, mais cela faisait au moins cinquante ans qu'on l'avait transformé en immeuble d'habitation. Et même si les appartements avaient autant vieilli que tout le reste du quartier de Sunshine, nous étions proches du centre-ville et des transports en commun, et notre logement était plus vaste que n'importe quel appartement moderne. Sans parler du fait que ce n'était pas cher.

Certes, la vieille pie à qui appartenait l'immeuble détestait tous les non-humains sans distinction, mais la discrimination était illégale. Pourtant, ça ne signifiait pas qu'elle devait nous accepter en tant que locataires : les humains trouvaient toujours des manières de contourner la loi s'ils le voulaient. Mais la présence de loups-garous éloignait les rats. Et, dans ce quartier infesté par la vermine, c'était une bonne chose.

J'ignorais d'ailleurs la raison pour laquelle ces petits salopards au regard vicieux nous détestaient tant. Ce n'était certainement pas parce que nous avions l'habitude de les manger. Leur goût était aussi horrible que leur apparence.

Rhoan et moi habitions au cinquième et dernier étage, et il n'y avait pas d'ascenseur, seulement cet escalier. Je le montai en courant – la seule forme de sport que je faisais en dehors des entraînements qu'on nous imposait au Directoire –, poussai la porte palière et remontai le couloir en direction de la porte de notre appartement. Je dois admettre que je n'avais pas vraiment la tête à surveiller mes arrières à ce moment-là. Tout ce dont j'avais envie, c'était de rentrer chez moi, de prendre une bonne douche bien chaude suivie de quelques litres de café aromatisé à la noisette. Le tout accompagné d'un gros morceau de mon chocolat préféré : celui « à la forêt-noire ».

L'un des nombreux avantages de la lycanthropie, c'était notre métabolisme extrêmement efficace : on pouvait manger ce qu'on voulait, on ne grossissait jamais.

J'ouvris la porte, me débarrassai de mon manteau, lançai les clés sur la table du téléphone et commençai à me déshabiller en me dirigeant vers la salle de bains.

Un petit rire résonna dans le silence.

Mon cœur s'arrêta de battre et, pendant la plus terrible des secondes, je crus avoir commis une erreur qui allait me coûter la vie. Puis je reconnus la voix et mon cœur se remit à battre avec une étrange petite cabriole. Je ne pus m'empêcher de sourire en me retournant.

Quinn O'Conor, vampire millénaire, homme d'affaires milliardaire, et l'un de mes deux amants permanents, était debout près de la fenêtre, les bras croisés, négligemment appuyé contre l'un des panneaux vitrés qui soulignaient le mur extérieur de notre salon.

Et comme habillement de fenêtre, on n'aurait pas pu rêver mieux.

Ce soir-là, il portait une chemise bleu marine qui mettait en valeur ses larges épaules et un jean brut qui attirait le regard sur ses longues jambes musclées. Sa chevelure, qu'il avait coupée après une période où elle lui arrivait aux épaules, était sombre comme la nuit et si épaisse que l'envie d'y passer les doigts me démangea. Contrairement à la plupart de ses semblables, il pouvait supporter une exposition prolongée au soleil, et son teint n'avait donc pas la pâleur qu'on associait généralement aux vampires, loin de là : sa peau était hâlée, presque dorée. Dire qu'il était beau aurait été un doux euphémisme. J'étais prête à parier que même un ange aurait été jaloux de son apparence ; néanmoins, il n'était pas le moins du monde efféminé.

Mais c'était son regard d'obsidienne qui me fascinait le plus. Et, à cet instant précis, il était empli d'un désir qui me fit instantanément oublier les frissons qui m'agitaient. Et, comme chaque fois que je croisais son regard, quelque chose passa entre nous, une sensation qui fit accélérer mon cœur et me donna la chair de poule. C'était une sensation présente depuis la première fois où nous nous étions rencontrés, et elle semblait croître avec les mois.

La dernière fois que je l'avais vu remontait à deux semaines : il m'avait laissée en plan, et pantelante de désir, après un merveilleux dîner en sa compagnie. Je n'avais aucune idée de la raison pour laquelle il avait refusé de se laisser entraîner au lit… ou ailleurs. Mais je soupçonnais que ça faisait partie d'un plan plus vaste.

Tout ce qu'il me restait à faire, c'était de découvrir de quel genre de plan il s'agissait. Pas facile avec quelqu'un habitué à garder ses secrets depuis mille deux cents ans.

— Eh bien, quelle agréable surprise ! m'exclamai-je en continuant à semer mes vêtements humides sur le sol tout en avançant vers lui.

Le désir étincela dans son regard et m'enveloppa d'un enivrant tourbillon de luxure qui fit encore accélérer le sang dans mes veines. Si je devais en croire ce premier contact, il n'allait pas jouer les saintes-nitouches ce soir.

— Il paraît que tu aimes les surprises, dit-il, ses lèvres pulpeuses étirées en un demi-sourire.

Il se pencha vers moi et m'embrassa sur le front.

Pas vraiment le genre de baiser que j'espérais.

Je me dégageai de ce léger contact et défis mon soutien-gorge, avant de le jeter sur mon tee-shirt sale. Ce ne fut pas un mouvement des plus gracieux, mais, au point où j'en étais, je m'en fichais.

— La surprise, c'est toi, apparaissant sans avertissement préalable dans mon appartement, ou tu as quelque chose de plus intéressant à l'esprit ?

Il sourit encore et m'effleura la joue de ses doigts tièdes, soulignant délicatement l'ourlet de mes lèvres. J'ouvris légèrement la bouche et la refermai brièvement sur l'extrémité de son index. Le désir crût dans son regard sombre et le doux arôme de la luxure devint plus présent, me donnant l'impression d'être écrasée par son poids. Mais quelle belle mort ce serait !

— J'ai pensé que tu aimerais sortir dîner, reprit-il avec un accent irlandais un peu plus prononcé.

— Moi qui dîne de mets fins et toi qui dînes de moi ? (Je haussai un sourcil et lui adressai un sourire tentateur.) On peut faire ça ici, si tu préfères.

Je fis courir mes mains le long de la surface musclée de son torse et de son ventre en regrettant qu'il ne soit pas nu, pour pouvoir sentir sa peau. Quand j'arrivai au bouton de son jean, je jouai avec négligemment, glissant un doigt sous la ceinture, effleurant le bout de l'érection qui tendait son jean. Je n'avais qu'à baisser la braguette et il serait libre… et tout à moi.

Mais, avant que je puisse passer à l'action, il attrapa mes mains et les ramena à ses lèvres. Le baiser qu'il donna au bout de mes doigts fut léger, presque impersonnel, mais il n'y avait rien d'impersonnel dans la manière dont son regard croisa le mien. Ce vampire me désirait autant que je le désirais, moi, et j'étais incapable de comprendre pourquoi il résistait. Ce n'était pas comme si nous étions novices dans l'art des ébats amoureux.

Et ce n'était pas non plus que nous nous connaissions mal. Cela faisait des mois que nous baisions comme des lapins. En tout cas jusqu'à il y a quelques semaines, lorsqu'avait commencé toute cette opération « Frustrons Riley ».

— Tu es trempée et tu as froid, constata-t-il.

— Ma peau a peut-être froid et je suis effectivement trempée, mais, tu peux me croire, j'ai bien chaud là où c'est important.

Je me rapprochai de lui et pressai doucement mes seins contre sa poitrine. La soie de sa chemise était d'un contact exquis contre mes tétons et je les y frottai avec enthousiasme, savourant la douce fraîcheur du tissu.

— Tu veux savoir à quel point je suis chaude et trempée ?

— Ce que je voudrais, répondit-il en piquant un bref baiser sur mes lèvres, ce serait que tu prennes une douche et que tu t'habilles afin de pouvoir honorer notre réservation.

— Ça signifie qu'on ne va pas s'amuser avant ?

— Non.

— Flûte.

Il sourit de nouveau et mon cœur fit un drôle de soubresaut au creux de ma poitrine. J'avais rencontré nombre de beaux mecs dans ma vie, et certains d'entre eux avaient de magnifiques sourires, mais celui de Quinn était sans comparaison.

— Et si je promets que ça en vaudra le coup ? demanda-t-il.

— Ce dîner ne vaudra le coup que si c'est toi qu'on me sert au dessert.

— Ce sera peut-être le cas. Peut-être que je ne t'emmène pas du tout dîner, mais quelque part où nous ne risquerons pas d'être dérangés, et où je pourrai te faire mourir de plaisir. Mais si tu ne te prépares pas, tu ne le sauras jamais.

Je dus admettre momentanément ma défaite et reculai d'un pas.

— Donc, j'imagine que tu ne voudras pas partager la douche avec moi ?

— J'adorerais ça, mais je crains que ça se termine en une *très* longue douche.

— Et c'est quoi, le problème ?

— Aucun, reconnut-il avec un autre de ses sourires qui tuent. Allez, va donc te préparer, femme !

Je m'exécutai. Et contrairement à d'habitude, où je laissais les jets me masser longuement le corps, il n'y eut rien de languissant dans cette douche. Je sortis de la cabine et me séchai en un temps record. Je sortis nue de la salle de bains et me dirigeai en valsant vers la chambre. Quinn me tournait le dos, le regard rivé sur les lumières de la ville qui brillaient par milliers au-delà de nos baies vitrées. Mais, comme des papillons attirés par une flamme vacillante, le reflet de nos yeux se croisa.

Je me figeai et, pendant un moment, ne fis rien d'autre que le contempler. C'était quelque chose de rare pour moi. Les loups-garous restaient rarement immobiles très longtemps : Rhoan avait une théorie basée sur l'énergie tout juste maîtrisée de la bête en nous. Mais à cet instant tout besoin de bouger avait disparu, consumé par la puissance du vampire qui se trouvait devant moi, perdu dans un tourbillon émotionnel de désir mêlé à un autre sentiment… de la détermination peut-être, mais en bien plus fort.

Puis ses yeux quittèrent les miens et descendirent le long de mon corps en une exploration sensuelle d'une atroce lenteur qui couvrit ma peau d'une fine brume de sueur. Soudain, je dus résister à la folle envie de me jeter dans ses bras. Et le prendre… ou me faire prendre.

Il sourit alors, et je sus qu'il avait déchiffré l'émotion qui se dissimulait derrière cette pensée, à défaut de pouvoir lire cette dernière. Quinn était à la fois un puissant empathe et un télépathe tout aussi expert, et même si j'avais un bouclier mental conçu pour résister à la plupart des intrusions, ce vampire-là provoquait chez moi une étrange réaction des sens, abaissant mes défenses sans que j'y puisse rien.

Et ce n'était pas seulement dû au couloir de communication que nous avions créé entre nos deux esprits afin de pouvoir rester en contact dans les endroits protégés contre les intrusions psychiques. C'était plus, bien plus que cela, même avant que nous échangions notre sang.

Mais c'était un vampire, pas un loup, et même si les modifications qui s'opéraient dans mon corps m'éloignaient chaque jour de mon idéal de « mariée, deux enfants », même si la connexion entre nous devenait encore plus étroite, il était impossible d'oublier que nous appartenions à deux mondes très différents. Jamais je ne pourrais être pour lui ce qu'il voulait que je sois, et jamais il ne pourrait me donner ce que je désirais plus que tout. Certes, je n'étais probablement plus en mesure de mener une grossesse à terme, mais, dans l'état actuel des choses, j'étais encore fertile. Quinn ne pourrait jamais me donner ces enfants. C'était un mort-vivant.

Et il ne supporterait pas que quelqu'un d'autre me donne ce qu'il ne pouvait pas me procurer. Bon Dieu, il détestait déjà le simple fait que j'aie d'autres amants, que je me rende encore dans les clubs pour y danser avec qui je voulais, alors même qu'il savait que ça faisait partie de la nature des loups-garous, et que c'était une chose que je n'abandonnerais pour personne d'autre que pour mon âme sœur.

Même si Quinn et moi étions incroyablement proches, il n'était pas un loup, et il ne pourrait jamais être mon âme sœur.

Et il pouvait toujours penser le contraire, ça n'y changerait rien.

Il se tourna de nouveau vers les lumières de la ville, me libérant de mon immobilité mais me laissant endolorie, transpirante et passablement frustrée. Je n'avais pas la moindre idée de la raison pour laquelle il jouait ce petit jeu, mais je n'avais pas l'intention de le supporter encore bien longtemps. Il avait peut-être des siècles de secrets derrière lui, mais j'étais une louve-garou, et la sensualité faisait partie intégrante de ce que nous sommes. Le sexe était aussi important pour nous que le sang pour les vampires, et si Quinn s'attendait que j'obéisse docilement à ses caprices, alors il allait avoir une sacrée surprise.

J'entrai dans la chambre et me dirigeai vers le placard qui n'était pas aussi dépourvu que quelques mois auparavant. Rhoan avait encore eu une crise de fièvre acheteuse et, comme d'habitude, il m'avait rapporté des vêtements. J'imagine qu'il se disait que je l'engueulerais moins si je profitais du butin.

Et, je devais l'admettre, il avait bien meilleur goût que moi, même si son amour des tons vifs m'arrachait parfois les yeux.

— Faut-il que je mette quelque chose de confortable, d'élégant ou d'habillé ? criai-je en examinant les choix qui s'offraient à moi.

— Confortable, répondit-il d'un ton visiblement amusé.

Flûte. Ce n'était pas simple d'être sexy dans des fringues confortables. Après quelques minutes d'hésitation, je me contentai d'attraper un jean et un pull en laine épaisse. Si je ne pouvais pas être sexy, autant être chaudement habillée. Je sortis des chaussettes et une culotte mais ne m'encombrai pas d'un soutien-gorge. La lune était en phase montante, et la chaleur lunaire – le nom que nous, loups, donnions à la semaine précédant la pleine lune – commencerait dans quelques jours. En tant qu'hybride, j'étais moins sensible au phénomène que les autres loups, mais une fois tous les quelques mois, je souffrais de tous les symptômes visibles de celle-ci. Comme mes seins qui gonflaient et devenaient hypersensibles. Et moi qui me transformais en chienne en chaleur.

Ce que j'étais, après tout.

Je m'habillai et allai récupérer une paire de chaussures dans son nid de poussière, sous le lit, avant de revenir dans le salon. Quinn m'examina de la tête aux pieds, puis dit :

— Parfait.

— Je sais.

Je résistai à la tentation de faire une pose sexy, ce qui de toute façon n'était pas une mince affaire avec un jean et un vieux pull tout détendu, saisis les clés de l'appartement et mon portefeuille avant de les fourrer dans les poches de mon pantalon.

— Allez, un petit indice… On va où ?

— C'est une surprise.

Il me guida hors de l'appartement et dans l'escalier. Dehors, le vent était si violent qu'il arracha la porte vitrée de mes mains et la fit s'abattre violemment sur le mur extérieur.

Il faisait toujours une température glaciale mais la pluie s'était arrêtée, au moins. Une limousine blanche nous attendait au bord du trottoir. Le chauffeur se trouvait debout près de la porte arrière, qu'il ouvrit en nous voyant approcher. Une fois que nous fûmes assis, il remonta sur le siège conducteur, démarra et nous entraîna dans la nuit. Visiblement, il connaissant le plan, quel que soit ce dernier.

Je laissai la ceinture de sécurité de côté et me glissai sur le cuir souple jusqu'à me retrouver quasiment sur les genoux de Quinn.

—Je n'ai jamais fait l'amour dans une limousine, murmurai-je en remontant de manière provocante ma main le long de sa cuisse.

—Alors, il faudra qu'on fasse ça une autre fois, commenta-t-il en arrêtant ma main avant que ça devienne intéressant.

—Tu sais, si tu as l'intention de me frustrer, autant te le dire, c'est réussi.

Ses yeux d'obsidienne étincelèrent de satisfaction.

—Bien.

—Non, ça n'est pas bien. Je suis une louve, souviens-toi, et la pleine lune approche.

—Je n'ai pas oublié.

—Mais, la question à un million de dollars, c'est : as-tu l'intention de faire quelque chose à ce propos ?

Un bref instant, je sentis une flambée de désir qui fit vaciller les ténèbres de ses iris. Mes hormones se mirent à faire des cabrioles mais, honnêtement, j'ignorais pourquoi, vu que tout ce qu'il me répondit, ce fut :

—Sois patiente.

—La patience n'a jamais été une de mes vertus.

Il ricana doucement puis m'entoura les épaules de ses bras et me serra contre lui. Je n'étais pas habituée à une telle intimité *sans sexe*, et c'était à la fois bizarre et agréable. Je me laissai aller contre lui, la tête sur son épaule, savourant notre proximité tout en en souhaitant encore plus.

Nous roulions depuis une bonne dizaine de minutes quand je me rendis compte que nous nous dirigions vers l'aéroport d'Essendon. L'excitation m'envahit. Je ne sortais pas très souvent de Melbourne, ces derniers temps, et même si nous n'étions pas habillés pour une destination exotique, l'aéroport signifiait qu'au moins ce serait un endroit différent.

Quelques minutes après ça, le chauffeur baissa la vitre de séparation et fit remarquer :

— Je crois que nous sommes suivis, monsieur.

— La même voiture que tout à l'heure ?

— Oui. Une Saab blanche, deux occupants.

— Sortez à Aéroport Ouest et voyez si vous réussissez à les perdre dans les rues transversales.

Je m'écartai de lui et me redressai sur la banquette.

— Depuis combien de temps on te suit ?

— Nous les avons repérés à mon arrivée à l'aéroport, ce matin. J'avais espéré les avoir semés.

— Peut-être ont-ils mis des mouchards sur la voiture ?

Un frisson de peur me parcourut en le disant. Celui le plus susceptible de vouloir faire une telle chose, c'était Gautier. Je n'avais aucun doute sur son intention de tuer tous ceux qui m'étaient chers avant de s'attaquer à moi. S'il était au courant pour Quinn et était effectivement à l'origine de cette filature, ça signifiait que Rhoan avait raison et que Gautier jouait un jeu beaucoup plus dangereux que ce qu'il avait bien voulu avouer.

— Il faisait nuit quand tu es arrivé ? demandai-je.

Quinn fronça les sourcils.

— Le soleil se levait. Pourquoi ?

Je lui racontai les événements de la nuit précédente et lui parlai de la proposition de Gautier.

— Et vous l'avez cru ? s'exclama-t-il d'un ton incrédule.

— Je ne sais vraiment pas quoi en penser.

— Alors pourquoi cette question sur mon heure d'arrivée ?

Il me saisit le bras pour me retenir pendant que le chauffeur tournait brusquement à gauche avant d'accélérer.

— Parce que si tu es arrivé au lever du soleil, ça confirme que ce n'était pas Gautier.

Car, ce dernier avait beau être le meilleur de tous les gardiens, ça n'en restait pas moins un vampire, soumis comme tous les autres vampires à certaines restrictions. Et vu que c'était un clone, il était trop jeune en années de vampire pour pouvoir supporter le moindre rayon de soleil.

— Il n'est peut-être pas immunisé contre le soleil, mais il est tout à fait capable d'embaucher des gens qui le peuvent.

— Tu peux me croire, Gautier ne travaille avec personne.

— Tous les vampires savent travailler en équipe quand le besoin s'en fait sentir. Même Lucky Luke savait demander de l'aide.

L'image me fit monter le sourire aux lèvres.

— Lucky Luke ? C'est un personnage de bande dessinée, pas la réalité.

— Je suis assez fan de ces histoires, protesta-t-il d'un air faussement indigné avec une étincelle d'humour dans les yeux.

— Oh, ça, je sais !

Je l'avais trop souvent vu plongé dedans. Enfin, sauf quand je parvenais enfin à détourner son attention, bien sûr.

— Attention, petite insolente, tu auras une fessée si tu ne manifestes pas plus de respect envers les grands classiques.

— C'est une promesse ?

Il secoua la tête d'un air désabusé, mais l'effet fut un peu gâché par son regard pétillant de joie.

— Peut-être. Mais en attendant nous devons découvrir l'identité de nos poursuivants et pour qui ils travaillent.

— Quand tu m'as parlé d'une soirée excitante, je ne m'attendais pas à ce genre d'excitation, remarquai-je d'un ton acide.

Avec un sourire, il se pencha vers moi pour m'embrasser. Je suis persuadée qu'il avait l'intention que ce soit un baiser tendre et rapide, comme tous ceux que nous avions eus ce soir-là, mais mes hormones en avaient plus qu'assez de ce petit jeu. Quand ses lèvres effleurèrent les miennes, je passai la main dans ses cheveux et lui maintins fermement la tête pour l'empêcher de s'écarter. Puis j'approfondis le baiser en prenant mon temps, explorant, savourant et agaçant sa bouche. Quand je le lâchai enfin, nous étions tous les deux haletants.

— La louve se venge, murmura-t-il d'une voix rauque tout contre mes lèvres.

— Pas entièrement, le corrigeai-je. Je me vengerai du reste quand nous saurons qui nous suit.

— J'ai l'impression que mes projets pour la soirée sont sur le point de tomber à l'eau.

— En effet, approuvai-je en lui donnant un nouveau baiser, moins appuyé. Allons-y.

— Harry, au prochain virage, arrêtez-vous juste assez longtemps pour nous laisser sortir. Puis prenez la rue d'après et mettez-vous en travers de la chaussée.

Le chauffeur acquiesça d'un air imperturbable.

La tension envahit mes membres alors que la voiture prenait de la vitesse. Ceux qui nous suivaient devaient savoir qu'on les avait repérés. Le simple fait que nous nous soyons dirigés vers une zone industrielle nous avait probablement trahis, sans parler de cette soudaine accélération.

Le chauffeur fit un virage serré vers la gauche et s'arrêta. Nous sortîmes à toute allure et eûmes à peine le temps de refermer les portières avant que la voiture redémarre. Le pinceau de deux phares déchira l'obscurité de la rue principale et approcha à vive allure. Je m'enroulai dans mon manteau de ténèbres et courus vers l'entrée à demi couverte de l'entrepôt le plus proche. Quinn me rejoignit dans ce coin sombre et exigu et pressa son corps contre le mien. Mon cœur manqua un battement, puis accéléra. Le danger était un aphrodisiaque très fort pour les loups, et ma partie sauvage poussa un rugissement. Le désir m'envahit, alimenté par la proximité de Quinn, par la dureté de son érection plaquée si délicieusement contre mon bas-ventre… et surtout par le danger que nous allions courir.

Je fermai les yeux et tentai de ne pas entendre la supplique de mon corps, me concentrant sur le véhicule qui approchait. Le bruit du moteur était proche, si proche.

Mais Quinn était encore plus proche.

Je levai le visage et trouvai sa bouche. Celle-ci écrasa la mienne en un baiser dévorant et passionné. Aussi bien que celui dans la voiture, encore mieux, même. Et si merveilleux.

Des pneus crissèrent lorsque le second véhicule tourna le coin de la rue, puis le moteur rugit et la voiture s'éloigna à toute allure.

Quinn s'écarta aussitôt de moi.

— Allons-y.

Son ton était sec, et je me demandai si c'était plus dû à la tension de la traque qu'au fait d'avoir répondu avec tant de force à mon contact. C'était un homme qui détestait perdre la maîtrise de lui-même. Quelle que soit la situation.

Il disparut en un clin d'œil, courant aussi vite que le vent après la voiture. Je le suivis en restant à gauche de la route, manquant de me faire distancer alors que j'avais la vitesse d'un vampire.

La voiture tourna au croisement suivant, Quinn et moi à ses trousses. Plus loin dans la rue, la limousine s'était garée en travers de la chaussée, comme prévu.

La Saab ralentit et s'arrêta. Je l'imitai, et vis du coin de l'œil Quinn en faire de même. Il n'y avait aucun mouvement visible dans la voiture. En fait, je n'arrivais même pas à voir la silhouette du conducteur ou du passager à travers la lunette arrière en verre fumé. La voiture restait simplement là, au point mort.

Je jetai un regard à Quinn et sentis une caresse pressante sur mes défenses psychiques. J'ouvris la porte que nous avions créée entre nos deux esprits et dis :

—*Je n'ai aucun signal sensoriel.*

—*Et je ne vois rien en infrarouge.*

Je passai moi-même brièvement en vision vampirique. Il avait raison. Il n'y avait même pas la moindre trace de chaleur corporelle dans l'habitacle de la voiture.

— *Tu crois qu'ils peuvent être invisibles aux infrarouges ?*

—*Possible, même si je n'ai jamais vu ça. Soyons prudents en approchant.*

Je laissai échapper un soupir et acquiesçai. Plus je m'approchais de la voiture, plus la tension faisait vibrer mes membres. Toujours aucun mouvement à l'intérieur, et décidément aucun signe ou odeur de vie.

Pourtant, ils devaient bien être là, quelque part. Ils étaient sûrement cachés quelque part. Deux personnes ne pouvaient pas disparaître comme par magie sans même ouvrir leurs portières.

Je longeai le flanc du véhicule et regrettai de ne pas avoir pris mon laser avec moi. Toute cette situation aurait été beaucoup plus facile à vivre pour moi avec une arme à la main.

Ce qui ne faisait que prouver combien j'avais déjà accepté mon rôle de gardienne. Je me souvenais d'une époque pas si lointaine où j'avais juré que je ne porterais jamais d'arme au nom du Directoire, sans même parler d'en utiliser.

Combien de temps me faudrait-il pour baisser la garde et me retrouver à tuer pour autre chose que la légitime défense de ma meute ou de moi-même ?

Un frisson me parcourut la nuque. Je fis comme si de rien n'était et tendis la main vers la poignée du côté passager. La fenêtre était légèrement ouverte, me permettant de voir clairement l'intérieur de l'habitacle. Même à cette distance, il ne semblait y avoir personne là-dedans. Je consultai Quinn d'un bref regard par-dessus le toit, puis actionnai la poignée et ouvris la porte tout en me dégageant de la trajectoire d'une éventuelle arme.

J'aurais aussi bien pu m'en dispenser.

La voiture était aussi vide qu'elle le paraissait.

Chapitre 3

— C'est impossible ! m'écriai-je en approchant et en agitant la main à l'endroit où aurait dû se trouver le passager.

Aucune résistance. Ce n'était donc pas à des êtres invisibles que nous avions affaire.

— Pourtant c'est incontestable : cette voiture est vide, répondit Quinn en ouvrant la portière arrière et en tâtonnant à l'intérieur.

Sa main, comme la mienne, ne rencontra aucun obstacle. Il claqua la porte et le bruit résonna dans la rue obscure et balayée par les vents. Il ne dit rien, se contentant d'examiner les bâtiments environnants et les coins obscurs, les mains sur les hanches. Au bout d'un moment, il retourna vers la limousine.

Pendant qu'il parlait avec le chauffeur, je sortis mon téléphone portable de ma poche et composai le numéro du Directoire. Jack se trouvait encore certainement à l'entrepôt, mais Salliane, la vampire qui m'avait remplacée en tant qu'agent de liaison et assistante personnelle de Jack, devait être de permanence.

— Sal, ici Riley Jenson, me présentai-je lorsque son visage au teint olivâtre apparut sur mon écran. J'ai besoin que tu me rendes un service.

— Faut voir, répliqua-t-elle sur le ton réservé qu'elle avait toujours lorsqu'elle parlait avec moi. En fait, ça dépend surtout de ta capacité ou non à utiliser mon vrai prénom.

Je levai les yeux au ciel. Ces putains de vampires pouvaient parfois être sacrément agaçants, même ceux qui se lavaient. Mais j'avais mieux à faire que de me battre pour quelque chose d'aussi négligeable. Néanmoins, je ne comprenais vraiment pas la dent qu'elle avait contre moi. Et ça ne servait à rien de demander à Jack, qui n'en démordait pas : je me faisais des idées.

Ce qui ne faisait que confirmer ma théorie : il avait envie de se faire son assistante à la chevelure caramel.

— Salliane, j'aurais besoin que tu me rendes un service.

— Quoi donc ?

L'étincelle dans son regard était impossible à manquer, même sur ce minuscule écran : elle était contente que j'aie reculé. *Profite bien du moment, peau de vache, parce que ça ne se reproduira pas de sitôt.*

— Il faudrait interroger le ficher des plaques d'immatriculation.

— C'est pour une enquête de gardien ?

— Oui.

— Je vérifierai auprès de Jack.

Non seulement c'était une peau de vache, mais aussi une salope, donc.

— Cool. Peux-tu simplement faire ce que je te demande ?

— Ne quitte pas.

Je restai en ligne et regardai Quinn se tourner pour examiner une petite impasse à droite de la limousine. Sal revint alors au téléphone.

— Elle est enregistrée au nom de Karen Herbert.

— Tu veux bien faire une recherche sur ce nom ?

— Tu es sûre que ça concerne le Directoire ?

— Oui, lui assurai-je en pensant : *Contente-toi de le faire, connasse.*

Mais j'eus la bonne idée de tenir ma langue.

— Je vois ce que je trouve et je te rappelle.

— Merci.

Je mis fin à la communication et appelai immédiatement Jack, mais fus aussitôt renvoyée vers son répondeur. Peut-être la peau de vache m'avait-elle devancée. Je lui laissai un message lui expliquant la raison de mes demandes d'information, puis m'avançai vers Quinn.

— La voiture appartient à une dénommée Karen Herbert. Ce n'est pas une ex à toi qui t'en voudrait, par hasard ?

— Jamais entendu ce nom.

Il ne fallait pas espérer que la réponse soit si simple. Je jetai un regard vers la ruelle qu'il continuait à scruter et quelque chose m'agaça les sens, comme une présence qui aurait été à la fois là et ailleurs. Ce qui ne voulait rien dire. Je fronçai les sourcils et me retournai vers Quinn.

— Alors, c'est qui, qui veut te tuer, à présent ?

Cela le fit sourire.

— Je suis un homme d'affaires prospère, souvent impitoyable, et en plus de ça je suis un vampire. Rien qu'avec ça, j'ai plus d'ennemis que la moyenne.

— Ça pourrait aider si tu réduisais un peu le champ des possibles.

Il me lança un de ses regards d'obsidienne absolument impénétrables, dans lesquels il n'y avait aucune vie, aucune chaleur. Il suspectait quelqu'un, c'était évident. Mais il n'avait pas l'intention de m'en dire plus, et je ne pouvais m'empêcher de vouloir savoir pourquoi. Certes, il devait avoir un dressing entier rempli de squelettes qu'il préférait cacher, mais là, ça n'aurait pas dû être le cas : j'avais le *droit* de savoir, ne serait-ce que parce que j'étais à présent aussi impliquée.

Mais, tout ce qu'il dit, ce fut :

— Quelque chose se cache dans cette ruelle.

Cela détourna de nouveau mon attention de lui, ce qui était probablement son objectif. Je sondai télépathiquement l'obscurité et eus une nouvelle fois cette impression d'être observée par quelque chose d'indéfinissable, au point de m'en retourner l'estomac.

— C'est quoi ? chuchotai-je.

Il répondit sur le même ton.

— Une présence que je n'ai pas sentie depuis des siècles.

J'arquai un sourcil.

— Quel genre de présence ?

Il secoua la tête.

— Attends ici.

Je lui attrapai le bras et l'arrêtai :

— Tu ne peux pas y aller seul.

— Je n'ai pas le choix. Il ne parlera pas si tu m'accompagnes.

— Pourquoi ?

Il m'effleura brièvement le visage de ses doigts si chauds contra ma peau soudain glacée.

— Fais-moi juste confiance et reste ici.

Je lui faisais confiance. J'avais juste peur pour lui, et, de toute façon, il valait toujours mieux affronter l'éventualité d'une bagarre à deux, une leçon que j'avais durement apprise lors de mon enfance riche en mésaventures.

Je croisai les bras et le regardai avancer dans l'impasse. L'obscurité l'accueillit en son sein telle une amante et il disparut complètement. Même en vision infrarouge, j'étais incapable de le discerner. Et je dus me faire violence pour rester près de la voiture et attendre, comme il me l'avait demandé. Je devais lui faire confiance quand il m'assurait savoir ce qu'il faisait.

Ce qui était le cas, bien sûr. On n'atteignait pas l'âge de douze siècles sans acquérir un minimum de bon sens. Sans parler de certaines connaissances en matière d'arts martiaux.

Au bout d'un moment, le vent retomba et le froid devint plus mordant. Puis, quelques minutes plus tard, il se mit à pleuvoir, moins qu'avant, mais quand même, la pluie, c'était toujours désagréable.

Je frissonnai et tentai de me réchauffer en me frottant les bras, partagée entre la tentation de me ruer dans cette fichue ruelle pour voir ce qui prenait tant de temps et l'envie d'aller m'abriter dans la limousine. J'avais presque décidé d'aller voir lorsque Quinn sortit de l'impasse.

Il était sain et sauf, et le soulagement m'envahit. Mais ça ne dura qu'une seconde, car c'est alors que sa fureur me frappa tel un raz-de-marée qui engloutit mes défenses mentales et me laissa le souffle coupé.

— Quinn, réussis-je à articuler.

La vague d'émotions cessa instantanément.

— Désolé.

Je pris une grande inspiration que je laissai échapper lentement. Je tremblais de tous mes membres et je me sentais faible comme si j'avais reçu plusieurs coups violents. Et, d'une certaine manière, c'était bien ce qui s'était passé… sauf que c'étaient des coups empathiques, pas physiques.

Bizarre que ce genre de chose ne m'arrive qu'avec *ce* vampire.

— Qu'est-ce qui s'est passé ?

— Rien de bien intéressant.

Son ton était distant et son regard, bien que posé sur moi, semblait vide, comme si ce n'était pas moi et cette rue qu'il voyait, mais tout autre chose. Quelque chose d'intérieur.

— Comment ça, « rien de bien intéressant » ? C'était qui, dans l'impasse ? Qu'est-ce qu'il voulait ?

— Rien qui te concerne.

Je croisai les bras et le fusillai du regard.

— On en revient à ces vieilles habitudes de merde, alors ?

Cela le fit revenir à la réalité en un clin d'œil et ses yeux bruns reprirent vie.

— Crois-moi, c'est une merde bien différente, cette fois-ci.

— J'aimerais bien, Quinn, mais il semble que chaque fois que je pose une question importante, du genre « Où es-tu né ? » ou « C'était quoi, ce truc, dans l'impasse ? », tu chantes toujours la même chanson. Eh bien, ça ne suffit pas. Pas si tu veux être autre chose qu'un amant de passage.

Son regard se durcit.

— Il y a certaines choses que je ne peux pas expliquer. Et je suis lié par des promesses faites il y a bien longtemps, même si ça m'ennuie.

— Ce qui veut dire ?

— J'ai l'interdiction formelle de te parler de celui qui se trouvait dans l'impasse et de ce que je dois faire à présent.

— Pourquoi ? Je croyais que les seules personnes qui pouvaient t'ordonner quoi que ce soit, c'étaient les vampires plus âgés que toi. Et j'ignore ce qui se trouvait dans cette impasse, mais ce n'était pas un vampire.

Ni rien de reconnaissable pour moi, d'ailleurs.

— Non.

Il hésita, fit un pas en avant et tendit la main vers moi.

Je reculai d'un bond pour éviter son contact.

— Je ne te demande qu'une chose : la vérité. Et, comme toujours, tu sembles rechigner à me la dire.

— Ce n'est pas à *moi* de raconter cette histoire, précisa-t-il doucement, avec une rage contenue. Et je n'ai pas le temps non plus de rester ici à me disputer avec toi. Je dois y aller.

— Alors, allons-y.

— Pas toi, moi. Tu peux prendre l'autre voiture…

— Non, mais ça va pas ?

Il poussa un soupir.

— Riley, je t'en prie, je ne veux pas avoir à t'obliger à faire le choix de la raison.

— Le choix de la raison, ça serait déjà de m'expliquer ce qui se passe !

Il hésita un instant, puis dit :

— Ces choses dans la voiture n'étaient pas humaines.

— Oui, j'avais cru comprendre. Les humains n'ont pas tendance à s'évaporer dans les airs.

— Ce n'étaient pas non plus des non-humains.

— Alors c'était quoi, bon sang ?

Je ne voyais pas ce qu'il y avait d'autre en matière d'entités humanoïdes.

— Des démons.

Je clignai des paupières, pensant avoir mal entendu.

— Hein ?

— Des démons. Des créatures sorties des Enfers. (Il s'interrompit un instant.) Ceux-là étaient des démons de niveau inférieur, tout juste bons à suivre et à harceler leur proie, mais incapables de tuer autre chose que des humains. Je suis même surpris qu'on ait envoyé ce genre de créatures à mes trousses.

Je le dévisageai d'un air incrédule, me demandant si la chose dans l'allée lui avait tapé sur la tête et un peu dérangé les neurones.

— Les démons n'existent pas.

— Et les anges non plus ? (Il ricana doucement.) Tu n'as pas vu grand-chose dans ta vie, en effet.

J'avançai vers lui et lui posai la main sur le bras.

— Je crois que tu ferais mieux de t'ass…

Il repoussa ma main d'un air irrité.

— Je ne suis pas fou. Les démons sont des créatures de brume et de maléfice, et s'il y en a deux qui errent en liberté dans la ville, il faut découvrir qui les a invoqués, et pour quelle raison.

— Alors montons dans cette bagnole et allons enquêter !

— C'est ce que je vais faire. Toi, tu rentres chez toi.

— Je crois bien que nous avons déjà parlé de ça. La réponse est toujours non.

Il me regarda fixement plusieurs secondes et un frisson courut le long de ma nuque. Il y avait soudain dans ces yeux quelque chose de très ancien, très dangereux et décidément *inhumain*, d'une manière qui n'avait rien à voir avec le fait d'être un vampire. Quelque chose que je n'avais jamais vu auparavant.

— Ne m'oblige pas à t'y forcer, Riley.

J'ouvris la bouche pour protester, puis me ravisai. À quoi servirait-il de dire qu'il ne le pourrait pas, alors qu'il en était certainement capable ? Nous avions partagé notre sang, et s'il y avait quelque chose dont j'étais sûre, c'était que ça avait probablement beaucoup plus de conséquences que ce qu'il avait bien voulu m'avouer. Et je ne voulais vraiment pas savoir s'il était capable de complètement me plier à sa volonté.

Parce que, si j'en avais la preuve, alors ce serait la fin de notre relation. Je ne pouvais pas vivre avec un homme capable et susceptible d'utiliser la contrainte psychique sur moi.

— D'accord, maugréai-je en désignant la voiture d'un geste agacé, casse-toi et ne reviens pas me voir avant un bon moment.

— Riley, je t'en prie, crois-moi, je n'ai pas le choix.

Il tendit de nouveau la main vers moi, et de nouveau je reculai.

— Arrête. Là, maintenant, je suis furieuse, et je pourrais dire quelque chose qu'on regrettera tous les deux. Barre-toi.

Il s'en alla.

Sans un regard en arrière.

Moi, en revanche, je poussai un juron de vieux marin en voyant les feux arrière de la limousine disparaître dans la nuit. Au fond de moi, je n'avais pas cru qu'il s'en irait.

Mon côté romantique idiot allait peut-être un jour comprendre qu'il ne fallait pas trop espérer. Ou alors, j'apprendrais enfin à ne pas dire des choses que je ne pensais pas.

Je tapai du pied sur le bitume, puis me tournai vers l'allée, en scrutant les profondeurs. Je ne voyais ni ne sentais rien dans cette obscurité humide, mais je percevais pourtant une présence. Quelque chose qui agaçait mes sens de l'extérieur, comme une démangeaison fantôme. Il fallait que j'en sache plus. Celui avec lequel Quinn avait parlé se trouvait toujours là. Et, même s'il pensait que cet être indéterminé ne voudrait pas me parler, qui me disait qu'il avait été sincère en affirmant cela ?

Et si c'était encore un de ses plans pour me garder en dehors de tout ça ?

Et si c'était un plan pour me protéger ?

Je frissonnai et frottai de nouveau mes bras. La bruine persistante commençait à traverser mes vêtements, mais au moins mon pull était en laine : il était chaud, à défaut d'être sec.

Mais ce n'était pas la pluie ou l'humidité qui avaient causé ce frisson. C'était la perspective de faire face à ce qui se trouvait dans cette impasse.

Parce que ça attendait décidément quelqu'un ou quelque chose.

Et, vu que j'étais le seul quelqu'un ou quelque chose dans les environs, ça signifiait, par défaut, que c'était probablement moi que ça attendait.

Je me mordis la lèvre inférieure en réfléchissant aux options qui s'offraient à moi, puis me forçai à avancer. La fortune souriait aux audacieux… et aux fous. Cette dernière définition m'avait souvent correspondu dans le passé et c'était probablement encore le cas ici. Mais ça n'avait aucune importance : je devais savoir à quoi ou à qui Quinn avait si longuement parlé.

Plus je m'approchais de l'allée, plus j'avais froid. Ce n'était pas dû à la nuit, ni à mon pull mouillé : ce froid-là venait de l'intérieur, de l'endroit où mon âme de louve reposait, et il m'envahit totalement, rendant ma progression de plus en plus difficile.

J'ignorais ce qui se trouvait là-bas, mais ma louve en avait peur. Et si cette partie instinctive de moi avait peur, il valait mieux que le reste de moi le craigne aussi.

J'approchai de l'entrée de l'impasse et vis la brume comme se rassembler dans la pénombre, étendant des doigts éthérés vers moi. Sans y réfléchir, j'eus un rapide mouvement de recul. Je sentis l'effroi m'envahir… mais j'ignorais à quoi il était dû.

La brume sembla hésiter et se retira.

J'inspirai profondément et laissai échapper lentement mon souffle. Je n'allais obtenir aucune réponse de cette manière. Il fallait que j'aille à la rencontre de la brume, que j'avance.

C'était nécessaire.

Je me passai la langue sur les lèvres, me demandant pourquoi diable j'avais aussi peur de quelque chose d'aussi inoffensif qu'un peu de *brouillard* et fis un pas en avant. Une fois encore, les doigts éthérés se tendirent vers moi. Cette fois-ci, je n'y accordai aucune attention et continuai à avancer. Leur contact était presque exploratoire et en même temps pressant, comme s'ils essayaient gentiment de m'arrêter. J'aurais pensé que la brume serait froide et humide, et d'une certaine façon, c'était le cas. Mais elle me brûlait aussi la peau, comme du jus de citron sur une coupure. Et plus j'essayais d'avancer dans l'impasse, plus ça piquait.

C'est cette sensation, plus que la peur, qui m'arrêta.

Et pourtant, je ne sentais toujours rien, ne voyais toujours rien. Il y avait juste cette démangeaison qui me disait que c'était là, à m'observer.

— Vous êtes quoi ? demandai-je dans un croassement.

La brume devant moi fut agitée de doux remous.

Aucune réponse ne me parvint de l'allée obscure, au-delà du mur de brouillard. J'essayai encore une fois.

— Je sais que vous êtes là. Je sens votre présence.

— *La petite louve a du courage.*

Me parvenant de partout et nulle part à la fois, la voix masculine qui me répondit flottait dans l'atmosphère embrumée et résonnait dans mon esprit. Elle était douce et dure en même temps.

Bizarre, c'était le moins qu'on puisse dire.

— La petite louve a une frousse de tous les diables, mais veut des réponses.

Je ne voyais pas de mal à admettre la vérité. Et, pour dire vrai, je pensais même que mentir pouvait être très dangereux dans la situation où je me trouvais.

Il y eut comme une vague d'amusement qui envahit la nuit d'une manière similaire à la voix.

— *Je peux comprendre pour quelle raison il vous aime bien.*

— Quinn ? Oh ! Il adore surtout me donner des ordres et me faire faire ce dont je n'ai aucune envie.

— *Nous sommes des protecteurs nés, petite louve, c'est un instinct dont il est difficile de se débarrasser.*

Je haussai les sourcils.

— Vous voulez dire que vous êtes liés, Quinn et vous ? Pas en tant qu'employeur-employé, je veux dire ?

— *C'est une question à laquelle je ne suis pas libre de répondre.*

— Pourquoi ?

— *Parce que vous ne la posez pas à la bonne personne.*

— Ouais, mais c'est inutile de demander à Quinn. Il ne me dit jamais rien.

— *Les vampires vivent très longtemps, et cela peut être amusant de prendre un peu de temps pour découvrir tous les mystères de quelqu'un.*

— Désolée, mais la patience n'a jamais été mon fort.

Une nouvelle vague d'amusement tourbillonna autour de moi, cette fois-ci accompagnée d'une étrange impression d'approbation.

— OK, donc la première question que j'ai posée n'était pas la bonne ; voulez-vous bien me dire qui vous êtes ?

Quoi, qui, où, les bases de l'interrogatoire selon le Directoire. Évidemment, il était rare qu'on le demande aussi poliment.

La présence sembla réfléchir à ma question un long moment. Ou peut-être était-ce la méfiance et la peur qui le firent sembler long.

— *Je suis un haut-prêtre de l'Aedh.*

— Je n'en ai jamais entendu parler.

— *Pas étonnant. Peu de gens nous connaissent en cette époque.*

« Cette époque », genre « ce siècle » ? Ou plus longtemps que ça ? La manière dont il le disait laissait entendre plutôt la seconde solution.

— Et vous êtes venu pour parler à Quinn ?

— *Parler ? Non.*

— Quoi, alors ?

— *C'est à lui de le dire s'il le souhaite.*

— Il prétend qu'on lui a ordonné de ne rien dire.

— *Étant donné que l'Aedh est mort depuis bien longtemps, il n'a plus à respecter cette règle, à moins qu'il le souhaite.*

J'ignorais pour quelle raison cette réponse me surprit. Après tout, Quinn avait l'habitude de garder ses secrets pour lui et utilisait toutes les méthodes, qu'elles soient fair-play ou non, pour éviter de répondre aux questions sur son passé.

— Et comment cet Aedh dont vous parlez peut-il être mort, si vous en êtes un haut-prêtre ?

Un autre tourbillon d'amusement, cette fois-ci teinté de tristesse.

— *Je suis le seul qui reste.*

— Alors quel est le lien entre Quinn, vous et l'Aedh ?

—Il a autrefois suivi l'enseignement pour devenir l'un des nôtres.

Quinn avait étudié au séminaire ? L'idée me fit sourire… et pourtant, ça expliquait sa vision un peu rétro des choses quand il s'agissait de sexe.

—Et vous étiez son professeur ?

—Non, pas du tout.

—Alors en quoi êtes-vous relié à lui ?

—Une fois encore, ce n'est pas à moi de le dire. (La présence hésita un instant.) *Ne soyez pas trop curieuse à ce propos, petite louve. Vous pourriez ne pas aimer les réponses.*

Ce genre de chose ne m'avait jamais empêchée de poser des questions embarrassantes. Et j'avais l'étrange impression qu'il le savait… et qu'il essayait délibérément de me pousser à réagir d'une manière que je regretterais plus tard.

—C'est vous qui lui avez dit ce qu'étaient les choses dans la voiture ? Et qui lui avez ordonné de découvrir celui qui les avait invoquées ?

—Je me contente d'informer. Je ne peux plus ordonner.

Alors pourquoi Quinn avait-il été si furieux en sortant de la ruelle ? Pourquoi semblait-il penser qu'on lui avait donné un ordre ?

—Et ces choses, dans la voiture, c'étaient vraiment des démons, comme il l'a dit ?

—Je devine au ton de votre voix que vous ne croyez pas aux démons.

—Franchement, non.

Il rit, et ce fut un son si effrayant que je reculai d'un pas avant de me rendre compte de ce que je faisais et de m'arrêter. Jusqu'à cet instant, je n'avais ressenti aucune malveillance de la part de ce qui se trouvait dissimulé dans la brume, mais à présent j'avais l'impression de marcher au bord d'un précipice insondable. Et qu'il était derrière moi, prêt à pousser.

— *Vous croirez aux démons quand tout cela sera terminé, petite louve. Et vous apprendrez que tous les démons ne sont pas des créatures de mythe et de magie, et que certains sont bien de chair et de sang.*

Et tout à coup, lui et la brume disparurent.

Aussi rapidement et soudainement que les choses dans la voiture.

Avec le départ du brouillard et de la présence, je sentis soudain de manière décuplée les éléments m'attaquer en force. Il tombait à présent des cordes et j'étais trempée jusqu'aux os, tremblant comme un chiot venant de naître. Même si je n'étais pas certaine que mes frissons étaient dus à la peur…

Je m'essuyai le visage du revers de la main, ce qui ne servit pas à grand-chose, fis demi-tour et courus dans les flaques jusqu'à la voiture de Karen Herbert.

Heureusement, les clés se trouvaient toujours sur le contact. Peut-être que les démons ne pouvaient pas les emporter sous forme spectrale… Qui savait ? Pas moi en tout cas. Bon sang, je n'étais même pas sûre de ce que je pensais de *cette* révélation.

Je montai dans la voiture, mis le contact et le chauffage au maximum. Mais je n'allai nulle part, parce que je ne savais pas vraiment où aller. D'un côté, j'avais envie de rentrer à la maison, bien au chaud, et de me servir le café et le chocolat dont j'avais eu tant envie un peu plus tôt.

Mais d'un autre côté, une partie de mon âme avait faim de plaisirs bien plus charnels. La pleine lune approchait et la chaleur lunaire montait en moi. Quinn appréciait peut-être de jouer son petit jeu, mais je n'allais pas attendre les bras croisés qu'il veuille bien m'en dévoiler l'objectif. J'avais des besoins de base, tout comme lui.

Alors pourquoi n'étais-je pas en route pour un club de loups-garous ?

Je l'ignorais… Tout ce que je savais, c'est que c'était *lui* que je voulais, pas un simple amant de passage.

Ce qui était probablement le but de toute cette opération « Frustrons Riley ». Il voulait que je le désire, lui et lui seul.

Ce qui signifiait qu'il visait toujours l'exclusivité, alors qu'il savait très bien que je n'en voulais pas avec un vampire. Surtout étant donné qu'il ne pouvait pas exaucer le seul souhait que j'avais depuis ma plus tendre enfance.

Des enfants. Une famille à moi.

Je frappai le volant de frustration, déchirée entre mon envie de lui et mon envie de ne pas avoir envie de lui. Entre le besoin de ne plus souffrir et celui d'embarquer avec lui dans cette aventure, même si notre histoire partait dans la mauvaise direction.

L'esprit de contradiction finit par remporter la victoire. Quel que soit mon vrai désir, il y avait une chose que je ne pouvais pas changer : j'étais une louve-garou et le sexe faisait partie de ma nature, de mon âme. Quoi qu'il se passe, je ne pouvais pas changer ça.

Et c'était la chose que je voulais le moins changer au monde.

Pourtant, je ne me rendis pas directement dans un club. Quinn avait beau être celui que je désirais à cet instant, il n'était pas le seul homme dans ma vie. Si je ne voulais pas danser avec des inconnus – et je n'en avais aucune envie –, il ne me restait qu'un seul choix.

Je pris donc mon téléphone et appelai Kellen.

— Ici Sinclair, répondit-il d'un air bourru et fatigué qui me fit hausser les sourcils.

Je savais qu'il travaillait dur depuis quelque temps pour tenter de délocaliser son entreprise de fret à Melbourne afin que lui et moi puissions passer plus de temps ensemble, mais là, on aurait dit qu'il n'avait pas dormi depuis des jours.

— Kellen ? C'est moi.

— Riley ? s'exclama-t-il d'un ton chaleureux où il ne restait plus trace de fatigue.

Je désirais peut-être Quinn plus qu'il n'était bon pour moi, mais le lien que j'avais avec ce loup-là était indéniablement en train de se renforcer. Il n'était peut-être pas aussi solide que ma connexion avec Quinn, mais nous ne nous connaissions pas depuis aussi longtemps, non plus.

Quinn s'en était assuré, pensai-je soudain avec agacement. Et je n'avais pas tenté de m'y opposer, malgré mon intention première de les fréquenter autant l'un que l'autre.

Ce qui était vraiment bizarre.

— Je ne m'attendais pas à avoir de tes nouvelles avant plusieurs jours, poursuivit-il d'une voix douce. Je pensais que tu étais avec O'Conor.

La manière dont il prononça le nom de Quinn en disait long, mais ils s'appréciaient déjà peu avant que j'arrive dans l'histoire.

— Il a autre chose à faire, alors je me suis dit que j'allais t'appeler.

Ce qui laissait entendre qu'il tenait lieu de second choix, et, si l'on voulait être franc, c'était le cas. Même si Kellen était bien plus convaincant que Quinn dans le rôle de celui qui me permettrait de réaliser mes rêves.

Il ne dit rien pendant un moment, mais je sentis au point presque de le goûter l'agacement qu'il essayait de maîtriser. Kellen aimait à peu près autant être second que Quinn.

— Je n'ai pas très envie d'aller en club, ce soir, déclara-t-il. Je travaille non-stop depuis quarante-huit heures et les déménageurs viennent à peine de partir. C'est le bordel et ce bureau doit être en état de fonctionnement demain.

Il y avait quelques mois, il avait acheté un vieil hôtel de quatre étages, à deux pas de la gare de Southern Cross, et les travaux de rénovation n'avaient pas cessé depuis lors. La dernière fois que j'y étais allée, soit à peine quinze jours auparavant, les quatre niveaux de bureaux étaient presque terminés, mais le cinquième niveau où se trouvait son appartement était un vrai chantier. Mais, s'il était enfin en train d'emménager, c'est que les travaux devaient toucher à leur fin.

— Je ne tenais pas à aller en club. Je me disais que je pouvais acheter une bouteille de vin et venir te rendre visite.

Il hésita de nouveau.

— Tu resterais dormir ?

— Ça dépend.

— De quoi ?

— De si tu vénères mon corps comme il le mérite.

Il éclata d'un rire rauque qui fit battre mon cœur un peu plus vite.

— C'est moi qui t'ai promis ça la dernière fois, pas vrai ?

— Juste avant de t'endormir.

— Riley, on venait de passer dix heures ensemble.

— Et onze, ça faisait trop ? le taquinai-je. Ton endurance laisse à désirer, mon cher loup.

— Franchement, je ne pense pas pouvoir tenir dix heures cette fois-ci, mais je te promets une vénération tout à fait convenable de ton corps et du bon sexe. Ça ira ?

— Ce sera parfait, répondis-je en regardant ma montre. Je serai là dans vingt minutes.

— Dépêche-toi.

Je fis comme il me demandait et garai la voiture empruntée devant le bâtiment crasseux en exactement dix-sept minutes, juste derrière la Mercedes flambant neuve de Kellen. C'était une quatre-portes : il préférait visiblement avoir de l'espace à l'arrière. C'était un espace que nous avions mis à profit à plusieurs occasions mémorables.

L'impatience me picota la peau alors que je sortais de la voiture, et elle était si chaude que même la température glaciale n'y pouvait rien. Je grimpai l'escalier, appuyai sur le bouton de l'interphone et tournai la tête vers la caméra de surveillance.

— Viens directement en haut, dit Kellen en déclenchant l'ouverture de la porte.

Je traversai le hall et me dirigeai tout droit vers l'ascenseur qui m'attendait, puis appuyai sur le bouton du dernier étage. Quand la cabine s'arrêta, les portes s'ouvrirent dans un chuintement et je me retrouvai dans une sorte de sas, mais avant même que je puisse sonner Kellen ouvrit la porte.

C'était un loup brun musclé mais élancé, plus chocolat que marron boueux, contrairement à la plupart des membres de la meute brune. Il avait un visage anguleux, mais agréable, et des yeux d'un vert mêlé de paillettes d'or absolument délicieux. Et, à cet instant précis, ils étaient emplis d'un tel désir que j'eus l'impression que mon sang entrait en ébullition.

Je m'arrêtai et levai la main vers son visage mal rasé, même si tout ce que je voulais faire, c'était remplir mes poumons de son odeur épicée et capiteuse, respirer son parfum pendant qu'il entourerait mon corps de ses bras et me posséderait entièrement.

— Tu as l'air épuisé, remarquai-je avec tendresse.

— C'est parce que je le suis. (Il attrapa ma main et la porta à ses lèvres pour l'embrasser doucement.) Tu penses que tu pourras le supporter ?

— Ça te va très bien, l'épuisement.

— Je suis content que ça te plaise, ronronna-t-il en m'entraînant à l'intérieur de l'appartement. (Il claqua la porte et me prit dans ses bras. Son corps était chaud et ferme contre le mien, et son regard laissait transparaître la férocité de son appétit.) J'ai tellement eu envie de ça, avoua-t-il avant de m'embrasser passionnément, nos langues dansant un ballet urgent et affamé.

C'était un baiser qui fit battre mon cœur à toute allure et tendit mon corps à en devenir douloureux. Un baiser qui fit frissonner et s'étirer d'aise mon âme. Un baiser qui rendit mon envie si impérieuse que je n'étais plus capable de penser, de parler. Seulement de désirer.

Et je le désirais.

Tellement.

Il me poussa contre le mur et me caressa de ses mains brûlantes tout en me déshabillant. Je déchirai sa chemise et déboutonnai sa braguette. Nous continuâmes à nous effleurer, à nous caresser, à porter notre désir déjà rugissant jusqu'au point de non-retour. Puis il me souleva et me pénétra avec vigueur, me liquéfiant, et son gémissement étranglé de plaisir trouva un écho dans ma gorge. Il commença à onduler des hanches d'une manière tout sauf douce. Son corps fondit sur moi de la même manière que sa bouche avait fondu sur mes lèvres, et la délicieuse douleur grandit en moi, devenant un kaléidoscope de sensations qui envahit les moindres recoins de mon esprit. Puis je me mis à trembler de tout mon corps et poussai un cri étouffé, agrippant ses épaules et nouant mes jambes autour de ses hanches pour qu'il me pénètre encore plus profondément. Le plaisir s'accrut encore lorsque ses mouvements de reins se firent plus puissants et finit par exploser en un orgasme simultané parfaitement extatique qui nous fit aussitôt glisser dans un état de satisfaction béate.

Quand les ondes de choc finirent par s'atténuer, il rit doucement et posa son front contre le mien.

— Bon, c'est raté pour le programme « je prends mon temps pour te séduire et je t'amène lentement aux confins du plaisir ».

Je ris aussi en me laissant glisser au sol et passai ma main sur sa joue mal rasée et trempée de sueur.

— Nous avons toute la nuit pour ça… Tu ne vas pas me dire que tu ne pourras pas caser un peu de séduction et d'exploration des confins du plaisir dans ce temps-là ?

Il me décocha un sourire malicieux, d'un charme presque dangereux. Le genre de charme qui pouvait faire fondre une fille… et lui faire retirer sa culotte en un clin d'œil. Non que j'eusse à m'inquiéter du sort de ma culotte en l'état des choses.

— C'est une tâche difficile, répondit-il avec douceur, mais je pense pouvoir l'accomplir.

Je fis glisser mon regard le long de son ventre et souris :

— En effet, il semble que tu y sois préparé.

— Ne perdons pas de temps, alors, répliqua-t-il en me prenant la main et en m'entraînant à travers le salon rempli de cartons, jusqu'à sa chambre.

Il ne perdit effectivement pas son temps.

Et Dieu qu'il me vénéra bien.

Une sonnerie stridente me sortit d'un sommeil profond. Je tâtonnai sous la couverture à la recherche de mon portable. Je finis par le trouver à la cinquième tentative et le ramenai sous les draps. Kellen passa le bras autour de ma taille et m'attira contre son corps tout chaud.

Je me pelotonnai contre lui, décrochai mon téléphone et dis :

— Hein ?

— *Ouah, j'adore ton niveau de conversation au réveil.*

Et moi, je *détestais* le fait que Rhoan soit si joyeux le matin. C'était indécent. On ne pouvait pas être de bonne humeur avant quelques tasses de café.

— Si tu m'as appelée pour me dire ça, je vais raconter à Liander pourquoi tu n'es pas allé le voir hier soir, puis j'assisterai de loin au feu d'artifice.

— *Tu es vraiment une chienne.*

— Je suis une louve. C'est dans ma nature d'être une chienne. C'est quoi, ton excuse à toi ?

— *J'habite avec une chienne.*

J'eus un rire ironique.

— Qu'est-ce que tu veux, petit malin ?

— *À quelle heure étais-tu censée te présenter au rapport ?*

—Oh, merde…

J'étais visiblement en retard, sinon Rhoan ne serait pas en train de me poser la question. Je repoussai la couverture et, les yeux encore bouffis de sommeil, jetai un regard au réveil. 9 h 14.

Ouais, j'étais en retard.

—Jack voudrait savoir quand tu as l'intention d'arriver.

—Je suis chez Kellen. (Son appartement n'était pas très loin du Directoire, ce qui au moins m'éviterait de me débattre dans les embouteillages.) Mais il faut que je prenne une douche et que je m'habille. Donnez-moi une demi-heure.

—Essaie de ne pas être plus en retard. Il est d'une humeur massacrante.

Oh, super ! Ça signifiait que quelque chose ne s'était pas bien passé, et ça n'avait aucune importance si ça concernait seulement sa vie privée – encore que je me demandais s'il avait vraiment une vie privée – ou le travail : il nous le ferait payer dans tous les cas.

—J'arrive.

Je mis fin à la communication.

—Le boulot ? demanda Kellen.

—Ouais. Ils veulent que je vienne dès que possible.

—Tu veux que je te fasse un café avant de partir ?

Je me retournai vers lui et l'embrassai.

—Ce serait fantastique.

Ses yeux verts pétillèrent dans la lueur du soleil matinal, faisant toutes sortes de choses agréables à mes hormones.

—Ce qui serait vraiment fantastique, ça serait que tu restes au lit avec moi.

—Je ne peux pas.

—Je sais. (Il me donna une petite tape sur le derrière.) Va prendre ta douche. Je m'occupe du petit déjeuner.

C'est ce que je fis. Après m'être douchée et habillée en un temps record – la deuxième fois en vingt-quatre heures que j'accomplissais un tel miracle –, j'avalai rapidement une tasse de café et quelques toasts, pris le temps d'embrasser longuement Kellen, puis empruntai l'ascenseur et me dirigeai vers « ma » voiture.

J'arrivai quelques minutes à peine avant l'heure limite. Mais le temps de me garer, de passer tous les contrôles de sécurité et examens au scanner, de descendre au troisième sous-sol et d'arriver jusqu'à l'ancienne salle de conférence qui avait été transformée en quartier général temporaire de la brigade de jour, je perdis encore une bonne dizaine de minutes. Jack fit volte-face quand j'ouvris la porte, et me jeta un regard noir. Ouais, il semblait bien qu'il y ait eu un gros problème la nuit dernière. J'étais la plupart du temps en retard, bon sang. Ça ne l'avait jamais dérangé auparavant, je ne voyais pas pourquoi ça changerait aujourd'hui.

Néanmoins, j'ouvris la bouche pour m'excuser, mais n'eus même pas le temps de dire quoi que ce soit qu'il était déjà en train de me hurler dessus.

— Bordel, t'étais où, la nuit dernière ?

— En train de passer la meilleure nuit de ma vie, répliquai-je, avant de poursuivre d'un air moqueur : Toi pas, visiblement.

Quelqu'un étouffa un rire derrière moi. Rhoan. Je ne réagis pas et me contentai de soutenir le regard vert injecté de sang de Jack avec un calme que j'étais loin de vraiment ressentir. Je ne l'avais pas vu souvent en mode gueulard, mais ça m'était déjà arrivé. Et si j'avais appris quelque chose de mes huit années en tant que secrétaire personnelle et agent de liaison, c'était qu'il valait mieux user de l'humour pour désamorcer la situation que de rendre coup pour coup. Même si mon instinct me hurlait de me défendre plus violemment.

— En effet, commenta-t-il. Au lieu de ça, mon assistante personnelle me harcelait parce que quelqu'un utilisait sans permission les ressources du Directoire.

Ah, j'avais bien deviné. La peau de vache caramel avait bien mouchardé.

— Patron, si tu pouvais la baiser une bonne fois pour toutes, je suis certaine que ça rendrait nos vies à tous bien plus faciles.

Il cligna des yeux et sa colère s'évapora d'un seul coup. Il laissa échapper un rire brutal qui trahissait la tension qui l'habitait toujours.

— Tu n'as peut-être pas tort.

— Quand il s'agit de sexe, il faut toujours écouter les conseils d'un loup-garou. Nous n'avons aucun complexe, et ça nous permet d'avoir une vision claire de la chose.

— Peut-être.

Il m'examina encore un moment puis recula. Je battis précipitamment en retraite de l'autre côté de la pièce presque vide. Rhoan et moi étions toujours les seuls membres officiels de la brigade des gardiens de jour. Kade était censé avoir été transféré de l'armée, mais la paperasse l'empêchait toujours de prendre son poste. Iktar, le lézard d'esprit dénué de traits qui nous avait aidés à abattre le royaume de clonage et d'hybridation créé par Davern, se trouvait toujours en formation et ne deviendrait pas officiellement gardien avant dix bons mois. Berna avait refusé « l'offre » de Jack et était rentrée chez elle. Il y avait aussi Dia et Liander, mais ils n'étaient censés être que des « consultants », pas des gardiens.

Je posai une fesse sur le bureau de mon frère et demandai :

— Comment va la petite fille ?

— Elle est morte hier aux soins intensifs. Ils n'ont toujours pas retrouvé ses parents.

La colère monta en moi, accompagnée d'une certaine culpabilité. Nous avions fait notre possible pour la sauver, mais ça n'avait servi à rien. Je me frottai les yeux, qui me piquaient comme s'ils étaient pleins de sable, et poursuivis :

— On a jeté un coup d'œil sur le registre des personnes disparues ?

— Ouais, répondit Rhoan. Rien du tout.

— C'est à la police de régler cette situation, intervint Jack avec impatience. Et si on se concentrait sur notre travail, pour changer ?

Je me tournai vers lui et repris :

— Qu'est-ce que tu disais à propos d'utiliser les ressources sans permission ?

Jouer les innocentes jusqu'à en savoir plus, c'était une règle pour moi. Après tout, j'ignorais ce qu'on pouvait lui avoir dit. Connaissant Sal, c'était probablement une vérité améliorée pour lui donner le beau rôle et me mettre tout sur le dos. Pourquoi tout cela lui semblait-il nécessaire ? Je ne le savais pas. Je n'avais nulle intention de me poser en rivale vis-à-vis de Jack. Je l'appréciais en tant que personne et que supérieur hiérarchique, mais comme partenaire sexuel ? Jamais !

Il prit un café au distributeur et l'avala en une seule gorgée. S'il faisait ça depuis plusieurs heures, ce n'était pas étonnant qu'il soit aussi nerveux.

— Pour quelle raison as-tu utilisé les ressources du Directoire pour identifier une voiture ?

— Parce que cette voiture nous suivait, Quinn et moi. Elle se trouve d'ailleurs en bas, dans le parking. Et je t'ai laissé un message pour t'expliquer.

— Voilà qui explique ton sourire satisfait à ton arrivée, observa Rhoan.

Je le fusillai du regard.

— Pas du tout, figure-toi.

— Comment ça ? Tu étais bien avec lui ?

— Pas très longtemps.

— Alors avec qui te trouvais-tu ?

— Je te l'ai dit tout à l'heure : avec Kellen. Il a décidé hier soir que c'était le moment idéal pour vénérer mon corps et je suis restée dormir chez lui, ce que tu saurais si tu n'avais pas été toi-même dehors toute la nuit.

— Chienne.

J'ignorais s'il disait ça parce que je le taquinais ou parce qu'il était jaloux de ma nuit, mais je décidai que c'était de l'envie et répliquai :

— Hé, toi aussi tu as un mec prêt à vénérer ton corps. T'as juste la trouille d'aller le voir.

— Les enfants, merci de vous concentrer sur l'affaire qui nous intéresse plutôt que sur vos conquêtes de la nuit passée.

Je ne pus m'empêcher de sourire et fis mon possible pour paraître captivée par la conversation. À en juger par le regard que Jack me décocha, je n'étais pas très convaincante.

— Quinn a toutes les ressources nécessaires pour identifier une plaque d'immatriculation, ajouta Jack. Bon sang, il pourrait probablement obtenir plus rapidement une réponse que nous. Tu ne peux pas utiliser le Directoire comme service d'information personnel.

— Pourquoi ? Je l'ai fait pendant sept ans quand j'étais ta secrétaire. (Je m'interrompis, puis ajoutai, probablement à tort :) Sal a-t-elle trouvé quelque chose sur la propriétaire ?

— Ouais, rien qui sorte de l'ordinaire.

— On l'a contactée à propos de sa voiture ? A-t-elle été déclarée volée ?

— Non. Et elle ne répond pas au téléphone. On va essayer d'en savoir plus ce matin. (Il passa la main sur son crâne chauve.) Raconte-moi donc ce qui s'est passé hier soir.

— Comme je te l'ai dit, nous étions suivis. Nous avons mis en place un petit piège pour les immobiliser dans une rue adjacente, mais, quand nous sommes arrivés à la voiture, il n'y avait personne à l'intérieur.

— Ils ont réussi à s'échapper avant que vous arriviez ?

— Personne ne s'est échappé. Aucune portière ne s'est ouverte. Ils se sont juste évaporés.

Il fronça les sourcils.

— C'est impossible.

— Ça l'est peut-être pour un humain ou un non-humain, mais ces choses étaient visiblement des démons de classe inférieure.

— Des démons ? s'étonna Jack en haussant les sourcils. Et qu'est-ce qui t'a amenée à cette conclusion ?

— C'est Quinn qui me l'a dit.

— C'est Quinn qui t'a dit que c'étaient des *démons* ? s'exclama Rhoan d'un ton incrédule. Mais pourquoi t'a-t-il raconté ça ?

— Parce qu'il pensait que c'était vrai. (Je me tournai vers Jack.) Que sais-tu à propos d'un groupe nommé l'Aedh ?

— Ça me dit vaguement quelque chose, mais rien de précis. Pourquoi ?

— Parce que Quinn a parlé avec quelqu'un qui prétendait être un haut-prêtre de l'Aedh. Il a ordonné à Quinn de découvrir qui avait invoqué ces démons.

Jack prit un air préoccupé.

— Quinn n'est pas le genre à apprécier qu'on lui donne des ordres.

— Ne m'en parle pas.

J'avais plus qu'à mon tour tenté de lui donner des ordres, mais ce satané vampire refusait d'obéir. Bon, reconnaissons-le, en refusant d'obéir, il avait souvent réussi à me procurer de grandes quantités de plaisir, donc, je n'allais pas me plaindre.

— Je vais poser la question qui s'impose : les démons existent-ils vraiment ?

— Et si c'est le cas, renchérit Rhoan, pourquoi y en a-t-il deux en liberté dans Melbourne qui suivent Quinn ?

Jack laissa échapper un soupir et commença à faire les cent pas dans la pièce. Enfin, cent pas, c'était beaucoup dire, car nous nous trouvions dans la plus exiguë des salles de conférence du Directoire, conçue seulement pour une table de douze personnes. Quand Kade, Iktar et leurs bureaux arriveraient, on serait quasiment les uns sur les autres. Non que j'eusse le moindre problème à me mettre sur Kade. Mais, en ce qui concernait Iktar… Je réprimai un frisson.

—Les démons existent, dit Jack, mais habituellement, il n'y a qu'un magicien très puissant et expert en magie du sang qui puisse en invoquer un. Je n'ai jamais entendu parler de quelqu'un capable d'en appeler deux en même temps.

—La magie du sang ? répétai-je en arquant un sourcil. Tu veux dire que ce n'est pas de la pure fiction ?

—Non. La magie du sang est un type de magie ancestral qui utilise le sang de l'invocateur pour amplifier les sorts. Mais ça fait des années que je n'ai pas entendu parler de quiconque l'utilisant. (Il se tourna vers moi, le visage pensif.) S'il y a un tel mage dans le coin, il va falloir que le Directoire se penche sur la question.

—Surtout si Quinn est mêlé à l'affaire…

—Quinn est tout à fait capable de se débrouiller tout seul, me contredit Jack. Et, qu'il y ait ou non un mage dans les environs, ça n'est pas à toi de le découvrir. Vous devez plutôt vous consacrer à attraper le responsable des meurtres rituels.

Avec les multiples talents qui étaient les miens, je me sentais tout à fait à même de mener les deux entreprises à bien. Et je n'allais pas m'en priver, ne serait-ce que parce qu'il était hors de question que Quinn ne m'explique pas ce qui l'obligeait à partir à la chasse à l'invocateur de ces supposés démons. Mais la sagesse me conseilla de ne pas dévoiler mes intentions : je n'avais nulle envie de revoir Jack exploser dans l'immédiat.

—Et si c'était lié ? Je veux dire, si un magicien a besoin de sang pour invoquer ces sales bêtes, ça n'est pas plus simple pour lui de faire des sacrifices que d'utiliser son propre sang ?

— Son propre sang amène plus de pouvoir au magicien qu'un sacrifice, expliqua Jack. Si j'ai bien compris, c'est une histoire de rapport entre risque et bénéfice.

— Plus il utilise de sang, plus les risques sont importants, et plus grand est le pouvoir obtenu, commenta Rhoan. C'est logique.

— C'est peut-être logique, mais pourquoi ces pauvres filles éventrées ne seraient-elles pas des victimes collatérales d'une telle invocation ?

— C'est possible, mais je ne le pense pas, répondit Jack. J'ai déjà vu des rituels de magie du sang, et ça n'a pas du tout la même odeur que ces meurtres.

Ce qui signifiait que nous avions trois dingues qui sévissaient dans la ville ? Super. Exactement ce dont Rhoan et moi avions besoin en cette période de chaleurs lunaires. Certes, nous n'étions pas les seuls gardiens au Directoire, mais, dans l'état actuel des choses, nous étions les seuls capables de nous déplacer pendant la journée.

— OK, admettons qu'il n'y ait aucun lien. Mais est-ce qu'on a le moindre indice concernant l'auteur de ces meurtres ?

Jack grimaça.

— Pas vraiment.

Je haussai les sourcils et remarquai d'un ton taquin :

— Il n'y a donc pas que la frustration sexuelle qui explique ton énervement de tout à l'heure ?

Il eut le bon goût de paraître un peu mal à l'aise. Et c'était pour ça que je l'aimais bien : il se comportait plus comme un mec bien que comme un vampire. La plupart du temps, en tout cas.

— Soyons honnêtes, ça a influé. Et le fait que ma secrétaire ne cesse de me harceler n'aide pas.

— Tu comprends mieux pourquoi je tiens à faire mon boulot rapidement et à me barrer quand c'est l'heure, à présent ?

— Ouais. Encore qu'en l'occurrence, le paysage est plutôt agréable avec elle.

Je lui décochai un grand sourire.

— Elle a envie de toi, patron. Je n'arrive pas à comprendre pourquoi tu te retiens si tu en as tellement envie.

— Parce que les amours et le travail ne font jamais bon ménage.

— Alors elle continuera à faire ce qu'il faut pour que tu restes obsédé par sa voix et par son corps.

— Tu veux dire qu'elle mettra des décolletés encore plus profonds ? demanda Rhoan. Cool !

Je ramassai un stylo et le lui lançai dessus.

— Eh, toi, tu es censé jouer dans l'autre camp, je te rappelle !

— Ça ne m'a jamais empêché d'admirer une belle paire de nichons.

Je regardai Jack.

— Et donc, à part Sal qui t'emmerde à propos d'une demande d'information irrégulière, quel est le problème ?

— Tout, en gros. (Il soupira encore et prit un autre café au distributeur.) Nous avons un nouveau cadavre sur les bras. Rhoan, je veux que tu enquêtes à ce propos.

Jack attrapa deux dossiers posés sur la machine à café et en lança un à Rhoan.

— Celui-ci a été découvert non loin de l'usine Ford de Campbellfield.

Rhoan fronça les sourcils.

— « Non loin » ? Les autres cadavres ont été trouvés dans des usines abandonnées, pas à côté d'usines en exploitation.

— Je sais bien, mais nous devons vérifier.

— Pourquoi ne pas envoyer la police ?

— Si c'est un de nos meurtres, je ne veux pas qu'ils saccagent la scène du crime. Peri Knowles est en haut et t'accompagnera. Comme cette mort est apparemment très récente, elle pourra peut-être détecter des traces résiduelles de magie et découvrir de nouveaux indices à propos du ou des coupables.

Peri ? Je jetai un regard à mon frère et le vis hausser les épaules. Visiblement, le nom lui était aussi inconnu qu'à moi. Rhoan fit claquer le dossier contre sa cuisse en se levant.

—Je te contacte dès que j'arrive là-bas.

Il sortit de la pièce. Jack me tendit le second dossier.

—Je veux que tu ailles parler à cet homme.

L'homme en question se nommait Bob Dunleavy et, en feuilletant son dossier, je vis qu'il s'agissait d'un délinquant de bas étage que ses nombreux séjours en prison n'avaient pas découragé de continuer dans la voie du crime.

—Ça n'a pas l'air d'être une lumière, commentai-je. Et pour quelle raison dois-je aller lui parler ?

—Parce que, depuis des années, Dunleavy nous donne des tuyaux intéressants en échange de l'allègement de ses peines. Il a téléphoné hier soir pour dire qu'il avait désespérément besoin d'aide et qu'il était prêt à nous donner des informations recueillies par sa copine. Des informations sur le cas qui nous préoccupe.

—S'il a appelé hier, pourquoi ne réagir qu'aujourd'hui ?

—Parce que je n'avais personne de disponible. Et si le personnel à présent disponible ne se dépêche pas de bouger son cul de derrière son bureau, je l'y forcerai à coups de pompes.

—Tu es vraiment charmant quand tu es sexuellement frustré, lançai-je d'un air ironique avant d'agiter le dossier : Pour aller parler à Dunleavy, il me faut une voiture.

—Tu as eu un accrochage avec celle d'avant.

—Pas ma faute.

—Le propriétaire de l'autre véhicule ne semble pas tout à fait d'accord avec toi.

Pas étonnant. Cet imbécile n'avait pas d'assurance, il devrait donc payer pour les – grosses – réparations sur sa voiture lui-même si la responsabilité de l'accident lui revenait.

—Je vais au moins mettre une heure à arriver à Springvale en transports en commun.

—Je sais bien, et c'est pourquoi j'ai demandé à Salliane de t'attribuer un nouveau véhicule. Essaie de ne pas l'abîmer. Ou la bousiller complètement.

Je me retins de lui faire remarquer que je n'avais pas complètement bousillé la dernière et me levai.

—Je t'appelle une fois que j'aurai parlé à Dunleavy.

—Parfait. Alex interroge le jeune vampire, donc on a peut-être une chance d'en savoir plus long sur les intentions de Gautier.

Je fronçai les sourcils.

—Mais il est mort. Comment peut-elle interroger un mort ?

—C'est un vampire. À moins de nous consumer au soleil, nos fonctions cérébrales de base, y compris la capacité à se régénérer, peuvent survivre plusieurs heures durant. Certains vampires particulièrement vieux et puissants peuvent même survivre à une nuque brisée. Ce qui signifie qu'il peut rester des pensées conscientes à déchiffrer dans le cerveau de notre jeune ami.

Voilà une idée qui me faisait froid dans le dos. Mais je n'avais pas vraiment brisé la nuque de ce vampire, je lui avais coupé la tête. J'aurais pensé que ça ferait une sacrée différence.

—Je croyais que lui briser la nuque était la deuxième meilleure manière de tuer un vampire.

—C'est le cas, sauf pour les plus vieux. S'ils parviennent à se mettre à l'abri, ils se régénèrent lentement, mais ça ne sauve pas les plus jeunes, qui dans ce cas mettent simplement plus de temps à mourir.

—Quelqu'un d'aussi âgé que Quinn pourrait donc se régénérer ?

— Non. La directrice Hunter, oui. Quinn doit être au seuil de l'âge requis, il aurait probablement une chance sur deux d'y survivre.

Plus je travaillais avec les vampires, plus j'en apprenais à leur propos. Et plus je les trouvai particulièrement cachottiers.

— Combien d'autres infos capitales gardez-vous ainsi secrètes, hein ?

— Pas tant que ça, je t'assure.

— Ouais, je te crois sur parole, va.

Jack regarda sa montre au lieu de répondre. Je saisis le message et me dépêchai d'aller récupérer les clés de la voiture auprès de la peau de vache caramel.

Bob Dunleavy vivait dans une petite maison de ville, comme aimaient les appeler les agents immobiliers, à quelques rues du commissariat de Springvale. Peut-être que les hommes en bleu voulaient pouvoir garder l'œil sur lui. Ou peut-être Dunleavy pensait-il ne pas se faire remarquer en habitant aussi près d'eux. Cela étant, à en juger par son casier, ça ne semblait pas très efficace, comme méthode.

Avec un petit sourire, je posai mes bras sur le volant et examinai les maisons de l'autre côté de la rue, à la recherche non seulement de signes de la présence de Dunleavy, mais aussi d'indices à son propos.

Si l'on devait s'en fier à sa maison, Dunleavy était loin d'être soigneux. Ce qui expliquait en partie son casier : un voleur organisé était toujours plus difficile à attraper qu'un bordélique.

Nous nous trouvions dans un quartier bien établi de Springvale et les lots de terrains autour étaient assez grands pour y construire trois maisons. La plupart des grandes demeures de la rue avaient été détruites et avaient laissé place à leurs cousines plus exiguës, et les panneaux « À vendre » qui ornaient les pelouses des rares restantes laissaient deviner qu'il ne faudrait pas longtemps pour que tout le quartier soit entièrement constitué de résidences mitoyennes.

La maison de Dunleavy se trouvait à l'arrière du terrain, non loin de la clôture et de la voie ferrée. Elle était clairement visible de la rue car elle lui faisait face, au lieu de présenter son flanc comme les deux autres. La situation ne devait pas ravir les voisins de Dunleavy. Leurs maisons étaient propres et bien entretenues, ce qui était loin d'être le cas pour celle du voleur. Voilà qui devait bien ternir la réputation de son voisinage.

Deux des fenêtres à l'avant de la maison étaient cassées et les trous bouchés par des plaques de carton détrempé maintenues par du ruban adhésif noir. Des rideaux pouilleux, jaunis par les années et déchirés par endroits pendouillaient de chaque côté de ces fenêtres. Les autres étaient obstruées par du papier journal. La porte était truffée de trous et recouverte d'une couche de peinture complètement écaillée, et même les murs de brique semblaient en piteux état, comme si une éternité de poussière les recouvrait.

Je ne vis aucun mouvement à l'intérieur, alors même que j'avais aperçu des gens dans les deux autres maisons. Mais ça ne signifiait rien de précis. Dunleavy travaillait surtout la nuit, il devait être en train de dormir.

J'attrapai mon manteau et sortis de la voiture. Le vent me frappa, ébouriffant mes cheveux et me saisissant dans son étreinte glacée. Je m'empressai d'enfiler le manteau en frissonnant et maudis de tout cœur ce temps hivernal.

Je verrouillai la voiture, enfonçai les mains dans mes poches et traversai la rue. Dans la première maison, un rideau bougea légèrement et j'aperçus un visage à travers la vitre. Une femme âgée aux traits sévères et pincés. Je lui adressai un sourire et elle laissa précipitamment retomber le rideau.

Peut-être que la raison pour laquelle Dunleavy se faisait toujours attraper n'était pas sa négligence, mais plutôt une voisine fouineuse ?

Je longeai la deuxième maison de ville d'où s'échappait le beuglement des informations de 11 heures à la télé ou à la radio et une odeur de toast brûlé. Je savourai l'arôme âcre, fis mine de ne pas entendre mon estomac qui protestait de n'avoir été nourri que d'une seule tranche de pain grillé ce matin-là et pris mentalement note d'aller chercher un hamburger sur le trajet du retour au Directoire.

Il y avait une petite camionnette devant le garage de Dunleavy. Je jetai un coup d'œil à l'intérieur et vis des piles de journaux, des emballages vides de plats à emporter et, soigneusement entassés dans une caisse en plastique fixée à la paroi du van, plusieurs sacs de sport. Sans doute les outils de travail de Dunleavy. Je gravis quelques marches en béton qui s'effritèrent sous mes pieds et levai le poing pour frapper à la porte. Mais je fus interrompue lorsqu'un effluve familier vint me chatouiller les narines.

Du sang. Du sang épais, capiteux et très, très récemment versé.

Et simultanément je perçus d'autres odeurs que je ne connaissais que trop : celle de la mort, et celle de la merde.

Dunleavy – ou quelqu'un d'autre – était mort à l'intérieur de cette maison.

Et Gautier était passé par là.

Chapitre 4

Je me figeai quelques secondes, osant à peine respirer tout en écoutant le vent et en tentant de distinguer les odeurs qu'il transportait, les sons qu'il m'amenait. Il n'y avait aucun signe de vie, ou même de non-vie à l'intérieur de cet appartement, seulement dans les autres logements qui se trouvaient derrière moi.

Gautier était peut-être venu, mais en tout cas il n'était plus ici. Je sentirais sa présence – ou celle de n'importe quel vampire –, sinon.

Et, même si une partie de l'odeur d'excréments était bien la sienne, il y avait autre chose que sa présence, quelque chose de très humain : or, on pouvait en dire beaucoup sur Gautier, mais certainement pas qu'il était humain.

Ce qui signifiait donc que quelqu'un s'était fait dessus à l'intérieur de cette maison. Bien sûr, n'importe qui doté d'un minimum d'intelligence se chierait dessus face à Gautier. Ce mec était un salopard de la plus belle eau.

Je m'éloignai de la porte. Le verrou était tiré, et rien ne laissait paraître qu'il ait été forcé en aucune manière. Si Gautier était *vraiment* venu dans le coin, il n'était pas passé par la porte pour atteindre Dunleavy. Et de toute façon, la seule manière dont il aurait pu entrer, c'était à la suite d'une invitation préalable de ce dernier. S'il y avait bien une règle intangible avec les vampires, c'était leur incapacité à franchir un seuil sans y être invités.

— J'ai appelé la police, vous savez ?

Je sursautai, imitée par mon cœur qui faillit sortir de ma poitrine, et fis volte face en portant la main à l'arme que je n'avais pas. Tout simplement parce que je l'avais laissée sur mon portemanteau la veille au soir et n'avais pas pris le temps d'aller la chercher dans la panique en sortant de chez Kellen, ce matin. Jack me ferait la peau s'il l'apprenait.

Grâce au ciel, je n'en avais pas besoin. La voix appartenait à la femme aux traits sévères qui vivait dans la première maison. J'inspirai profondément en essayant de calmer le rythme frénétique de mon cœur et de ne pas penser que *n'importe qui* aurait pu m'attaquer par-derrière. Bon sang, j'étais tellement débutante que je représentais un danger pour ma propre survie.

— Pardon ? rétorquai-je, peut-être avec plus de brusquerie que nécessaire.

— J'ai appelé la police.

Génial. Exactement ce dont j'avais besoin en plus d'un meurtre probable.

— Et vous êtes madame… ?

— *Mademoiselle* Radcliffe, dit-elle en ramenant son châle de laine autour de ses frêles épaules pour se protéger contre le vent.

— Mademoiselle Radcliffe, je suis gardienne. (En voyant que ça ne semblait pas éveiller la moindre compréhension chez elle, j'ajoutai :) Pour le Directoire des Espèces Alternatives. (Je sortis mon badge, que j'avais toujours sur moi, et le lui montrai.) Je suis ici pour avoir une petite discussion avec M. Dunleavy, il n'y avait nul besoin d'appeler…

— Pas maintenant, m'interrompit-elle, l'air contrarié. Tout à l'heure. Quand il y avait tout ce boucan.

— Quand ça, tout à l'heure ? Et de quelle sorte de boucan parlons-nous ?

— Il devait être 7 h 30, 8 heures, dans ces eaux-là. Quant au bruit… (Elle renifla.) On aurait dit qu'ils envoyaient valdinguer des trucs dans tous les sens, qu'ils cassaient tout.

— Pas de cris ? De disputes ? Ce genre de choses ?

— Non, ils étaient calmes, cette fois-ci… en dehors de tous les trucs qu'ils lançaient contre les murs, bien sûr.

— Qui, « ils » ?

— Lui et sa pouffe.

Je haussai les sourcils et dus réprimer un sourire en réaction au ton franchement réprobateur de la vieille fille.

— Sa petite amie ?

Elle renifla de nouveau, cette fois-ci d'un air méprisant.

— Si vous tenez à l'appeler ainsi.

— À quoi ressemble-t-elle ?

Non que ça m'intéressait vraiment, mais je ne pouvais pas être sûre qu'elle n'était pas myope comme une taupe. Si ça se trouve, elle avait aperçu Gautier sans le savoir.

— Mince, avec des gros seins. Teint mat, cheveux bruns.

Certainement pas Gautier, donc. Le vent tourbillonna autour de nous et sa piste olfactive se dissipait rapidement. Si je voulais savoir exactement ce qu'il avait fait, il fallait que je pénètre dans cette maison. Et donc me débarrasser de la vieille, et ça n'allait visiblement pas être simple.

— Mademoiselle Radcliffe, je dois absolument parler avec M. Dunleavy…

— Vous savez, ça ne servira à rien, m'interrompit-elle. Le bruit s'est arrêté il y a plusieurs heures. Depuis, il règne un silence de mort.

« Mort » était le mot juste, en l'occurrence.

— Je vous en prie, mademoiselle Radcliffe, retournez donc vous mettre au chaud. Je viendrai vous rendre visite quand j'en aurai terminé ici.

— Ouais, on dit toujours ce genre de chose, marmonna-t-elle en faisant demi-tour et en retournant vers sa porte.

Il ne faisait aucun doute qu'elle s'empresserait de se poster à sa fenêtre pour m'espionner à travers les rideaux. Je me tournai de nouveau vers la maison de Dunleavy et en examinai la façade. Nulle trace de fenêtre forcée, mais ça n'était pas nécessaire, étant donné qu'il aurait suffi d'ôter le carton qui bouchait les carreaux brisés. Mais ce n'était pas par là qu'on était entré, probablement à cause de la vieille commère d'en face.

Le garage ne présentait aucun signe d'effraction non plus. Celui qui avait tué Dunleavy – ou qui que ce soit qui était mort là-dedans – devait être entré soit par les fenêtres sur le côté, soit par la porte à l'arrière. Je marchai jusqu'au bord du perron et regardai le côté de la maison. Pas de fenêtres, cassées ou non. Seulement une pelouse en manque de tondeuse et une clôture qui semblait trop proche du bâtiment.

Je descendis du perron et longeai le mur latéral. Le sol se mit à vibrer sous mes pieds et le vent se mit à tourbillonner autour de moi. Je me figeai en me demandant ce qui se passait, le cœur battant, puis eus un petit rire soulagé en voyant la raison de tout ça : un foutu train.

Pourquoi est-ce que j'avais les nerfs à vif comme ça ? Certes, j'étais débutante en tant que gardienne, mais j'avais toujours été du genre à plonger sans regarder ce qu'il y avait dans la piscine. Et voilà que je me laissais effrayer par une vieille bonne femme et un foutu train.

Pourquoi ?

À cause du sang.

La réponse m'apparut dès que je me posai la question. J'avais beau être un loup, adorer chasser et avoir déjà tué en état de légitime défense, que ce soit la mienne ou celle de ma meute, mais jamais je n'avais aimé le goût du sang frais. C'était la seule chose qui me différenciait de Rhoan. Non seulement il adorait la traque, mais il aimait aussi déchiqueter, démembrer et tuer ses proies. Ce n'était pas le cas pour moi, même si j'y avais déjà participé.

Et préférer la viande bien saignante était très différent de déchiqueter une chair encore palpitante, vous pouvez me croire. Même si ce n'était que de la chair de lapin, le seul animal que les loups-garous avaient le droit de chasser légalement de nos jours. Un steak, ça s'achetait bien emballé et prêt à cuire. Un steak, ça ne luttait pas pour sa survie pendant qu'on le mâchait.

Pourtant, au fond de moi, j'avais toujours peur qu'un jour j'apprenne à aimer ça. Qu'un jour mon héritage vampirique finisse par prendre le dessus et que je me mette à savourer le flot de vie coulant dans ma bouche quand j'enfoncerais les crocs dans la chair vivante de ma proie.

J'eus un frisson qui m'agita jusqu'à l'âme. Mais ce n'était pas comme si j'avais le choix. Mon destin semblait s'accélérer, et nul ne savait vraiment ce que l'avenir me réservait. J'étais une dhampire et mon futur était inscrit dans les méandres de mon ADN. J'étais plus louve que vampire, mais qui me disait que ce serait toujours le cas ? Surtout avec les traitements auxquels j'avais été soumise par des psychopathes prétendant être mes amants tous ces derniers mois...

Et le fait de devenir gardienne, de fréquenter au quotidien la mort, la destruction et le sang, n'était-ce pas le premier pas sur le chemin de l'acceptation ? C'était connu : plus la mort faisait partie de la vie, plus il était facile de l'accepter. Je pouvais résister, mais combien de temps ?

Finirais-je par apprécier autant la traque et la mise à mort de ma proie que mon frère ? Que Gautier ?

Mon Dieu, j'espérais que non. J'avais déjà eu bien assez de malchance sans que ça aussi me tombe sur le coin de la figure.

Je frissonnai et me frottai les bras en regardant le dernier wagon filer sur la voie ferrée. Puis je repris mon exploration.

Sang ou pas, il fallait que je découvre ce qui s'était passé dans cette maison.

Je m'arrêtai au coin de la maison et regardai au-delà. Personne en vue. Je me courbai et courus sous les fenêtres intactes. Il y avait une étrange tache sombre sur le béton près des marches menant à la porte arrière, une substance qui ressemblait à de la suie. Dunleavy avait visiblement brûlé quelque chose récemment, même si l'on pouvait se demander pour quelle raison il l'avait fait si près de sa maison.

La porte arrière était grande ouverte, et l'odeur de sang encore plus présente à cet endroit. Je fis de mon mieux pour ne pas tenir compte de la partie sauvage en moi qui se délectait, sinon du goût, au moins de l'effluve, et gravis précautionneusement les quelques marches.

J'entrai dans une petite buanderie vide et obscure. Le couvercle du lave-linge était ouvert et le tambour à moitié rempli de vêtements. Je remarquai la légère odeur d'huile et de pétrole de la combinaison noire qui s'y trouvait. Une tenue de travail. Ou, plus exactement, une tenue de cambriolage. Je traversai la buanderie et m'arrêtai à la porte en prenant le temps d'écouter et de flairer l'air ambiant. L'odeur de sang me parvenait de la droite, de ce qui ressemblait à une chambre, et celle de merde de la gauche. Étant donné la télé et le fauteuil renversés que je pouvais apercevoir d'où je me trouvais, il y avait visiblement eu une bagarre dans le salon.

Alors pourquoi l'odeur de Gautier semblait-elle avant tout me parvenir de la chambre ? À ma connaissance, il n'était pas homosexuel. Pour être honnête, il m'avait toujours semblé asexué. Je n'avais jamais senti le moindre désir chez lui. Je ne l'avais jamais vu en compagnie d'une femme, jamais entendu parler de femmes – ou d'hommes – de cette façon-là. Pourtant, les vampires étaient des êtres sexués par essence. Ils donnaient des orgasmes en échange du sang qu'ils prenaient, et, ayant eu l'occasion de l'expérimenter avec Quinn, il fallait bien avouer que ça valait le coup de perdre un peu d'hémoglobine pour ça.

Cela étant, je n'avais certainement pas l'intention de laisser un autre vampire approcher ma gorge. Bon Dieu, ils étaient tellement nombreux à ne jamais se laver que j'aurais été incapable de ne serait-ce qu'en côtoyer la plupart.

Mais Gautier était un vampire créé en laboratoire et non lors d'une cérémonie du sang. Peut-être que, dans l'affaire, on l'avait dépouillé de ses besoins sexuels. Peut-être qu'il les satisfaisait avec la soif de sang ? Parce que ça ne faisait aucun doute : il prenait son pied à tuer.

Un faible gémissement déchira le silence, un son si douloureux que les poils se dressèrent sur mon échine. Je me dirigeai vers le couloir. Le gémissement semblait venir de la chambre et pourtant, je ne sentais la présence d'aucun être vivant à l'intérieur de la pièce. Cela étant, si Dunleavy était humain, ça n'était pas très étonnant. Mon radar sensoriel ne me permettait pas de détecter les humains, contrairement aux non-humains, mais je pouvais quand même lire et influencer leurs pensées si j'étais à proximité immédiate. Je jetai un regard au salon par-dessus mon épaule et, quand un autre gémissement retentit, avançai lentement vers la chambre, mes sens en alerte maximale, guettant le moindre son ou mouvement.

Mais je n'entendais que le bruit de ma respiration et, parfois, le grincement du parquet sous mes pas.

Dans la chambre, je trouvai Dunleavy.

Il était allongé, bras et jambes écartés et à plat ventre sur le lit, mais je n'avais aucun doute sur son identité. La taille, la couleur de cheveux et la corpulence générale correspondaient aux photos que j'avais vues dans son dossier.

Il était immobile, ne semblait pas respirer, et les draps blancs sur lesquels il reposait étaient imbibés de sang.

Celui-ci ne venait pas d'une blessure. Ou, plus exactement, pas d'une blessure ordinaire, comme un coup de feu ou de couteau.

Dunleavy avait été écorché vif.

Sa peau lui avait été arrachée des pieds à la base du cou. Et elle n'avait pas été arrachée avec douceur, ni très soigneusement. D'une certaine manière, ça me rappelait le genre de massacre qu'un apprenti boucher pourrait commettre en s'entraînant à débiter des carcasses.

J'eus un haut-le-cœur et fermai les yeux en me forçant à respirer par la bouche et non par le nez. Ça n'eut pas grand effet. La puanteur de sang et de mort était tellement forte que j'en sentais presque le goût sur ma langue, et c'était comme si l'image de cette masse ensanglantée de muscle et de chair s'était retrouvée gravée dans mon esprit.

J'avais vu ma dose de choses affreuses dans les derniers mois, y compris la mort de cette gamine innocente la veille au soir. Certaines de ces morts m'avaient réjouie, d'autres m'avaient attristée ou tiré de nombreuses larmes. Mais écorcher un être humain comme on le ferait d'un vulgaire lapin me semblait bizarrement pire que tout. Et le fait que le tueur ait soigneusement plié la peau lacérée sur le pied du lit, comme si c'était une fine couverture prête à l'usage, ne faisait qu'empirer le spectacle.

Je sortis mon téléphone de ma poche et appelai d'abord une ambulance, puis une équipe de légistes du Directoire. Ensuite je m'en servis pour faire une vidéo et l'envoyer par mail, le disposai sur un tiroir entrouvert et entrai dans la pièce en tentant de ne pas me préoccuper de mon estomac tordu par la nausée.

— Monsieur Dunleavy ? appelai-je en enfilant un gant en latex et en tâtant sa jugulaire du bout des doigts.

Aucun pouls. Je pris son poignet et essayai de nouveau de trouver le pouls. Sans succès. Je me demandai si j'avais vraiment entendu ce gémissement ou si c'était autre chose. Quelque chose qui appartenait au royaume du spirituel.

J'eus soudain la chair de poule, m'efforçai de ne pas prêter attention à mon étrange prémonition qui annonçait bien d'autres horreurs, et déclarai à haute voix le décès de Dunleavy et l'heure de celui-ci à l'intention du téléphone qui enregistrait toujours la scène. Je laissai retomber son bras sur le lit et vis des volutes de ce qui ressemblait à de la vapeur s'élever du corps. Un frisson me parcourut des pieds à la tête et la température sembla descendre de plusieurs degrés dans la chambre, comme si cette brume aspirait toute la chaleur de l'atmosphère.

Sauf que je me rendis compte qu'il ne s'agissait pas d'une simple brume. C'était l'âme de Dunleavy.

Ce n'était pas la première fois que je voyais une âme quitter un corps, même si j'aurais bien aimé alors que la première soit aussi la dernière. Que ce soit une anomalie plutôt qu'un développement récent d'un de mes dons. Je ne *voulais* pas voir des fantômes ou des âmes ou des trucs du genre. Bon sang, à quoi pouvait bien servir le don de voir des morts ? Surtout des gens *vraiment* morts, pas des morts genre vampires ? Comment les morts pouvaient-ils s'impliquer dans les affaires terrestres alors qu'ils ne faisaient plus partie physiquement de notre monde ?

La dernière volute de buée s'échappa du cadavre ensanglanté de Dunleavy. Le corps sembla s'affaisser légèrement sur lui-même et un nouveau gémissement s'en échappa, si faible que j'eus un mal fou à l'entendre.

Ce gémissement ressemblait à un mot : *Dahaki.*

Je clignai des yeux en me demandant si j'avais bien entendu. Et ce que pouvait bien être Dahaki.

Je coulai un regard vers mon téléphone, espérant qu'il se trouvait assez près pour avoir pu enregistrer le murmure, puis tentai de me blinder avant de retourner Dunleavy pour voir son dos.

À certains endroits de celui-ci, toutes les couches de la peau avaient été soigneusement ôtées, laissant les muscles parfaitement intacts, alors qu'à d'autres, muscle et épiderme formaient une masse informe et sanguinolente. Il y avait du sang, beaucoup de sang : la peau était l'organe qui rendait le corps étanche, et le précieux liquide coulait à flots sous sa surface. C'était d'ailleurs pour ça que les blessures superficielles saignaient énormément. Mais, pour arriver à un résultat pareil, il fallait quand même posséder une certaine expertise, avoir de la pratique et un couteau sacrément aiguisé. Pourquoi Gautier se serait-il donné cette peine alors qu'il était la plus efficace des machines à tuer jamais sorties des rangs du Directoire ?

Et pourtant, en dehors de celle de Dunleavy, il n'y avait que deux odeurs dans la chambre. La première était celle de Gautier. L'autre était plus fleurie et féminine, et appartenait sans doute à la petite amie dont avait parlé la voisine.

Si c'était bien le travail de Gautier, où avait-il donc acquis de telles techniques pour écorcher quelqu'un ? Le dos de Dunleavy avait beau être en bouillie à certains endroits, à d'autres, c'était un travail d'expert. Or Gautier n'était pas expert en boucherie. Certes, il avait quitté le Directoire depuis plusieurs mois, mais était-ce suffisant pour acquérir l'art de l'écorchage sans l'aide d'un professeur ?

Et, s'il s'était effectivement entraîné, où étaient les corps ?

Je me souvins alors de tous les morceaux de cadavres que j'avais trouvés à l'usine. Peut-être que si j'avais pris le temps de faire le tri, j'aurais découvert des dépouilles entières ou partielles. Peut-être tous ces bouts de corps n'étaient-ils pas le résultat d'une frénésie vampirique mais plutôt les traces des efforts de Gautier pour acquérir ces nouvelles et terrifiantes capacités ?

Je frissonnai et me frictionnai les bras. Le plus inquiétant, dans toute cette histoire, c'était quand même que Gautier était sorti de cette maison bien après l'aube. La vieille fille prétendait que le bruit s'était arrêté plusieurs heures auparavant, mais c'était néanmoins bien après le lever du soleil. Et l'analyse de la viscosité du sang et du corps de Dunleavy confirmerait probablement cette estimation.

Gautier était un jeune vampire. Il n'aurait jamais dû pouvoir sortir une fois le jour levé et, pourtant, il semblait bien que ça avait été le cas. J'eus le pressentiment qu'il nous faudrait le savoir *très* rapidement, ou que sinon nous nous retrouverions dans la merde jusqu'au cou.

J'inspirai puis expirai lentement et parcourus le corps de Dunleavy du regard. Il n'y avait aucun signe de lutte : ni ses mains, ni ses pieds n'étaient attachés, et rien dans la pièce n'était renversé ou même dérangé.

Ce qui signifiait que Gautier avait utilisé le contrôle mental pour amener Dunleavy ici, et qu'il en avait fait de même pour maîtriser la petite amie, étant donné que la voisine n'avait entendu aucun cri. Alors qui avait détruit les meubles ? Gautier était bien assez puissant pour maîtriser sans mal deux humains. Sauf bien sûr s'il ne le *voulait* pas.

Cette pensée me fit courir un frisson le long de l'échine. Gautier ne faisait jamais rien sans raison, j'avais pu m'en rendre compte à de nombreuses reprises.

Je fronçai les sourcils en levant les yeux du cadavre de Dunleavy et en parcourant le reste de la chambre du regard. Le placard était rempli d'un mélange de vêtements masculins et féminins, ce qui signifiait que la petite amie de Dunleavy vivait là ou, tout du moins, y passait beaucoup de temps. Mais il n'y avait pas grand-chose d'autre dans la pièce. Dunleavy n'était visiblement pas du genre à investir dans des meubles de qualité, parce que tout ce qu'il y avait, c'étaient des vieilleries à bas prix. Soit c'était vraiment un très mauvais voleur, soit il préférait garder son butin pour autre chose. Peut-être trouverais-je la réponse dans le salon.

J'allais sortir de la chambre lorsque je sentis soudain une présence, soulignée par un arôme musqué qui vint me chatouiller les narines.

— Riley Jenson ? appela une voix qui m'était inconnue. Cole Reece, équipe de nettoyage du Directoire.

Son ton prudent me fit sourire. Visiblement, Cole avait l'habitude de travailler avec des gardiens, et ces derniers pouvaient avoir des réactions aussi brutales que leurs paroles.

— Je suis ici, répondis-je.

J'entendis un bruit de pas remontant le couloir, trois personnes, que des hommes. Je le devinais aussi bien à la lourdeur de leur démarche qu'à leur odeur capiteuse. Un grand type aux traits burinés et sans âge apparut sur le seuil et un rayon de soleil transforma ses cheveux gris en une couronne incandescente. Son odeur musquée et épicée virevolta autour de moi, aussi rafraîchissante qu'une brise marine un soir d'été dans l'atmosphère saturée de mort de la maison. Mes hormones se lancèrent dans une petite chorégraphie enthousiaste… bon, ça n'était pas si étonnant que ça, avec l'approche de la chaleur lunaire.

Son odeur m'apprit aussi que c'était un loup, mais pas un garou. Chaque espèce avait une odeur particulière, comme une base sur laquelle les odeurs personnelles étaient bâties. Les loups-garous mâles avaient une odeur de base plus âcre que les mâles des autres espèces. Ou peut-être était-ce seulement parce qu'en tant que femelle loup-garou, mon attention était plus facilement attirée par leur odeur. Certes, les loups-garous passaient beaucoup de temps à faire l'amour, mais il y avait un but très sérieux derrière cette débauche de plaisir, quoi qu'en pensent les autres espèces. Le désir de trouver notre âme sœur était inscrit dans notre patrimoine génétique, et peu de loups se satisfaisaient d'autre chose. Batifoler avec d'autres espèces ne nous aidait certainement pas à atteindre cet objectif. C'était source de grand plaisir, mais ça ne suffisait pas à la survie des loups.

Même si mon frère tentait de se persuader du contraire.

Le métamorphe parcourut la pièce du regard, examinant brièvement Dunleavy avant de se tourner vers moi. La surprise vint se mêler à la prudence dans ses yeux bleu pâle.

— Agent Jenson ?

J'acquiesçai.

— Vous ne vous attendiez pas à ça, pas vrai ?

Un soudain sourire vint plisser ses yeux, le rendant bien plus séduisant que son apparence âgée me l'avait d'abord laissé supposer.

— Pas le moins du monde. J'ignorais qu'on avait un loup-garou parmi les gardiens.

Deux autres hommes le rejoignirent dans l'embrasure de la porte. L'un d'eux étouffa un juron en apercevant le cadavre de Dunleavy. L'autre ne manifesta aucune réaction. Tous deux, comme Cole, étaient des métamorphes. L'un sentait le chat et l'autre une sorte d'oiseau. Ni l'un ni l'autre ne chatouilla mes hormones en aucune manière. Ce qui était une bonne chose : il n'y avait rien de pire lorsque la chaleur lunaire vous faisait baver sur n'importe quel être équipé d'un pénis. Surtout quand il y avait du boulot à abattre.

Cole désigna le corps du menton.

— Que s'est-il passé ?

— Il a été écorché vif.

Cole me contempla un moment, toute trace d'amusement ayant disparu de son regard.

— Par vous ?

— Ouais, bien sûr. Et après ça, on est allés danser le tango dans le couloir.

Il arqua un sourcil légèrement dubitatif. D'un autre côté, s'il avait l'habitude de travailler avec des gardiens, il devait savoir de quoi ils étaient capables.

Et, comme je m'étais identifiée en tant que gardienne, j'imaginais qu'il avait toutes les raisons de se méfier.

— Il y a des gardiens qui ont une vraie passion pour la torture.

— Je suis une louve-garou, lui rappelai-je d'un ton sec. Je peux utiliser de bien meilleures méthodes que la torture pour arriver à mes fins avec un suspect.

Il me détailla des pieds à la tête mais, à la grande déception de mes hormones, d'une manière qui n'avait rien de sexuel.

— J'imagine bien.

Trois mots innocents pouvaient très bien transmettre une opinion. C'était le cas ici. Il ne m'avait pas directement traitée de traînée, mais le ton de sa réponse faisait plus que le sous-entendre. Si j'avais été en forme de loup, on aurait pu voir mes poils se hérisser sur mon échine.

Je tentai de maîtriser ma flambée de colère et répondis aussi courtoisement que possible :

— Vous savez, nous supportons déjà bien assez de mépris de la part des humains. Ce serait sympa que nos semblables évitent de les imiter.

Il avança pour livrer passage aux deux autres hommes, puis répliqua :

— Je ne suis pas l'un de vos semblables. Je suis un métamorphe.

Dieu merci.

Les mots restèrent informulés mais flottèrent pourtant entre nous, clignotant comme une enseigne au néon. Je fis craquer mes doigts.

— Vous êtes un loup, et donc un frère, que ça vous plaise ou non. Et tous les métamorphes ont une forte libido, alors ne vous avisez pas de jouer les pères la pudeur avec moi.

Je jetai un regard à mon téléphone en me souvenant qu'il enregistrait toujours. Génial. Une preuve incontestable de susceptibilité très peu professionnelle. Cela étant, ça ne surprendrait pas grand monde au Directoire. Je soufflai d'un air excédé et récupérai l'appareil. Les deux assistants de Cole étaient en train d'installer leurs propres caméras, je n'avais donc plus à m'en inquiéter. Mais ça me rapprocha aussi sensiblement de Cole, et son odeur séduisante et chaleureuse voleta autour de moi.

— Si vous devez explorer le reste de la maison, précisa-t-il, les narines frémissantes, comme si une odeur à la fois attirante et repoussante les chatouillait, il faut d'abord que j'installe les unités mobiles d'enregistrement.

— Alors, dépêchez-vous, grognai-je en le bousculant pour sortir de la chambre.

Je descendis le couloir d'une démarche qui trahissait ma colère.

Bon sang, je n'avais vraiment pas besoin d'être attirée par un homme qui haïssait tout ce que j'étais. J'avais déjà ma dose avec Quinn. Mais la chaleur lunaire n'avait que faire de ce genre de considérations. Elle voyait juste une gâterie aux traits burinés et voulait en goûter un bout.

Heureusement pour moi, la fièvre n'avait pas encore atteint son pic.

Je m'arrêtai sur le pas de la porte du séjour et filmai un panoramique de la pièce avec mon téléphone. Il y avait effectivement eu une bagarre dans cette pièce : les meubles étaient retournés, le poste de télévision et la table en verre avaient été réduits en mille morceaux et il y avait des livres et des magazines éparpillés partout. Si Dunleavy s'était défendu, pourquoi n'y avait-il aucune marque sur son corps ? Ou n'avais-je simplement pas vu ces dernières parce qu'il était écorché ?

De toute façon, les bleus récents se manifestaient-ils sur une peau arrachée ?

L'odeur d'excréments était plus horrible ici que partout ailleurs, mais c'était une odeur humaine, pas celle que j'associais avec Gautier. Même si je sentais également la sienne, elle n'était pas aussi récente ou forte que l'autre. Je parcourus le sol du regard à la recherche de la source et vis soudain une paire de pieds.

Des pieds de femme, pour être exacte. Même d'où je me trouvais, je pouvais apercevoir le vernis rose vif sur les ongles de ses orteils. Le reste de son corps était écrasé sous le canapé renversé et dissimulé par plusieurs couches de journaux.

Je regardai par-dessus mon épaule. Cole était agenouillé à côté d'un sac ouvert, en pleine installation de l'unité mobile. Le qualificatif de « mobile » restait un mystère entier à mes yeux, puisqu'elles ne bougeaient pas, se contentant de pendre du plafond en enregistrant une image à 360 degrés de la pièce.

— Il y a un autre cadavre dans le séjour. Dépêchez-vous avec ce truc.

— Les gardiens ne sont pas censés se mêler des enquêtes, répliqua-t-il d'un ton impatient.

— Je me fous de ce que les gardiens sont censés faire ou pas. (Ce qui était la plus stricte vérité, et contrarierait fortement Jack quand il m'entendrait le dire. Mais il ne serait pas surpris non plus.) Et si vous cessiez de vous occuper de ce que je ne suis pas censée faire et vous dépêchiez de faire ce que vous, vous avez à faire ?

— Si vous vouliez bien la fermer, que je puisse me concentrer, j'y arriverais peut-être.

Je réussis à réprimer mon sourire et examinai le salon à moitié détruit. Un reflet attira mon regard dans le coin gauche de la pièce, sous l'une des fenêtres. Le soleil avait percé de derrière un nuage et braqué un rayon sur un objet rouge étincelant. Ça ne se ressemblait pas à du verre, même à du verre plein de sang.

Je fronçai les sourcils et enjambai les obstacles qui se trouvaient sur ma trajectoire. J'entendis un juron étouffé qui devait signifier que Cole n'avait toujours pas réussi à monter l'unité mobile. Je continuai à enregistrer avec mon téléphone et m'agenouillai devant ma découverte.

Dans la poussière qui s'était accumulée derrière la télé à présent renversée trônait une bague. J'enregistrai sa position à l'aide du téléphone, puis le ramassai délicatement. C'était un épais anneau d'argent, probablement assez cher. Pas le genre d'objet qu'un voleur laisserait traîner, en tout cas. D'où venait-il, alors ? De Gautier ? Je ne l'avais jamais vu porter de bagues ou autres bijoux jusqu'à présent. Mais, d'un autre côté, je ne connaissais pas jusqu'ici sa passion pour l'écorchage. J'imaginais que la bague pouvait appartenir à Dunleavy, sauf qu'elle était adaptée à des doigts fins. Or ceux de Dunleavy ressemblaient à de petites saucisses. Et, s'il l'avait volée, il en aurait certainement mieux pris soin.

Cette bague était néanmoins à la taille de Gautier. Lui appartenait-elle ? Et sa perte avait-elle été accidentelle ou intentionnelle ? Avec ce malade, on pouvait s'attendre à tout.

Quand je l'examinai plus attentivement en m'éclairant du rayon de soleil, je vis un dessin gravé sur le gros cabochon plat. Il s'agissait d'un dragon à trois têtes, armé de serres cruelles, avec un corps comme celui d'un serpent. Six rubis luisaient à la place de ses yeux.

Pour une raison incompréhensible, le simple fait de le regarder envoya des frissons le long de ma colonne vertébrale.

— Vous n'êtes pas supposée déplacer les indices.

Je sursautai en entendant la voix de Cole. Je tentai de camoufler ma réaction en tournant et retournant l'anneau dans ma main, faisant mine d'en étudier l'intérieur.

— J'ai enregistré sa position.

— Ce n'est pas le problème.

— Non, le problème, c'est que j'envahis votre territoire et que vous n'aimez pas ça. (Je le regardai.) Eh bien, vous feriez mieux de vous y habituer, mon pote, parce que je risque de vous rendre la vie difficile dans les mois à venir.

Il se raidit légèrement. Les loups mâles n'aimaient jamais qu'on les défie, surtout quand ce défi était aussi ambigu que le mien.

— Quand l'équipe de nettoyage arrive sur les lieux d'un crime, c'est elle qui prend en charge l'enquête, pas les tueurs à gages.

Son ton était empli d'un mépris glacial et la colère monta de nouveau en moi. Les gens qui jugeaient sur des généralités plutôt qu'individuellement avaient tendance à m'agacer par-dessus tout. J'en avais déjà bien assez de passer ma vie à me justifier. Je n'avais aucune envie d'avoir à aussi défendre mon boulot, surtout quand je n'avais pas vraiment voulu dudit job.

— Eh bien, cette tueuse à gages n'est pas du genre à obéir aveuglément aux règles. Vous n'avez qu'à demander à Jack.

— J'en ai bien l'intention.

Je secouai la tête d'un air dégoûté et reportai mon attention sur l'anneau. Il y avait quelque chose d'écrit à l'intérieur, mais c'était dans une langue que je ne reconnaissais pas. À vrai dire, ça ressemblait plutôt à un amas de minuscules symboles.

Je pris l'inscription en photo. Cole plaqua l'unité mobile au plafond, attendit que la succion se fasse, puis appuya sur le bouton d'enregistrement. De cet instant, tout mouvement et toute conversation seraient enregistrés.

— Quoi ? dit-il en se retournant enfin vers moi.

Je lui tendis l'anneau.

— Vous savez quelle langue c'est, ça ?

Il le saisit et l'examina attentivement.

— On dirait du perse ancien.

J'arquai le sourcil.

— Mais la Perse n'existe plus.

— Non, mais les vieilles inscriptions cunéiformes perses, si, et ça ressemble à ça.

— Et comment vous savez ça ?

— En dehors du travail, j'étudie les langages antiques.

Il devait plaisanter, pas vrai ?

— Ces petits gribouillis sont donc des mots ?

— Oui.

— Pourriez-vous les faire traduire en urgence et me transmettre le résultat ?

Il me contempla un instant, puis alla près de la porte récupérer un sac à indices en plastique.

— Je verrai ce que je peux faire.

Je ravalai un commentaire irrité et désignai le cadavre du doigt.

— Vous avez une objection quelconque à ce que je l'examine ?

Il leva les yeux vers l'unité mobile.

— Scanner tous les éléments au nord de la pièce.

— *Scan en cours.*

Je levai la tête d'un air surpris.

— J'ignorais que ces trucs parlaient.

Il leva un sourcil, comme si ça l'étonnait d'entendre un gardien avouer sa méconnaissance de quelque chose.

L'enfoiré.

Mais je ne ressentis qu'un léger agacement. La petite étincelle dans son regard bleu pâle était impossible à dissimuler à mes hormones, et quand celles-ci étaient intéressées par quelqu'un, le reste pouvait tout aussi bien ne pas exister.

— Technologie dernier cri, répliqua-t-il. Il paraît qu'ils vont bientôt en faire des *vraiment* mobiles.

— Oh, j'imagine que ces progrès vous feront prendre un pied d'enfer.

— De la même manière que tuer vous fait prendre un pied d'enfer, j'imagine.

— Ce qui ne fait que prouver que certains membres de l'équipe de nettoyage manquent d'imagination.

L'unité mobile émit un bip.

— *Zone scannée avec succès.*

— Alors jetons un coup d'œil à tout ça, Jolly Jumper.

Il me regarda comme si j'étais folle. Visiblement pas un grand fan de Lucky Luke. Je réprimai un sourire et le regardai s'approcher du canapé renversé sur la femme. Il observa le sol pendant un petit moment, puis me jeta un regard par-dessus son épaule.

— Vous pouvez bouger. Vous voulez bien attraper l'autre extrémité ?

— N'importe quoi pour vos beaux yeux.

Il me contempla d'un air qui aurait réduit au silence toute personne dotée d'un minimum de bon sens. Mais bon, si j'avais eu du bon sens, ça se serait su. Réprimant encore un sourire, je m'approchai du canapé. Si près de la femme, l'odeur d'excréments était étouffante. Je fronçai le nez et me demandai comment Cole réussissait à la supporter. Il devait en renifler des vertes et des pas mûres dans le cadre de son travail, ce qui devait être un cauchemar pour quelqu'un doté d'un odorat de loup. Je ne pouvais pas m'imaginer le faire jour après jour, année après année.

Cela étant, je ne m'imaginais pas non plus être gardienne tout le reste de ma vie… or, pour le moment, c'était le seul choix qui s'offrait à moi.

Nous remîmes le canapé d'aplomb et la raison de l'odeur devint évidente. La femme était allongée, nue, sur le dos, les bras coincés sous son corps et les jambes pliées. Les bleus sur ses cuisses laissaient supposer qu'elle avait été violée, et ceux qui recouvraient le reste de son corps, qu'elle avait résisté de toutes ses forces.

De plus, celui qui l'avait violée lui avait aussi déchiqueté la gorge et sucé tout le sang. Mais ça ne lui avait pas suffi. Oh que non ! Parce qu'ensuite, il l'avait retournée et lui avait déféqué dessus. La preuve en était une flaque de diarrhée qui puait la mort entre ses deux seins.

— De la merde de vampire, remarqua Cole. Très peu d'autres créatures produisent des excréments si dilués.

Je levai le visage vers lui et vis qu'il me dévisageait.

— Quoi ?

— Ce sont des excréments de vampire, et probablement d'un bébé vamp, même. Ceux des vampires plus âgés ont tendance à être encore plus fluides et incolores. Les bébés vamps, eux, ont encore une certaine humanité à laisser derrière eux. Leurs étrons ressemblent plus à de la merde ordinaire.

— J'en apprends vraiment chaque jour sur les vampires, marmonnai-je.

Mais, si je devais être honnête, je n'avais pas non plus vraiment cherché à m'y connaître en matière d'excréments de vampires.

— Je n'ai jamais vu un gardien qui avait l'air aussi en colère que vous en ce moment, remarqua-t-il en penchant la tête, l'air surpris et curieux. C'est comme si cette mort vous offensait personnellement.

— Parce qu'un assassinat gratuit tel que celui-ci ne vous offense pas, vous ? Ça ne vous offense pas qu'un salopard ait chié sur cette pauvre fille après l'avoir violée et tuée ?

Il haussa les épaules.

— J'en ai trop vu pour que ce genre de choses m'atteigne.

Je ricanai d'un air de dérision.

— Et c'est *moi*, le monstre de sang-froid ?

— La *tueuse* de sang-froid, me corrigea-t-il gentiment. Il y a une différence.

Pas assez à mon goût. Je regardai la fille et me rendis compte pour la première fois qu'elle avait le teint mat et les cheveux bruns. Ça devait donc bien être la copine de Dunleavy, si je devais me fier à la description de la voisine.

Si c'était Gautier qui s'était occupé de Dunleavy dans la chambre, qui avait réglé son compte à sa petite amie dans le salon ?

J'examinai la gorge déchiquetée et les excréments, sentis mon estomac se soulever et un étrange pressentiment me saisit. Je fis volte-face et scrutai les morceaux de verre et de meubles qui jonchaient le sol. Au bout d'un moment, je trouvai ce que je cherchais, renversé sur la cheminée en brique. Je me relevai et allai voir de plus près.

Je remis le cadre photo en position verticale et vis une photo représentant la femme brune, avec une petite fille. Je fermai brièvement les paupières et maudis l'injustice dont faisait preuve le destin.

— Qu'est-ce qu'il a de si intéressant, ce cadre ? s'enquit Cole.

— Le cadre, rien, c'est la photo, répondis-je en lui montrant cette dernière. Vous voyez la gamine ? Nous l'avons trouvée hier soir. Elle est morte tôt ce matin.

— Celui qui a fait ça en voulait donc à la gamine ?

— Non. Je pense qu'elle a seulement servi d'appât. (Je me frottai les paupières.) C'est pour ça que le jeune vamp est resté aussi longtemps sous la pluie. Gautier a voulu s'assurer que nous le suivrions. Il savait que nous essaierions de sauver la petite, que nous tenterions de retrouver ses parents. Ce qui signifie peut-être qu'il voulait que nous trouvions ces cadavres. Et peut-être même cet anneau.

— La question est : pourquoi ?

Je regardai de nouveau la morte et ma perplexité s'accrut.

— Ça fait combien de temps qu'elle est morte ?

Cole baissa le regard sur le corps.

— La raideur cadavérique n'est pas encore totalement installée, ça doit donc faire moins de trois heures. (Il leva les yeux vers moi.) Pourquoi ?

— Parce que ça ne colle pas, question timing. Ceux-là ont été tués il y a à peine quelques heures, mais la gamine avait été kidnappée bien avant.

Et nous avions tué le petit protégé de Gautier la veille au soir, ça ne pouvait donc pas être lui. Cela étant, il était toujours possible que Gautier ait plus d'un bébé dans son nid.

Mais ça laissait toujours une question en suspens : comment cet éventuel bébé vamp avait-il pu sortir d'ici après le lever du soleil ? Gautier avait beau être un jeune vampire, il avait quand même un peu plus de résistance à la lumière du jour que ceux qu'il avait transformés. Pour ces derniers, le moindre rayon signifiait une mort immédiate.

— Peut-être a-t-elle été enlevée pour les forcer à se taire ? suggéra Cole.

Possible. Dunleavy avait bien appelé le standard du Directoire la veille au soir, l'air désespéré. C'était vraisemblablement pour cette raison. Si Jack avait réagi plus tôt, si le Directoire n'avait pas été à court de personnel, peut-être aurions-nous pu sauver cette petite fille. Peut-être même aurions-nous pu sauver sa mère et Dunleavy.

Cela me fit m'interroger sur ce que ces derniers avaient su exactement. Visiblement, ça avait beaucoup de valeur, parce que la mort les avait frappés très rapidement. Mais quel rapport cela avait-il avec Gautier ? Et quels étaient les liens de ce dernier avec le Couperet ?

Parce que, plus on y réfléchissait, plus il semblait effectivement connecté au tueur, quoi qu'en dise Jack, et quoi que signifie le soi-disant concours de Gautier.

Je regardai de nouveau la photo. C'était mieux que de regarder le cadavre.

— Je pense que je vais aller poser d'autres questions à la voisine. Voir si elle n'a pas vu quelqu'un. Mais, je vous en prie, cachez votre joie jusqu'à ce que je sois sortie.

— Dur, mais je devrais avoir la force d'y arriver, répliqua-t-il avec un sourire qui réchauffa son visage taillé à la serpe et ses yeux clairs, les rendant amicaux et chaleureux.

— Je suis certaine que vous ne manquez pas de force dans bien des domaines, le taquinai-je

Je résistai à l'envie de poursuivre dans la même veine – du genre « Mais êtes-vous assez fort pour moi ? » – en me rappelant de l'unité mobile d'enregistrement. Le fait est que Cole était un métamorphe loup. Il serait tout à fait en mesure de sentir mon intérêt pour lui. Si ce n'était pas réciproque, alors je n'allais pas non plus insister.

— Ça vous dérange que je prenne ça ? poursuivis-je en montrant la photo.

— Non, non. (Il hésita.) Je vous transmets la traduction des inscriptions sur l'anneau dès que je l'ai.

— Et une copie du dossier de la femme, si c'est possible.

Il acquiesça. Je lui tournai le dos et me dirigeai vers la porte. Sur le chemin, je sentis son regard se poser tel un poids chauffé à blanc non sur mon dos, mais sur mes fesses. Je résistai à la tentation de rouler des hanches et sortis avant de me fourrer dans de nouveaux ennuis.

Mlle Radcliffe me confirma que la petite fille était bien celle de la compagne de Dunleavy.

— Quand l'avez-vous vue pour la dernière fois ? lui demandai-je, plissant le nez en sentant la forte odeur de chou qui s'échappait de l'intérieur de la maison.

— Hier, quand l'autre l'a amenée à la crèche. (Elle renifla avec mépris.) Son père a dû passer la prendre le soir. Ils ont la garde partagée, ce qui n'est pas une mauvaise chose, d'ailleurs.

— Vous ne connaîtriez pas son nom, par hasard ?

— Robert Worthington. Il vit à Prahan, je crois, dans les beaux quartiers en tout cas. La petite s'appelle Ellana.

— Et celui de la petite amie ? Vous vous en souvenez ?

Un rictus se forma sur son visage.

— Trudi Stone. Elle est serveuse à mi-temps, et sinon, stripteaseuse dans un de ces clubs pour hommes.

— Avez-vous vu quelqu'un entrer ou sortir de la maison ?

— Non. (Elle renifla de nouveau.) Mais il a fait brûler quelque chose à l'arrière quand tout le vacarme s'est arrêté. Quelque chose qui sentait horriblement mauvais, d'ailleurs.

Je me rappelai le tas de suie devant la porte à l'arrière de la maison. Le bébé vamp, peut-être ? D'un point de vue timing, ça collait, même si ça n'avait aucun sens. Pourquoi Gautier n'avait-il pas partagé ce qui lui permettait d'échapper aux effets du soleil avec sa création ? Ou est-ce que Gautier s'était débarrassé du bébé vamp intentionnellement lorsqu'il n'en avait plus eu besoin ? Le laisser se consumer au soleil était la meilleure manière de s'assurer que le Directoire ne trouverait aucun indice dans son esprit.

— Mademoiselle Radcliffe, je vous remercie infiniment. Je ne vais pas vous déranger plus longtemps.

— C'est toujours un plaisir d'aider la police.

Je réprimai un sourire en plaignant les flics du coin. Ils allaient probablement être bombardés des si utiles « rapports » de la vieille fille dans les semaines à venir.

Je me hâtai vers ma voiture, réussissant à m'y engouffrer et à refermer la portière avant que le ciel me tombe sur la tête. Des trombes d'eau se mirent à cascader sur le pare-brise. Je posai la photo sur le siège passager, pris mon téléphone et composai le numéro du Directoire.

C'est la peau de vache caramel qui répondit.

— Sal, c'est encore Riley Jenson. J'aurais besoin que tu fasses des recherches sur quelqu'un.

— Je ne suis pas ton esclave personnelle, répliqua-t-elle froidement. Il y a des procédures pour ça.

— Je suis allergique aux procédures, et j'ai besoin de ces informations rapidement.

— De telles requêtes doivent être approuvées…

— Je n'ai pas le temps pour ces conneries, Sal. Contente-toi de faire ce que je te demande, ou sinon je dirai des horreurs à Jack concernant sa nouvelle secrétaire chaude comme la braise. (Je lui donnai le nom de Trudi ainsi que l'adresse de Dunleavy.) Elle travaillerait comme serveuse à mi-temps et stripteaseuse. Je voudrais savoir où.

— Tu es vraiment une sale conne, marmonna-t-elle d'un air exaspéré, mais j'entendis néanmoins le doux cliquètement du clavier en arrière-plan.

— Oui, mais une sale conne que Jack écoute. (Parfois. J'attendis quelques secondes, puis poursuivis :) Tu trouves quelque chose ?

— Ouais. Je t'envoie son dossier.

— Il y a une adresse de travail ?

Salliane hésita.

— Elle est barmaid au *Cattle Club*. Aucune trace de club de strip-tease.

Ce qui signifiait qu'elle travaillait probablement au noir dans un des clubs clandestins de la ville.

— Où se trouve le *Cattle Club* ? Je n'en ai jamais entendu parler.

— Tu ne dois pas être une grande fêtarde, remarqua-t-elle avec une satisfaction mesquine. C'est le dernier lieu à la mode.

— Pour les garous ou pour les vampirettes qui en veulent aux fesses de leur patron ?

— Pour les humains, connasse. Autre chose ?

— Non. C'est toujours un plaisir de discuter avec toi, Sal.

— Va te faire voir chez les Grecs, la louve.

Elle coupa la communication et je souris. J'allais me retrouver dans la merde si je continuais à la tourmenter ainsi, je le savais très bien, mais bon sang que c'était drôle ! Elle était tellement coincée que son visage se fissurerait si elle souriait. Mais on ne pouvait pas lui enlever cette qualité : elle était efficace. J'avais à peine écarté le téléphone de mon oreille que le message contenant les informations sur Trudi Stone arriva. Je le parcourus rapidement en remarquant qu'elle n'avait pas de casier et qu'il n'y avait rien sortant de l'ordinaire à première vue.

Il y était fait mention de sa fille, ainsi que de son ex. Je rédigeai une note demandant qu'on le prévienne de la mort de son enfant, puis entrai le nom du *Cattle Club* dans mon GPS afin d'en obtenir l'adresse et l'itinéraire pour m'y rendre.

Le club se trouvait au beau milieu de la célèbre rue des boîtes de nuit, King Street, un endroit qui était, d'une certaine manière, l'équivalent humain de clubs de loups-garous… mais sans le sexe à volonté. Cela étant, il semblait qu'on pouvait en obtenir contre quelques billets et si on n'avait rien contre un petit coup au fond d'une impasse ou sur la banquette arrière d'une voiture. Je me demandai si Trudi avait appartenu à ce milieu. Ça ne m'aurait pas vraiment surprise. Sur la photo du dossier, elle avait le genre de regard bouffi et las du monde typique des putes qui faisaient le tapin depuis trop longtemps.

Cette information qui avait causé sa mort, l'avait-elle obtenue d'un client ou de quelqu'un d'autre ? Le *Cattle Club* était-il le lien avec le meurtre, et y découvrirais-je le fameux club de striptease dont nous n'avions trouvé aucune trace ?

Le seul moyen de le savoir, c'était d'aller y fourrer mon nez. Même si c'était le début de l'après-midi, j'étais certaine qu'il serait déjà ouvert. La plupart des clubs de King Street avaient des licences 24/24 et promettaient nourriture, alcool et divertissement à quiconque en passait le seuil. Il n'était pas rare de voir des files d'attente aussi longues le midi que le soir : les gens en pause-déjeuner venaient se changer les idées et éventuellement tirer un coup. Le problème, c'est que je ne pourrais jamais entrer habillée comme je l'étais, pas sans montrer mon insigne… et j'avais le pressentiment qu'il valait mieux l'éviter tant que je n'aurais pas pu repérer les lieux.

La clairvoyance, c'était vraiment nul, songeai-je en démarrant la voiture. Je veux dire, si mon don tenait vraiment à m'envoyer des avertissements, il aurait pu se fendre de quelques explications, non ?

Je me dirigeai donc vers mon appartement pour enfiler une tenue un peu plus classe et sexy, avant d'attraper mon manteau le plus chaud et de repartir vers le club.

Il y avait effectivement une file d'attente, mais pas énorme. Le vent glacial qui balayait King Street fit claquer les pans de mon manteau en laine. Le temps que j'arrive à la porte, mes jambes nues étaient presque bleues. Et ça n'allait pas du tout avec mes cheveux roux.

— Vous avez l'air d'avoir un peu froid, remarqua avec un sens incroyable de l'observation le gorille à l'entrée en ouvrant la porte.

— Vous avez intérêt à avoir du café, là-dedans, sinon je ne réponds plus de rien, articulai-je en claquant des dents.

Bon sang, mais qu'est-ce que je ne faisais pas pour mon travail ?

Le videur rit doucement et ses dents blanches donnèrent l'impression d'être lumineuses en contraste avec sa peau sombre.

— Une nouvelle cafetière toutes les heures, et assez fort pour qu'une cuiller tienne debout dedans.

— C'est une bonne chose, ça ?

— En tout cas, ça vous réchauffera rapidement le cœur.

— Ça tombe bien, il a grand besoin d'être réchauffé.

Il me regarda de la tête aux pieds, ne laissant son regard s'attarder qu'un instant sur le décolleté plongeant de mon pull en cachemire vert bouteille.

— Pas facile à voir avec ce gros manteau. (Puis, les yeux pétillants, il poursuivit avec un sourire :) Si vous voulez vous en débarrasser, il y a un vestiaire.

— C'est le cas, merci.

Il m'adressa un petit signe de tête et referma la porte derrière moi. Je m'arrêtai le temps que mes yeux s'habituent à la soudaine pénombre, puis déposai mon manteau au vestiaire et descendis l'escalier menant au club lui-même.

La plus grande des salles avait un côté rétro et était plus vaste que je ne l'imaginais. Un bar de couleur vive et bien éclairé dominait la salle, agrémenté de vieux tabourets argentés. Des boules à facettes projetaient des arcs-en-ciel sur la grande piste de danse et, dans la semi-pénombre qui baignait le fond de la pièce, j'aperçus des banquettes basses et des tables à manger anciennes nichées dans des alcôves. La musique était un mélange de dance et de techno. Pas vraiment ma tasse de thé, mais facile à négliger. Peut-être baissaient-ils le son pendant la journée.

Je scrutai les endroits plongés dans l'ombre. Il y avait beaucoup de monde, comme j'avais pu m'en douter en voyant la file d'attente, mais la majesté de la salle donnait une sensation d'espace dont peu de clubs pouvaient se vanter. Moi, j'aimais qu'on soit les uns sur les autres. Ce contact peau à peau était un plaisir dont mon âme de louve raffolait.

Je marchai jusqu'au bar et me perchai sur l'un des tabourets. Le barman vint de l'autre bout du bar en souriant poliment.

— Que puis-je pour vous, belle demoiselle ?

— Le gars à l'entrée m'a promis un café assez fort pour me réchauffer le cœur, lui dis-je, un demi-sourire aux lèvres et le sourcil arqué. Je suis là pour vérifier qu'il ne mentait pas.

L'amusement éclaira ses yeux sombres et chatouilla la commissure de ses lèvres joliment ourlées. Mes hormones relevèrent la tête et remarquèrent qu'il y avait quelque chose d'intéressant.

— Il fait froid, dehors, hein ?

— On se les gèle, oui, approuvai-je en le suivant du regard alors qu'il s'éloignait vers la machine à café en attrapant une tasse au passage.

Belles épaules. Joli cul. Dommage que ça ne soit pas un club de loups... Je me repris : ce genre de pensées devait être mis de côté. J'étais ici pour travailler, pas pour satisfaire mes hormones gourmandes.

— Lait ? Sucre ?

Quelque chose dans ses yeux d'un brun profond me dit qu'il savait parfaitement que je l'avais reluqué. Et que ça ne le déstabilisait pas le moins du monde. Peut-être même que ça lui plaisait.

— Beaucoup de lait et un sucre, merci.

Il opina du chef, remplit la tasse et revint vers moi. Il fallait l'avouer, il était tout aussi agréable à voir de face. Il fit glisser la tasse sur le comptoir rouge et refusa mon paiement :

— Si vous restez un moment, je vais vous ouvrir une note que vous paierez à la fin.

— Merci.

Je saisis la tasse entre mes deux mains, laissant la porcelaine les réchauffer. Une simple gorgée suffit à me convaincre que le vigile à l'entrée n'avait pas exagéré. Ce café ressemblait à de la mélasse : épais, fort et très goûteux.

— Alors, il est fidèle à sa réputation ? demanda le barman, amusé par ma réaction.

— Je pense pouvoir dire que je n'ai jamais rien goûté de tel. Mais ça réchauffe indéniablement le cœur. (Je souris et tendis la main.) Moi, c'est Riley.

— Et moi, Jin.

Je sentis ses doigts tièdes s'enrouler autour des miens et savourai le contact de sa paume calleuse et la force de sa poigne. Ce n'étaient pas les mains d'un barman de carrière.

— Vous travaillez souvent ici ?

Il haussa les épaules et commença à essuyer des verres avec un torchon.

— Deux ou trois fois par semaine. Les extras rapportent pas mal.

— Ah ! m'exclamai-je en sirotant une nouvelle gorgée de café. C'est probablement pour ça que je ne vous ai jamais vu avant.

— Vous venez souvent ?

Quelque chose étincela à sa main gauche alors qu'il attrapait un autre verre. Une bague. Et par chance elle se trouvait à son index, pas à son annulaire. Je détestais flirter avec les hommes mariés. C'était une perte de temps pour tout le monde.

— Quelquefois, répondis-je avec un sourire. Et déjà, j'avais eu la chance qu'un charmant barman s'occupe de moi.

— Nous aimons entretenir une ambiance amicale. (Il m'examina un moment avec un intérêt visible.) C'est pour ça que vous êtes ici aujourd'hui ?

— En fait, non. Je suis venue voir une vieille amie qui travaille parfois ici.

— Elle s'appelle comment ?

— Trudi Stone.

Je ne vis aucune réaction chez lui quand il entendit le nom. Quant à la raison pour laquelle j'en espérais une, je l'ignorais.

— Attendez un instant, je vais voir à quelle heure elle prend son poste. (Il avança jusqu'au milieu du bar, servit un homme qui me reluquait de manière éhontée, puis disparut dans un petit bureau à l'arrière. Il en ressortit au bout de quelques secondes.) Selon le planning, elle ne travaille pas avant demain soir.

— Bon sang, j'étais certaine qu'elle m'avait dit travailler aujourd'hui.

Je posai ma tasse sur le zinc et me penchai en avant en croisant les bras pour lui laisser une vue imprenable sur mon décolleté. Hé, il était sexy, et rien ne m'empêchait de m'amuser un peu pendant que je fouinais à la recherche d'informations ! Je n'allais certainement pas prendre le risque de lire dans ses pensées ici, pas avec des caméras de surveillance dans tous les coins. Mon don de télépathie avait beau être surdéveloppé, j'ignorais qui nous observait, et il suffisait qu'une seule personne remarque l'immobilité momentanée du barman alors que j'explorais son cerveau pour tout foutre en l'air. Il valait mieux que je fasse ça une fois que je l'aurais tout à moi.

— Et vous, vous la prenez quand, votre pause ?

Ses yeux passèrent de mon visage à mes seins, avant de revenir à mon visage, et un sourire amusé étira ses lèvres.

— Quand voulez-vous que je la prenne ?

— Que diriez-vous de ce soir ?

— Avec le plus grand plaisir.

Je haussai un sourcil.

— J'espère bien que ce sera aussi le cas pour moi.

Il rit d'un air sensuel.

— Oh, ça, je te le promets. Mais il va falloir me donner ton numéro.

— Si tu as un stylo, j'ai le numéro.

Il en sortit un de sa poche, accompagné d'un bout de papier, et les glissa tous deux dans ma direction de la main gauche. Pour la première fois, je pus voir en détail la bague qu'il portait.

Sur le cabochon plat se trouvait une gravure représentant un dragon à trois têtes, avec des serres cruelles et des yeux couleur de sang.

Exactement le même anneau que celui que j'avais trouvé chez Dunleavy.

Chapitre 5

— Sympa, la bague, murmurai-je après un moment de flottement, avant de ramasser le stylo d'un air dégagé et de noter mon numéro de portable.

— Ce vieux machin ? dit-il en agitant les doigts à la lumière pour faire briller les yeux féroces du dragon. C'est juste une bague pour marquer mon appartenance à un club. Elle ne vaut pas grand-chose, mais c'est extra pour attirer l'attention des jolies filles.

S'il mentait, je ne le sentais pas. Cela étant, ça ne voulait rien dire : il était humain, après tout.

— C'est donc seulement un bon prétexte à conversation ?

— C'est toujours utile d'en avoir un, répondit-il en glissant le morceau de papier bien plié dans la poche de sa chemise. On se retrouve à quelle heure ?

Je repris une gorgée de café.

— Tu finis à quelle heure ?

— Dix-neuf heures.

— Vingt et une heures, ça te va ?

— Parfait. On se retrouve pour boire un café ou on va au restaurant ?

— Allons dîner quelque part. (Je réfléchis.) Il y a un chouette resto italien sur Rathdown Street. Une petite trattoria très intime qui s'appelle *Riceni's*.

Il opina du chef.

— Excellent choix.

— Je fais toujours d'excellents choix, ronronnai-je, et je vis le désir brûler dans ses yeux. (Je lui décochai un sourire langoureux.) En attendant, est-ce que tu pourrais me dire si le restaurant en haut est encore ouvert ?

— Il ne ferme jamais. Vas-y, je préviendrai le chef et il viendra s'occuper de toi.

— Merci.

Je me laissai glisser au bas du tabouret, attrapai ma tasse de café et me dirigeai vers l'escalier, parfaitement consciente du regard affamé de Jin sur ma chute de reins, et appréciant la sensation.

Le chef s'occupa effectivement très bien de moi, me proposant un steak aussi tendre que du beurre accompagné de frites et de légumes. Ce fut une louve rassasiée et heureuse qui sortit du club une heure plus tard.

Une fois dans la voiture, je sortis mon téléphone, le mis en mode vidéo et composai le numéro du Directoire. Le poste direct de Jack, pas celui de la peau de vache caramel.

— Hello, grand patron, c'est Riley.

— *Grands dieux, elle vient faire son rapport. Les miracles existent-ils donc ?*

J'eus un sourire ravi.

— Je peux être une gentille petite louve quand la fantaisie m'en prend.

— *Et c'est rare. Que s'est-il passé chez Dunleavy ?*

Je lui fis un rapide résumé des événements, sans omettre de parler de mes soupçons concernant Gautier, de la bague, et de ce que j'avais appris sur l'identité de la mère de la gamine.

— Le seul truc que je ne comprends pas, c'est comment Gautier peut se balader après le lever du soleil.

— *Je l'ignore. Ça ne devrait pas être possible.*

— Et pourtant c'est le cas, alors on ferait mieux de trouver rapidement.

Il poussa un grognement.

— *Dommage que les deux victimes aient déjà été mortes à ton arrivée. Tu aurais pu lire dans leurs pensées pour voir si elles avaient quelque chose à t'apprendre.*

C'était le moment idéal pour lui dire ce que j'avais vu – et entendu – dans la chambre.

— Eh bien, Dunleavy était encore vaguement vivant quand je suis arrivée.

— *Comment ça « vaguement » ?*

— Il gémissait quand je suis entrée dans la maison. Quand je suis arrivée près de lui, j'ai vu son corps comme s'affaisser et son âme s'élever. (J'hésitai un bref instant.) Je suis quasiment certaine de l'avoir entendu dire « Dahaki ».

— *« Dahaki » ?*

— Ouais. J'ignore si c'était simplement son dernier souffle ou si son esprit essayait effectivement de communiquer avec moi.

Ou si j'étais aussi cinglée que mes paroles pouvaient le laisser supposer.

— *Vu tous les rapports qui semblent confirmer que ta clairvoyance se développe fortement dans des domaines hors norme, je dirais qu'il y a de fortes chances que tu aies bien entendu son esprit te parler. Ce qui est intéressant, c'est le moins qu'on puisse dire.*

— C'est flippant, ouais.

— *Peut-être, oui. Mais la capacité à interroger les personnes vraiment mortes nous donnerait un sacré avantage contre les malades que nous pourchassons.*

— Encore faut-il que je sois présente lorsqu'ils meurent.

— *Ou que les esprits traînent un peu près de leur cadavre.*

Je frissonnai. Je n'avais pas très envie de penser que les esprits pouvaient attendre d'avoir une petite conversation avec moi.

— J'ai demandé à Cole de m'envoyer la transcription des gravures à l'intérieur de l'anneau, mais, si tu veux y jeter un coup d'œil, tu peux la voir dans les vidéos que j'ai déjà envoyées par téléphone.

— *Je demanderai à Salliane de récupérer les images. Je vais aussi comparer la bague elle-même à notre base de données pour voir ce que ça donne. Et pour Trudi Stone ? Tu as découvert quelque chose ?*

La peau de vache caramel s'était donc bien empressée de tout répéter à Jack. Une fois encore.

— Je suis allée au club où elle travaillait et j'ai échangé quelques mots avec un Asiatique. Un Asiatique qui portait le même modèle de bague que celle que j'ai trouvée chez Dunleavy.

— *Peut-être une coïncidence...*

— Peut-être, mais j'en doute. J'ai rendez-vous avec lui ce soir et j'explorerai ses pensées, mais je me demandais si tu ne pouvais pas entrer dans les fichiers du *Cattle Club* pour en savoir plus sur lui.

— *Il s'appelle comment ?*

— Son prénom, c'est Jin. Probablement né ici, il n'avait aucun accent.

— *Humain ou non ?*

— Humain.

— *Sois prudente, alors. Ne le laisse pas soupçonner que tu es plus qu'humaine.*

— Patron, je crois que le seul truc qui l'intéressait, c'était que je suis une belle nana.

— *Alors arrange-toi pour que ça continue comme ça.*

— Pas de problème. (Je m'interrompis le temps de mettre le contact et le chauffage. L'habitacle de la voiture commençait à me faire l'effet d'une tombe, mais j'ignorais si c'était dû à la température ou à l'inquiétude.) Comment s'est passée l'enquête de Rhoan ?

— *Visiblement un banal crime de vampire affamé. Un des garçons de l'équipe de nuit s'en occupera.*

J'étais certaine que les « garçons de l'équipe de nuit », dont certains avaient plusieurs centaines d'années, en seraient ravis.

— Je passe à la maison pour me reposer un peu avant ce soir, je t'enverrai mon rapport par e-mail de là.

— *Ça marche. Et cesse de harceler mon assistante.*

Je souris de nouveau.

— J'avais un besoin urgent de ces informations.

— *Je ne te dis pas de ne pas demander d'informations. Juste d'être moins chienne quand tu le fais.*

— Au cas où ça t'aurait échappé, je *suis* une chienne. Je suis née comme ça. Baise-la, Jack, qu'on soit tranquilles.

— *J'imagine que ça ne servira à rien de te dire de te mêler de tes oignons ?*

J'étouffai un éclat de rire.

— En effet.

— *Quels emmerdeurs, ces loups*, maugréa-t-il. *Pense à me faire ton rapport en fin de soirée.*

— OK, patron.

Je coupai la communication et rentrai chez moi.

J'étais enroulée dans une serviette, debout devant la penderie en train de réfléchir à ce que j'allais porter, quand Rhoan rentra enfin.

— Salut, frangine, dit-il en se laissant lourdement tomber sur mon gigantesque vieux lit. Rendez-vous galant ?

— Rendez-vous galant et peut-être une piste. (Je sortis une robe noire et la lui montrai.) Jack m'a dit que ton affaire n'était qu'un crime ordinaire. Tu en es certain ?

— Cette robe est trop habillée. Il te faut quelque chose qui le poussera à penser plus à ton corps et aux choses qu'il aimerait lui faire qu'à tes questions. (Il se leva et vint examiner le contenu de la penderie à côté de moi.) Et, oui, cette affaire n'a rien à voir avec le Couperet. Peri pense même qu'il s'agit de deux bébés vamps qui agissent ensemble pour se nourrir.

— Exactement ce dont on a besoin en ce moment, marmonnai-je. Pourquoi ces fichus suceurs de sang ne réussissent-ils pas à tenir leurs mômes ?

— La plupart y arrivent. Ceux qui échappent à la surveillance de leur créateur sont en fait assez rares.

— C'est déjà trop quand on en est victime.

Il haussa les épaules et sortit une robe dos nu moulante couleur vert citron, fendue sur les cuisses et dotée d'un profond décolleté.

— Tu vas où ?

— Chez *Riceni's*. Et je vais me peler les miches dans cette tenue.

Sans parler du fait que je serais probablement phosphorescente dans l'atmosphère tamisée du restaurant.

— Pas si tu la portes comme il faut. Là, il dégagera tant de chaleur et de désir que tu suffoqueras.

— Ça n'empêche pas que cette robe est fluo...

— Bon Dieu, plus tu vieillis, moins tu es aventureuse !

— C'est une robe idéale en club, pas dans un restaurant romantique.

Il remit la robe dans la penderie. Je croisai les bras et le regardai examiner d'autres robes. Cela m'agaça passablement de voir qu'il n'accordait aucune attention à celles que j'avais achetées. Mais il fallait avouer que j'avais des goûts bien plus classiques que ceux de mon frère.

— Alors, qu'est-ce que Jack t'a envoyée faire aujourd'hui ? demanda-t-il en sortant une robe en satin stretch vert sombre à manches longues, avec des ouvertures aux épaules et sur les côtés, et en la tenant devant moi. Parfait. Sexy, sans être trop révélateur.

— Je suis allée parler à une source et il s'est avéré que j'ai découvert une scène de crime. (Je pris le cintre et allai poser la robe sur le lit.) La petite qu'on a trouvée hier était la fille de la petite amie de cette source.

—Ils étaient tous les deux morts?

—Oui. Et c'est Gautier qui en est responsable.

Il me regarda avec des yeux luisants de colère froide.

—On va l'avoir, ce salaud, je te jure.

—Je sais.

Je me trémoussai pour entrer dans la robe et lissai le tissu. Ce n'était pas une tenue que j'aurais choisie moi-même mais je devais admettre que la sensation contre ma peau était fabuleuse.

—Très jolie vue arrière, commenta Rhoan. En revanche, je me passerais de culotte et de collants, si tu peux supporter les courants d'air. Comme le dit si bien Liander, mettons le holà aux vilaines traces d'élastique!

Je ricanai doucement.

—Ce n'est pas Liander qui doit supporter lesdits courants d'air. (J'enfilai mes talons, puis poursuivis:) Et, en parlant de Liander, tu l'as vu récemment?

—J'ai dîné avec lui, répliqua Rhoan, le sourcil arqué. Et si tu veux vraiment jouer à fouiner dans les affaires des autres, où en es-tu avec Quinn et Kellen?

—Quinn est toujours à la chasse aux démons et tu sais que Kellen était la raison de mon retard, ce matin. (Je souris en me remémorant notre conversation matinale pendant mon rapide petit déjeuner.) Il veut m'emmener dans un endroit isolé le week-end prochain.

Rhoan sourit.

—Cet homme est sacrément déterminé à t'arracher des griffes de ton vampire, pas vrai?

Indéniablement. Et étant donné que le résultat de cette détermination, c'étaient des moments géniaux pour moi, pourquoi m'en plaindrais-je?

—J'ai refusé la proposition de week-end à cause de l'affaire, mais oui à trois semaines de vacances dans un endroit exotique après ça. Jack me doit des congés.

— Nom d'un chien, ça va carrément rendre Quinn furieux.

Et le sourire de Rhoan laissait entendre que ce n'était pas une mauvaise chose. Lui et Quinn avaient beau être amis, mon frère avait été plus qu'agacé par son comportement, ces derniers mois.

Cela étant, il n'avait pas vraiment été favorable à ma relation avec lui au début.

— Quinn m'a abandonnée dans la zone industrielle à l'ouest de l'aéroport et n'a pas donné la moindre nouvelle depuis lors. Il peut aller se faire foutre, ça ne me fera ni chaud ni froid.

Rhoan eut un petit rire.

— J'adore quand vous vous disputez, tous les deux. C'est toujours super rigolo de voir ce que vous vous envoyez dans les dents.

— Ravie de t'amuser autant, grognai-je en sortant un sac vert foncé de la penderie puis en allant embrasser mon frère sur la joue. Fais attention à toi, grand frère.

— Toi aussi. Et n'oublie pas les capotes si tu prétends être humaine. Les loups ont peut-être une grande résistance aux maladies sexuellement transmissibles, mais ce n'est pas le cas des humains, et il trouvera peut-être ça bizarre si tu acceptes des rapports non protégés.

Je souris en tapotant la poche avant de mon sac à main.

— Déjà achetés. Des nervurés, des texturés et des glacés.

Il haussa les sourcils.

— Glacés ?

— Sur la boîte, c'est marqué qu'ils donnent une sensation de chaud-froid dans tout le corps. Je te dirai si ça vaut le coup.

— Avec plaisir. J'adore les nouvelles expériences.

— C'est ce qu'on dit de toi, oui.

Il me donna une tape sur les fesses.

— Sois polie envers tes aînés. Et file avant d'être trop en retard.

Je filai.

La pluie continuait à tomber à verse et les rues étaient glissantes. Évidemment, ça n'empêchait pas certains crétins de me dépasser à cent cinquante à l'heure. Parfois, je me prenais à souhaiter posséder un gyrophare que je collerais sur le toit de ma voiture, juste pour leur flanquer la frousse, à ces abrutis.

J'arrivai au restaurant avec un retard de quinze minutes, après une lutte sans merci pour trouver une place et une expédition sous la flotte en essayant d'éviter les flaques. Le maître d'hôtel m'accueillit à la porte, me débarrassa de mon manteau dégoulinant et m'accompagna à la table du fond où Jin était installé. Celui-ci se leva en nous voyant approcher, révélant un costume bleu nuit et une chemise gris clair qui mettaient magnifiquement en valeur son teint. Il me regarda des pieds à la tête et me récompensa d'une expression approbatrice et débordante de désir.

Je lui décochai un sourire et me penchai pour lui plaquer un baiser sur la joue. J'effleurai sa peau douce comme du satin du bout des lèvres, avec une odeur d'aftershave au bois exotique, au citron vert et à la mandarine.

— Ravie de te revoir.

Il sourit et attendit que le maître d'hôtel ait tiré ma chaise pour s'asseoir de nouveau.

— Ils m'ont demandé de faire des heures supplémentaires. Je leur ai dit qu'il n'y avait pas moyen.

— J'en suis heureuse.

— Moi aussi. (Il leva le regard en voyant un serveur approcher.) Tu veux boire quelque chose ? Du vin blanc, peut-être ?

— Ce sera parfait.

Et réellement, le vin, la nourriture et la compagnie le furent, parfaits, et même plus que ça. Nous parlâmes de tout et de rien, nous lançant des piques, flirtant gentiment et nous amusant beaucoup. Je l'appréciais, que ce soit son sens de l'humour ou la manière dont il passait sans effort apparent d'un sujet de conversation à l'autre. Même les brefs silences ne me mettaient pas mal à l'aise. Je repoussai le moment de l'interrogatoire autant que possible, jusqu'à ce qu'on débarrasse les desserts et que je ne puisse plus le remettre à plus tard.

—Alors, dis-je en faisant tourner le vin dans mon verre. (J'en avais probablement bu plus que de raison : je sentais un doux ronronnement dans mes veines. Ou bien était-ce le bourdonnement excité de mes hormones ?) Dis-moi, tu fais quoi, vraiment, dans la vie ?

Tout en posant la question, je baissai mes barrières mentales et projetai mon esprit en direction du sien, afin de tâter précautionneusement ses pensées. Mais, au lieu de ça, je rebondis sur un mur plus solide que ce que j'avais jamais pu rencontrer, sauf que ça ne ressemblait pas aux défenses naturelles d'une personne dotée de pouvoirs psi.

Mais, bizarrement, ça ne ressemblait pas non plus à un nanofil. Ceux-ci représentaient le dernier cri en matière de nanotechnologies et protégeaient ceux qui en étaient équipés des intrusions psychiques. J'ignorais comment ils fonctionnaient exactement, mais je savais qu'ils étaient alimentés par la chaleur du corps et dégageaient une sorte de picotement électronique quand on entrait en contact avec eux.

Mais si ses défenses n'étaient ni naturelles ni technologiques, qu'étaient-elles, exactement ? Qu'y avait-il d'autre ?

Je n'en avais aucune idée, mais j'avais bien l'intention de le découvrir.

En attendant, il allait falloir que je déterre mes informations de la bonne vieille façon : en baisant et en fouinant, parce qu'il n'y avait rien eu d'autre que son adresse dans sa fiche de personnel du *Cattle Club*. Même une recherche plus complète n'avait rien donné, en dehors du fait qu'il n'avait pas de casier, et avait étudié la psychologie dans une université de la région.

Certes, à peine cinq mois auparavant, je considérais comme inenvisageable de baiser l'ennemi pour le Directoire. Et pourtant, j'étais tout à fait prête et enthousiaste à l'idée de le faire aujourd'hui. Cela étant, ça aidait pas mal qu'il soit super mignon. Et que je ne percevais rien de lui sur le plan psychique. S'il avait été super mignon avec un esprit immonde, ça n'aurait pas été la même chose.

Enfin, je le pensais.

Il haussa les sourcils.

— Y a un problème à être barman de métier ?

Je souris.

— Non. Mais tu me sembles avoir d'autres ambitions que de passer ta vie derrière un bar.

— Ah. (Il hésita un instant, puis haussa les épaules.) Je suis un peu instable en ce moment, je fais des trucs divers et variés. J'ai tenté de faire des études à la fac, mais ça m'a saoulé de bosser dans le domaine qui était le mien.

— Tu as d'autres boulots, alors ?

— Je travaille au *Hunter's Club*. (Il me regarda comme si j'étais censée le savoir.) C'est une salle de sport en centre-ville. On y donne des cours de yoga, de Pilates, il y a des massages, un spa, une salle de musculation. Des trucs comme ça.

Un sourire taquin étira mes lèvres.

— Genre… tu fais le masseur pour tripoter les jolies filles, c'est ça ?

Il tendit la main et attrapa la mienne avant de la tourner. Il fit courir un doigt délicat de ma paume à mon poignet, envoyant des petites secousses de plaisir le long de mon bras.

— Seules les clientes très spéciales ont droit à mon attention. En général, je travaille dans la salle de musculation, comme prof de fitness. J'ai suivi une formation lors d'une année sabbatique.

— La bague, c'est donc celle du *Hunter's Club* ?

— Pas exactement.

Sa poigne se resserra sur ma main, m'écrasant légèrement les doigts. C'était un étrange contraste, celui de la caresse brûlante de son doigt et de la douleur, un paradoxe qui envoya des frissons tout le long de mes membres. Comme si j'étais sur le point de découvrir quelque chose de nouveau. Ce qui était bizarre, vu que je n'avais pas grand-chose à découvrir en matière de sexe.

— Tu veux prendre le café ici ou tu préfères un endroit plus intime ?

Il parla en plantant ses yeux dans les miens, et au fond de ce regard brun je vis un désir à peine maîtrisé. Mais je ne pus m'empêcher de remarquer le changement de sujet. Il ne voulait pas parler de la bague, pas en détail, en tout cas. Ce qui était intéressant vu qu'il assurait s'en servir comme sujet de conversation. J'arquai un sourcil taquin.

— Et c'est où, exactement, cet « endroit plus intime » ?

Il me lança un regard terriblement sexy et mes hormones se lancèrent dans leur traditionnelle petite danse.

— Chez moi. En fait, j'habite à deux pas.

— Ah, d'accord. (Je fis mine de réfléchir.) J'ignore si ce « café » vaudra vraiment le coup de courir sous la pluie.

— Tu veux que je te donne un avant-goût ? répliqua-t-il en tirant sur ma main, me forçant doucement à me pencher par-dessus la table.

— J'adorerais, murmurai-je juste avant que ses lèvres touchent les miennes.

Ce fut un baiser doux et lent, comme une exploration, celle de deux personnes ne se connaissant pas mais ayant la ferme intention de remédier à la situation. Quand nos bouches se séparèrent, nous étions tous les deux légèrement essoufflés.

— Alors, murmura-t-il contre mes lèvres, j'ai réussi le test ?

Je me passai la langue sur les lèvres, savourant son goût, son haleine, et les ramenant en moi.

— C'est bien possible.

— Alors, partons maintenant.

Il lâcha ma main et fit signe au serveur. Une fois que nous eûmes réglé l'addition, il m'aida à enfiler mon manteau puis m'escorta vers l'extérieur, la main sur mes reins. Des petites pastilles de chaleur brûlèrent là où il avait posé les doigts, même à travers le tissu épais de mon manteau.

Il pleuvait toujours dehors, mais l'averse avait laissé place à une petite bruine. Il faisait toujours terriblement froid, mais entre la quantité d'alcool que j'avais absorbée et la proximité incandescente de Jin, je ne le sentais absolument pas.

Nous avions à peine fait quelques dizaines de mètres lorsqu'un frisson familier me fit me rendre compte que nous n'étions pas seuls.

Des vampires nous suivaient.

Génial. Vraiment parfait. Comment allais-je pouvoir m'occuper d'eux sans griller ma couverture ?

Je m'arrêtai et ôtai l'une de mes chaussures, puis la secouai légèrement en regardant autour de moi, cherchant à localiser les vamps. Ils se trouvaient de l'autre côté de la rue, camouflés dans l'ombre et essayant de nous dépasser. Leur faim modifiait leur odeur corporelle, emplissant agressivement l'air nocturne et mes narines, et faisant courir des frissons le long de mon échine. Ils sentaient le cadavre frais. Des bébés vamps, pas des adultes.

Étaient-ce donc les mêmes qui étaient responsables du meurtre sur lequel Rhoan avait enquêté aujourd'hui, ou deux autres complètement différents ? Et qui fabriquait tous ces vampires avant de les lâcher dans les rues de Melbourne ?

Sans raison, ce fut l'image de Gautier qui m'apparut. C'était quelque chose de tout à fait logique de sa part. Il savait que le Directoire manquait de personnel et que ce genre de choses nous mettrait à l'épreuve et nous empêcherait de le poursuivre, lui.

Jin fit volte-face et scruta les alentours avant de me regarder.

—Qu'est-ce qui se passe ?

—J'ai un caillou dans ma…

Je n'eus même pas le temps de terminer ma phrase : les deux vampires se débarrassèrent alors de leur manteau d'ombre et attaquèrent. Jin poussa un grondement venu du plus profond de sa gorge et me repoussa en arrière. Je titubai et repris mon équilibre juste à temps pour éviter le poing de l'un des vamps. Celui-ci gloussa doucement en émettant un son ravi qui me mit les nerfs à vif. Il m'envoya un autre coup et j'ôtai ma seconde chaussure, l'envoyant valser et la rattrapant en plein vol avant de faire volte-face et d'envoyer le talon effleurer sa mâchoire. Des flammèches volèrent là où le bois touchait la peau et l'odeur de la chair brûlée s'éleva dans les airs. Il fronça les sourcils et regarda la chaussure que je brandissais d'un air surpris.

Visiblement, il ne se rendit pas compte que les talons étaient en bois, et je ne lui laissai pas le temps d'y réfléchir. De toutes mes forces, je lui envoyai un coup de pied dans les joyeuses. Il laissa échapper un chuintement de douleur et, alors qu'il se courbait en avant, j'envoyai mon poing percuter son menton et il s'effondra, inconscient, sur le bitume.

Je me retournai pour prêter main-forte à Jin et m'immobilisai, sous le choc. L'autre bébé vamp était couché à ses pieds, en train de gémir, les jambes et les bras pliés dans des angles inquiétants. Jin n'était même pas essoufflé, mais je le vis fermer les yeux et inhaler profondément, comme si son corps se nourrissait d'une certaine manière de l'arôme de la douleur du vampire.

Ce qui était une idée franchement bizarre. Mais, quoi qu'il en soit, je ne pus empêcher un frisson de me parcourir, ne serait-ce que parce qu'aucun humain ordinaire n'aurait pu triompher d'un vampire. Même d'un bébé vamp.

Cela signifiait-il donc que Jin était autre chose qu'humain ? Et, si c'était le cas, pourquoi mes sens le percevaient-ils comme tel ? Ou alors, c'était simplement dû au fait qu'il semblait doté de pouvoirs psi. Je jetai un coup d'œil au vampire et vis la douleur et la terreur qui déformaient ses traits. Des talents psi qui pouvaient briser des os ? Je n'avais jamais rien entendu de tel, mais je n'étais pas une experte. Je n'étais même pas capable de décrire mes propres dons, bon sang.

Je sortis mon portable et appelai le Directoire pour leur demander une équipe de nettoyage, tout en faisant croire à Jin que je ne faisais que signaler l'agression à la police. Je suis certaine que la peau de vache caramel dut penser que j'étais folle. Mais bon, d'un autre côté, elle devait déjà le penser bien avant ce coup de fil.

Jin expira doucement alors que je remettais le téléphone dans ma poche, puis ouvrit les yeux et se tourna vers moi. L'étincelle dans ses yeux sombres appartenait à un autre monde. Un nouveau frisson me courut le long de la nuque et pourtant, de manière perverse, la louve en moi réagit avec un appétit féroce. L'Alpha le plus puissant de la meute était toujours le plus désirable et cet homme, avec ses yeux étranges, m'avait fait le désirer à un point presque douloureux.

Il croisa mon regard et sourit. Son expression était d'une férocité absolue. Je pensai un bref instant à prendre la fuite, mais je n'eus pas le temps de joindre le geste à la pensée qu'il s'approcha rapidement de moi, plaqua une main sur ma nuque et m'embrassa. Passionnément. Il glissa son autre main autour de ma taille et me serra contre lui. Je sentis son sexe turgescent érigé contre mon bas-ventre. La sensation était tout bonnement divine.

— J'ai envie de toi, articula-t-il d'une voix lourde de la même passion qui me consumait, moi. (Il descendit sa main le long de mes fesses et effleura l'arrière de mes cuisses. Je sentis ma peau se couvrir de chair de poule et je me demandai si elle était due à mon excitation ou à la chaleur surnaturelle de sa caresse.) Ici, maintenant.

— Pas ici. (Il glissa les doigts sous le satin stretch de ma robe et je dus lutter de tout mon être pour ne pas leur offrir mon entrejambe palpitant.) Chez toi. On sera au chaud.

Il poussa un grondement lourd de frustration, me saisit la main et m'entraîna derrière lui au pas de course. Je m'éclaboussai les jambes en traversant des flaques mais ne sentis même pas le froid de l'eau. La chaleur de Jin, son désir, et autre chose, une énergie que je sentais mais n'arrivais pas à identifier, rayonnaient vers moi, faisant perler la sueur sur ma peau et bouillir le sang dans mes veines.

S'il avait été un loup, je l'aurais soupçonné d'utiliser son aura pour me rendre prête et docile. Car oui, que Dieu me vienne en aide, j'étais prête à tout ce qu'il voudrait bien me faire.

Nous empruntâmes une rue sur la gauche. Il poussa le portail de la troisième maison et me fit gravir les marches du perron à toute allure. J'eus à peine le temps d'entrapercevoir une maison victorienne classique à un étage et peinte en blanc que la porte lambrissée s'ouvrit et que je fus pratiquement projetée à l'intérieur.

— La première à droite, dit-il en claquant la porte.

Je pénétrai dans le salon, ôtai mon manteau et le lançai sur la chaise la plus proche. J'envoyai valdinguer mes chaussures dans la même direction, mais gardai le sac juste assez longtemps pour récupérer quelques préservatifs.

Je n'entendis aucun bruit de pas dans mon dos, malgré le parquet, et pourtant il fut soudain derrière moi, ses mains brûlantes effleurant brièvement mes cuisses et soulevant ma robe, la faisant passer avec rudesse par-dessus ma tête.

Il émit un ronronnement d'appréciation et posa la main sur mon dos, me poussant à travers la pièce, vers le dossier du grand canapé en cuir.

— Cramponne-toi, m'ordonna-t-il.

Je m'exécutai. Il me prit les capotes, en garda une et jeta les autres sur le canapé. Il écarta un peu plus mes jambes de sa cheville, l'air impatient, et commença à explorer mon corps de ses doigts, de manière presque douloureuse, pinçant, agaçant et caressant jusqu'à ce que le besoin de le sentir en moi soit si intense que je pensai être sur le point d'exploser.

C'est alors qu'il me mordit, profondément, à l'épaule. J'ignorais à quel moment la douleur et le plaisir s'étaient confondus, mais le cri que je poussai fut un cri d'extase.

— Tu aimes quand c'est brutal, commenta-t-il en haletant contre mon épaule.

— Non, réussis-je à articuler. Mais ça, c'était bon.

Et la question était : pourquoi ? Je n'étais pas vraiment du genre à confondre douleur et plaisir de manière générale, même si j'avais parfois flirté avec les limites.

Or, là, c'était bien au-delà de ce que j'avais jamais fait. De ce que j'avais jamais *voulu* faire. Et pourtant, j'étais incapable d'y mettre fin, je ne voulais pas y mettre fin, et au fond de moi ça m'inquiétait. Était-ce simplement la soif de plaisirs nouveaux ou quelque chose de très différent qui repoussait mes limites ?

Mais cette étincelle d'inquiétude n'avait aucune chance d'interrompre ce qui se passait. Pas quand la vague du plaisir gonflait lentement.

Ses dents éraflèrent encore ma peau, mordillant et taquinant en descendant le long de mon dos, puis il mordit une fois encore, cette fois-ci ma fesse. Je tressautai en poussant un gémissement qui était moitié douleur et moitié plaisir.

Il inspira profondément, comme si c'était le son qu'il absorbait. Il posa des doigts tremblants sur ma peau, une nouvelle preuve de la maîtrise fragile qu'il exerçait sur lui-même.

— Un peu plus brutal, peut-être ?

Une partie de moi trembla à cette perspective, mais je ne protestai pas, trop absorbée par le moment pour oser protester.

Il claqua mes fesses. Comme la morsure, c'était une claque appliquée avec force qui envoya de petites décharges électriques à la surface de ma peau. Je gémis encore, oscillant entre douleur et plaisir, une partie de moi voulant pousser plus loin l'expérience et l'autre résistant et cherchant à rendre coup pour coup.

— Tu aimes ça, hein ?

Il ne me laissa pas l'occasion de répondre et me donna une nouvelle claque, encore plus forte, qui fit courir des picotements sur mes fesses et frémir mon corps.

— Oh oui ! haletai-je.

Mais pourquoi étais-je si enthousiaste à l'idée de repousser les limites avec Jin ? Je l'ignorais, et ce simple fait était effrayant.

Puis je me souvins de l'étrange énergie que j'avais sentie plus tôt. Jin avait-il le même genre d'aura qu'un loup ? Mais comment était-ce possible s'il était humain ?

— Et ça ?

La morsure fut soudaine et brutale, mais la houle de douleur fut contenue par un baiser, ses lèvres brûlantes apportant un soulagement à ma chair meurtrie. J'eus l'impression que mes genoux allaient céder sous le flot de sensations.

— C'est bon, c'est bon, réussis-je à balbutier.

Il claqua encore, cette fois ma cuisse, assez fort pour que les larmes me montent aux yeux. Puis soudain il m'empala profondément, le contact glacé du préservatif offrant un contraste presque douloureux avec la chaleur de mon corps. Mais c'était pourtant si bon que je ne pus m'empêcher de gémir.

Il agrippa brutalement mes hanches pour m'empêcher de bouger et me laboura encore et encore, me donnant l'impression que son sexe couvert de latex frais me remplissait entièrement.

Je respirais avec difficulté dans cette atmosphère lourde de désir et de besoin qui émanaient aussi bien de lui que de moi. La pression au plus profond de moi monta sous les doux assauts de son corps et atteignit presque trop rapidement le point de non-retour.

Nous jouîmes simultanément, son rugissement se fondant dans mon hurlement, son corps s'abattant si lourdement sur le mien que tout le canapé en vibra.

Et soudain, ce fut fini et je me retrouvai tremblante, trempée de sueur et les jambes à peine capables de supporter mon poids. Je pris une grande inspiration frissonnante et expulsai lentement l'air.

— Sacrément bon, ce café.

Il rit doucement et m'embrassa l'épaule.

— Et si on allait s'en faire vraiment un dans la cuisine ?

Il me prit la main et me guida le long du couloir obscur jusqu'à la cuisine. Il jeta la capote à la poubelle, alluma la bouilloire et sortit un gros gâteau au chocolat du frigo. Étonnamment, malgré le fait que je venais de terminer un repas copieux, je mourais de faim.

Nous satisfîmes notre faim et notre soif tout en papotant. Au bout de une heure, il m'entraîna vers sa chambre. Nous baisâmes encore, plus brutalement et plus violemment que la première fois, me laissant épuisée et pourtant satisfaite.

Le reste de la nuit continua sur cette lancée.

Quand je me réveillai enfin, ce fut avec la sensation peu familière d'un corps douloureux. On aurait dit que j'avais couru un marathon, ce qui d'une certaine manière était presque le cas, même si, en tant que louve-garou, j'avais l'habitude des marathons sexuels. Le sexe avec un humain n'aurait pas dû me fatiguer autant. Mais ce n'étaient pas seulement les courbatures qui me tourmentaient. Mon corps était recouvert de petites plaies horriblement douloureuses là où Jin avait frappé ou mordu trop fort ou trop souvent.

Et pourtant, plusieurs fois durant la nuit, j'avais ressenti son besoin d'aller encore plus loin dans la violence.

J'étais sacrément soulagée qu'il ne l'ait pas fait.

Je grognai doucement et ouvris des paupières bouffies. La lumière envahissait la chambre, ce qui indiquait que le soleil était levé depuis longtemps. Je me tournai légèrement, savourant la caresse de la soie contre mon corps nu, et regardai le réveil. Neuf heures. J'allais encore être en retard au boulot.

Je me remis sur le dos. Il n'y avait aucun bruit dans la maison. Ni bruit de pas, ni bouilloire sifflante, rien qui indique la présence de qui que ce soit. Je fronçai les sourcils, prêtai une oreille plus attentive et perçus un son qui me laissa perplexe pendant plusieurs secondes. Puis je me rendis compte de quoi il s'agissait : un ronflement.

Je n'étais donc pas seule dans la maison. Mais l'odeur de Jin était distante, comme un simple souvenir, ce qui me laissait penser qu'il ne se trouvait plus à l'intérieur.

Ma perplexité s'accrut et je repoussai les couvertures et me levai. La douleur flamba un instant et je tressaillis. Bon sang, si ma relation avec Jin devait prendre un tour quotidien, je serais intégralement couverte de bleus d'ici à la fin de la semaine. De toute façon, je n'avais pas assez d'endurance pour une semaine avec lui... ce qui était très étrange comme aveu de la part d'un loup-garou.

La porte de la chambre grinça quand je l'ouvris. Je grimaçai et attendis nerveusement une quelconque réaction. Mais rien ne se produisit. En dehors du faible ronflement qui s'élevait de derrière la porte en face de moi, le seul autre son audible était le sifflement de l'air chaud par les aérations au plafond.

J'enfilai un peignoir accroché à la porte et sortis de la chambre en nouant la ceinture.

Jin ne se trouvait pas non plus dans la cuisine, mais il avait laissé un petit mot contre la salière au milieu de la table.

« Désolé de t'abandonner, Riley, mais le boulot a appelé pour une urgence. Fais-toi à manger, prends une douche, tout ce dont tu as besoin avant de partir. Je t'appelle ce soir. »

Si l'on faisait abstraction du colocataire ronfleur de Jin, la parfaite occasion de fouiller un peu dans les affaires de Jin pour en savoir plus venait de se présenter à moi.

Je me mordis la lèvre inférieure un instant en contemplant la bouilloire, me demandant si mon envie d'un café matinal était assez forte pour risquer de réveiller le coloc'.

La réponse était non. Je fis demi-tour et me dirigeai sur la pointe des pieds vers le salon, récupérant mes vêtements au passage et jetant un coup d'œil alentour. Dans cette pièce rien ne semblait anormal ou bizarre, ni n'éveillait l'intérêt de mon instinct.

Je soufflai lentement et retournai vers la chambre. J'avais besoin d'une douche, mais vu que le bruit de l'eau risquait lui aussi de réveiller le dormeur, il valait probablement mieux fouiller la chambre avant.

Je fermai doucement la porte, lançai mes fringues sur le lit et me mis à explorer silencieusement – et soigneusement – les tiroirs. La première information que j'en tirai, c'était que Jin était un homme qui aimait les vêtements de qualité. Il avait des caleçons en soie, bon sang !

La seule chose qui éveilla mon intérêt était un tas de cartes de visite dans son tiroir à chaussettes. Elles étaient noires, ornées du nom *Hellion Club* imprimé en rouge et de celui de Jin en dessous. J'en pris une, puis rassemblai mes vêtements et allai me doucher.

Heureusement, ça ne réveilla pas le ronfleur. Je n'étais pas d'humeur à sociabiliser avec un inconnu. J'avais besoin de rentrer chez moi, d'envoyer mon rapport à Jack et de me reposer un peu, parce que je me sentais aussi tremblante qu'un chiot nouveau-né.

La pluie s'était arrêtée pendant la nuit et le ciel laissait présager d'une de ces matinées lumineuses et vivifiantes qui étaient courantes à Melbourne l'hiver. Il faisait toujours un froid de canard, mais au moins y avait-il du soleil.

Je refermai doucement la porte derrière moi et boutonnai mon manteau avant de descendre, pieds nus, les marches du perron. Arrivée au portail, je m'arrêtai le temps d'enfiler mes chaussures et me dirigeai vers l'endroit où j'avais laissé ma voiture la veille au soir.

J'avais à peine fait une centaine de mètres qu'une main me saisit le bras. Je réagis par pur instinct et envoyai un coup de pied à l'aveuglette vers l'agresseur qui se trouvait derrière moi.

Et je me rendis alors compte de qui il s'agissait.

Quinn.

Chapitre 6

Il lâcha mon bras et se projeta hors de portée de mon coup. Je fis volte-face. Il était vêtu de noir de la tête aux pieds, telle une ombre qui ne semblait pas à sa place par cette lumineuse matinée. Le simple fait de le voir éveilla l'attention de mes hormones… même si leur réaction ne fut pas aussi vive que d'habitude. Bizarre.

— Qu'est-ce que tu fabriques ici ?

— J'allais te poser la même question, répliqua-t-il d'un ton contrarié.

Je laissai échapper un ricanement de dérision.

— Je suis encore en tenue de soirée et je sors d'une maison qui n'est pas la mienne. Devine.

— Oh, ça, j'avais compris. Je me demandais juste si c'était pour ton plaisir personnel ou pour le Directoire.

— Pourquoi diable devrais-je répondre à tes questions alors que toi, tu refuses de répondre aux miennes ?

Surtout qu'en l'occurrence, dire la vérité n'engendrerait que de nouveaux reproches. Quinn avait certes décidé qu'il fallait participer à la course pour avoir un espoir de la gagner, mais ça ne signifiait pas qu'il était ravi de devoir affronter d'autres adversaires. En particulier lorsque ces adversaires étaient de parfaits inconnus.

Je tournai les talons et m'éloignai avant qu'il puisse répondre. Je n'avais pas besoin de ce genre de conneries. Tout ce que je voulais, c'était rentrer chez moi.

— Riley, attends, appela-t-il en me touchant de nouveau le bras, mais cette fois-ci plus gentiment, avec moins d'autorité.

Je m'arrêtai et le regardai.

— Quoi ?

Il me força à me retourner pour être face à moi et planta ses yeux dans les miens, l'air inquiet.

— Tu es sûre que ça va ?

Je tentai de me dégager de sa prise mais il la raffermit légèrement.

— Évidemment que ça va. Lâche-moi.

Il refusa de s'exécuter.

— Tu as l'air vidée.

Un frisson qui ressemblait bien à de la peur me parcourut.

— Quoi ?

— J'ai dit que tu avais l'air…

— Je sais ce que tu as dit, mais qu'est-ce que ça signifie exactement ?

— Que quelqu'un s'est nourri de toi.

Le sentiment de peur s'intensifia.

— Comme un vampire ?

Il acquiesça et, d'une main délicate, saisit mon menton et exposa le côté droit, puis gauche de mon cou.

— Pas de traces visibles de morsure. Tu en as ailleurs ?

Partout, chéri. Je me dégageai de son emprise et reculai d'un pas.

— L'homme avec qui je me trouvais n'était pas un vampire.

Il fronça les sourcils.

— Tu en es bien certaine ?

— Il était humain.

Il n'eut pas l'air de me croire.

— Tu te souviens de cette fois, dans l'avion, quand tu m'as quasiment violé ?

Je croisai les bras.

— Tu n'as pas beaucoup résisté, je te signale.

— Non. Mais tu te rappelles que je t'avais pris trop de sang ?

Comme si je pouvais oublier ça.

— Et ?

— Tu te souviens de comment tu te sentais après ça ?

— Lessivée, tremblante… (Je m'interrompis en comprenant enfin ce qu'il essayait de me dire.) Il n'a pas bu mon sang, Quinn. Je te l'assure.

— Il y a des vampires qui se nourrissent d'autre chose que de sang.

Je clignai des yeux.

— Vraiment ?

— Vraiment. (Il effleura ma joue avec douceur, ses doigts tièdes contre ma peau fraîche.) Tu dois manger quelque chose et te reposer. Maintenant.

— C'est exactement ce que j'avais l'intention de faire avant qu'un mufle vienne m'interrompre dans mon élan en pleine rue.

Il sourit, mais la lueur d'inquiétude ne s'éteignit pas dans son regard, et je sentis s'atténuer la colère que je ressentais à son égard après qu'il m'eut abandonnée en pleine nuit et en plein rendez-vous galant. S'atténuer, seulement.

— Et si je t'offrais le petit déjeuner avant de te reconduire chez toi ?

Je le dévisageai un petit moment, partagée entre le désir d'être avec lui et le besoin de me venger de m'avoir ainsi larguée l'autre jour.

— Et la personne que tu as suivie jusqu'ici ?

Il sourit.

— J'aurais dû me douter que tu devinerais.

— Pas difficile. Je veux dire, à moins que tu sois aussi à la recherche d'une passe, la seule raison logique de ta présence dans le quartier est que tu filais quelqu'un.

— Je ne cherche pas de passe…

— Ah ouais, c'est vrai, l'interrompis-je, tu es milliardaire, tu n'as pas besoin de payer pour ça. Ce qui t'autorise à baiser tout ce qui passe, tandis que je n'ai pas ce privilège.

Il poussa un soupir exaspéré.

— On pourrait éviter de discuter de ça ici ? Tu as vraiment besoin de reprendre des forces.

Je refusai de bouger.

— Et celui ou celle que tu suivais ?

— Je pense qu'elle va dormir toute la journée. Elle préfère vivre la nuit, en tout cas.

Et comment savait-il cela ? Sa non-recherche d'une passe lui avait appris des choses ?

— Et ta cible se trouve donc dans la maison dont je viens de sortir ?

Ce qui signifiait que le ronfleur était une femme.

— Oui. (Il hésita un instant.) J'en conclus donc que ton rendez-vous, c'était l'homme qui est sorti à l'aube ?

— Oui.

— Il y avait quelque chose d'étrange chez lui.

— Ne m'en parle pas, marmonnai-je en faisant demi-tour et en poursuivant mon chemin vers la voiture.

Quinn m'emboîta le pas, comme s'il craignait que je m'effondre à tout instant. Je me sentais un peu faible, mais quand même pas tant que ça.

— Je l'ai perçu comme humain, mais il y avait autre chose, une profonde altérité qui me fait penser qu'il n'est pas que ça. (Il me jeta un regard en biais.) Comment était le sexe ?

Je haussai le sourcil.

— Et pour toi, c'était comment ?

— Ça fait plusieurs jours que je n'ai eu aucun rapport sexuel, répliqua-t-il avec un petit sourire. Cela étant, la semaine dernière, j'étais avec cette sublime rouquine…

— … qui est toujours extrêmement contrariée d'avoir été abandonnée au milieu de nulle part en pleine nuit et qui en a plus qu'assez de ces conneries.

Il me regarda longuement dans les yeux, puis détourna le visage. Son sourire s'évapora, remplacé par son air inexpressif de vampire.

— Riley, je fais ce qui me semble être le mieux pour te protéger.

— Et pourtant on dirait que, quand tu fais ça, je me retrouve toujours dans une merde encore plus noire. Il faut que tu apprennes à me faire confiance, Quinn.

Un air de surprise traversa fugitivement son visage inexpressif.

— Je te fais conf…

— Non, tu ne me fais pas confiance. Pas en dehors du lit, en tout cas.

— Riley, tu ne devrais pas courir de tels risques.

— Et toi, tu ne devrais pas me cacher des choses si tu veux vraiment faire partie de ma vie. (Je récupérai mes clés dans mon sac.) Réponds à ma question : as-tu couché avec la femme que tu suivais ?

Je ne compris pas pourquoi un rictus amer étira ses lèvres.

— Non, je n'ai pas couché avec elle.

— Pourquoi ?

— Parce que ce serait *extrêmement mal* et que, de toute façon, le genre de sexe qu'elle pratique ne m'attire pas le moins du monde.

— Pourquoi serait-ce mal ? Et tu as couché avec elle dans le passé ? Ou alors tu l'as vue baiser ?

— Non, et non. (Il me prit les clés des mains et me guida gentiment du côté passager.) Et ce serait mal parce qu'elle représente tout ce que j'abhorre.

— Alors comment connais-tu le genre de sexe qu'elle pratique ?

—J'ai une imagination fertile. (Il claqua la portière, passa du côté conducteur et s'installa au volant. Il mit le contact et ajouta :) Elle est propriétaire d'un club libertin.

—Du même genre que les clubs de loups-garous ?

—Non. Un donjon SM.

Je haussai les sourcils.

—Tu veux dire qu'il y a des gens qui paient pour le privilège de se faire fesser ?

—On est loin de la simple fessée. C'est bien trop gentil pour ce club. Là, on parle plus de supplice, d'humiliation et de souffrance. De désespoir, parce qu'il n'existe aucun refuge et qu'on n'y peut rien.

—Et des gens prennent leur pied avec ce genre de sentiments ?

—Certains.

—Il faut de tout pour faire un monde, j'imagine.

Et même si ce n'était pas quelque chose qui m'inspirait, moi, je n'allais certainement pas mépriser ceux qui avaient des plaisirs plus sombres. Bon sang, je savais trop ce que ça pouvait faire comme effet. Je croisai les bras et gardai les yeux sur la route.

—Pourquoi suivais-tu la manieuse de fouet, alors ?

Il me jeta un regard du coin de l'œil.

—Et toi, pourquoi as-tu couché avec l'humain ?

—Quinn, contente-toi de répondre, pour changer.

Il réprima un sourire.

—Je suis à la recherche de la personne qui a invoqué les démons et qui les manipule à présent. Comme ce genre de personne manifeste en général les désirs les plus inavouables, je me suis dit que ce serait une bonne idée de suivre la femme à qui appartenait l'un des trois clubs de Melbourne où l'on prenait en charge ces désirs inavouables, et de voir qui elle fréquentait.

Il mentait. Ou tout du moins ne disait pas l'entière vérité. J'ignorais pourquoi j'en étais si sûre, si c'était mon intuition ou seulement le fruit de l'expérience, mais quelle qu'en soit la raison j'étais persuadée qu'il y avait autre chose derrière sa filature que ce qu'il voulait bien admettre.

— Et ton invocateur de démons, il ne peut pas plutôt fréquenter les autres clubs ?

— Peut-être. Mais le donjon de ma cible est le plus grand, et a donc plus d'attrait pour ceux qui apprécient de telles choses.

Je me souvins de la carte de visite que j'avais trouvée dans le tiroir de Jin et demandai d'un air dégagé :

— Ce donjon ne s'appellerait-il pas le *Hellion Club* ?

— Oui, répondit-il en me regardant d'un œil inquiet. Comment le sais-tu ?

— J'ai trouvé une carte de visite dans les tiroirs de Jin.

— Si tu fouillais dans ses tiroirs, ça veut dire que c'était plus une cible qu'un simple amant.

— Eh bien, à la base, il ne devait être qu'un amant, jusqu'à ce que je voie qu'il portait une bague ressemblant énormément à celle qu'on avait découverte sur la scène d'un crime. (J'hésitai un instant.) As-tu réussi à pénétrer dans le fichier du personnel du *Hellion Club* ?

— On s'en occupe. Mais une fois encore : pourquoi ?

— Parce que sur cette carte figurait le nom de Jin.

Il me jeta un bref regard indéchiffrable.

— Ce Jin aime donc le sexe violent ?

— Un peu. Mais rien de commun avec ce qui semble se faire dans ce club.

— N'empêche, j'avais l'impression que tu n'appréciais pas le sexe brutal.

— C'est le cas. Jin s'est énormément retenu. (Je lui coulai un regard en coin.) Je te rappelle que ça fait un moment que tu ne t'es pas occupé de moi.

— Le sexe n'est pas tout, Riley.

— Ça l'est pour un loup-garou à la lune croissante. (Je secouai la tête.) Tu ne comprendras vraiment jamais, n'est-ce pas ?

— À en juger par ton expression, c'est probable que non.

Il ne se trompait pas à ce propos. Je regardai autour de moi alors qu'il tournait à gauche dans une rue que je ne reconnaissais pas et je me rendis compte que nous nous éloignions de mon appartement au lieu de nous en rapprocher.

— Il est où, ce restaurant où tu m'emmènes ? J'ai faim et j'ai sommeil.

Sans compter le rapport que je devais rendre à Jack.

— Tu voulais un petit déjeuner. Je me suis dit que j'allais te le préparer.

— Tu sais faire la cuisine ?

— J'ai mille deux cents ans d'expérience en la matière, ça permet d'acquérir une certaine expertise.

— Alors, c'est où, chez toi ?

Depuis que nous sortions ensemble, il ne m'avait jamais invitée dans sa maison de Melbourne. Soit nous rentrions chez moi, soit à la luxueuse chambre d'hôtel qu'il avait réservée. Mais jamais dans un endroit qui avait une signification personnelle pour lui.

— Et pourquoi tu décides ça maintenant ? repris-je.

Il haussa les épaules.

— Parce que je te dois bien ça. Parce que tu as raison quand tu dis que je devrais plus te parler de moi si je veux qu'on devienne autre chose que deux amis qui couchent ensemble.

— Waouh ! Ça doit être une première, ça, le vampire qui admet enfin que j'avais raison à propos de quelque chose !

— Je peux encore changer d'avis, tu sais.

Je fis le choix de la sagesse et la fermai.

Nous arrivâmes à Warrandyte, un quartier de la banlieue de Melbourne proche de la rivière Yarra et d'un parc national où vivait une petite communauté férue d'arts et très branchée. Elle avait la réputation d'être axée sur la protection de la nature et la solidarité entre habitants. Ce n'était pas du tout le genre d'endroit où j'aurais imaginé qu'un milliardaire avide d'intimité et de sécurité puisse choisir de vivre.

Sa maison fut une autre surprise. Une haie peinte en blanc encerclait la pelouse devant la maison en bois qui semblait avoir besoin non seulement d'un bon coup de peinture mais aussi de l'intervention d'un jardinier. Dire que les plantes avaient envahi le jardin aurait été l'euphémisme du siècle.

— Et où est le manoir ? demandai-je alors qu'il m'aidait à sortir de la voiture.

L'odeur capiteuse de la lavande et de l'eucalyptus saturait l'air et j'en inspirai une grande bouffée. L'arôme frais soulagea un peu la lassitude qui m'envahissait progressivement.

— Le manoir se trouve à Brighton. Ça, c'est ma maison. Mon chez-moi.

Il me prit la main et me guida le long des marches raides. Les planches du perron grincèrent sous nos pas et je les surveillai d'un air inquiet pendant qu'il ouvrait la porte.

— T'es sûr que ça peut supporter le poids de deux personnes, ce truc ?

— Le bois est vieux, pas pourri, répondit-il en poussant la porte. Bienvenue dans mon univers.

C'était un univers chaleureux et confortable, totalement à l'opposé de ce dans quoi je l'aurais imaginé vivre. La maison elle-même était minuscule, avec seulement deux chambres, une cuisine, une salle de bains et un salon. Pourtant, on ne s'y sentait pas à l'étroit. Entre le parquet en pin de la Baltique, les murs en pierre et les somptueux tableaux, la maison dégageait une incroyable sensation d'espace et de paix. Et cette sensation était encore amplifiée par les vieux meubles à l'aspect confortable.

— Charmant, commentai-je en me dirigeant vers les fenêtres du fond.

La pelouse descendait en pente vers la rivière Yarra elle-même et la vue était incroyable. Sans le reflet du soleil sur une ou deux toitures, on aurait pu croire qu'on était seuls au monde.

— Que veux-tu manger ? s'enquit-il de la cuisine. Des pancakes ? Des œufs au bacon ?

Je me tournai vers lui en souriant :

— Les deux, ce serait trop demander ?

— Les deux, alors !

Il attrapa une poêle de sous le plan de travail et commença à s'agiter. Je l'observai en savourant le plaisir simple de regarder un homme cuisiner, puis me forçai à revenir sur terre.

— Il faut que j'appelle Jack. On capte bien, ici ?

— Il n'y a pas de téléphone dans la maison, et, si tu veux utiliser ton portable, je te conseille plutôt de sortir.

Il me lança une clé. Je posai mon sac sur la chaise la plus proche, en sortis mon téléphone et déverrouillai la porte. Dehors, le soleil scintillait entre les branches des arbres et l'air était plus que vivifiant. Mais la sérénité qui régnait permettait d'oublier le froid.

Je me dirigeai vers le bout du perron, m'appuyai sur la rambarde et appelai Jack.

— *Content de voir que tu as repris tes mauvaises habitudes*, dit-il en guise de salut.

— Patron, les miracles, ça n'existe pas. Et en plus, j'étais en train de me casser le cul pour le Directoire. (Ce qui était la vérité pure et simple. Mon cul était encore bien cassé. Je lui fis un résumé des événements et demandai :) Vous avez découvert quelque chose à propos de Karen Herbert ?

— *Rien, et elle n'est pas allée travailler depuis plusieurs jours. Mais, avec tout le boulot qu'on a en ce moment, son cas n'est pas prioritaire.*

Ce qui signifiait qu'il ne commencerait à s'inquiéter de son sort que quand on la trouverait morte quelque part. Salopard.

— Et pour Gautier ?

— *Comment ça ?*

— Penses-tu que c'est lui le responsable de cette explosion du nombre de bébés vamps, et qu'il fait ça juste pour nous emmerder ?

— *Probablement.*

— As-tu trouvé par quel moyen il avait pu sortir de cette maison après le lever du soleil ?

— *Tout ce dont il avait besoin, c'était d'une camionnette aux vitres obscurcies.*

— S'il y avait eu une camionnette dans le coin, la vieille bique qui habite à côté l'aurait vu et m'en aurait parlé. Ce n'est pas le cas, il n'y avait donc pas de camionnette. (Je réfléchis un instant.) Dunleavy et sa copine devaient savoir quelque chose de sacrément important pour qu'on les ait tués de cette façon. On n'a rien découvert à leur propos ?

— *Rien du tout. Mais les vidéos de surveillance du* Cattle Club *montrent Trudi et Jin travaillant ensemble à plusieurs occasions. Peut-être a-t-elle écouté une discussion qu'elle n'était pas censée entendre.*

Peut-être. Mais, à présent, nous ne le saurions jamais. Je me grattai la jambe d'un air agacé.

— J'ai une autre question intéressante pour toi, patron. Comment Jin, qui est censé être humain et m'apparaît bien comme tel, peut-il triompher d'un vampire ?

— *Je l'ignore.* (Il réfléchit et je pus presque entendre tourner les rouages de son cerveau. Pas dur de deviner la direction de ses pensées. Il finit enfin par reprendre la parole :) *Mais il me semble utile que tu continues à le fréquenter pour en savoir plus.*

— Comme c'est surprenant.

Il ricana doucement.

— *Hé, tu as reconnu que tu t'amusais bien avec lui.*

— Ce n'est pas le problème. Il y a quelque chose de pas normal dans la manière dont il baise, Jack. Une énergie bizarre, différente de tout ce que je connais.

— *Est-ce que ça te semble dangereux ?*

— Non, mais…

Je m'interrompis, ne sachant pas si j'allais réussir à expliquer l'étrange mélange entre malaise et plaisir que l'énergie de Jin me faisait ressentir.

— Je suis une louve-garou, Jack, poursuivis-je. Jamais une nuit de sexe avec un humain n'aurait dû me laisser aussi flageolante que je l'étais ce matin.

— *C'est peut-être une sorte de vampire émotionnel.*

— Il se nourrirait d'émotions ?

C'était probablement ce qu'avait voulu dire Quinn quand il m'avait appris qu'il n'y avait pas que des vampires suceurs de sang.

— *Oui. Certains se nourrissent de plaisir, d'autres de douleur et certains d'un mélange des deux. On dirait bien que Jin appartient à cette troisième catégorie.*

— Pourquoi m'apparaît-il comme humain, alors ?

— *Je l'ignore. Ça ne devrait pas être le cas.*

— Et si c'est bien un vampire émotionnel, est-il théoriquement capable de mettre KO un suceur de sang ? C'était loin d'être un bébé vamp.

— *En règle générale, non. Les vampires émotionnels sont plus des êtres d'énergie que des créatures solides.*

Pourtant, Jin était bien solide.

— Comment puis-je l'empêcher de me vampiriser ?

— *C'est impossible. Assure-toi juste de te reposer entre chaque rendez-vous et de bien manger. Le plus calorique sera le mieux, pour reprendre rapidement de l'énergie.*

C'était la raison pour laquelle Jin m'avait gavée de fondant au chocolat la veille au soir, certainement.

— Donc, même s'il ne fait que prélever des émotions, je dois m'alimenter afin de récupérer physiquement, comme avec les vampires classiques ?

— *J'en ai bien peur. Et les vampires émotionnels ont aussi tendance à laisser leurs victimes dans un état de grande fragilité émotionnelle pendant quelques heures.*

Je devais avoir dormi pendant cette période, parce que je me sentais très bien lorsque j'étais sortie de chez Jin.

— Et si je ne mange pas, que je n'emmagasine pas d'énergie ? Ça peut être dangereux ?

— *Eh bien, il pourrait te vider au point de te rendre incapable de te défendre physiquement. Mais il ne peut pas te tuer rien qu'en se nourrissant, contrairement aux autres vampires.* (Il s'interrompit un bref instant.) *Essaie de récupérer des échantillons de ses cheveux. On fera quelques tests pour déterminer à qui on a affaire.*

— Il a dit qu'il m'appellerait ce soir, on verra à ce moment-là. (Je repensai à autre chose :) Vous avez réussi à déchiffrer les inscriptions à l'intérieur de la bague ?

— *Pas encore. On dirait des glyphes. On essaie de voir à quoi ils correspondent.*

— Rien d'autre d'intéressant dans le rapport de Cole, alors ?

— *Si, que tu lui as couru sur le haricot pendant l'enquête, mais ça n'est pas très surprenant.*

— Hé, je posais juste des questions. Ce gars devrait se faire soigner. (Ou coucher une bonne fois pour toutes avec une louve-garou.) De quoi Dunleavy est-il mort, en définitive ?

— *Crise cardiaque.*

Je haussai les sourcils.

— Vraiment ?

— *La première a eu lieu pendant qu'on l'écorchait. Celle qui l'a tué s'est produite juste après 11 heures.*

Ce qui était l'heure approximative où j'étais entrée dans la maison. Le pauvre homme avait probablement cru que c'était Gautier qui revenait finir le travail.

—Et pour la femme ?

—Vers 8 heures. Ce qui signifie que Gautier devait avoir une méthode pour sortir de là sans s'exposer au soleil, même si la vieille pie d'à côté n'a rien vu.

—D'un point de vue purement logique, je suis d'accord. Mais j'ai l'impression qu'il y a autre chose.

— Tu ne peux pas être plus précise ?

—C'est une impression trop floue, je suis incapable de la déchiffrer.

—Bien sûr que si, avec un peu d'entraînement.

—Pour le moment, tout ce dont j'ai besoin, c'est de sommeil. Surtout si tu veux que je revoie Jin ce soir.

—Prends ta journée mais garde ton téléphone à portée de main des fois que j'aie besoin de te contacter.

—Ça marche.

Je mis fin à l'appel et retournai à l'intérieur de la maison. Une odeur de café à la noisette flottait dans l'air et me mit l'eau à la bouche.

—Tu avais prévu ma visite.

Quinn acquiesça en faisant glisser plusieurs pancakes sur une assiette.

—C'est la seule raison pour laquelle il y a de la nourriture ici. Normalement, ce n'est pas le cas.

Je grimpai sur un tabouret et m'accoudai au comptoir.

—Ça doit donc faire longtemps que tu n'as pas ramené de fille, alors.

Il ajouta du bacon frit et des œufs au plat sur l'assiette qu'il me fit passer par le comptoir, et me regarda droit dans les yeux.

—Je n'ai jamais invité aucune femme ici.

Je haussai les sourcils et une sensation inexplicable de chaleur m'envahit.

— Jamais, jamais ?

— Jamais, jamais.

— Waouh ! m'exclamai-je en saisissant couteau et fourchette. C'est un sacré honneur, merci.

Il sourit soudain d'un air affectueux, et une nouvelle fois mes hormones s'étirèrent paresseusement. Jin avait intérêt à n'être qu'une mission brève, parce que je n'aimais décidément pas l'influence qu'il avait sur ma vie sexuelle. C'est vrai, quoi, en temps normal, un tel sourire aurait dû me faire bondir sur Quinn par-dessus le comptoir.

— Au moins, tu ne pourras plus dire que je ne partage rien avec toi.

Je faillis lui faire remarquer qu'il ne s'agissait après tout que d'une maison, même s'il la considérait comme son sanctuaire, et que j'avais plutôt voulu qu'il partage des choses qui le concernaient, *lui*. Son passé, ses espoirs, ses rêves, tout ce qui faisait de lui le vampire qu'il était aujourd'hui. Mais au lieu de ça je me tus. C'était déjà un pas en avant, et c'était énorme.

— Tu as l'intention de me rendre folle avec cette délicieuse odeur de café ?

Son sourire s'élargit. Il se retourna pour attraper une tasse qu'il emplit de liquide brun et parfumé. J'admirai la vue en regrettant de ne pas avoir plus d'énergie et me mis à savourer le repas qu'il m'avait préparé.

Après le petit déjeuner et le café, nous discutâmes de tout et de rien, puis il me conduisit le long du petit couloir jusqu'à sa chambre.

— Tu as besoin de sommeil, me dit-il en rabattant le couvre-lit en patchwork fait main qui recouvrait l'énorme vieux lit en bois. Seule.

— Oh, t'es pas drôle ! me plaignis-je.

Il posa la main sur ma joue, m'effleurant délicatement la peau de ses doigts tièdes.

— Peut-être. Mais tu as réellement besoin de repos.

En dépit de moi et du désir qui commençait à relever la tête, je bâillai. À m'en décrocher la mâchoire. Il gloussa doucement et se pencha vers moi pour poser un baiser d'une grande douceur sur mes lèvres.

— Si tu as envie de t'amuser, je suis persuadé qu'on en aura l'occasion plus tard.

— Je te prends au mot, l'avertis-je en ôtant ma robe et en me glissant sous les couvertures.

Les draps en coton étaient doux et frais et l'oreiller me berçait la tête comme un amant attentif. Je m'endormis avant d'avoir le temps de dire « bonne nuit ».

Quand je me réveillai de ma sieste, ce fut de nouveau dans le silence d'une maison vide. Je bâillai et m'étirai dans tous les sens, remarquant avec soulagement que mes courbatures avaient presque entièrement disparu, puis ouvris les yeux et regardai autour de moi. Quinn ne se trouvait pas dans la chambre, mais son odeur si sexy flottait encore dans l'atmosphère. Le soleil dardait de timides rayons par les fentes des lourdes tentures qui obstruaient la fenêtre à ma droite, me laissant penser que je devais avoir dormi le plus clair de la journée. Je me redressai pour jeter un coup d'œil au réveil et vis qu'il était plus de 16 heures.

— Quinn ?

Ma voix sembla résonner dans la maison vide. Je fronçai les sourcils, repoussai les couvertures et me levai. Quinn ne se trouvait pas dans le salon, ni dans la cuisine, ni dans la salle de bain. En fait, il n'était pas dans la maison, tout simplement.

Un étrange mélange d'inquiétude et de colère me serra le cœur. Je tournai les talons et retournai vers la chambre. Mes vêtements ne se trouvaient plus là où je les avais laissés par terre. La colère commença à prendre le pas sur l'inquiétude lorsque j'allai vérifier dans le salon et constatai que mon sac, mes chaussures et mon téléphone avaient eux aussi disparu.

L'enfoiré.

Il ne m'avait pas emmenée ici pour me faire découvrir une partie de sa vie. Il l'avait fait pour m'éloigner d'une affaire que *lui* pensait trop dangereuse pour moi.

J'aurais dû m'en douter.

J'aurais dû deviner que c'était trop beau pour être vrai.

Je pris une petite statue de nu qui trônait sur la table de la cuisine et la projetai sur le mur en face avec toute la force dont j'étais capable. Elle vola en éclats en percutant la pierre, envoyant des échardes de porcelaine partout dans la pièce. J'espérais qu'elle était chère. Putain, j'espérais qu'elle valait une fortune, même.

J'inspirai profondément pour tenter d'endiguer ma rage. Casser des trucs allait peut-être me soulager, mais ce ne serait que provisoire et ça ne m'apporterait pas grand-chose. Il fallait prendre les choses en ordre : déjà, voir si j'avais toujours une voiture, puis chercher des vêtements de rechange, et enfin me tirer de là.

Je jetai un coup d'œil par la fenêtre et ne fus pas vraiment surprise de voir que ma voiture avait disparu. Je résistai à la tentation d'arracher les rideaux de leurs tringles et, au lieu de ça, les laissai simplement retomber en place.

Étape suivante : des vêtements. Je m'aperçus alors que non seulement mes vêtements s'étaient volatilisés, mais les siens aussi. Non que la perspective de me balader à poil me pose tant de problèmes que ça, mais la nuit promettait d'être glaciale. Le fond de l'air était déjà très frais.

Le troisième point de ma liste fut couronné du même manque de succès que les deux autres : la porte d'entrée était verrouillée, ainsi que toutes les fenêtres et la porte coulissante qui menait au patio. La clé qu'il m'avait prêtée plus tôt avait disparu. Ce qui était incroyablement stupide, même si ce n'était pas à proprement parler une violation des règles de sécurité anti-incendie.

— Salaud, salaud, salaud !

Il allait falloir que je me fraie un chemin par la force. Je n'avais pas le choix. Sans y réfléchir plus longtemps, je saisis une chaise et l'envoyai à travers la fenêtre. Elle fit exploser la vitre, rebondit sur le patio, passa par-dessus la rambarde et alla s'écraser sur la pelouse.

Je me métamorphosai et sautai par le trou. Une partie de moi se prit à espérer que quelqu'un remarquerait la fenêtre brisée et viendrait voler tous ses magnifiques – et certainement très précieux – bibelots et tableaux.

Il le méritait amplement.

Je suivis la rivière, savourant la sensation de la terre humide sous mes coussinets et la brise fraîche qui s'engouffrait dans ma fourrure, même si leur effet lénifiant était assez limité vu la colère qui m'animait.

En arrivant près du centre de Warrandyte, je m'éloignai du bord de la rivière et remontai les rues tranquilles en restant sagement sur le trottoir. Peu de gens me remarquèrent. La plupart étaient pressés de rentrer chez eux et, dans la lumière déclinante du crépuscule, je ressemblais à un banal chien errant. Dans des circonstances ordinaires, la magie qui permettait la métamorphose aurait fait disparaître les vêtements que je portais… Ne me demandez pas comment : c'était une magie que je ne comprenais pas et que je me contentais d'accepter. Bien sûr, quand nous reprenions forme humaine, nos vêtements étaient en charpie, donc la magie se contentait de les rendre imperceptibles, mais elle ne les protégeait pas. Heureusement pour moi, cette fois-ci, ça ne constituerait pas vraiment un problème.

Bon sang, il allait le payer cher quand je remettrais la main sur lui.

J'arrivai sur une avenue bordée d'arbres et en profitai pour reprendre forme humaine et presser le bouton du communicateur greffé dans mon oreille.

— Riley à la base. Il y a quelqu'un ?

Je n'eus pour seule réponse que le silence. Ce n'était pas comme si je m'étais attendue à autre chose. Les puces de localisation fonctionnaient à grande distance, mais les unités de communication étaient bien plus limitées. Avec les collines et les arbres qui m'entouraient, ç'aurait été un miracle que je réussisse à établir la liaison.

J'essayai encore d'appeler une ou deux fois, juste pour être sûre, mais finis par me rendre à la raison : il allait falloir que je les contacte de manière plus traditionnelle. Je continuai à marcher jusqu'à tomber sur une cabine téléphonique. Par bonheur, il n'y avait pas grand monde dans les environs, ce qui signifiait que je n'avais pas à m'inquiéter que quelqu'un signale ma nudité à la police. Je décrochai le combiné, composai le numéro d'urgence du Directoire et demandai à parler à Jack.

Et comme on aurait pu le deviner, je tombai sur la peau de vache caramel.

— *Division des gardiens, poste de Jack Parnell, j'écoute ?*

— Sal, c'est Riley. Où est Jack ?

— *Il est en réunion avec la Directrice. Qu'est-ce que tu veux ?*

Que tu retournes pourrir dans le cercueil dont tu es sortie. Je m'éclaircis la voix et répondis :

— J'aurais besoin d'une voiture et de vêtements de rechange là où je me trouve actuellement.

— *Tu as perdu tes vêtements ?* s'étonna-t-elle d'un air particulièrement amusé. *Remarque, ça ne doit pas être la première fois. Vous avez tendance à être très négligents pour ce genre de détails, vous, les loups.*

— Peut-être, mais ce n'est pas le cas ici. On me les a volés pour m'empêcher de me mêler d'une affaire.

Sal renifla avec dédain.

— *J'ai localisé ta position actuelle. Il y a une voiture dans la zone, je lui ai demandé de venir te chercher. Il te raccompagnera chez toi pour que tu puisses récupérer des vêtements de rechange.*

C'était déjà mieux que rien. Quoiqu'à en juger par l'air satisfait de Salliane, je me doutais qu'elle n'était pas aussi serviable qu'elle en avait l'air.

— Peux-tu me transférer un appel à ce numéro ? (J'égrenai le numéro de Jin.) Je dois appeler ma cible pour lui expliquer les raisons de mon retard.

— *C'est comme si c'était fait, ma louloute. Je ne manquerai pas de raconter tes mésaventures à Jack.*

Et elle adorerait ça, ça se sentait.

— Dis-lui que c'était Quinn, et que je l'appellerai après être entrée en contact avec ma cible.

Elle ne répondit rien et se contenta de transférer l'appel. J'attendis que ça sonne et c'est à ce moment-là qu'un adolescent passa près de la cabine. Je le vis sursauter et se tordre le cou pour me regarder. Je lui fis un petit salut de la main et il me décocha un sourire ravi, visiblement incapable de bouger, et sortit un téléphone portable de sa poche. Il commença à composer un numéro. Vu son sourire, je me doutai que ce n'était pas celui de la police, mais plutôt celui de ses copains. Ça ne devait pas être tous les jours qu'un adolescent trouvait une femme à poil dans une cabine téléphonique. J'étais prête à parier que je n'allais pas tarder à avoir tout un public pour m'admirer.

Je souris et, alors qu'il dirigeait l'objectif de la caméra de son téléphone vers moi, levai les pouces à l'adresse de ses interlocuteurs, provoquant une vague de « Ooooh » et de « Aaaah » que j'entendis même à la distance où je me trouvais.

— *Allô ?*

La voix agréable de Jin retentit à l'autre bout de la ligne et je consacrai de nouveau toute mon attention à ma mission.

— Jin, c'est Riley.

Il y eut un silence, le grincement d'une chaise, puis des pas, et le bruit d'une porte qui s'ouvrait. Puis il ronronna :

— *Bonjour, chère Riley.*

Sa voix était descendue de plusieurs tons et caressa ma peau telle une écharpe en soie. Une vibration brûlante, moitié désir, moitié peur, mit tous mes sens en ébullition, comme si, rien qu'avec sa voix, il réussissait à faire sortir la bête sauvage qui sommeillait en moi.

— *Quand j'ai vu que tu ne répondais pas au téléphone*, poursuivit-il, *j'ai craint de t'avoir effrayée.*

— Je ne suis pas si fragile. (Néanmoins, cela décrivait bien mon état lorsque je m'étais réveillée ce matin-là.) J'ai juste paumé mon téléphone.

— *Ah! Content que tu aies appelé, alors.*

Il s'interrompit et j'entendis des voix à l'arrière-plan. L'une appartenait à un homme, l'autre à une femme. Et encore derrière, je perçus un claquement qui ressemblait affreusement au bruit d'une ceinture fouettant un corps nu.

Et, étant donné la carte que j'avais trouvée chez Jin, c'était probablement le cas.

— *En revanche, quand j'ai vu que je ne réussissais pas à te contacter*, s'excusa-t-il, *j'ai accepté de faire quelques heures supplémentaires. Mais on peut aller quelque part après, si ça te dit?*

— Avec plaisir, marmonnai-je d'un ton absent, l'attention focalisée sur les sons qui l'entouraient.

Le bruit de claquement était à présent accompagné de gémissements de douleur, pas de plaisir, et il y avait quelque chose là-dedans qui me tracassait étrangement.

— Où veux-tu qu'on se retrouve? poursuivis-je.

— *Je ne sais pas exactement quand j'en aurai terminé ici, on a encore pas mal de boulot.*

Ouais, et je pariais que ce n'était pas du genre servir à boire aux clients.

— Je pourrais passer au club et prendre un verre en t'attendant.

Cela étant, s'il se trouvait au *Hellion Club*, je n'étais pas si enthousiaste que ça. La fessée, les morsures et même du bondage léger, je pouvais supporter, mais la torture et l'humiliation ne m'inspiraient pas vraiment d'un point de vue sexuel.

— *Je ne suis pas au* Cattle Club.

Je poussai intérieurement un juron. Qu'est-ce que j'allais bien pouvoir faire pour esquiver ce rendez-vous ? Il était hors de question que j'approche le *Hellion Club.* Je n'étais pas si dévouée à mon travail.

— *Je suis au* Hunter's Club, ajouta-t-il.

La curiosité prit le pas sur l'inquiétude. Le *Hunter's Club* était un club de gym, quel était donc le genre d'exercice qui faisait émettre des bruits de suffocation aux gens ?

— Eh bien je peux toujours passer reluquer les beaux garçons en t'attendant.

— *Ou tu peux aussi venir pour un petit massage et un bain bouillonnant offerts par la maison.*

— Tu ne veux pas que je reluque les beaux garçons ?

Il éclata de rire.

— *Pour être tout à fait honnête, non. De toute façon, tous ces mecs en sueur, ça doit devenir lassant au bout d'un moment.*

Pas pour une louve-garou. Je souris.

— À quelle heure veux-tu que je vienne ?

— *Si tu veux un massage, dans une heure, ça t'irait ? Il faut du temps pour bien profiter de tout.*

— C'est toi qui vas me masser ?

— *Tu peux compter là-dessus, ma jolie.*

L'impatience m'envahit et, d'un coup, il fallut que je me force à me souvenir que ce mec était un méchant, qu'il pouvait être dangereux et devait donc être traité avec prudence. Et cette prudence devait aussi s'appliquer au club, surtout si l'on devait en juger par les bruits étranges à l'arrière-plan.

— Je dois d'abord passer chez moi me changer, donc ça va me prendre peut-être un peu plus d'une heure.

— Je t'attends, se contenta-t-il de répondre avant de raccrocher.

Je remis le combiné sur son support et découvris en me retournant que mon ado voyeur avait été rejoint par quelques copains, tous armés d'un téléphone. Un loup-garou sensé aurait choisi ce moment pour se métamorphoser, mais je ne voyais pas de mal à donner à ces gamins un chouette souvenir.

Une Ford bleue s'arrêta près de la cabine téléphonique et, pendant un instant, je crus que ma carrière d'exhibitionniste allait subir une brutale interruption de la part du bras armé de la loi. Puis la porte passager s'ouvrit et une voix bourrue grogna :

— Montez.

Et je compris alors le ton ravi de Salliane un peu plus tôt. La voix appartenait à Cole. Visiblement, elle ne semblait pas se rendre compte qu'elle m'avait en fait rendu service. Mon sourire s'élargit et je soufflai un baiser vers les garçons avant de grimper dans le véhicule.

Il démarra avant même que j'aie le temps de boucler ma ceinture.

— Ces gamins vont faire des rêves humides pendant quinze jours.

— Si ce n'est que quinze jours, je serai super déçue.

Il pouffa de rire et je haussai les sourcils.

— Alors comme ça, ça fait marrer le métamorphe, ça ne l'agace pas ?

Il me jeta un regard pétillant où l'amusement ne parvenait pas à cacher la méfiance.

— Bien sûr que si, je suis franchement énervé de devoir porter secours à une louve assez idiote pour perdre sa bagnole *et* ses vêtements, mais au moins ça me fait des heures sup.

— Je ne vais donc pas avoir droit à un sermon pour m'être ainsi exhibée honteusement devant de jeunes mâles ?

— Moi aussi, j'ai été adolescent, vous savez. Ces gamins vont être des héros pour leurs copains. (Il parcourut mon corps nu d'un regard qui s'attarda juste assez sur mes seins pour me faire avoir une bouffée de chaleur, puis dirigea de nouveau les yeux vers la route.) Il y a un manteau à l'arrière, si vous avez froid.

— Ce n'est pas le froid, c'est l'excitation.

— Je sais, répliqua-t-il en me regardant en coin, j'essayais juste d'être poli.

— Tous les métamorphes loups sont-ils aussi collet monté que vous ?

Je me retournai pour attraper le manteau en prenant bien soin que mon sein effleure son bras dans le mouvement.

Il plissa légèrement les yeux, mais se contenta de répondre :

— Vous voulez bien entrer votre adresse dans le GPS ?

— Avant ou après m'être couverte ?

— Avant, dit-il avec un sourire amusé qui rendit ses lèvres sensuelles et éminemment désirables. Je n'ai jamais dit que je n'appréciais pas le spectacle.

— Il y a donc encore un espoir pour vous ?

Je me penchai et tapai mon adresse sur le clavier tactile de l'ordinateur de bord, consciente de son regard insistant sur mes seins. Le métamorphe semblait aimer les nichons. Heureusement que je n'étais pas du genre brindille qui était en général le propre des louves-garou.

— Il y a toujours de l'espoir pour moi. Mais pour vous ? Pas le moindre.

Je souris et me laissai aller contre le dossier du fauteuil en me cambrant de manière à mettre en valeur mes atouts.

— Ne provoquez jamais un loup-garou, Cole. L'issue ne serait certainement pas celle que vous espérez.

— Dans ce cas, je pense que si.

— Pari tenu, alors.

Il me regarda d'un air véritablement amusé.

— Il ne suffit pas d'une belle paire de seins pour pouvoir atterrir dans mon lit.

— Le défi est donc de découvrir ce qu'il faut d'autre ? Je pense que je vais bien aimer ça.

Il secoua la tête et ne répondit rien. Le reste du trajet se fit dans un silence absolu. Je ne pris pas la peine d'enfiler le manteau, me contentant de le draper sur mes jambes pour me tenir chaud. L'atmosphère de la voiture était agréable, et pourtant pleine d'une tension entièrement causée par le désir et l'excitation sexuelle. Le métamorphe ne voulait peut-être pas avoir envie de moi, mais c'était pourtant le cas. Même si je m'en réjouissais profondément, je décidai de ne pas pousser mon avantage. Cole allait visiblement être un projet de longue haleine… mais ça ne faisait aucun doute : je l'aurais.

Il se gara devant mon immeuble sans couper le moteur et contempla la façade de l'ancien entrepôt.

— On dirait que vous avez pas mal d'espace, là-dedans.

— Plein. Et des grandes fenêtres.

Et un immense lit sur lequel tu serais magnifique, nu.

Il croisa mon regard, et l'odeur de son désir devint encore plus âcre.

— Devant lesquelles vous devez adorer vous exhiber.

— Pourquoi m'en priverais-je ? Les voisins ne semblent pas s'en plaindre.

— Comme c'est étonnant. (Il détourna le regard.) On se recroisera au boulot, probablement.

— Soyez-en certain, métamorphe, on se reverra.

Il tourna de nouveau les yeux vers moi, mais ne répondit rien. Je descendis de la voiture et montai les marches, sentant son regard sur mes fesses nues et, cette fois-ci, ondulant des hanches comme si ma vie en dépendait.

Il partit dans un crissement de pneus dès que j'ouvris la porte. Je souris en me régalant du défi qu'il allait représenter et gravis quatre à quatre les marches qui menaient à mon appartement. La porte était verrouillée, mais un coup de poing bien placé vint remédier à la situation. Ni Rhoan ni moi ne voyions l'intérêt de serrures de bonne qualité alors que le bois de la porte était épais comme du carton et que la vieille chouette à qui appartenait l'immeuble refusait d'y faire quoi que ce soit.

Bien sûr, les serrures ne pouvaient pas grand-chose contre les vampires, ce que je pus une nouvelle fois constater en trouvant mon sac, mon téléphone, mes clés et mes vêtements soigneusement pliés sur la table basse. Je ne doutais pas de trouver la voiture garée quelque part dans la rue. Comme c'était gentil à Quinn d'avoir tout rapporté.

Je pris une douche rapide pour me rafraîchir, puis enfilai ma tenue de sport et remplis un sac avec quelques robes, des affaires de toilette et du maquillage. Je n'avais aucune idée d'où Jin voulait aller après mon massage, je préférais donc envisager tous les cas de figure.

Je pris mon sac et mon téléphone, puis appelai un taxi. Il arriverait dans dix minutes, m'assura-t-on. Mon expérience me disant qu'il valait mieux compter vingt minutes, j'allai me faire un café dans la cuisine. On sonna à la porte avant que je puisse faire deux pas. J'ouvris la porte et trouvai Cole sur le palier, les mains enfoncées dans les poches et l'air passablement contrarié.

— Ne me dites pas que vous avez réfléchi et qu'en fait vous n'avez rien contre un petit échantillon des plaisirs lycanthropes, dis-je en ouvrant de grands yeux.

— Plutôt crever, marmonna-t-il. (Il passa la main dans son épaisse chevelure argentée.) Jack vient d'appeler. Un autre cadavre a été découvert et il veut qu'on aille tous les deux l'examiner.

Chapitre 7

La femme était allongée sur le dos, les bras et les jambes en croix. Elle était nue, avec une expression presque extatique sur ses traits figés. Comme si la manière dont elle avait perdu la vie l'avait excitée et comblée.

Exactement comme les autres femmes que nous avions trouvées.

Un frisson me parcourut, mais j'ignorais si la cause en était l'horreur de la situation ou le froid ambiant. Celui-ci me faisait une étrange impression, comme si nous n'avions pas été seuls dans cet entrepôt.

Comme si des morts demeuraient là.

Je me frottai les bras et laissai mon regard courir le long du corps blanc de la femme. Comme les autres victimes, elle avait été ouverte en deux du cou à l'entrejambe, et on avait prélevé tous ses principaux organes internes. Il aurait dû y avoir une grande quantité de sang après un meurtre tel que celui-ci, mais ce n'était pas le cas… et, d'une certaine manière, c'était pire. Parce que ça signifiait que quelqu'un l'en avait vidée, le tout pendant qu'ils la découpaient en morceaux et arrachaient ses organes. Et pendant tout ce temps-là, elle avait eu cette expression d'extase absolue.

J'eus un haut-le-cœur et me félicitai de ne rien avoir avalé depuis le petit déjeuner. Je pense que je n'aurais pas réussi à garder quoi que ce soit dans mon estomac.

Je me forçai à ne plus regarder les vestiges de ce corps et concentrai mon attention sur sa main gauche. Comme chez les autres victimes, l'auriculaire avait été amputé à moitié. La blessure, bien que refermée, semblait extrêmement récente.

Pour une raison étrange, ce doigt mutilé me glaça plus, me donna plus la nausée que tout le reste. Ce qui était une réaction extrêmement bizarre, même pour moi.

Je levai le regard vers Jack et Cole qui discutaient à mi-voix à l'autre bout de l'entrepôt. Si je me concentrais, je parviendrais probablement à entendre ce qu'ils disaient, mais ça me semblait un effort trop important alors que je pouvais tout simplement demander à Jack, ensuite. Au lieu de ça, j'inspectai les alentours. L'équipe de Cole était là depuis une bonne demi-heure lorsque nous étions arrivés, et de ce fait le peu d'indices disponibles avaient déjà été soigneusement étiquetés. Comme la fois précédente, il y avait l'empreinte charbonneuse d'un pentagramme sur le sol en béton, avec des gouttelettes de cire noire sur chaque pointe. Je n'y connaissais peut-être pas grand-chose en magie, mais je savais que les bougies noires étaient plutôt l'apanage de ceux qui avaient choisi le chemin des ténèbres plutôt que celui de la lumière.

Cela étant, il suffisait de regarder le corps mutilé pour en avoir une vague idée.

Un léger mouvement attira mon regard vers le cadavre. De la fumée, peut-être, qui s'élevait doucement, à peine visible dans la vive lumière de projecteurs installés par l'équipe de nettoyage.

Un frisson me parcourut.

Ce n'était pas de la fumée.

C'était son âme.

Et, en prenant forme, elle devint aussi capable de parler.

— *Dahaki*, dit-elle. *Azhi Dahaki.*

Je me mis à trembler encore plus fort, comme si des doigts glacés essayaient de pénétrer mon âme. Comme si l'âme de la femme amenait avec elle un froid glacial d'outre-tombe. *Qui diable est cet Azhi Dahaki ?*

Je ne sus si j'avais prononcé cela à voix haute ou si je l'avais simplement pensé. Je n'étais même pas sûre que l'esprit de la femme puisse me répondre.

La brume oscilla légèrement, on aurait dit un corps fait de fumée et dépourvu de traits, qui tournait lentement sur lui-même. Mais, à chaque tour, la sensation d'énergie dans l'atmosphère s'accroissait au point que j'eus le corps recouvert de chair de poule. L'apparition reprit alors la parole.

— *Tu dois l'arrêter.*

Et soudain, toute l'énergie s'évapora et l'âme se désintégra, fuyant vers la région de l'après-vie à laquelle elle était destinée.

Je pris une lente inspiration tremblante. C'était bien assez difficile de voir des âmes, et voilà qu'à présent ces saloperies se mettaient à me *parler*.

— Riley ?

Jack avait parlé d'une voix douce, faisant attention à ne pas me surprendre, mais je sursautai néanmoins. Je levai les yeux et vis qu'il se tenait à peine à quelques mètres de moi. Cole était à côté de lui, une expression inquiète sur le visage. Je ne les avais pas entendus approcher.

— Elle m'a parlé, Jack, soufflai-je en me frottant les bras. Avec des putains de paroles.

— Je t'avais dit que ça pouvait arriver.

Je laissai échapper un rire amer.

— Ouais, ben moi, j'espérais que tu avais tort. (Je baissai les yeux vers le cadavre au-dessus duquel ne flottait plus aucune âme.) Je ne veux pas parler aux esprits des morts, Jack. Ça me fait trop flipper.

Cole haussa les sourcils.

— Vous pouvez discuter avec les esprits ? Cool.

Je lui décochai un regard agacé et me tournai vers Jack.

— Elle a prononcé un nom, le même que celui que l'âme de Dunleavy m'avait donné. Sauf que, cette fois, c'était *Azhi Dahaki*. Un prénom et un nom de famille, peut-être ?

— C'est bien possible. Drôle de nom, cela dit.

— Eh bien, c'est un drôle de don que j'ai. (Et c'était *précisément* la raison pour laquelle Jack m'avait fait appeler ce soir : il espérait que j'apprendrais quelque chose.) On l'a identifiée ?

— Karen Herbert, répondit Cole en lisant l'écran de son PDA. Vingt-deux ans. Vivait seule. Parents actuellement en vacances dans le Queensland.

Je dévisageai Jack.

— LA Karen Herbert ? Celle à propos de qui j'ai demandé qu'on fasse des recherches ?

Il eut le bon goût de paraître mal à l'aise.

— J'en ai bien peur.

— Eh bien, si ça n'est pas une preuve qu'il existe un lien entre l'affaire de Quinn et la nôtre, je ne sais pas ce qu'il te faut.

— Et c'est pour cette raison que tu devras l'interroger la prochaine fois que tu le verras.

Ouais, ce serait une vraie partie de plaisir, ça. Je désignai le visage de Karen.

— Elle n'est pas morte de peur. Il n'y avait aucune drogue dans l'organisme des autres femmes, et je doute qu'on en trouve ici. Ça laisse encore supposer qu'elle est venue ici de son plein gré, Jack.

— Ou sous influence psychique. Il n'en reste aucune trace *post mortem*, souviens-toi.

— Jin n'a pas de dons psychiques, je ne surveille peut-être pas la bonne personne.

— S'il réussit à bloquer toutes tes intrusions télépathiques, alors il a quelque chose qui y ressemble. De plus, il partage une maison avec la femme que file Quinn, il travaille au même endroit que la compagne de Dunleavy, qui a été tuée par Gautier parce qu'elle avait vu ou entendu quelque chose qu'elle n'aurait pas dû, et il possède une bague identique à celle qu'on a trouvée sur la scène d'un crime. Ça ferait beaucoup de coïncidences. Tout est lié. On ne connaît simplement pas tous les tenants et aboutissants de cette histoire.

Et il fallait qu'on se hâte d'y remédier avant le prochain meurtre. Je tournai de nouveau la tête vers le cadavre.

— Alors, ça ressemble plus à des meurtres rituels ou à des sacrifices ?

— Pour moi, plutôt des sacrifices. Dans quelle intention, je l'ignore.

— Des sacrifices de sang *et* d'organes, précisa Cole avant de m'expliquer : Ce sont les rituels d'une magie encore plus noire et puissante.

— Dans tous les cas, on se retrouve avec des cadavres de bonnes femmes sur les bras, mon pote.

Il prit un air agacé.

— La nature de la magie donne souvent des indications directes sur la nature du magicien lui-même.

— Pas difficile de deviner qu'on a affaire à quelqu'un dont la nature est éminemment maléfique.

— Non, mais le fait qu'il utilise le sang et les organes implique qu'il s'agit d'une magie noire extrêmement puissante, expliqua Jack. Et si le magicien y ajoute son propre sang, alors nous devons nous préparer à affronter quelqu'un capable de faire bien plus qu'invoquer quelques démons.

— Tu veux dire que tu ne penses pas que l'affaire de Quinn et la nôtre se recoupent ?

— Non, ce que je veux dire, c'est qu'il y a probablement un lien, mais que notre ami ne se contente pas d'invoquer deux petits démons pour les lancer aux trousses d'un vampire. (Jack m'examina un instant.) Tu n'as pas l'air tellement contrariée d'avoir été enfermée par Quinn.

— C'est parce que tu n'as pas vu l'état de sa maison. (Je jetai un coup d'œil à ma montre. Si je ne me dépêchais pas, Jin allait se demander ce qui se passait.) Bon, si vous n'avez plus besoin de moi, j'ai un suspect à rencontrer.

— Vas-y. Mais n'oublie pas de déclencher le communicateur si ça devient trop violent et que tu as besoin d'aide.

Je haussai les sourcils.

— Pourquoi me rappelles-tu cela alors que je sais très bien que tu n'en parles pas aux autres gardiens ?

— Parce que les autres gardiens affrontent des psychopathes tout ce qu'il y a de plus ordinaire. J'ai l'impression que ton psychopathe à toi dépasse toutes les limites, même les nôtres, et Dieu sait que nous n'en avons pas beaucoup.

— Waouh, voilà une pensée sacrément rassurante, commentai-je en le scrutant attentivement. Mais surtout, tu voudrais bien me garder entière pour voir le résultat du traitement sur mes dons.

— Exactement, approuva-t-il d'un sourire en me lançant un trousseau de clés. Comme c'est Cole qui t'a conduite ici, prends ma voiture. Mais je veux que tu me la ramènes intacte.

— En me prêtant tes clés, tu connais les risques encourus, répliquai-je avec un grand sourire en lançant le trousseau en l'air, puis en m'éloignant d'un pas léger.

La nuit était bel et bien tombée et, même si l'air était froid, le ciel était dégagé. La lune pendait dans le ciel, obèse et jaunâtre, pas tout à fait pleine, mais presque. Sa chaleur fit chanter le sang dans mes veines, un désir brûlant qui ne ferait que croître au cours des prochaines nuits. C'était probablement le moment idéal pour avoir une mission où je devais baiser un salopard, pensai-je sombrement.

Et quand j'en aurais terminé avec lui, ce soir, j'appellerais Kellen. J'avais dans l'idée que j'aurais grand besoin de tendresse et de douceur pour effacer l'empreinte maléfique de Jin sur mon esprit.

Je démarrai la voiture de Jack et me dirigeai vers le centre-ville. On était lundi et les rues calmes regorgeaient donc de places de parking. Je pris mon sac, remontai la rue vers le club et découvris que l'adresse qu'il m'avait donnée était celle d'un gratte-ciel et que le club se trouvait au dix-huitième étage.

Ce qui était vraiment très haut pour ma phobie.

Je pris une grande inspiration et me forçai à sourire en approchant le vigile à l'entrée.

— Bonjour, dis-je d'un ton faussement joyeux, alors que mon estomac se rebellait furieusement, je viens pour le *Hunter's Club.*

— Vous avez une carte de membre ?

— Non.

— Impossible de rentrer sans carte.

Visiblement, on ne payait pas ce vigile pour qu'il soit serviable. Ou alors il s'ennuyait et avait envie de s'amuser un peu.

— Je m'appelle Riley Jenson. Je viens en tant qu'invitée de Jin Lu.

Il baissa le regard vers une feuille posée sur le bureau, attrapa un registre et le posa sur le comptoir.

— Vous devez signer ici, dit-il en me montrant un espace vide, et écrire votre nom en toutes lettres.

Je m'exécutai. Il reprit le registre, sortit une carte d'accès d'un tiroir, y inscrivit mon nom et un numéro et me la tendit en expliquant :

— Cette carte va vous permettre de prendre l'ascenseur et d'entrer dans le vestibule du club. Vous devrez la rendre avec une autre signature en sortant.

J'opinai du chef, attrapai la carte et me dirigeai vers l'ascenseur. Le rapide trajet vertical me rendit flageolante, mais heureusement, mon estomac décida de rester sage. L'entrée du club dégageait une impression d'opulence, tout dans les tons ivoire et or, avec une moquette si épaisse que je dus lutter contre la tentation d'ôter mes chaussures pour y courir pieds nus. Mais je ne pus retenir un sourire crispé en voyant le blason gravé sur la porte. Non seulement il y était inscrit *Hunters' Club* en lettres ouvragées, mais en dessous il y avait aussi indiqué : « Réservé aux humains ».

Charmant.

Les humains ne cessaient de protester contre l'interdiction qui leur était faite de fréquenter nos clubs, mais ne se privaient pas quand il s'agissait de nous exclure des leurs. J'avais vraiment hâte qu'on ait des représentants au gouvernement.

Les portes s'ouvrirent dans un chuintement à mon approche, et je vis alors les capteurs installés sur le chambranle. Ils ne rigolaient vraiment pas à propos de cette règle qui interdisait l'accès aux non-humains.

Et ça signifiait que si je passais la porte, ma véritable nature serait révélée aux yeux de tous.

Je poussai un juron à mi-voix et jetai un coup d'œil à la blonde qui se trouvait à la réception. C'était l'une de ces filles à la fois sportives et sexy qui rendaient nerveuses la plupart des femmes, mais surtout elle ne semblait pas avoir remarqué que je m'étais immobilisée à l'entrée de la pièce. Elle ne portait pas de nanofil, à moins que de nos jours on en fabrique en forme de boucles d'oreilles de créateur, et la pièce ne semblait pas équipée d'atténuateurs psi. Cela dit, ces derniers ne réussissaient plus à m'arrêter, depuis quelque temps.

Je soupirai lentement et baissai plusieurs barrières, laissant mon esprit envahir le sien et en prenant le contrôle en un battement de cils. Je n'étais pas capable de détecter les humains, mais les manipuler mentalement, ça, c'était du gâteau. Je lui fis éteindre l'alarme, me disant que le club ne risquerait pas grand-chose pendant les quelques heures que j'y passerais. Et, des fois que quelqu'un de plus haut placé remarque quelque chose, je la poussai à en débrancher l'alimentation électrique. C'était le problème avec ces capteurs installés après la construction d'un bâtiment : un mouvement maladroit pouvait facilement interrompre la connexion. C'est pourquoi la plupart d'entre eux étaient à présent reliés aux circuits électriques principaux.

Je relâchai mon emprise sur l'hôtesse, passai la porte et m'approchai du comptoir. Je continuais à surveiller son « pouls télépathique », pour ainsi dire, juste pour entendre le flot de ses pensées et m'assurer qu'elle ne se posait pas de questions concernant ce qui venait de se passer.

Elle cligna des yeux, comme un rêveur se réveillant de son monde onirique, et me décocha un sourire éblouissant.

— Bonjour ! dit-elle d'un ton de bienvenue aussi artificiel que son bronzage. Vous êtes nouvelle ici, pas vrai ?

— Vrai. (Je lui montrai ma carte.) Je suis invitée par Jin Lu.

Il y eut un bref reflet dans ses yeux, une émotion trop rapide pour que je puisse l'identifier, mais son sourire ne faillit pas un instant. Ses pensées me révélèrent ce que ses yeux avaient laissé transparaître : elle ne tenait pas Jin en très haute estime. En fait, elle trouvait que c'était un porc arrogant qui devenait trop violent pendant le sexe. Elle avait même dû raconter des bobards à son petit ami tellement les bleus avaient mis de temps à se résorber.

Visiblement, elle n'était pas une grande adepte de la monogamie en couple. Je réprimai un sourire et pris le stylo qu'elle me tendait, signant une seconde fois.

— Je vais l'appeler, dit-elle en me tendant une clé de casier. Voulez-vous patienter sur le canapé ?

Je regardai en direction de celui-ci et constatai avec plaisir que la grande vitre qui se trouvait à côté offrait une vue imprenable sur la salle de fitness. Il y avait quantité d'hommes en train de travailler sur diverses machines, la peau luisante de sueur tendue sur leurs muscles contractés. C'était tout à fait mon genre de panorama et je m'empressai d'aller en profiter, confortablement installée sur le canapé.

On appela Jin via les haut-parleurs. Cinq minutes plus tard, je sentis une présence derrière moi. Même si je n'avais entendu aucun bruit de pas, probablement à cause de la moquette, je sus que c'était lui. Sa chaleur et son odeur firent rugir la bête en moi, même à cette distance.

Je regardai par-dessus mon épaule. Il se dirigeait vers moi, vêtu d'un pantalon de survêtement et d'un débardeur noirs. Il était luisant de sueur et sa peau semblait brûlante. Il était si sexy que ça aurait dû être interdit. Une bouffée de désir monta en moi, mais quand je croisai son regard elle s'évapora aussi vite qu'elle était arrivée. Ses yeux noirs brillaient d'une lumière féroce que je n'avais jamais vue auparavant, quelque chose de terriblement ancien et inhumain. Comme si, un bref instant, c'était son âme que j'avais vue, et que celle-ci n'appartenait absolument pas à cette époque.

Ou à cette planète.

Puis il cligna des yeux et sourit, et le sentiment d'étrangeté disparut comme il était venu, et je me demandai si le fait de communiquer avec la morte ne m'avait pas plus secouée que je le pensais. Je veux dire, Jin n'était peut-être pas humain à proprement parler, mais il devait bien appartenir à une espèce proche ou à une variété de non-humain. Pas vrai ? Il n'y avait rien d'autre, n'est-ce pas ?

Quelque chose que Quinn m'avait confié, plusieurs mois auparavant, me revint alors en mémoire. Il avait dit que, même s'il avait été élevé comme un humain, techniquement, il ne l'était qu'à moitié. Et que l'autre moitié appartenait à une espèce aujourd'hui disparue.

Si un hybride d'une espèce aujourd'hui disparue pouvait traverser les âges, alors d'autres créatures plus maléfiques devaient aussi en être capables.

J'eus alors un frisson qui prit la forme d'un pressentiment. Je ne voulais rien savoir de plus sur ces créatures maléfiques. Vraiment pas. Mais j'avais l'horrible intuition que non seulement je baisais avec l'une d'entre elles, mais qu'en persistant à la fréquenter, je ne faisais que m'approcher dangereusement de leur univers.

Il s'arrêta devant moi et m'embrassa, et je dus faire tout ce qui était en mon pouvoir pour ne pas reculer. Ses lèvres fraîches effleurèrent rapidement les miennes, et j'en fus soulagée. Un baiser plus passionné aurait vraiment été au-dessus de mes forces à cet instant-là.

— Hé, dit-il avec douceur, c'est chouette de te revoir.

Il sentait le musc, le mâle et les épices fortes, des odeurs qui auraient normalement dû faire danser mes hormones comme des petites folles. Et, je devais l'admettre, le désir releva légèrement la tête malgré mon affreux pressentiment. J'étais une louve, après tout. Le danger était un aphrodisiaque pour nous.

Mais sous cette délicieuse et si excitante odeur flottait un effluve de sexe et de sang, mélangé à une touche de jasmin. Je ne pus m'empêcher de me demander si son épuisement visible n'était pas plutôt dû au genre d'exercice qui se pratiquait à l'horizontale, avec des sangles, des fouets et de la chair parfumée qu'au sport qu'on pratiquait généralement en salle.

— On dirait que j'arrive au mauvais moment.

Il haussa les épaules.

— On a une promo fitness et spa en ce moment, et on a plus de clients que d'habitude, ce soir. Je crains de ne pas pouvoir te faire le massage promis, mais je vais demander à Terri de s'occuper de toi, et je vais voir si je ne peux pas grappiller une pause dans les vingt prochaines minutes.

— Écoute, si tu préfères, je peux revenir une autre fois…

— Non.

Il raffermit sa prise sur mon bras et la lueur venue d'ailleurs clignota brièvement, mais indéniablement, au fond de ses yeux sombres.

— Je ne sais pas pour combien de temps je vais en avoir, poursuivit-il, mais je préfère que tu restes.

— Alors, d'accord, je reste.

Il acquiesça et m'attira à lui, m'embrassant avec force. C'était un signe très clair de ses intentions, et au fond de moi je tremblai de terreur, car ce baiser suggérait que la nuit dernière n'était qu'un amuse-bouche. Et que, ce soir, je découvrirais plus en profondeur la noirceur de ses désirs et de ses besoins.

Jusqu'où étais-je prête à aller pour le Directoire et pour empêcher un tueur de frapper ?

Je ne le savais pas vraiment, et cela m'effrayait plus que tout. Si j'avais abandonné mes principes concernant ce que j'étais prête ou non à faire pour Jack et le Directoire en l'espace de quelques mois, où en serais-je dans un an ? Deviendrais-je l'enthousiaste machine à tuer et à baiser que Jack voulait que je devienne ? Était-ce aussi inévitable que les cycles de la lune ?

J'en tremblai d'horreur. Jin recula et me sourit.

— J'essaie de me dépêcher, promit-il en faisant courir un doigt chaud le long de ma gorge. (Il le passa sur ma jugulaire et son sourire s'élargit.) Ce serait dommage de gâcher un désir si brûlant.

— Alors ne le fais pas, dis-je en m'écartant de lui. Allez, file, le plus tôt tu y iras, le plus tôt tu pourras me rejoindre.

Il éclata de rire, puis fit volte-face et s'éloigna. Je réprimai un nouveau frisson et m'efforçai de ne pas faire attention à mes hormones qui *adoraient* le danger que représentait Jin. Parfois, c'était vraiment chiant, d'être loup-garou.

Je tournai la tête vers l'hôtesse d'accueil. Elle faisait attention à ne rien laisser transparaître, mais son antipathie pour Jin crevait les yeux. Résistant à l'envie de lui dire que je comprenais, je demandai :

— Où dois-je me rendre pour mon soin, alors ?

— C'est la porte à votre droite. Terri va s'occuper de vous.

Je suivis ses instructions et poussai une série de portes battantes. Une noire voluptueuse aux cheveux plaqués sur le crâne et attachés en queue-de-cheval et aux mains assez grandes pour briser un bus en deux s'approcha de l'autre extrémité du couloir. Elle se figea en me voyant et ouvrit de grands yeux paniqués. C'était facile de deviner pourquoi : elle savait ce que j'étais, tout simplement parce qu'elle-même n'était pas humaine.

Je m'arrêtai à quelques mètres d'elle et la regardai de la tête aux pieds. Je n'avais rencontré qu'une seule métamorphe ourse jusqu'à présent, mais Berna n'arrivait pas à la cheville de cette fille en matière de masse musculaire.

— Comment avez-vous réussi à passer la porte sans déclencher l'alarme ? s'enquit-elle d'un ton plus curieux qu'hostile.

Je lui rendis son regard sombre et arquai un sourcil.

— Probablement de la même manière que vous.

— Vous êtes une hybride ?

— Ouais.

Elle acquiesça.

— Les capteurs nous perçoivent comme des humaines. Plutôt pratique dans une situation pareille.

Ç'aurait été le cas si j'avais effectivement été à moitié humaine.

— Le genre de situation où on veut entrer là où c'est interdit ?

Un sourire illumina son visage.

— Les règles du club précisent qu'il est interdit aux non-humains. Elles ne disent rien sur les hybrides comme nous. (D'un geste de la main, elle m'invita à la suivre.)

Je vais vous installer dans la cabine numéro trois. C'est moi qui vous masserai, puis Raj vous conduira au spa. Il y a une limite de vingt minutes, malheureusement, il y a tellement de monde, ce soir.

— Puis-je être indiscrète et vous demander pourquoi vous travaillez ici ? C'est courir un sacré risque, non ?

Elle haussa les épaules.

— Le pire qu'ils puissent me faire, c'est me virer. Et le salaire ici est bien meilleur que dans les autres clubs. Il faut bien nourrir sa famille, pas vrai ?

J'acquiesçai en reniflant les odeurs qui flottaient dans le couloir. Des vapeurs d'huiles essentielles et de musc féminin se mélangeaient avec une odeur épicée de mâle et une trace de javel. Pas de jasmin, en revanche. Ou d'odeur de sexe.

Quoi que Jin soit en train de faire, ce n'était pas ici que ça se passait.

— Vous êtes la seule non-humaine à travailler ici ?

— Ouais. Tous les employés doivent présenter un acte de naissance comme preuve de leur humanité, mais le mien dit que je suis humaine, donc c'est bon.

Je haussai les sourcils. Les tests ADN à la naissance avaient été rendus obligatoires depuis plus de trente ans, or Terri avait l'air bien plus jeune que ça.

— Et comment avez-vous réussi un tel exploit ?

Elle sourit de nouveau.

— Mon vieux bossait au labo d'analyses, il a pu détruire les preuves.

— Ça me semble quand même particulièrement dangereux, tout ça.

Et passible de dix ans de prison si ça se savait. Elle haussa les épaules d'un air indifférent.

— Il est mort, maintenant. Qu'est-ce qu'ils pourraient lui faire ? (Elle ouvrit l'avant-dernière porte sur la gauche.)

Vous voulez vous déshabiller et déposer vos objets précieux dans un casier ? Je vous attends ici.

— Et je suis censée me balader à poil ?

Son sourire s'élargit.

— J'ai entendu dire que c'était une habitude, chez les loups.

— Certes, mais ce sont les humains que ça dérange le plus.

— Et c'est pour cette raison que vous porterez le peignoir qui est suspendu près du casier qui vous a été assigné.

— Ah ! Merci.

Le vestiaire était exigu et sentait légèrement le citron et le gingembre. Il n'y avait pas beaucoup d'autres casiers utilisés, ce qui signifiait qu'il ne devait pas y avoir beaucoup de femmes ce soir au club. Je me déshabillai rapidement, fourrai mes vêtements dans un casier, enfilai le peignoir et parcourus la pièce en flairant l'air. Je découvris enfin l'odeur de jasmin, qui s'échappait d'un casier à l'autre bout de la pièce.

Je jetai un coup d'œil en direction de la porte, me demandant si je devais courir le risque de forcer le casier. Il fallait que je découvre l'identité de la femme au parfum de jasmin, ne serait-ce que parce qu'elle pouvait être l'une des clientes habituelles de Jin et donc connaître des éléments importants à son propos. Comme sa vraie nature, par exemple.

Je regardai le plafond mais ne vis aucune caméra. Non qu'on ait vraiment l'habitude d'en voir dans les vestiaires, mais je ne pouvais pas risquer qu'on me voie en train de faire ce que je n'étais pas censée faire.

Je glissai ma clé entre le côté du casier et la porte et réussis à faire assez levier sur celle-ci pour pouvoir y glisser le bout des doigts. Puis je tirai brusquement. Les portes de casier n'étaient pas conçues pour résister à la force d'un loup-garou, sans parler d'un loup-garou qui avait aussi la puissance d'un vampire.

L'odeur de jasmin devint plus présente quand la porte s'ouvrit. La femme avait soigneusement plié ses vêtements et pendu son sac au crochet sur la paroi latérale. Je l'ouvris, farfouillai dans le désordre de mouchoirs en papier, de palettes de maquillage et de clés et finis par mettre la main sur un portefeuille qui contenait une pièce d'identité et des cartes de crédit. Elle s'appelait Jan Tait, et c'était une jolie femme aux yeux verts et aux cheveux châtains méchés de blond. Je mémorisai son adresse à Carlton et examinai le contenu du portefeuille : d'autres cartes de crédit, une carte de cinéma et la photo d'un chat noir et blanc. Ce qui signifiait probablement qu'elle était célibataire. Les femmes mariées avaient plus souvent une photo de leur mari ou de leurs enfants dans leur portefeuille.

Je remis tout en vrac dans le sac, puis refermai la porte et donnai un petit coup dedans pour remettre le loquet en place. Puis je nouai la ceinture de mon peignoir et sortis rejoindre Terri. Nous n'allâmes que quatre portes plus loin avant qu'elle en ouvre une nouvelle, révélant cette fois-ci une petite cabine au milieu de laquelle trônait une table de massage.

— Nous y voilà. Déshabillez-vous et allongez-vous sur la table, s'il vous plaît. Je serai à vous dans un instant.

— Merci, Terri.

Elle m'adressa un signe de tête et referma la porte. J'ôtai le peignoir et le drapai sur l'extrémité de la table de massage avant de m'installer sur celle-ci comme demandé. Au bout d'environ cinq minutes, Terri revint et se mit au travail. Je dois avouer qu'elle était sacrément douée. Quand elle en eut terminé, mes muscles étaient tout mous et détendus. Comme après une super séance de sexe, sans les efforts… ni l'amusement, d'ailleurs.

— OK, dit-elle en refermant la bouteille d'huile. Je vais sonner Raj et il vous conduira au spa.

— Il ne se trouve pas à cet étage ?

Elle secoua la tête.

— À celui d'en dessous, près des locaux administratifs.

Cet endroit devait être encore plus grand que je l'avais cru s'ils avaient un second étage juste pour l'administration et le spa.

— Ça ne doit pas être très pratique.

Elle haussa les épaules.

— Ce ne sont que quelques marches…

Ce n'était pas faux. Je remis mon peignoir et en nouai la ceinture. Raj, un adolescent boutonneux qui n'avait pas l'air d'avoir plus de dix-sept ou dix-huit ans, entra quelques secondes plus tard et me fit signe de le suivre avec une certaine insolence. Nous descendîmes un escalier moquetté et arrivâmes dans un autre grand couloir sur lequel ouvraient plusieurs portes. Le bruit des bains à bulles et une douce musique filtraient de chacune d'entre elles.

— Des spas individuels ? m'étonnai-je en parcourant le couloir du regard.

Pas de caméras de surveillance là non plus. Comme ça tombait bien.

Le gamin acquiesça et ouvrit une porte. Dans le mouvement, une carte magnétique s'échappa de sous son tee-shirt. Un code-barres figurait au bas de celle-ci, et je devinai que, si je voulais aller dans des zones moins ouvertes au public, j'aurais peut-être besoin d'une de ces cartes pour pouvoir y entrer.

Flûte.

— Les clients semblent préférer les spas individuels, expliqua l'adolescent, ce qui ne déplaît pas à la direction, qui peut ainsi facturer la prestation plus cher. (Il sourit et me montra la petite cabine dominée par une grande baignoire.) Prenez une douche avant d'entrer dans l'eau. Les commandes des jets et de la musique se trouvent sur le panneau de gauche et celles de la lumière, sur celui de droite.

— Et où sont les toilettes ?

Je baissai l'un de mes boucliers mentaux et tâtai télépathiquement son esprit. Ses pensées étaient vives et colorées, et m'évoquaient ces jeux *com* auxquels les gamins semblaient tous accros ces derniers temps.

Il fut presque trop facile de lui prendre sa carte et de faire en sorte qu'il ne s'en souvienne pas.

— Elles se trouvent au bout du couloir à gauche, répondit-il sans un seul instant de flottement qui aurait pu alerter un témoin invisible.

Je ne pensais pas qu'il y avait quelqu'un, mais on n'était jamais trop prudent.

— Vous avez vingt minutes, puis quelqu'un viendra vous chercher.

— Merci bien.

Il me fit un signe de tête et repartit vers l'escalier. J'entrai dans la cabine et refermai la porte sur moi. J'ôtai mon peignoir et le laissai tomber avec la carte magnétique volée sur le petit tabouret qui se trouvait dans un coin, pris une douche pour me rincer de l'huile de massage aux senteurs de miel, me séchai rapidement et remis le peignoir. Je mis en route le bain à bulles et la musique, éteignis la lumière et ressortis.

Le couloir était presque vide, en dehors d'une femme en peignoir à l'autre bout de celui-ci. Elle ne m'accorda pas la moindre attention lorsque je me dirigeai vers elle et pénétra dans l'une des cabines. Je l'entendis entrer dans la baignoire, m'assurant qu'elle serait occupée pendant les vingt prochaines minutes. J'arrivai au bout du couloir et regardai de chaque côté.

Vers la droite, le couloir menait vers un hall d'entrée et les ascenseurs. Pas intéressant pour moi et, de toute façon, les portes étaient verrouillées et protégées par une alarme.

Les toilettes étaient à gauche, comme l'avait dit le gamin, et, au-delà, une porte avec un panneau « Réservé au personnel » titilla ma curiosité.

Je regardai par-dessus mon épaule pour m'assurer que Raj ou quelqu'un d'autre n'était pas dans le coin, puis me dirigeai vers la porte. Je regardai à travers la vitre à la recherche de caméras, puis passai la carte dans la fente. Il y eut un bip, une lumière verte clignota et la porte se déverrouilla avec un bourdonnement. Je l'ouvris et me glissai à l'intérieur.

Je me retrouvai dans une grande pièce vide et silencieuse. Il y avait quatre portes, dont une ouverte sur ce qui ressemblait à une cafétéria bien équipée. Pas le genre d'endroit où on pouvait découvrir beaucoup de secrets, tout du moins pas le genre de secrets qui m'intéressaient.

Je m'approchai de la première porte fermée. Elle donnait sur un couloir qui menait vers des bureaux visiblement occupés si je me fiais au bruit de voix féminines qui s'en échappait. Je passai la porte numéro deux, derrière laquelle se trouvait une vaste réserve. La porte numéro trois ne s'ouvrait qu'avec une carte magnétique.

Je passai celle de l'ado dans la fente, mais la lumière resta obstinément au rouge. Visiblement, Raj n'avait pas l'autorisation d'aller dans cette zone.

Je reculai d'un pas et examinai l'encadrement de la porte à la recherche d'un système d'alarme et me demandant si je devais prendre le risque de forcer la porte. Alors que je me décidais à le faire, une sonnerie stridente retentit.

J'eus une montée d'adrénaline et, l'espace d'un bref instant, je fus certaine que j'étais cuite. Mon cœur sembla se loger dans ma gorge, battant à cent mille à l'heure.

Je sursautai et faillis partir me cacher à toute allure quand, soudain, je me rendis compte qu'il ne s'agissait que de la sonnerie d'un téléphone. Ma propre nervosité m'amusa, mais pas pour longtemps. Parce que quand le téléphone cessa de sonner, je pus entendre des pas qui approchaient.

Et ils approchaient de derrière la porte verrouillée.

Quelqu'un était sur le point de sortir.

Cette fois-ci, je fis volte-face et courus vers la cachette la plus proche, qui se révéla être la réserve. Je laissai néanmoins la porte entrouverte pour voir ce qui se passait.

Un grand homme blond très baraqué et entièrement vêtu de noir apparut. Il tenait un fouet noir enroulé dans une main et un chiffon entortillé dans l'autre. Je reculai un peu plus loin dans la pénombre de la réserve en le voyant approcher, mais ne refermai pas la porte en me disant qu'un mouvement risquerait plus d'attirer son regard qu'une porte entrebâillée.

Et effectivement, il poursuivit imperturbablement son chemin vers les bureaux. Je tournai la tête vers la porte par laquelle il était arrivé et vis qu'elle était encore en train de se refermer. Je me précipitai vers elle en compressant mes seins avec mes mains pour éviter qu'ils frottent contre l'huis alors que je me glissais par l'ouverture qui se réduisait comme peau de chagrin.

La porte se referma avec un déclic qui me parut résonner dans le silence ambiant. Je me trouvais au bout d'un long couloir plongé dans l'obscurité. Je n'entendais rien d'autre que le léger son de mon souffle. L'air stagnant avait un arrière-goût de renfermé et d'autre chose que je n'arrivais pas précisément à identifier.

Je réprimai un frisson.

Je me frottai les bras et regrettai de ne pas avoir quelque chose de plus chaud que ce peignoir. Le froid et moi, ça n'avait jamais été une grande histoire d'amour, mais, cela dit, la chair de poule qui me dressait les poils avait plus à voir avec la peur qu'avec ma frilosité.

Je me dissimulai dans mon manteau d'ombre, des fois que quelqu'un fasse irruption dans le couloir, et entrepris de remonter celui-ci en suivant l'odeur que je ne parvenais pas à reconnaître.

D'autres effluves se firent sentir. De la sueur. Du sang. Une bouffée de jasmin. À moins qu'une autre femme porte exactement le même parfum, Jan Tait devait se trouver dans les parages.

Quatre portent ouvraient sur le couloir obscur : deux à droite, deux à gauche. Je flairai l'air en essayant de déterminer d'où venait l'odeur de jasmin. Elle semblait me parvenir de la première porte à droite, mais c'était difficile d'en être certain, car l'autre odeur inconnue recouvrait toutes les autres. Et cette odeur-là venait de la deuxième porte à gauche.

C'était le mélange d'un peu de désespoir, de beaucoup de mort et d'odeurs masculines et féminines. L'odeur de mort me rappelait un peu celle de Gautier, à quelques détails près.

Et avec cet étrange cocktail d'odeurs me parvinrent des miaulements bizarres.

Un autre frisson courut le long de mon dos. Je tendis la main vers la poignée de la porte de droite. Il était hors de question que je mette le nez dans cette autre pièce pour savoir ce qu'était cette odeur, parce que ça me semblait de la folie pure. Oui, j'étais une louve-garou, oui, j'avais tendance à sauter à pieds joints dans des situations folles, mais je n'étais pas complètement débile. Pas quand j'étais seule et sans personne pour accourir à la rescousse, en tout cas.

J'ouvris doucement la porte et jetai un coup d'œil à l'intérieur. La pièce était plongée dans l'obscurité et tout ce qu'on entendait, c'était le son étouffé d'une respiration haletante. Jan Tait – ou qui que ça puisse bien être – était seule, là-dedans.

Je me glissai à l'intérieur et refermai la porte derrière moi, puis passai en vision infrarouge. Le spectacle qui s'offrit alors à moi fut celui d'une salle de torture médiévale. Il y avait des chevalets sur lesquels étaient accrochées des roues en bois brut et d'épaisses cordes, des menottes pendant au bout de chaînes arrimées au plafond, une grande roue en bois au-dessus d'un abreuvoir et des cordages reliés à des anneaux dans le mur.

La femme était suspendue à l'un de ceux-ci. Ses orteils touchaient à peine le sol, ce qui signifiait que tout son poids reposait sur ses épaules et ses bras. Ce devait être atrocement douloureux. Mais, en l'examinant plus attentivement, je vis que ses épaules étaient le cadet de ses soucis. Elle était nue, ses cheveux châtain clair soigneusement ramenés en queue-de-cheval, et les yeux bandés par un chiffon. Les extrémités du chiffon pendaient dans son dos, effleurant sa chair qui était complètement à vif. Ça ne ressemblait même plus à de la peau, mais à de la viande hachée. Elle continuait à haleter, mais la cause n'en était pas la peur ou la douleur, malgré l'état lamentable de son dos, mais bien l'excitation. L'odeur en saturait l'air, aussi lourde et capiteuse que celle de son sang. Cette femme, quelle que soit son identité, prenait son pied en se faisant battre comme plâtre.

Je frissonnai à cette simple idée et m'approchai de la femme. La moquette laissa la place à un carrelage glacé sous mes pieds nus, et le son de mes pas résonna légèrement dans la pièce.

La femme bougea légèrement les pieds afin que son poids repose encore plus lourdement sur ses épaules. Elle laissa échapper un gémissement de pur plaisir.

— Encore, supplia-t-elle. J'en veux encore...

Je m'arrêtai derrière elle et examinai les lacérations de son dos. Les marques de flagellation visibles au milieu des plaies me firent deviner que l'arme utilisée ici était le fouet que j'avais vu dans la main du grand blond. Ce qui signifiait qu'il n'allait probablement pas tarder à revenir.

Et ça voulait dire que si je voulais interroger cette femme, ou plutôt entrer dans son esprit pour y trouver les réponses à mes questions, il fallait que je me dépêche. Je baissai mes barrières et me glissai rapidement dans ses pensées.

Grave erreur.

Son esprit était totalement dominé par la douleur et par une excitation sexuelle intense, et la chaleur lunaire flamba dans mon organisme. Ma peau se couvrit d'une pellicule de sueur et, pendant quelques secondes, je dus lutter contre le désir impérieux de tourner les talons pour aller baiser à mort le premier mâle que je trouverais.

Je me dégageai difficilement des pensées de la femme et pris une grande respiration tremblante. OK, il allait falloir que j'obtienne mes réponses de manière traditionnelle.

— Jan ? Pourquoi faites-vous cela ?

— J'en ai besoin. Je paie pour ça.

Je haussai les sourcils. Alors comme ça, le *Hunter's Club* proposait bien d'autres prestations qu'une simple salle de fitness et des massages ? Intéressant.

— Qu'est-ce que vous payez, Jan ?

Elle se tortilla au bout de ses cordes et du sang dégoulina de son poignet à vif le long de son bras gauche et jusqu'à son épaule.

— La carte Gold. Le top du top. Je vous en supplie. Cessez de tergiverser. Finissez-en avec moi.

Il y avait un désespoir dans sa voix qui fit galoper, plus que simplement courir, un affreux frisson le long de mon échine. Elle désirait ce qu'on lui infligeait ici. Elle le voulait, elle en avait besoin. Je me frottai les bras et dis :

— Ce n'est pas pour en finir que je suis ici.

Elle poussa un geignement de frustration et, pourtant, l'odeur alléchante de son excitation s'accrut encore dans l'air. Je plissai mon nez, non parce qu'elle me déplaisait, mais bien au contraire parce qu'elle était si séduisante que je sentis le sang accélérer dans mes veines. Je n'étais peut-être pas attirée par les femmes, mais les effluves de désir qu'elle dégageait étaient largement suffisants pour rendre folles mes hormones à l'approche de la pleine lune.

— Dites-moi comment on peut obtenir cette carte Gold.

— Au *Hellion Club*, haleta-t-elle. Ils se sont rendu compte qu'il m'en fallait plus…

Plus de brutalité, semblait-il. Plus de coups de fouet et de longues heures passées à souffrir atrocement, suspendue comme un quartier de viande dans un abattoir.

Un autre tremblement m'agita. J'avais beau être sexuellement aventureuse, j'avais mes limites, et *ça*, ça dépassait de très, très loin ce que je pouvais même envisager de désirer. Et je ne pouvais pas m'empêcher de compatir à sa souffrance, alors que c'était probablement la dernière chose qu'elle aurait voulue.

Elle appréciait visiblement ce qu'ils lui faisaient subir. Qui étais-je donc pour mépriser les fantasmes et les envies des autres ? Bon Dieu, j'avais passé ma vie à lutter contre ce genre de réactions.

— Qui du *Hellion Club* vous a recommandé de venir ici, Jan ?

— Maisie, la propriétaire. Elle a vu mes besoins. Elle m'a dit qu'elle les comprenait.

— Et pourquoi a-t-elle recommandé ce club en particulier ? Il doit y en avoir d'autres…

— Elle a dit que son frère se spécialisait là-dedans.

Son frère. Un autre maillon de la chaîne ou seulement une coïncidence ? J'ouvris la bouche pour poser une autre question, mais la refermai en entendant quelqu'un approcher dans le couloir. J'attendis, osant à peine respirer, espérant que l'intrus poursuivrait son chemin.

Évidemment, il s'arrêta juste devant la porte.

La porte commença à s'ouvrir. Je me précipitai vers l'énorme roue et me dissimulai derrière la masse de l'abreuvoir.

L'homme qui entra était celui que j'avais vu, armé d'un fouet, quelques minutes auparavant. Mais derrière lui se trouvait Jin. Il devait avoir pris une douche depuis le moment où je l'avais vu, parce qu'il avait l'air propre et ne sentait plus ce mélange de sueur, de sexe et de jasmin. Ou peut-être n'était-ce qu'une impression en contraste avec l'odeur du porteur de fouet qui était toute de sang, de sueur et de musc, et assez puissante pour étouffer tout effluve plus subtil.

Les deux hommes s'arrêtèrent derrière la femme. Jin leva la main et donna une claque distraite sur la fesse de celle-ci.

Elle gémit, apparemment de douleur, mais l'odeur de son désir décupla.

— Qu'est-ce que tu veux, Jan ? demanda Jin en frappant encore, plus fort, cette fois.

La femme cria et il inspira profondément, comme s'il se nourrissait du son de sa douleur.

Je frissonnai. Il avait fait la même chose lorsqu'il avait brisé les os du vamp qui nous avait attaqués.

Peut-être que c'était bien l'un de ces vampires d'énergie dont avait parlé Quinn. Mais, si c'était le cas, pourquoi le percevais-je en tant qu'humain ? Il ne pouvait pas être les deux : c'était tout bonnement impossible. Une fois qu'on était passé de vie à non-trépas, on apparaissait comme un vampire, quoi qu'on ait été dans sa vie antérieure.

— Encore, supplia Jan en se tortillant au bout de ses cordes, incapable de voir quoi que ce soit mais essayant visiblement de le faire.

— La loi ne me permet pas de t'en donner plus, Jan.

— Mais j'ai payé, balbutia-t-elle. S'il vous plaît…

— Non.

— *S'il vous plaît.*

Elle le dit sur un ton si plein de désespoir que j'en eus un haut-le-cœur. Parce qu'il était tellement facile de m'imaginer prononçant ce mot. Avec la pleine lune qui approchait, il était tout à fait possible que je supplie aussi désespérément qu'elle. Je l'avais déjà fait quand Talon avait décidé de me faire un enfant par n'importe quel moyen, et je savais d'expérience que je ferais tout et que je serais prête à supporter n'importe quel châtiment pour obtenir ce que la lune et mon corps exigeaient.

Et, si je continuais à coucher avec Jin, c'était peut-être exactement ce qui allait m'arriver. Il aimait la douleur, et peut-être même s'en nourrissait-il, or un loup-garou était infiniment plus capable de supporter celle-ci qu'un simple humain.

Je me mordis la lèvre et décidai, à cet instant précis, de faire mon possible pour me barrer de cet endroit dès que j'en aurais l'occasion. Certes, je voulais attraper les responsables des sacrifices de ces femmes, mais je n'étais pas prête à n'importe quoi pour le Directoire.

Le son de la peau claquant contre la peau, et le gémissement qui en résulta, me fit frissonner. Jan désirait peut-être ce qu'ils étaient en train de lui faire, et peut-être qu'elle avait payé une fortune pour l'obtenir, mais tout ce que je voulais, c'était jaillir de derrière l'abreuvoir et leur faire passer un mauvais quart d'heure.

Et ensuite, aller voir Kellen, qui aimait le bon vieux sexe à l'ancienne, et lui faire l'amour toute la nuit.

— Es-tu prête à payer plus pour tes besoins, Jan ? demanda Jin. Es-tu prête à aller jusqu'au bout ?

Jusqu'au bout ? Quelque chose dans ces mots déclencha un signal d'alarme dans mon esprit. Je veux dire, un humain, ou une humaine, en l'occurrence, pouvait-il en supporter beaucoup plus ?

Visiblement, oui, si l'on devait en juger par le brusque afflux de désir et de désespoir qui émana de Jan.

— Oh ! Oui, oui !

Jin jeta un regard au mastard à côté de lui et sourit. C'était un rictus froid et satisfait qui me glaça l'âme. Il n'y avait rien d'humain dans ce sourire. Ça n'y ressemblait même pas de loin.

— Nous avons une nouvelle candidate, Marcus.

— On dirait bien, renchérit le géant d'une voix rauque que j'aurais dû trouver sexy, mais qui au lieu de ça me ficha la chair de poule. Je vais en informer le patron.

— Parfait. (Jin tourna les yeux vers la femme et poursuivit :) Termines-en avec elle et accompagne-la à la salle de repos. Je vais voir comment ça se passe avec nos autres clientes.

— Les filles des chambres deux et trois saignent joliment.

Jin eut un rire amer.

— Mais celle dans la chambre deux ne nous donne pas de douleur. Pas de peur, non plus, et juste un peu de désespoir.

— Elle est lesbienne, n'est-ce pas ? On ne peut pas exploiter ça ?

— Elle est bisexuelle, donc non. Mort a l'intention de continuer à la travailler, mais je pense qu'elle finira comme simple repas pour lui. Je ne crois pas qu'elle soit en mesure de nous procurer ce dont nous avons besoin. (Il donna une tape sur l'épaule de l'autre homme.) N'oublie pas de faire signer les papiers à Jan quand elle reprendra connaissance.

— J'y penserai.

Jin sortit de la pièce. Marcus déroula lentement son fouet et en donna un coup dans le vide, le soudain claquement me faisant sursauter. Jan se contenta de gémir encore, cette fois-ci avec un accent d'impatience.

— Dis-moi ce que tu veux, Jan.

— Finissez-en avec moi. Faites-moi mal.

— Dis-moi, exigea-t-il en faisant de nouveau claquer son fouet.

— Battez-moi, geignit-elle. Battez-moi fort.

— Comme l'a dit l'autre homme, je ne peux pas faire ça. Pas encore.

Elle émit un gargouillement de désespoir. Il inspira profondément, comme s'il aspirait le son. Exactement de la manière dont Jin avait aspiré le cri de douleur.

Bon Dieu, Jan était-elle donc la seule humaine dans cette pièce ?

—Je vous en prie, pleura-t-elle.

Marcus redressa son fouet et en utilisa le pommeau pour caresser les chairs déchiquetées du dos de Jan.

—Tu veux en finir. Moi, je veux ton désespoir. Je veux sentir ton supplice. (D'une main, il attrapa la corde qui reliait le bras gauche de Jan à l'anneau scellé dans le mur.) Et c'est exactement ce que tu vas me donner à présent.

Il libéra son bras et le rattrapa avant qu'il puisse retomber, puis il la retourna, la plaqua rudement contre le mur et l'attacha de nouveau.

Puis il la baisa, avec l'énorme pommeau de son fouet, pas avec son sexe. Et tout du long, le géant prit de longues inspirations, son corps parcouru de spasmes d'extase alors qu'elle se tordait dans tous les sens, hurlait et finissait secouée par un orgasme intense. Puis elle s'effondra contre les cordes et perdit connaissance.

Marcus se pencha vers elle et lui embrassa les lèvres avec la tendresse d'un amant tout à fait ordinaire, puis il la détacha délicatement, la souleva dans ses bras et sortit de la pièce. Je restai derrière l'abreuvoir en luttant contre le mélange de colère, de répulsion et de désir qui faisait rage en moi, et tentai d'étouffer dans l'œuf mon envie paradoxale de trouver quelqu'un, n'importe quoi, à la fois pour lui casser la gueule et pour le baiser jusqu'à la moelle.

À l'instant présent, ça n'était pas vraiment envisageable.

J'expirai un grand coup puis me levai en me rappelant qu'il fallait que je retourne dans le spa avant que quelqu'un vienne me chercher. Je traversai la chambre de torture sur la pointe des pieds et ouvris prudemment la porte. Le couloir était toujours plongé dans l'obscurité, mais le silence avait laissé place à autre chose. Des hurlements et des grognements me parvenaient de la pièce d'où filtrait l'étrange odeur, la chambre deux, remarquai-je soudain en voyant le petit numéro sur la porte.

Qui était celui que Jin appelait « Mort » et qui se trouvait derrière cette porte ? Était-ce Gautier, ou un autre ? Ce n'était pas l'odeur de Gautier, pas exactement, et de toute façon Gautier ne pratiquait pas le sexe. Or il y avait indéniablement des gens qui baisaient là-dedans.

Je frissonnai et me hâtai de sortir de cet endroit.

Alors que j'ouvrais la porte au bout du couloir, quelqu'un sortit d'une des salles de torture. Je m'empressai de me glisser par l'ouverture, mais je ne fus pas assez rapide.

— Hé là !

Je ne traînai pas pour écouter le reste de ce qu'il avait à dire et partis en courant. J'appuyai sur le bouton d'ouverture des portes, attendis en trépignant qu'elles daignent s'ouvrir et fonçai à toute allure vers le spa.

Une fois arrivée, je me déshabillai, glissai la carte magnétique hors de vue, cachée derrière le tabouret et plongeai dans le bain bouillonnant. L'eau chaude aida à dissiper le froid qui m'avait saisie et je plongeai ma tête sous les bulles, mouillant mes cheveux et sentant la chaleur caresser mon visage.

Dans le couloir, j'entendis des portes s'ouvrir et se refermer.

Quelqu'un vérifiait qui était dans son bain et qui ne l'était pas.

Je me laissai aller en arrière et fermai les yeux. Quelques minutes plus tard, la porte de ma cabine s'ouvrit et l'odeur capiteuse de Jin emplit la pièce. J'ouvris un œil et le regardai d'un air hagard.

— Ça ne fait pas déjà vingt minutes ?

Je tâtonnai à la recherche de ma montre, qui avait glissé au bas du tabouret. C'est là que je remarquai que la carte magnétique dépassait légèrement de derrière l'un des pieds.

Merde. S'il avançait d'un pas, il la verrait.

J'attrapai ma montre et me levai. Mais je ne sortis pas du spa. Au lieu de ça, je me contentai de laisser les gouttes d'eau couler sur mon corps échauffé. Je vis son regard en suivre la trajectoire, comme je l'avais espéré. Quelle que soit sa véritable nature, c'était toujours un homme, et tous les hommes regardaient quand on leur montrait une fille nue. Je posai néanmoins la main sur sa poitrine pour l'empêcher d'avancer plus.

— Selon ma montre, j'ai encore onze minutes de bonheur devant moi. (Ce qui me surprenait énormément. Avec tout ce que j'avais vu et fait, j'avais eu l'impression qu'*au moins* vingt minutes s'étaient écoulées.) Tu n'essaierais pas de m'arnaquer, dis-moi ?

Il m'attrapa la main et la serra plus fort que nécessaire. Je grimaçai. Il sourit.

— Ce n'est pas de l'arnaque quand c'est gratuit.

J'arquai un sourcil et soufflai d'une voix voilée et sensuelle :

— Et moi qui croyais que j'allais payer pour tout ça plus tard !

Il rit faiblement et m'attira vers lui avec une telle brutalité que je faillis trébucher. Il me rattrapa au vol et me serra contre lui en une étreinte musclée.

— À quel jeu tu joues, petite ? dit-il en me soulevant hors de l'eau, sa voix comme un chant obscur au creux de mon oreille.

— Je ne joue à aucun jeu, haletai-je, non d'excitation, mais tout simplement parce que je n'arrivais plus à respirer tellement il me serrait fort.

— Ça vaudrait mieux. Je n'aime pas qu'on se foute de ma gueule.

— Mais je ne me fous pas…

— Alors qu'est-ce que tu fabriquais dans une zone à accès restreint ?

Merde, merde, merde. Je levai les yeux et ne vis dans les siens qu'une froideur digne d'un être venu d'ailleurs. J'ignorais s'il m'avait vraiment vue ou s'il bluffait. Je m'étais déplacée à la vitesse d'un vampire. La plupart des gens n'auraient vu qu'une masse blanche confuse.

Mais Jin n'était pas la plupart des gens.

Je tirai mentalement à pile ou face entre le mensonge et la vérité, et répondis :

— Je suis allée aux toilettes. Je ne savais pas que c'était une zone interdite !

Il m'envoya violemment valser contre le mur. Une vague de douleur se répercuta dans tout mon corps et je dus résister à la tentation de lui en renvoyer une qui le ferait tomber sur le cul.

— Hé ! J'ai rien contre un peu de violence au lit, mais ça, c'est hors de question ou alors…

— Ou alors quoi ? m'interrompit-il en me saisissant à la gorge d'une poigne de fer, appuyant légèrement sur ma carotide. (La peur m'envahit et je le vis la savourer, ses yeux s'illuminant soudain de plaisir.) Tu t'en iras ? (Il éclata d'un rire qui ressemblait à un jappement.) Tu as besoin de ce que j'ai à t'offrir, petite.

— Non…

Il me secoua et mes dents claquèrent, interrompant ma phrase.

— Si. Tu veux que je te le prouve ?

Avant que je puisse répondre, sa bouche fondit sur la mienne. Ce fut un baiser dur et implacable, une exigence flirtant avec les limites de la violence, puis les dépassant lorsqu'il planta profondément ses dents dans ma lèvre inférieure.

Cela fit un mal de chien, mais ça n'empêcha pas mon désir de flamber ardemment. Je ne pouvais rien contre ma nature, et j'étais attirée par le danger comme le papillon par la flamme. Mais peut-être était-ce aussi bien. Parce que Jin ne voyait pas la différence entre mon amour du danger et celui de la douleur, et en l'occurrence c'était une erreur qui m'arrangeait. Grâce à elle, peut-être que je survivrais à tout cela.

Il rit doucement et me lâcha. Je tentai de ne pas prêter attention à la douleur lancinante qui faisait palpiter ma lèvre, ni à celle qui me dévorait, là, en bas, et constatai :

— Tu me considères comme acquise, on dirait.

— Parce que tu veux tout ça. Tu prends ton pied. (Il taquina mon téton érigé.) Tu feras exactement ce que je t'ordonne, tout simplement parce que tu as faim de ce que je suis seul à pouvoir te procurer.

Il ne se prenait pas pour de la merde. Mais je réussis à garder cette pensée pour moi et le regardai continuer à déblatérer.

— Mais malheureusement, j'ai d'autres devoirs à accomplir avant de pouvoir m'occuper de satisfaire tes désirs les plus enfouis.

Il fit demi-tour et sortit de la pièce. Je tendis l'oreille, entendis ses pas s'éloigner, puis les portes qui s'ouvraient et se fermaient, et enfin des questions et des réponses à mi-voix.

Il ne semblait pas si certain que ç'avait été vraiment moi, après tout.

Merci, mon Dieu.

Et son comportement venait de me donner l'excuse parfaite pour me barrer de là. Je lui avais déjà dit qu'il me considérait comme acquise. Vu l'arrogance de sa réponse, il serait tout à fait logique de ma part de m'en aller dès à présent.

J'avais eu de la chance de ne m'en tirer qu'avec une lèvre abîmée.

Je pris une douche pour me débarrasser de l'odeur de chlore et de Jin, puis m'essuyai et remis le peignoir. J'entrouvris la porte, le temps de vérifier que le parfum de Jin s'était vraiment évaporé, puis je remontai au vestiaire.

Une fois habillée, je retournai à la réception.

— Terminé ? demanda la blonde d'un ton enjoué quand je lui rendis la clé de mon casier.

— Oui. Et quand Jin viendra me chercher, vous pourrez lui dire que je n'apprécie pas sa manière de croire que je lui appartiens.

Tout en lui disant cela, je me glissai dans son esprit et lui donnai la carte en lui faisant croire que quelqu'un l'avait trouvée près de l'escalier.

— Bien sûr, dit-elle aussitôt, comme si rien ne s'était passé.

Et, si je devais en croire la lueur amusée au fond de son regard, elle se ferait un véritable plaisir de répéter mes paroles à Jin.

Je la remerciai d'un signe de tête et, en me retournant, aperçus son ordinateur. Une hôtesse d'accueil aurait accès à la liste des membres sur sa machine ? C'était obligé, pas vrai ?

Je me glissai une nouvelle fois dans ses pensées et lui fis faire une recherche dans la base de données. Cela me permit de découvrir que Jan Tait n'était pas la seule à avoir signé pour une carte Gold.

C'était aussi le cas de Karen Herbert, la dernière victime du tueur en série.

Et de toutes ses autres victimes.

Chapitre 8

Jack n'allait pas me laisser éviter Jin très longtemps, c'était certain. Pas quand le club où il travaillait se révélait être le lien entre toutes les femmes assassinées. Jin était une source d'informations précieuse.

Mais ça ne m'empêcha nullement de partir. Je regardai autour de moi pour m'assurer que personne ne nous prêtait une attention particulière, et ordonnai mentalement à l'hôtesse d'accueil de copier tous les fichiers du personnel et de la clientèle sur un CD. L'accès au fichier des cartes Gold était restreint, et je ne tenais pas à risquer plus en lui demandant d'essayer de les télécharger. Jack pourrait en charger l'un de ses techniciens. Ou alors, ce serait la peau de vache caramel qui serait ravie de faire preuve de ses talents informatiques. Elle était sacrément forte en ce domaine : je l'avais déjà surprise en train d'essayer de pirater mon dossier.

Je glissai le CD dans une poche, effaçai mes traces dans l'esprit de la femme et me dirigeai vers la sortie. J'attendis d'avoir rendu la carte magnétique au gardien et de me retrouver en sécurité dans ma voiture pour prendre mon téléphone et appeler Jack.

— *Deux rapports en moins de vingt-quatre heures ?* dit-il en guise de salutations. *Mais c'est un miracle !*

— Tu traînes trop avec la peau de vache. Elle a une regrettable influence sur ta façon de parler.

— *La seule de mes employées qui se permet de répondre à son patron, je suis en train de lui parler en ce moment même. Et ce n'est pas très gentil, comme sobriquet, « peau de vache ».*

— Ça va très bien avec ses gros nichons. Et ne me dis pas que tu n'avais rien remarqué.

— *Tu m'appelles pour une raison particulière, ou juste pour m'embêter ?*

Les deux, en général, mais il était plus prudent de ne pas le dire.

— Je crois avoir trouvé le lien entre nos victimes.

— *Hein ? Comment ?*

— Les quatre étaient membres du programme Gold du *Hunter's Club*, le club de sport et spa où Jin travaille à temps partiel. De ce que j'en ai vu, on ne peut obtenir cette carte Gold que grâce au bouche à oreille, et elle est réservée aux clients ayant des besoins spécifiques.

— *Quel genre de besoins spécifiques ?*

— Il leur faut une douleur extrême pour prendre leur pied.

— *Toutes nos victimes avaient des cicatrices de coups sur le dos et les bras.*

— Ce n'est pas étonnant si ce que j'ai vu aujourd'hui donne une idée de ce qu'elles ont subi. (J'hésitai un instant.) Il est fort possible que j'aie rencontré la prochaine victime sur la liste. Elle s'appelle Jan Tait.

— *Tu as ses coordonnées ?*

— J'ai réussi à copier tout ce qui pouvait être utile sur l'ordinateur de l'hôtesse d'accueil. Mais le fichier Gold est protégé, il faudra donc en forcer l'entrée.

— *On s'en occupe. Garde l'œil sur Jin.*

Ouais, c'est ça.

— Eh bien… Il y a eu un imprévu. Je crains de l'avoir laissé en plan.

Il poussa un soupir débordant de frustration.

— *Pourquoi est-ce que ce n'est jamais simple avec toi ?*

— Crois-moi, je n'avais pas le choix. Mais je vais le suivre quand il en aura terminé ici pour voir où il va et à qui il parle.

— *Très bien. En attendant, je vais demander à Salliane de fouiller dans les affaires du* Hunter's Club *et de son propriétaire.*

— Jan m'a dit que c'était la patronne du *Hellion Club* qui lui avait recommandé le *Hunter's*. Apparemment, c'est son frère qui gère ce dernier.

— *Intéressant.*

— Pourquoi ?

— *Parce qu'en examinant les vidéos de surveillance du* Cattle Club, *on a vu plusieurs fois Jin parler à un homme nommé John Kingsley.*

— Et ?

— *Et c'est un salopard qui a maintes fois été soupçonné de meurtre. Mais on n'a jamais eu les preuves pour l'accabler.*

— Ça n'explique toujours pas pourquoi il a attiré particulièrement ton attention.

— *Eh bien, vois-tu, cet homme a aussi une demi-sœur nommée Maisie Foster, qui possède un donjon nommé...*

— ... le *Hellion Club*, complétai-je. Rhoan est donc en train d'enquêter à propos de ce M. Kingsley, j'imagine ?

— *Ouais*, dit Jack avant de poursuivre sur un ton amusé : *Il semblerait qu'il ait croisé Quinn là-bas.*

Je haussai les sourcils.

— Tu ne trouves pas que c'est un peu gros comme coïncidence, le fait qu'il suive la propriétaire du club qui recommande certaines personnes aux bons services du *Hunter's Club* ? Il sait visiblement quelque chose que nous ignorons.

— *Ce qui signifie qu'il faut absolument que tu le fasses parler.*

Ouais, il allait certainement tout me raconter. Il essaierait plus probablement de m'enfermer dans un placard. Pour ma propre protection, bien évidemment.

— Tu penses que cette femme pourrait être celle qui a invoqué les démons ?

— *Je n'en ai pas la moindre idée. Cela étant, je doute que Quinn se contenterait de la suivre si c'était le cas.*

— Il s'en contenterait si son but ultime n'était pas seulement de mettre la main sur la personne qui les a invoqués.

Et je subodorais fortement que c'était le cas. Après tout, le gars bizarre dans l'impasse avait bien laissé entendre que les démons n'étaient que le cadet de ses soucis.

— *Comme je te le dis, il faut que tu l'interroges.* (Il s'interrompit un instant.) *J'ai fait une recherche sur le nom que les âmes t'ont donné.*

— Et ?

— *Azhi Dahaki est un personnage d'une ancienne légende perse. C'est le serviteur d'Angra Mainyu, qui est censé être le dieu des ténèbres, personnification et créateur du Mal, porteur de mort et de maladie.*

— Un gars charmant, en d'autres termes, commentai-je. La bague que j'ai trouvée avait des genres de hiéroglyphes perses gravés à l'intérieur.

— *De l'écriture cunéiforme, plus exactement.*

— Vous les avez fait traduire ?

— *Pas encore entièrement.*

Son ton était si lugubre que je fus parcourue d'un frisson.

— Et ça dit quoi, jusqu'à présent ?

— *Quelque chose à propos de faire don de son âme au dieu des ténèbres.*

Je me frottai les bras pour me réchauffer.

— Mais c'est seulement une légende, pas vrai ? Je veux dire, ça n'existe pas vraiment, un dieu des ténèbres et du mensonge, pas vrai ?

— *Les humains ont longtemps pensé que les vampires et les loups-garous n'existaient pas, tu sais ?*

— C'est parce qu'on couvrait nos arrières de manière presque paranoïaque. Et c'est totalement différent de la situation actuelle.

— *Non, ça ne l'est pas. Et il n'y a aucune raison de croire qu'il n'y a pas en ce monde des créatures qui auraient choisi de rester cachées pendant que les plus courageuses de nos espèces se révélaient au public.*

— Jack, c'est d'un dieu antique qu'on parle, là.

— *Vraiment ? Ne parlons-nous pas plutôt d'une entité qui a attendu le moment idéal pour sortir de sa tanière ?*

— Y a pas de troisième choix ? Parce que ceux-là craignent un peu, quand même.

Il laissa échapper un petit rire amusé.

— *Nous sommes encore en train d'essayer d'en savoir plus sur la légende, mais franchement, ça ne sent pas bon.* (Il hésita un instant.) *Sois prudente avec Jin. S'il joue effectivement un rôle dans cette légende, il peut être plus puissant qu'on ne peut l'imaginer.*

C'était *exactement* le genre de choses que je ne voulais pas entendre.

— Y a-t-il d'autres détails que je dois savoir sur Azhi Dahaki ?

— *Eh bien, c'est censé être un dragon à trois têtes, représentant la souffrance, le désespoir et la mort.*

— Désolée de te le dire, mais je n'ai rencontré aucun dragon dans toute cette histoire, et encore moins des dragons à trois têtes.

— *Ça peut aussi être une métaphore, souviens-t'en. Et c'est toi qui as mentionné le fait que Jin semblait apprécier la douleur des autres.*

— On dirait qu'il s'en nourrit, précisai-je en repensant à la bague que j'avais trouvée chez Dunleavy et à celle que Jin portait.

Et je me souvins aussi de la pièce obscure et des deux hommes, l'un aspirant le son de la douleur et l'autre celui du désespoir.

Putain.

Les légendes pouvaient donc être réelles.

— Jin et Marcus, poursuivis-je, souffrance et désespoir. Ce sont deux des trois têtes.

— *Qui est Marcus ?*

— L'un des employés du club, celui qui s'occupait du cas de Jan Tait.

— *Ça nous en laisse un troisième : la mort.*

Je réfléchis un instant.

— Gautier travaille pour ces gens, n'est-ce pas ? Et si c'était lui, la tête représentant la mort ?

— *C'est possible, mais Gautier n'a pas de désirs sexuels, or ça semble être une obligation chez ces dragons.*

— Gautier a échappé depuis bien longtemps à la surveillance du Directoire. Il est possible qu'il ait changé ou évolué.

— *Mais c'est dans sa nature même d'être asexué. Active ton émetteur, Riley, et reste en contact.*

— Oui, chef, répondis-je avant de presser le bouton de l'émetteur qui était greffé dans mon oreille.

Je savais parfaitement que, selon les règles instituées ces derniers mois par Jack, tous les gardiens étaient censés être localisables vingt-quatre heures sur vingt-quatre, mais je refusais de m'y soumettre sauf si c'était absolument nécessaire. Nous, les filles, avions besoin d'intimité. Surtout à l'approche de la pleine lune.

Je démarrai la voiture et dus contourner le bâtiment avant de trouver la sortie du parking. Je me garai un peu plus loin et attendis, enfoncée dans mon siège.

Le téléphone sonna au bout d'une demi-heure. Je regardai le numéro qui s'affichait et souris d'un air entendu. Jin s'était visiblement rendu compte de ma disparition. Je décrochai et dis :

—Allô ?

—*Riley ? Mais où diable es-tu ?*

—Je rentre chez moi. Où croyais-tu que je serais après ta petite démonstration de macho ?

— *Tu as apprécié. Ne le nie pas.*

—Ce n'est pas parce que j'aime le sexe un peu brutal que j'apprécie qu'on ait un comportement irrespectueux en dehors du lit. Si c'est ton truc, alors trouve-toi une autre compagne de jeu.

Sur ce, je mis fin à la communication.

Le fruit défendu avait toujours meilleur goût, et j'étais prête à parier que Jin serait extrêmement motivé pour remettre la main sur ce qui était à présent hors de portée. Je n'étais pas la seule à avoir faim de sexe, ce soir. J'avais pu voir Jin en action, et ses besoins étaient aussi importants que ceux d'un loup en pleine chaleur lunaire.

Il m'appellerait encore et encore, jusqu'à ce que je cède. Tout simplement parce que j'étais une louve et que j'étais bonne au lit.

Et c'est bien ce qui se passa : il appela plusieurs fois. Je pris bien garde à ne jamais répondre et, au bout de une heure, le vis sortir du parking dans une BMW blanche. Pas le genre de voiture dans lequel je l'aurais imaginé : je l'aurais nettement mieux vu dans une voiture de sport noire à l'allure menaçante.

Une fois qu'il m'eut dépassée, je me redressai dans mon siège, mis le contact et le suivis. Ce n'était pas une filature très difficile, même s'il roulait très vite. L'heure de pointe était passée depuis un bon moment et les rues étaient presque vides. En fait, le plus dur, c'était de rester suffisamment loin pour qu'il ne me remarque pas, tout en évitant de le perdre de vue.

Je ne fus pas vraiment surprise de me retrouver à Toorak. C'était là que Quinn se trouvait et il semblait certainement en savoir beaucoup plus long que nous sur cette affaire. Et j'avais bien l'intention qu'il me dise ce qu'il manigançait, ou alors j'allais me mettre *très* en colère. Quant à savoir ce que ça allait rapporter…

Probablement rien, notez bien.

Jin tourna dans une allée qui menait à une maison derrière un portail. J'allai me garer à bonne distance près du trottoir et sortis de la voiture dès que la sienne disparut derrière le portail.

Un vent frais tourbillonna autour de moi, apportant avec lui une odeur familière… mais pas celle à laquelle je m'attendais.

Je fourrai les poings dans mes poches et scrutai l'obscurité derrière moi.

— Gautier, un de ces jours, tu vas prendre un bain, et là, je serai vraiment dans une merde noire.

Son ricanement me fit l'effet d'une tache d'huile glissant à la surface de l'eau. Mon corps fut parcouru d'un frisson de dégoût. Le rire de Gautier avait toujours été désagréable, mais là, ça semblait dix fois pire.

— Et un de ces jours, je vais adorer te faire fermer ta grande gueule. (Il se dégagea de son manteau de ténèbres et s'approcha de moi.) Intéressant que nous nous retrouvions tous deux au même endroit.

Je sentis la tension envahir mes muscles. Je tentai de changer de position, mais j'avais toujours l'impression d'être un sprinteur au départ d'une course. Nerveuse et prête à partir en courant.

— Le seul intérêt là-dedans, c'est que je suis certaine que ce n'est pas une coïncidence.

Il s'arrêta juste hors de portée de mon pistolet laser. J'avais oublié de le prendre avec moi, mais ça, je n'avais pas l'intention de le lui dire.

— Les coïncidences ne jouent pas un grand rôle dans mes actes, admit-il. Néanmoins, la curiosité me dévore quant à la raison de ta présence ici.

Je haussai le sourcil.

— Tu l'ignores ? Moi qui croyais que tu savais tout.

— Oh, j'en sais plus long que tu ne peux l'imaginer.

Il me décocha un sourire carnassier. On aurait dit celui d'un requin. Mais c'est son regard qui envoya un frisson courir le long de mon échine.

Il y avait quelque chose qui clochait avec ses yeux.

Quelque chose de presque inhumain.

Pas inhumain dans le sens vampire, quelque chose de différent. Étranger à ce monde et tellement ancien…

Et cela me rappela la froideur que j'avais vue dans les yeux de Jin.

Gautier était bien la tête de mort du dragon.

Qu'il ait ou non des désirs sexuels, il faisait partie de cette bande.

J'aspirai son odeur à la recherche des différences et des nuances par rapport à l'habituelle. Elle avait *effectivement* changé, de manière discrète, mais c'était indéniable. Mais j'étais incapable de déterminer si c'était bien l'odeur qui émanait de la chambre numéro deux au club de sport. Peut-être étaient-ce seulement la nuit, le froid et la peur que je ressentais qui modifiaient ma perception.

Ou peut-être que c'était autre chose. Quelqu'un d'autre.

Je résistai à la tentation de battre en retraite et bougeai la main qui se trouvait dans ma poche, comme si je raffermissais ma prise sur une arme inexistante. Il vit mon geste et son sourire s'élargit. J'eus le mauvais pressentiment que ma ruse n'avait pas pris.

Ou alors, c'est juste qu'il ne craignait pas qu'on lui tire dessus au laser. C'était assez probable. C'était le genre à penser que la réalisation de ses projets valait bien de se faire tirer dessus. Et je ne tenais pas à savoir ce qu'il projetait à mon propos.

Et il le savait, l'enfoiré. La lueur d'amusement qui traversa son regard froid ne m'échappa pas malgré l'obscurité ambiante.

— *Riley, continue à le faire parler*, intervint Rhoan au creux de mon oreille, par le récepteur que je n'avais pas éteint. *Je suis armé et j'arrive.*

Génial, faillis-je dire. *Magne-toi.*

Mais Rhoan n'était pas télépathe et je n'osai pas répondre par le biais du récepteur-émetteur pour ne pas informer Gautier de l'existence de celui-ci. Je me contraignis à sourire et dis :

— Puisque tu sais tout, tu vas peut-être me dire pour quelle raison tu as tué Dunleavy et sa petite amie ?

Il arqua un sourcil moqueur.

— Qu'est-ce qui te fait penser que je les ai tués ?

— Toujours cette histoire d'odeur dont je ne cesse de te parler. Elle reste dans l'air même quand tu n'es plus là, tu sais ?

— Ils sont morts en plein jour. Tu sais parfaitement que je ne peux pas me déplacer pendant la journée.

— Je sais que tu n'en as jamais été capable jusqu'à présent, mais ça fait un bon moment que tu t'es libéré de toute entrave, et qui sait quelles mauvaises fréquentations tu as pu avoir depuis lors ? Ou quels talents celles-ci possèdent qui pourraient aider un gros enfoiré puant comme toi ?

Il me lança un regard sarcastique.

— « Mauvaises » est un terme bien trop doux pour les fréquentations que j'ai ces temps-ci, ma chère Riley. Et tu devrais faire attention à toi. Il te surveille.

Je me forçai à sourire.

— C'est de l'inquiétude que j'entends dans ta voix, Gautier ? Je suis touchée.

— Touchée, tu le seras plus que tu l'imagines s'il te met la main dessus.

— Alors pourquoi me prévenir, Gautier ? C'est surprenant, si tu travailles vraiment pour ces gens-là.

— Parce que je tiens à ce que ce soit moi et moi seul qui te tue. (Il avança d'un pas, et je reculai d'autant. Il me toisa d'un air féroce.) J'ai l'intention de détruire tout ce qui t'est cher, puis, après, je te détruirai, toi. Doucement, délicieusement. Et rien ni personne ne pourra m'en empêcher. Pas quand j'aurai obtenu tout ce que l'on m'a promis.

Cette fois-ci, c'est mon âme qui fut parcourue d'un frisson. Il n'y aurait certainement rien de délicieux dans cette destruction, ça, j'en étais certaine. Surtout maintenant qu'il était devenu la tête de mort d'une légende antique.

— Et qu'est-ce qu'on t'a promis, Gautier ? Ou il faut que je devine ? Voyons voir, qu'est-ce que tous les bons petits psychopathes désirent plus que tout ? Du pouvoir ?

— Tu le sauras bien assez tôt.

Et, sur ces paroles, il attaqua.

C'était comme se battre contre un cyclone, tout de puissance, de vitesse et de force pure, et l'arrêter était presque impossible. Il était né pour combattre et tuer, alors que moi, j'étais encore débutante en la matière. Et une débutante pas des plus enthousiastes, qui plus est.

Je fis mon possible pour éviter ses coups avant de reculer aussi rapidement que possible. Je ne voulais pas combattre Gautier, ni maintenant ni plus tard. Et certainement pas alors que je savais que Rhoan était en route, équipé jusqu'aux dents d'armes qui parviendraient à le tuer pour de vrai.

Mais Gautier ne me suivit pas dans ma retraite. Il se contenta de s'immobiliser et redevint visible. Il sourit et inspira profondément.

— Ah, la peur… Quelle saveur merveilleuse…

Un picotement familier me parcourut la peau, m'informant que Rhoan approchait. Je ne laissai rien transparaître, pas même quand le rayon rouge d'un laser déchira la nuit en direction de Gautier.

Mais celui-ci dut sentir la présence de mon frère au dernier moment, parce qu'il fit brutalement volte-face. Le laser dirigé vers sa tête atteignit son épaule, et une odeur de chair calcinée s'éleva dans l'air.

Gautier éclata de rire. *De rire !*

Ce mec était complètement dingue, ça ne faisait aucun doute.

Mais il avait beau être dingue, il était loin d'être stupide. Il nous salua respectueusement, se fondit dans l'obscurité et partit à toute allure.

— Ne t'en prends jamais à Riley sans regarder par-dessus ton épaule pour voir si je suis dans le coin, cria Rhoan à l'adresse de la forme fuyante. (Puis il me sourit et posa négligemment le fusil laser sur son épaule.) Tu veux qu'on se lance à sa poursuite ?

— Je n'ai rien contre une bonne traque, mais là, je suis certaine que ce salopard nous a préparé un piège.

— Probablement. Mais c'est aussi ça qui est rigolo.

— T'es aussi dingue que lui.

— Pas vraiment. (Il se pencha vers moi et plaqua un baiser sur ma joue.) Moi, je ne suis pas assez fou pour m'en prendre à toi sans l'aide de personne.

Je lui rendis son sourire.

— Surtout parce que je sais des choses qui intéresseraient ton mec, et que tu sais que je n'hésiterais pas à tout lui raconter. Je n'ai pas cet avantage-là sur Gautier.

— Le seul avantage qu'on pourra avoir sur lui, c'est si on l'attaque ensemble. (Il glissa son bras sous le mien et commença à m'accompagner vers la voiture.) La prochaine fois que tu sens son odeur, ne reste pas plantée sur place, barre-toi en courant.

— Pour qu'il se réjouisse de m'avoir fichu la trouille ? Plutôt crever.

Il me contempla, le sourcil haussé :

— Et c'est moi que tu traites de dingue ?

— Eh ! C'est de famille, faut croire.

Il ricana doucement, puis demanda :

— Bon, raconte-moi ton dernier rendez-vous en détail.

Je m'exécutai, en n'omettant pas ce que Jack m'avait raconté à propos des vieilles légendes perses et mon hypothèse quant à l'identité des dragons, y compris le fait que je soupçonnais Gautier d'en être un. Puis je lui rapportai les paroles de ce dernier.

— Et tu le crois ? s'étonna Rhoan.

— Je pense en effet qu'il la joue perso, même s'il est impliqué dans cette affaire, et quoi qu'il soit devenu. (Je haussai les épaules.) Gautier est un tueur né, mais ce n'est pas non plus le plus grand penseur du monde. Il est logique de croire que, s'il y a quelqu'un de plus maléfique et plus puissant que lui dans le coin, il se joindra à lui. Même si ce n'est que pour arriver à ses propres fins.

— Je ne vois pas ce que Gautier pourrait retirer d'un tel marché, cela étant.

— J'imagine qu'être la tête de mort d'un dieu du Mal doit avoir ses avantages. Par exemple, la capacité à affronter la lumière du jour. Si c'est bien lui qui a tué Dunleavy et sa copine, et il ne l'a pas nié, alors ça signifie qu'il supporte maintenant les rayons du soleil. Et ça ne devrait pas être possible pour un vampire aussi jeune que lui.

— Existe-t-il une magie qui offre une telle protection ?

— Qui sait ? Mais si cette magie permet d'invoquer des démons et un dieu du Mal, pourquoi ne serait-elle pas capable de protéger un vampire du soleil ?

Il ouvrit la porte du van en fronçant les sourcils.

— Donc, tout ce qui nous reste à faire, c'est déterminer la nature exacte de Gautier et de sa cohorte… et de trouver un moyen de les arrêter.

— Eh bien, Jin semble humain, et Gautier a l'air d'être toujours vampire, mais peut-être qu'il ne s'agit que d'une coquille. Peut-être que leur être profond est devenu tout autre chose.

Il m'aida à grimper dans le véhicule, le sourcil haussé.

— Des esprits quelconques ?

— Si je suis capable de voir les âmes quitter leurs cadavres et si Quinn peut être pourchassé par des démons, il ne semble pas délirant d'envisager qu'un esprit ancien puisse être invoqué afin de posséder quelqu'un, pas vrai ?

Il referma la porte coulissante et désigna d'un geste la bouteille isotherme de café posée sur un petit banc couvert d'armes, puis alla s'installer devant le mur d'écrans.

— C'est une idée tout bonnement effrayante.

— Oh, oui, je vois bien que tu sembles mort de trouille.

— Intérieurement, je le suis. (Mais son sourire trahissait son ironie.) Le Directoire n'a aucune expérience en matière d'êtres immatériels. Comment tue-t-on un esprit ?

— Je l'ignore. (Je me versai une tasse de café tout en parlant et emplis mes poumons de son parfum : de la béatitude liquide, même s'il ressemblait à de la boue et en avait probablement le goût.) Mais je connais quelqu'un qui le sait peut-être.

Il me lança un regard intrigué.

— Qui ça ?

— Quinn.

Il regarda les écrans et dit :

— Il se trouve actuellement au fond du jardin, si tu veux lui parler.

Je ne pus m'empêcher de sourire.

— C'est pas aussi chouette que d'avoir des fées dans son jardin, ça.

— Crois-moi, je suis bien le seul susceptible de passer pour une fée dans le coin.

— Ce n'est pas plus mal, avec la lune montante, remarquai-je en avalant mon café en quelques gorgées et en plissant le nez à cause de son amertume.

— Exact. (Il pointa du doigt quelque chose sur l'un des écrans.) Repère bien les différents capteurs avant d'y aller. Ce serait dommage que tu déclenches l'alarme en marchant n'importe où.

— Eh, je ne suis pas totalement novice en la matière.

Il se contenta de sourire avec insistance, et je me penchai vers l'écran pour mémoriser soigneusement tous les endroits sensibles.

— Sacré système de surveillance, commentai-je.

— On se demande bien ce qu'ils peuvent protéger avec un tel soin, pas vrai ?

Je regardai les autres moniteurs. Il y avait des caméras braquées sur toutes les coutures de la maison, mais aucune à l'intérieur.

— On a réussi à mettre leurs conversations sur écoute ?

— En partie. On dirait qu'il y a une sorte de protection autour de la maison. On n'entend ce qu'ils disent que quand ils se trouvent près d'une fenêtre.

— C'est frustrant.

— Très. Mais Jack travaille en ce moment même à détourner leur système de surveillance pour le brancher directement sur le nôtre.

— Ça peut être une bonne idée, en effet. Il faut vraiment qu'on sache de quoi parlent ces enfoirés.

Ce serait de choses affreuses, je n'en doutais pas. Mais auraient-elles le moindre rapport avec notre enquête ?

C'était fort probable.

Je m'arrachai à la contemplation des écrans.

— Je pars à la recherche de Quinn. Si tu entends quoi que ce soit de bizarre, appelle-moi. (Je rouvris la porte du van et hésitai un instant.) Et ferme cette porte à clé. Gautier est peut-être parti, mais rien ne l'empêche de revenir. Je ne lui fais pas la moindre confiance.

— Je peux prendre soin de moi, Riley.

— Oui, mais ce salopard a l'intention de me faire du mal, or, la meilleure manière de le faire, c'est de s'en prendre à toi.

— S'il voulait vraiment s'en prendre à moi, il le pourrait sans même avoir à s'approcher du van.

Ouais, d'accord, sauf que Gautier était quelqu'un qui aimait savourer sa victoire de très près. Ne serait-ce que pour en respirer les vapeurs et prendre son pied. Ce ne serait pas possible s'il se contentait de faire exploser le véhicule, par exemple.

— Qu'est-ce que ça te coûte de verrouiller la porte ?

Il se leva.

— S'il n'y a que ça pour que tu cesses de me harceler, alors je le ferai. Allez, femme, va chercher ton vampire et relâcher un peu de cette tension que je sens en toi.

— J'ai l'impression que mon vampire ne va pas se laisser faire.

— Eh bien, convainc-le, alors, ma jolie. Je sais que tu n'y es pas habituée, mais à la guerre comme à la guerre !

— Salope.

— Toi-même, chérie. Et n'éteins pas ton communicateur, sauf si ça devient chaud avec Quinn, bien sûr. Je n'ai pas la moindre envie d'entendre ça.

Je descendis du van en souriant. La porte se referma derrière moi et j'entendis le déclic du verrouillage. Je me détendis légèrement. Même si je doutais que Gautier revienne, on n'était sûr de rien. S'il y avait quelqu'un susceptible de faire ce qu'on n'attendait pas, c'était bien ce salopard gluant.

Je me métamorphosai dans un coin sombre, et sautai la clôture qui me séparait du jardin voisin. J'ignorais quel genre de système d'alarme pouvait être installé dans les maisons voisines, mais au moins, si j'en déclenchais un, tout ce que les occupants de la maison en question pourraient voir, ce serait un chien aux vagues allures de loup.

J'escaladai le portail en m'écorchant le ventre sur les pointes de celui-ci au passage, puis me dirigeai vers l'arrière de la maison. Je traversai plusieurs autres jardins et me retrouvai enfin sur la pelouse derrière la demeure de Kingsley.

L'odeur délicieuse de Quinn flottait dans l'atmosphère. Je la savourai joyeusement, m'en emplissant les poumons, laissant son arôme me pénétrer comme j'aurais aimé que son corps pénètre le mien, puis me dirigeai vers lui en évitant soigneusement les deux capteurs infrarouges que j'avais repérés.

— Visiblement, j'aurais mieux fait de t'attacher, remarqua Quinn d'un ton mêlant amusement et frustration sous son calme apparent.

Je repris forme humaine et ôtai mon soutien-gorge de sous mon sweat-shirt à présent déchiré. La dentelle ne supportait décidément pas aussi bien la métamorphose qu'un tissu extensible. Mon pantalon de survêtement était presque intact, et, même si le sweat-shirt était abîmé, je pouvais néanmoins le nouer entre mes seins et éviter d'exhiber mes atouts à tous les vents. Le soutien-gorge, en revanche, était bon à jeter.

— Jin s'en est chargé l'autre soir, répliquai-je en jetant mon soutif par-dessus la clôture. (Ils se demanderaient bien d'où ça pouvait venir.) Et je me suis rendu compte que ce n'était pas quelque chose que j'appréciais particulièrement.

— Ah, commenta-t-il en me lançant un regard brûlant de désir sexuel. Et c'est la raison de ta présence ?

— En partie. Jin a tenté de jouer les durs hors du lit, et j'ai décidé qu'il méritait une petite leçon en matière de bonnes manières. Je suis partie et, fou de rage, il s'est empressé de se rendre ici.

— Toute la bande est donc ici ?

— Y compris Rhoan et Gautier, répondis-je en nouant le sweat-shirt sous mes seins. Tu es repassé chez toi ?

Il haussa le sourcil.

— Pourquoi ? Je devrais ?

— Oh, j'ai cassé quelques trucs, mais à part ça, ça va.

— Ah, répéta-t-il. Je suppose que parmi les victimes se trouvent quelques statuettes ?

— Une ou deux.

— Elles valaient de l'or, tu sais ?

— Parfait.

— Ce n'est pas une réaction très adulte.

— Parce que me droguer, me voler mes vêtements et ma voiture, et m'enfermer, c'était une réaction adulte, peut-être ?

— J'essayais seulement de…

— La prochaine fois, l'interrompis-je, essaie de me traiter en adulte, par exemple en me laissant prendre mes propres décisions et commettre mes propres erreurs.

— Sauf qu'une erreur, dans cette affaire, ça pourrait te tuer.

— J'en ai bien conscience. Mais c'est à moi, et à moi seule, d'en décider. Tu n'as aucun droit d'intervenir dans ma vie, Quinn. Et tu ne l'auras jamais.

— On verra bien.

Je laissai échapper un soupir de frustration. Je me demandai, pas pour la première fois, si le jeu en valait vraiment la chandelle. Puis je me souvins du sexe et pensai : *Bon sang, oui, ça vaut le coup*. Mais je ne pus m'empêcher de poursuivre :

— Pourquoi t'obstines-tu à croire ça ? Pourquoi ne te satisfais-tu pas de ce que tu *peux* avoir, c'est-à-dire une relation sur le long terme, mais pas exclusive ?

Il haussa de nouveau les sourcils.

— Parce que toi, tu es prête à abandonner ton vieux rêve de fonder une famille avec les deux enfants et demi réglementaires ?

— Non…

— Alors ne me demande pas d'abandonner *mon* rêve.

— La seule différence, c'est que je n'essaie pas d'imposer mon rêve à quelqu'un d'autre. Toi, si.

Il ne répondit rien et, au lieu de ça, tourna le regard vers la maison. Une partie de moi pensa qu'il ne s'agissait que d'une ruse pour éviter de répondre à une accusation difficile, mais je baissai néanmoins l'un de mes boucliers mentaux et tendis l'esprit, comme on pourrait tendre l'oreille. Non en sa direction à lui : ses pouvoirs télépathiques auraient pu submerger les miens aussi facilement qu'un tsunami. Mais plutôt vers la maison. Sauf que mon « rayon » télépathique s'emmêla bizarrement à celui de Quinn, et que, même si j'étais incapable d'entendre ses pensées à lui, du fait de ses défenses psi totalement relevées, il y eut une sorte d'amplification étrange de celles des personnes qui se trouvaient à l'intérieur.

Des voix retentirent soudain dans mon esprit en une sorte de téléconférence mentale, comme si j'entendais leurs pensées en temps réel. C'était vraiment super bizarre.

Et c'était probablement encore un signe que les traitements auxquels on m'avait soumise continuaient à affecter aussi bien mon corps que mes pouvoirs psi de manière inattendue.

— *Nous ne pouvons pas laisser ce O'Conor fourrer son nez dans nos affaires.* (C'était Jin, qui semblait particulièrement nerveux.) *Il se rapproche trop de la vérité.*

— *On fait tout ce qui est en notre pouvoir pour s'en débarrasser*, dit une autre voix aussi douce que glaciale.

Mais c'était plus une profonde inhumanité que de la froideur, et toute mon âme fut agitée d'un frisson.

— *Eh bien il semble que ce ne soit pas assez*, cracha Jin, qui semblait effectivement très contrarié.

Ce qui me réjouit fortement.

— *Les démons ont du mal à pister sa force vitale. Elle est intermittente.*

Cette voix-là était féminine, probablement celle de Maisie Foster. Il y avait quelque chose dans son ton qui me sembla étrangement familier, mais j'ignorais pourquoi.

— *C'est un putain de vampire. Comment sa force vitale peut-elle être intermittente ?*

— *Parce qu'avant de devenir vampire, il était autre chose. Il a presque réussi à me détruire une fois. Je n'ai pas la moindre envie que ça se reproduise.*

L'agacement que je ressentais décupla. Quinn m'avait déjà dit qu'il avait été plus qu'humain, donc ce n'était pas vraiment une surprise. Mais il avait soigneusement évité de raconter que ce « plus qu'humain » avait déjà affronté cet ennemi particulier.

— J'ai de bonnes raisons de garder ces secrets, souffla-t-il sans même m'accorder un regard.

— Et moi, j'en ai plus qu'assez de tes secrets et de tes mensonges. Tu aurais épargné bien des ennuis et de l'énergie au Directoire si tu avais eu l'idée de nous dire ce que tu savais dès le début.

Sans parler du fait que, s'il avait fait cela, j'aurais peut-être pu me dispenser de coucher avec ce pervers. Je n'avais pas particulièrement envie de baiser avec des salauds dans le seul but d'obtenir des renseignements, et il le savait parfaitement. Bon sang, il détestait que je le fasse, alors pourquoi n'avait-il pas partagé ses informations avec nous si ça avait pu me l'éviter ?

— Parce que je ne savais pas que ton affaire et la mienne étaient les mêmes.

Principalement parce qu'il n'avait pas pris la peine de vérifier. Mais je m'empêchai de le dire à haute voix. Les occupants de la maison discutaient toujours et, à l'instant précis, obtenir des renseignements qui pourraient nous aider à clore cette enquête était bien plus important que de rabrouer ce vampire si obstiné, aussi bien à propos de notre affaire que de notre relation.

— *Il pourrait de nouveau réussir à nous détruire si nous ne prenons pas garde*, reprit la voix grave et calme. *C'est l'un des rares sur cette planète à se souvenir de nous et à savoir que nous ne sommes pas qu'une légende.*

— *Alors on fait quoi ? On reste à se tourner les pouces en attendant que sa force vitale devienne moins intermittente et que les démons retrouvent sa trace ?*

— *Non*, répliqua Maisie. *J'ai l'intention d'invoquer un démon de classe supérieure, mais ça prend du temps. J'ai dû renvoyer les démons inférieurs en enfer pour avoir la réserve d'énergie nécessaire.*

Je lançai un regard à Quinn alors que Jin continuait à interroger Maisie.

— On dirait bien qu'il va falloir qu'on neutralise rapidement Maisie Foster.

— Sauf que, si on s'en prend à elle, les autres sauront qu'on est après eux.

— Ils savent déjà que tu es sur leur piste.

— Mais pas que le Directoire les a aussi repérés.

Je laissai échapper un ricanement de dérision.

— Si ce sont bien eux les responsables de ces sacrifices, alors ils doivent bien s'en douter.

— Mais ils ignorent que vous en savez aussi long.

— Je n'en serais pas si certaine : nous pensons que Gautier fait partie de la bande. Et qu'il représente la tête de mort, pour être exacte.

Il me lança un regard surpris.

— Ouais, poursuivis-je. On a réussi à grappiller quelques détails à propos de tout ça. Mais ça serait vraiment sympa de ta part si tu nous accordais un peu de temps pour qu'on puisse faire le lien entre eux.

— Si Gautier est bien la tête de mort, alors Jin sait que tu es gardienne. Il est donc d'autant plus important que tu ne l'approches plus.

— Il ne le sait pas.

— Tu ne peux pas en être certaine…

— Si, justement parce que ce que Gautier désire le plus au monde, en dehors de davantage de pouvoir, c'est me détruire de ses propres mains. Il est prêt à vendre son âme, il acceptera de perdre la maîtrise de son propre corps, mais ça, il refusera d'y renoncer.

— Tu pourrais parier ta vie là-dessus ?

— Oui. (Je jetai un regard à la maison.) Si on arrête Maisie, ils croiront que c'est toi, le responsable.

Il m'examina, l'air impénétrable. C'était une expression que je lui avais maintes fois vue… en général juste avant qu'il me mente d'une manière ou d'une autre.

— Maisie Foster est une magicienne extrêmement puissante. Ça ne va pas être facile de la neutraliser.

— De toute façon, ce sera nettement plus simple de l'enlever, elle, plutôt que l'un des dragons, n'est-ce pas ?

La question s'adressait plus à Rhoan qu'à Quinn. Je ne doutais pas qu'à nous deux, Quinn et moi, nous n'aurions aucune difficulté à nous occuper de Maisie, mais je ne voulais pas entreprendre quoi que ce soit sans accord officiel.

— La capturer, tu veux dire ? demanda Quinn.

J'acquiesçai.

— Je suis certaine que Jack sera ravi d'avoir une petite discussion avec elle.

— Jamais elle ne voudra « discuter », et de toute façon ni Jack ni le Directoire ne seront en mesure de la garder captive.

Je haussai les sourcils.

— Pourquoi ça ?

— Parce que, comme je te l'ai dit, c'est une magicienne extrêmement puissante. Les pouvoirs psi et la technologie ne peuvent rien contre la magie.

— Mais il y a d'autres moyens ?

— Oui. (Il hésita un instant.) Pour être honnête, je ne pense pas que le jeu en vaille la chandelle. Elle mourra avant de dire quoi que ce soit à propos de son maître.

— John Kingsley est son demi-frère, pas son maître.

— John Kingsley n'existe plus. Pas plus que les autres hommes qui se trouvent dans cette maison. Ce ne sont que des réceptacles vivants pour des esprits maléfiques.

Jin et le grand blond que j'avais vu au club de sport étaient peut-être des coquilles vides, mais l'esprit pervers que je connaissais sous le nom de Gautier était encore bel et bien présent. Je fus agitée d'un frisson, et tentai de ne pas penser au fait que j'avais couché avec un être qui n'appartenait pas à la même dimension que moi.

— Mais comment des esprits peuvent-ils ainsi débarquer et prendre le contrôle d'un corps ?

— La magie. Celle du sang, pour être plus précis. (Il me regarda.) Et ils ont besoin de sacrifices réguliers et volontaires pour pouvoir survivre.

— D'où les cadavres que nous ne cessons de découvrir.

Et la raison pour laquelle ils s'intéressaient plus particulièrement aux femmes qui avaient des pulsions masochistes.

— Mais pourquoi des victimes consentantes ? Un sacrifice, c'est un sacrifice, non ?

— Les dragons ont beau avoir besoin du goût de la douleur, du désespoir et de la peur de la mort pour se nourrir, le dieu des ténèbres, lui, tire sa force de l'acceptation du Mal.

— C'est assez paradoxal vu que ses dragons se nourrissent de la douleur, du désespoir et de la mort.

— Mais Angra Mainyu est le dieu des ténèbres, l'éternel destructeur du Bien. C'est justement la joie de ses victimes qui lui permet d'exister.

Tout cela devenait vraiment trop bizarre à mon goût.

— Mais même si ces filles aiment la douleur, je ne vois pas pour quelle raison elles courraient volontairement à la mort. Tu as vu ce qu'il leur fait subir ?

Il hésita un instant.

— Oui. Mais leur soif de douleur ne fait que croître, les dragons les poussent à en vouloir toujours plus, pour qu'au bout du compte seule la mort puisse leur apporter l'ultime satisfaction.

L'image de Jan me revint à l'esprit, l'état atroce dans lequel se trouvait son dos, la manière dont elle m'avait demandé ou, plutôt, suppliée d'en finir avec elle. Combien avait-il fallu de temps à Jin et à ses complices pour la mettre dans cet état d'esprit ? Combien de temps faudrait-il avant qu'elle devienne la prochaine victime qu'on retrouverait coupée en petits morceaux dans un entrepôt quelconque ?

— Le problème, dis-je en réprimant un frisson, c'est qu'il ne se contente pas du plaisir que lui procurent leurs morts.

— Non. Leur cœur, leur foie et leurs reins sont aussi un mets de choix.

— Je ne veux même pas savoir comment tu es au courant de ça.

Un sourire triste étira ses lèvres.

— Cela fait très longtemps que je suis un vampire, Riley. Et, qu'ils veuillent l'admettre ou non, tous les vampires traversent des périodes sombres.

— Et je ne tiens pas à en savoir plus, merci.

— Tu devrais, car cela fait partie intégrante de ce que je suis.

— Et moi, le fait d'être loup-garou fait aussi partie de ma nature, et ça ne t'empêche pas de ne tenir aucun compte de ce fait incontestable.

Il ne répondit rien, se contentant de tourner le regard vers la maison. Rien n'était plus simple que de faire mine de ne pas entendre les questions qui dérangeaient. C'était le mode de fonctionnement habituel de Quinn, et ça m'agaçait de plus en plus.

Mais, cela étant, je devais avouer qu'il avait raison : c'était contradictoire de vouloir connaître son passé tout en refusant d'entendre parler de ses périodes les plus sombres. L'un ne pouvait pas aller sans l'autre. Pas si je voulais vraiment comprendre ce vampire.

— *Et Jan?* demanda Jin, attirant de nouveau mon attention sur la maison. *Quand sera-t-elle assez remise pour pouvoir se déplacer?*

— *Demain, peut-être*, répondit une nouvelle voix. (Il me fallut un moment pour me rendre compte qu'il s'agissait de Marcus, le manieur de fouet que j'avais vu au club.) *Nous lui avons appliqué le baume de Jin, et la cicatrisation se fait de manière tout à fait satisfaisante.*

— *Demain soir, alors. Retrouvons-nous pour déterminer si c'est une bonne candidate.* (Kingsley hésita un instant.) *Jin, je compte sur toi pour nous amener une bonne partenaire.*

— *Ce n'est peut-être pas le moment de faire un test alors que Quinn et le Directoire sont sur nos traces*, commenta Maisie.

— *On n'a pas le choix*, répliqua Kingsley d'un ton furieux. *À moins que tu veuilles donner de ta chair si peu de temps après ton dernier sacrifice?*

Le frisson mental de Maisie me contamina, même si je n'avais pas la moindre idée de ce dont parlait Kingsley, et ne tenais pas à en savoir plus, d'ailleurs.

— *Je suis simplement inquiète pour toi, John.*

— Je sais. Mais j'ai besoin d'un rituel complet. Si tu réussis à invoquer un autre démon et à tuer Quinn, ça ne devrait pas être un problème.

— Je n'ai pas des quantités illimitées de sang dans le corps, John. Je ne peux pas...

— Si, tu le peux, et tu le feras. J'ai besoin de six victimes de plus pour consolider mon existence sur cette terre. Quand ce sera fait, nous serons moins vulnérables.

Je lançai un regard en coin à Quinn.

— Tu le savais, ça ?

Il acquiesça.

— Alors pourquoi ne les en as-tu pas empêchés ?

— Parce que je suis un vampire et, en tant que tel, soumis à certaines restrictions. (Il désigna la maison d'un geste de la main.) S'ils ne sortent pas de leur antre, je ne suis pas en mesure de les tuer.

— Maisie sort.

— Et Maisie était mon seul lien avec les autres. Je ne pouvais pas la tuer avant de connaître toutes les ramifications de ce mal.

— Alors pourquoi ne pas la neutraliser maintenant que nous savons qui est impliqué ?

Dans la maison, Maisie poursuivit :

— Nous ne pouvons pas nous permettre d'utiliser trop de magie en ce moment.

— La maison est assez sûre. Et l'autel aussi.

— Oui.

Mais le doute était évident dans la voix de Maisie.

— Je viens d'avoir Jack, intervint Rhoan au creux de mon oreille. *Si Maisie est bien celle qui invoque les démons, alors nous devons nous en débarrasser dès que possible.*

— Il ne veut même pas lui parler ?

Je le savais, j'avais une mission bien précise, et tuer Maisie permettrait d'épargner de nombreux innocents.

Mais je répugnais toujours à faire ce dernier pas et à tuer sur commande.

Quinn me regarda d'un air surpris, avant de voir mon oreille et de m'adresser un sourire lugubre. Visiblement, il avait oublié que j'étais en liaison constante avec mes employeurs.

— *Il pense que ce serait courir un trop grand risque si c'est bien elle, la magicienne de sang.* (Rhoan s'interrompit un instant.) *On peut échanger, si tu veux. Je m'occuperai d'elle et toi de la surveillance.*

— Non, ça ira.

Ce n'était pas le cas, mais je n'allais certainement pas faire courir de risques inutiles à Rhoan simplement parce que j'avais des scrupules mal placés. Bon sang, ce n'était pas comme si je n'avais jamais tué auparavant, et Maisie était tout aussi maléfique que n'importe lequel des hommes que j'avais assassinés par le passé.

Mais c'était encore un autre pas. Un nouvel accroc à la promesse que je m'étais faite de ne pas prendre ce chemin. Je laissai échapper un soupir et me tournai vers Quinn.

— Tu as une idée de comment on peut tuer une magicienne ?

— Je ne pense vraiment pas que ce soit prudent.

— Elle a déjà invoqué plusieurs démons pour te traquer, et on vient de lui ordonner d'en appeler un autre. Rien ne garantit qu'elle ne l'enverra pas à mes trousses, ou à celles de Rhoan ou de Jack. Et, contrairement à toi, nous n'avons pas la capacité de rendre notre force vitale indétectable. Accessoirement, nous n'avons pas non plus la moindre idée de la manière dont on combat un démon.

— Je ne dis pas qu'il ne faut pas la tuer. Je dis simplement qu'il serait plus prudent d'attendre que nous ayons découvert le portail par lequel elle invoque les démons.

Je clignai des yeux d'un air surpris.

— Un portail ? Les démons ont besoin d'un portail ?

Le petit sourire qui courut sur ses lèvres chatouilla mes hormones. Non qu'elles aient vraiment besoin de beaucoup d'encouragements.

— Les esprits et les démons ne peuvent pas entrer comme ça dans notre monde, tu sais ?

— C'est une excellente nouvelle. (Enfin, c'est ce que je croyais.) Mais pourquoi les âmes et les fantômes le peuvent-ils ?

— Les âmes sont l'essence de gens qui vivent et meurent dans cette dimension. Elles ne traînent pas très longtemps et passent rapidement dans une dimension différente. Les fantômes, eux, sont des âmes qui sont contraintes de rester ici pour une raison ou une autre.

Je me doutais bien de tout ça, mais c'était néanmoins un soulagement de savoir qu'il n'y avait pas une porte ouverte en permanence entre notre monde et l'au-delà par laquelle ces apparitions pourraient venir à tout instant me harceler. Surtout avec les talents de clairvoyance que j'avais récemment développés. Je n'avais nulle envie d'affronter des discussions à toute heure avec des fantômes et autres âmes en peine.

— Et ça ressemble à quoi, un portail à démons ?

— Ce n'est pas un portail à proprement parler. C'est un endroit purifié de manière spécifique, qui contient un cercle magique et très probablement un pentagramme. Dans le cas qui nous intéresse, un pentagramme inversé.

Je me frottai les tempes. Toutes ces histoires avaient une très mauvaise influence sur ma libido, ce qui était probablement le but recherché. Certes, il me désirait, mais ce n'était pas le genre à laisser le sexe se mettre en travers de sa traque.

— C'est ce cercle magique qui retient les démons prisonniers ?

— Non. Il s'agit d'un espace sacré et purifié dans lequel on peut faire de la magie en toute sécurité, en l'occurrence une invocation. Il sert à contenir le sort lancé et de portail entre le monde des esprits et le nôtre.

— Et le pentagramme ?

— Le pentagramme inversé est censé être le symbole du Mal.

— « Censé » ?

Il haussa les épaules.

— Un pentagramme tourné vers le nord peut causer d'importants problèmes, ce point cardinal étant associé par les religions païennes aux ténèbres et à l'inconnu.

— Comment se fait-il que tu en saches si long sur ce genre de conneries ?

Un rictus amer déforma ses lèvres.

— Je suis un très vieux vampire, et je m'ennuie facilement.

— Mouais.

La chose que j'avais rencontrée dans l'impasse et qui se présentait sous le nom de haut-prêtre de l'Aedh avait probablement un rapport étroit avec ces connaissances particulières.

— Où penses-tu qu'on trouvera ce cercle ?

— Dans un endroit sûr pour elle. Un endroit très bien protégé.

— La maison ?

— C'est possible. Mais je ne peux pas entrer pour vérifier.

— Moi, si. (Et j'aurais une bonne excuse en la personne de Jin si je me faisais prendre la main dans le sac.) On pourra utiliser notre lien télépathique. Je décrirai ce que je vois, et tu pourras me dire comment le détruire.

Il jeta un regard à la maison avant de se retourner vers moi.

— Elle le saura à la minute même où nous détruirons le cercle.

— Et alors ?

— Ça pourrait légèrement la contrarier.

Je souris.

— Je devrais aisément pouvoir gérer sa « contrariété », joli vampire.

Il ne répondit rien, se contentant de me contempler, et je sentis mon sourire s'évaporer.

— Écoute, on va faire ça maintenant, avant qu'il y ait d'autres victimes.

Il hésita avant d'opiner du chef, et lança un nouveau regard à la maison.

— Rhoan les a mis sous surveillance ?

— Oui.

Je négligeai de l'informer qu'il ne pouvait pas entendre grand-chose. J'avais dans l'idée que Quinn refuserait de mettre mon plan à exécution s'il l'apprenait.

— Les pièces sont sous surveillance infrarouge ?

— *Pas encore*, murmura Rhoan dans mon oreille. *Dans une heure ou deux, je dirais, quand l'équipe de Jack aura réussi à détourner leur système de surveillance.*

Je répétai ce qu'il venait de dire et Quinn hocha la tête.

— Quelque part dans cette maison, probablement au sous-sol, il doit y avoir une sorte de tunnel menant à une cavité profondément enfouie. C'est ce que nous devons trouver.

— Pourquoi ?

— Parce que c'est là que réside la puissance de Kingsley. C'est l'endroit où il pratique ses sacrifices et se nourrit. Pour le détruire, nous devrons d'abord détruire son autel.

— J'imagine que ça ferait plus que le contrarier.

— C'est certain. (Une lueur féroce fit briller ses yeux, comme si certains souvenirs remontaient à la surface, et je frissonnai.) Là, tu comprendras ce qu'est vraiment un dieu des ténèbres.

— Ce n'est pas le genre de chose que j'ai vraiment envie de savoir.

— C'est plus sage.

Ouais, parce que c'était tout moi, ça, la sagesse incarnée. Ou pas.

— Tu as une voiture dans les environs ?

— Oui.

— Alors je vais te suivre jusqu'à chez Jin, si tu le veux.

Il acquiesça et me guida vers le fond du jardin de sa main posée au creux de mes reins. Je sentis ma peau palpiter sous la chaleur de ses doigts et le désir alimenté par la lune flamba brusquement.

— J'imagine que ce n'est…

— Non, répliqua-t-il d'un ton ferme. Pas ici, pas maintenant.

Je lui adressai un regard boudeur.

— T'es vraiment pas marrant.

— Si la chaleur lunaire est si forte, tu ne devrais pas être ici.

Sur ce coup-là, il n'avait pas tort.

— C'est juste une vague envie. Rien d'urgent.

Pour le moment.

Il ne répondit pas, mais il n'en avait pas besoin. Il avait beau ne pas pouvoir sentir l'odeur de mon désir, il était à la fois vampire *et* empathe. Il percevait parfaitement mes émotions incandescentes et entendait les rapides battements de mon cœur.

Je retournai vers ma voiture et suivis la sienne – un divin coupé Porsche noir – jusqu'à chez Jin. Je ne trouvai aucune place aux alentours et fus contrainte d'aller me garer dans la rue d'après avant de revenir à pied. Quinn, lui, chanceux comme il était, réussit je ne sais comment à trouver une place à quelques dizaines de mètres de l'entrée de la maison de Jin.

Je contemplai celle-ci et fus agitée d'un frisson. C'était comme si la façade nous observait.

C'était une impression extrêmement désagréable.

Je me frottai les bras et regardai Quinn.

— On dirait qu'il n'y a personne.

Il regardait dans la même direction que moi.

— Je ne détecte rien par infrarouges, mais ça ne veut pas dire que l'endroit est vide.

J'arquai un sourcil surpris.

— Ah bon ?

— Les démons sont invisibles aux infrarouges.

— Voilà une pensée sacrément rassurante. (J'eus un instant d'hésitation.) Comment combat-on un démon, alors ?

— On peut les tuer lorsqu'ils se matérialisent. (Il alla ouvrir le coffre de sa voiture.) Il suffit alors de leur couper la tête.

— Voilà qui va être super facile, j'en suis persuadée.

Mon ton ironique lui arracha un sourire.

— Aussi facile que de couper la tête d'un vampire.

Je levai les yeux au ciel.

— Un vrai jeu d'enfant, quoi.

— Ouais.

Il me tendit un long couteau d'argent, attendit que je l'attache à ma ceinture et me donna deux petites bouteilles d'eau et une boîte de sel.

— Je suis censée faire quoi avec tout ça ?

— L'eau bénite et le sel sont à la fois des armes et des substances de purification. (Il referma bruyamment le coffre de la voiture.) Ils peuvent t'aider à maintenir à distance le démon le temps d'utiliser le couteau, ou être utilisés pour neutraliser le cercle et le rendre inutilisable.

— Nous n'allons pas le détruire ?

Il secoua la tête.

— En le neutralisant, on va la forcer à en fabriquer un autre, ce qui lui ponctionnera encore un peu plus de puissance. Nous devons exploiter toutes les occasions de l'affaiblir.

— Mais quand même, on est à deux contre un.

— Non, nous sommes deux, et ils sont cinq. Si elle se sent menacée, elle s'empressera d'avertir les autres, et ils arriveront plus vite que tu peux l'imaginer.

Il posa de nouveau la main sur mes reins, envoyant de petites étincelles de désir à la surface de ma peau, et me guida vers la maison.

— Comment ça ? Ils sont sous forme humaine, et donc soumis aux mêmes limitations que des humains, non ?

— Ils peuvent se débarrasser de leur enveloppe humaine si nécessaire. Ils n'auront ensuite qu'à trouver d'autres corps à posséder.

— C'est si simple que ça ?

Il me lança un regard impénétrable de ses yeux d'obsidienne.

— Aucun humain ne peut leur résister.

— Mais alors, ils n'ont pas besoin de victimes consentantes, non ? Il leur suffit de prendre ce qu'ils veulent.

— Il y a une différence entre se nourrir de quelqu'un pour consolider son existence matérielle, et prendre le contrôle d'un corps. Dans le premier cas de figure, il faut que la victime soit consentante, pas dans le second.

— Et les non-humains peuvent-ils leur résister ?

— Pas dans l'hypothèse d'une possession.

Je fus secouée par un tremblement irrépressible. Cette réponse ne me réjouissait pas du tout. Pas quand c'était moi qui allais devoir affronter ces salopards.

J'ouvris le portail et grimpai les marches qui menaient à la porte d'un pas vif. Celle-ci était évidemment verrouillée, et je ne trouvai aucune clé de secours sous les pots de fleurs qui encadraient l'entrée.

— J'imagine que tu n'as jamais été cambrioleur dans tes fameuses périodes obscures ?

— Je te rappelle que je suis un vampire.

— Ah, ouais, c'est vrai. (Ces histoires de seuil, tout ça…) Tant pis.

Je donnai un coup sec dans la porte, juste au-dessus de la poignée, et la porte s'ouvrit à la volée. Quinn me lança un regard impressionné.

— C'est cool, comme truc, ça, dis.

— Remercie ma propriétaire qui refuse de remplacer la serrure merdique de notre appartement. C'est le même genre que celle-ci.

J'ouvris la boîte de sel et l'une des bouteilles d'eau bénite, prête à les utiliser à chaque instant. Et je me trouvai l'air bête, ainsi armée.

Je veux dire, le sel et l'eau n'avaient jamais fait partie de mes armes préférées. En matière d'armes non conventionnelles, j'étais plutôt du genre à privilégier un bon vieux talon aiguille en bois. Je scrutai le hall d'entrée plongé dans l'obscurité.

— Qu'est-ce que je dois chercher ?

— Une cave ou autre pièce souterraine.

— Pourquoi nécessairement souterraine ?

— Le sol agit comme une barrière contre la magie.

— De la même manière qu'il empêche les infrarouges de passer ?

Il acquiesça.

— La porte sera certainement verrouillée. Assure-toi qu'il n'y a aucun symbole inscrit ou gravé dessus avant de la toucher.

— C'est pas bon signe, des symboles ?

— Ça peut être *très* dangereux. (Il posa ses doigts si chauds sur ma joue.) Fais attention là-dedans.

— Promis.

Je me hissai sur la pointe des pieds et déposai un léger baiser sur ses lèvres qui fit brièvement flamber mon désir et danser de joie mes hormones. Je me reculai avant que la tentation d'en avoir plus devienne trop forte, et franchis le seuil.

Le silence qui régnait dans la maison me fit l'effet d'une couverture qu'on m'aurait jetée sur la tête, une sensation presque irréelle. Ce n'était pas simplement le silence d'une maison inoccupée. C'était un silence attentif, plein de tension.

J'en eus la chair de poule et agrippai plus fermement la boîte de sel avant d'activer notre lien télépathique.

Une vague de désir aussi brûlant que le mien m'envahit l'esprit.

—*Eh bien, eh bien, eh bien,* dis-je avec un sourire mental, *on dirait bien que le vampire a faim d'autre chose que de sang.*

—*Je me trouve à moins d'un mètre d'une louve en chaleur,* répondit-il sur un ton sarcastique. *Pas étonnant que je sois moi-même excité.*

—*La louve en chaleur a pourtant proposé de relâcher la pression.*

—*Pas quand on travaille.*

Je poussai un soupir déchirant.

—*Qu'est-ce que tu peux être conventionnel...*

—*Je préfère dire « prudent ». Tu sais bien que toi et moi ne sommes pas toujours très discrets.*

—*Bah, c'est ça qui est rigolo.*

—*Pas quand on entre par effraction dans le domicile d'un suspect.*

Je souris et avançai de quelque pas. J'entendis le « tic-tac » discret d'une horloge à ma droite. Il faisait froid. Trop froid. Mon amusement s'envola et je passai la langue sur mes lèvres soudain sèches.

—*J'imagine que le meilleur endroit pour trouver la porte d'une cave, c'est la cuisine ?*

—*C'est généralement le cas.*

Je n'avais pas remarqué de porte dans la cuisine lorsque j'étais venue, mais d'un autre côté, ce jour-là, j'avais plutôt cherché à m'alimenter pour éviter de tomber dans les pommes. Je traversai le hall d'entrée à pas de velours, attentive au moindre bruit et à la moindre anomalie. Rien n'avait bougé depuis ma dernière visite. Il y avait toujours une épaisse couche de poussière sur la tablette du téléphone, quantité de factures accrochées au tableau en liège près de la porte de la cuisine et des assiettes avec des traces de gâteau au chocolat au fond de l'évier.

La seule différence, c'était l'atmosphère, cette impression étrange que je n'étais pas seule dans cette maison, même si je ne sentais ni ne voyais personne.

Je m'arrêtai près de la table de la cuisine et regardai autour de moi. À ma gauche se trouvait une porte vitrée à travers laquelle je pouvais apercevoir le jardin à l'arrière. En dehors de ça, la seule porte visible était celle du garde-manger.

—*Ouvre-la.*

—*La porte du garde-manger?*

—*Oui.*

—*Je l'ai déjà vue ouverte. C'est juste un placard.*

Je perçus une forte vibration d'agacement de sa part.

—*Tu ne peux pas faire ce que je demande sans poser de questions?*

—*Je crois pas, non,* dis-je avec un sourire en traversant la cuisine. (La porte du garde-manger émit un grincement quand je l'ouvris, faisant courir un frisson le long de mon échine.) *Je ne vois que des étagères avec des boîtes de conserve et ce genre de choses.*

—*Elles sont toutes pleines?*

Je baissai le regard.

—*Il y en a trois vides à droite.*

—*Accroupis-toi.*

Je m'exécutai.

—*Et?*

—*Y a-t-il un bouton ou un levier sur ou sous l'une des étagères?*

Je regardai plus attentivement celles-ci, faisant voler de la poussière, ce qui m'irrita le nez et me fit éternuer. Le souffle de l'éternuement déplaça quelques feuilles volantes posées sur l'une des étagères du fond et fit apparaître une petite poignée noire.

—*J'ai trouvé quelque chose.*

—*Pas de symboles bizarres dessus ou autour ?*

—*Le plus bizarre dans le coin, ce sont des cafards morts et des feuilles avec des recettes de cuisine dessus.*

—*Actionne la poignée alors. Mais sois prudente.*

Mes muscles se contractèrent. Je fis rouler mes épaules pour évacuer la tension, posai les bouteilles d'eau bénite devant moi et tournai la poignée. Celle-ci céda facilement et un grincement déchira le silence. Les trois étagères glissèrent sur le côté, révélant l'obscurité d'un tunnel.

Je scrutai les ténèbres. Le passage était assez grand pour un adulte à quatre pattes et les murs étaient consolidés par des piliers de bois ; une odeur de renfermé et de poussière saturait l'atmosphère. Le tunnel était long, sombre et franchement effrayant. Je passai en vision infrarouge, mais ça ne m'aida pas vraiment. Il s'incurvait vers la gauche dans la descente et, même si les infrarouges pouvaient traverser les murs, ils ne pouvaient rien contre la terre.

— *Tu sens quelque chose ?*

La soudaineté de la question me fit sursauter.

—*L'humidité.* (J'hésitai, le temps de faire le tri entre les odeurs plus subtiles qui s'échappaient de l'ouverture.) *Le sang. Une odeur de soufre.*

—*Le soufre, c'est l'odeur des démons. Elle est forte ?*

—*Pas très.*

—*Si c'est une odeur ancienne, alors elle doit venir d'invocations précédentes.* (Il s'interrompit un instant.) *Mais sois quand même prudente et garde l'eau et le sel à portée de main.*

— *Qu'est-ce que je suis censée en faire ?*

—*Le contact de l'eau bénite les brûlera. Quant au sel, il te servira de bouclier. Il faut le répandre en cercle autour de toi.*

—*Si j'en ai le temps.*

—*Si tu en as le temps, oui.*

Je soufflai doucement pour évacuer la tension, saisis les deux bouteilles d'eau bénite et resserrai un peu leur bouchon pour éviter de les renverser en me glissant dans le tunnel.

Même s'il y avait pas mal d'espace, ma progression se fit lentement. Entre les odeurs que je flairais attentivement, les bouteilles d'eau que je devais pousser devant moi et l'obscurité qui me rendait encore plus prudente, je ne pouvais pas être plus rapide.

La pente douce s'incurva vers la gauche, puis vers la droite, et l'odeur de renfermé, de sang et de soufre devint plus présente, accompagnée d'autre chose. Une odeur bien spécifique.

Animale.

Il y avait quelque chose, là, en bas. Je m'arrêtai et inspirai profondément en essayant d'identifier l'arôme. C'était une odeur âcre et bien spécifique, qui semblait ancienne d'une manière que j'aurais été bien incapable d'expliquer. Et je n'en avais jamais senti de telle.

— *Il y a quelque chose en bas.*

— *Quoi ?*

— *Je l'ignore. On dirait un animal, mais différent, si tu comprends ce que je veux dire.*

— *Ça pourrait être un démon quelconque.*

— *Ouais, voilà qui est super réconfortant.*

Son amusement fit vibrer la connexion mentale entre nous.

— *Il n'y a qu'un seul moyen de savoir ce que c'est.*

— *Dit celui qui est bien en sécurité de l'autre côté de la porte.*

L'amusement s'interrompit net.

— *Si on pouvait échanger nos places, je le ferais.*

— *Je sais bien.*

Je poursuivis ma lente progression. Le tunnel continuait à descendre vers la droite et l'étrange mélange d'odeurs ne devint ni plus ni moins présent. Après une minute ou deux, le passage devint plus large et je pus me relever.

J'époussetai mes genoux et mes mains et regardai autour de moi. Je me trouvais dans une petite pièce carrée qui, comme le tunnel, était étayée par des planches de bois. Il ne semblait rien y avoir de caché dans l'ombre, malgré les effluves animaux qui emplissaient l'atmosphère.

— *Dis quelque chose, Riley.*

— *Je suis arrivée dans la cave.*

J'avançai d'un pas qui fit résonner le plancher. Un frisson courut le long de ma nuque, mais j'en ignorais la raison. J'aperçus une bougie blanche dans une alcôve qui se trouvait à ma gauche et une boîte d'allumettes à côté. Je mentionnai leur présence à Quinn et demandai :

— *Est-ce prudent de l'allumer ?*

— *Riley, tu es une dhampire dotée de la vision infrarouge. Tu n'as nul besoin de lumière.*

— *C'est psychologique. Je trouve que cet endroit serait plus rassurant avec un peu de lumière.*

— *Alors allume-la.*

Je posai l'une des bouteilles contre le mur, hors de portée d'un coup de pied maladroit, coinçai l'autre sous mon bras et attrapai la boîte d'allumettes disposée de manière si commode pour allumer la mèche de la bougie. Une douce lueur dorée éclaira les ténèbres, rendant les coins par contraste plus obscurs, mais évacuant l'étrange angoisse qui m'avait saisie.

— *On dirait qu'il n'y a rien ici.*

— *Regarde le sol.*

Je m'exécutai. Jusqu'à ce moment-là, j'avais espéré que Quinn se trompait et que la magie n'avait rien à voir avec ce tunnel. Mais, comme souvent, mes espoirs volèrent en éclats.

— *Il y a des traces de cire noire à chaque extrémité d'un pentagramme qui semble avoir été tracé sur le plancher avec de la cendre ou un truc du genre. Il y a un cercle de pierres noires de la taille d'un poing tout autour du pentagramme.*

— Ce sont des pierres gardiennes. C'est plus puissant qu'un cercle de protection ordinaire, mais ça joue le même rôle.

J'examinai les pierres les plus proches et remarquai la manière dont leur surface noire semblait avaler la lumière au lieu de la refléter.

— L'eau bénite ou le sel peuvent-ils avoir un effet sur elles ?

— Sur elles ? Non. Et, selon le sort qui les protège, il est possible que tu ne puisses pas détruire le pentagramme et le rendre inutilisable.

— Comment ça ?

— Elles forment une barrière physique. Approche la main pour voir, mais prudemment.

Je m'approchai des deux pierres les plus proches et levai la main. Des étincelles voletèrent autour de mes doigts comme des mouches enragées. J'approchai encore, et des petites lueurs rouges jaillirent, comme si la foudre était sur le point de tomber. J'immobilisai ma main à un cheveu de la barrière en observant le feu d'artifice, laissant l'énergie de celui-ci grimper le long de mon bras. C'était une sensation immonde. Totalement maléfique.

Ce qui n'était pas surprenant vu que le pentagramme qui bénéficiait de cette protection était utilisé pour invoquer des créatures sorties des entrailles de l'enfer.

Je baissai le bras et secouai la main pour réchauffer mes doigts et me débarrasser de cette énergie puante. Je reculai d'un pas et sentis une présence dans le coin plongé dans l'obscurité. L'odeur musquée devint soudain plus forte.

Un grondement sourd déchira le silence et fit dresser les poils de mon échine. Je tendis la main vers le couteau et eus à peine le temps de refermer les doigts sur la poignée avant que l'ombre prenne forme.

Et quelle forme…

C'était une grosse créature noire avec des yeux jaunes qui luisaient de manière totalement surnaturelle dans la faible lumière de la bougie, et des dents aussi longues que mon avant-bras.

Ce n'était pas un démon.

C'était un chien des Enfers.

Chapitre 9

—*Houston, nous avons un problème.*

J'agrippai le manche du couteau avec une telle force que mes phalanges me firent mal, mais je ne tirai pas la lame du fourreau. J'avais le mauvais pressentiment que si je bougeais, même de manière infinitésimale, la chose à grandes dents ramassée dans le coin de la cave bondirait sur moi.

Et, vu la taille des dents en question, elle me couperait en deux.

—*Il y a un démon?*

La tension de Quinn inonda notre connexion au point que je n'étais plus sûre d'où elle s'arrêtait et où commençait la mienne.

—*Si un chien des Enfers peut être considéré comme un démon, alors ouais, y en a un.*

—*C'est une classe supérieure de démon, le sel ne pourra pas l'arrêter. En revanche, il sera sensible à l'eau bénite.*

Je commençai maladroitement à dévisser d'une seule main le bouchon de la bouteille. Je ne faisais pas une confiance débordante aux pouvoirs protecteurs de l'eau bénite, et ne fus pas vraiment plus rassurée lorsque la créature baissa la tête et poussa un grondement sourd. Celui-ci résonna dans la pièce et, si j'avais été sous forme de loup, j'aurais senti les poils se hérisser sur mon échine. Cette chose avait beau être un démon, c'était un démon canin, et la louve en moi ne supportait pas d'être menacée par un chien, même venu de l'enfer.

Ce qui était justement la raison pour laquelle je faisais tout ce que je pouvais pour la maîtriser : parfois, cette louve pouvait être complètement idiote.

—*Je dois lui couper la tête, ou n'importe quel coup bien placé suffira ?*

Lentement, prudemment, je commençai à dégainer le couteau. Le grondement devint plus urgent et une lueur menaçante fit briller les yeux jaunes.

—*Je crains qu'il faille lui couper la tête.*

—*Merde.*

Ça signifiait qu'il allait falloir que je m'approche bien plus près que la prudence l'exigeait de ces crocs aiguisés longs de vingt centimètres.

Je parvins enfin à dégager la lame de son fourreau. Le chien des Enfers gronda de nouveau, un son lourd de menace et de colère. Mes muscles se tendirent et mon front se couvrit de sueur. Je brandis l'arme en tentant toujours aussi maladroitement de dévisser le bouchon de la bouteille.

Le chien des Enfers bondit. Je me lançai sur le côté et heurtai le sol plus durement que je l'avais prévu, le choc expulsant l'air de mes poumons. J'essayai de reprendre ma respiration et lâchai la bouteille d'eau bénite, qui roula en laissant échapper quelques gouttes qui grésillèrent en entrant en contact avec le sol, dégageant un panache de vapeur. Je poussai un juron et tentai de la rattraper, pendant que la bête attaquait de nouveau en dérapant, ses griffes aiguisées rayant le parquet. Je roulai sur moi-même et donnai un coup de couteau, mais la lame glissa sur le pelage de l'animal, ne touchant même pas la peau.

Le chien des Enfers retroussa les babines, dévoilant une gueule terrifiante. Je me relevai d'un bond en agitant le couteau devant moi afin de capter assez longtemps l'attention de la bête pour tenter de l'attaquer. Mais elle n'était pas si stupide : elle garda son regard lumineux et menaçant planté dans le mien. La peur me tordit l'estomac. Je n'avais pas signé pour combattre des créatures mythiques ou magiques. Les psychopathes et autres vampires étaient amplement suffisants à mon goût.

L'animal bondit une nouvelle fois. Je sautai hors de sa trajectoire et visai sa gorge avec mon couteau, espérant au moins toucher une zone vitale. Mais il se dématérialisa au dernier moment et se rematérialisa soudain derrière moi.

Je sentis ses crocs s'enfoncer dans ma chair et un liquide chaud couler sur mon mollet. Je ravalai un hurlement et fis volte-face avant d'enfoncer profondément la lame dans l'œil droit de la créature, en plein dans son crâne.

Le sang jaillit de l'orbite de la bête et éclaboussa mes doigts. Elle poussa un hurlement et rejeta la tête en arrière, faisant rebondir la lame sur ma paume. Une douleur vive m'envahit et je laissai échapper un sifflement entre mes dents serrées. Mais je parvins à maintenir ma prise sur le manche et m'éloignai d'un pas chancelant de la créature.

Mon coup avait été assez violent – et assez profond – pour toucher la matière cérébrale. Il aurait dû la tuer sur le coup. Mais ce ne fut pas le cas, car ce n'était pas un animal ordinaire, ce que j'avais en partie oublié dans le feu de l'action.

Le chien secoua la tête et envoya voler des gouttelettes de sang qui s'évaporèrent en grésillant lorsqu'elles entrèrent en contact avec les pierres gardiennes. Puis il sauta encore et parcourut en un clin d'œil la distance qui nous séparait. Une nouvelle fois, je bondis en dehors de sa trajectoire, mais il devait s'y attendre, parce qu'il changea de direction en plein vol. Il me percuta avec une force telle que je fus violemment projetée vers l'avant.

Je frappai le mur tête la première, m'écrasant le nez et me fendant la lèvre. Le sang jaillit et son goût métallique m'emplit la bouche. La nausée m'envahit. Il sembla pendant un instant que tout était devenu rouge, et j'ignorais s'il s'agissait du sang ou de la magie maléfique des pierres gardiennes. Je m'éloignai du mur d'une poussée, sentis plus que je vis le mouvement de la créature qui approchait et me laissai tomber à plat ventre sur le sol… me rappelant presque trop tard du cercle de pierres. Je parvins à l'éviter et agitai le couteau en tout sens. La lame d'argent déchiqueta le ventre de la bête alors qu'elle me passait par-dessus la tête et atterrissait à un cheveu du mur d'énergie. Un sang noirâtre jaillit de la blessure et éclaboussa mes bras et mon visage, aussi corrosif que de l'acide.

Je poussai un juron et rampai hors de portée de la substance en suivant la ligne formée par les pierres, protégeant ainsi mon flanc. Je sentis l'électricité crépiter sur mon visage, et les étincelles rougeoyantes donnèrent à la pièce obscure une tonalité écarlate.

Éventrer le chien des Enfers ne le ralentit même pas, ce qui n'était pas vraiment surprenant étant donné qu'un couteau enfoncé dans le cerveau ne lui avait déjà pas fait le moindre effet. Je me rendis soudain compte, en faisant face à cette bête qui ne me quittait pas du regard, que c'était un combat où je n'aurais jamais le dessus. Pas si je la jouais de cette manière. Il était trop rapide, trop puissant. Sans compter que c'était un démon qui n'était pas soumis aux mêmes contraintes physiques que les humains.

— *Cette chose va me réduire en morceaux avant que je réussisse à approcher son cou.*

— *Alors utilise la puissance des pierres contre elle.*

— *Est-ce que ça ne va pas mettre la puce à l'oreille de notre magicienne ?*

— *Si, mais si tu ne penses pas être en mesure de lui couper la tête, tu n'as pas vraiment le choix.*

— *OK.*

Je pris une grande inspiration, puis bondis vers la barrière. Le chien attaqua au même instant, déchirant l'air de ses horribles griffes barbelées. Je changeai de direction au dernier moment, mais la patte de la créature se prit dans ma manche et m'écorcha le bras. Ça n'avait aucune importance, parce que son attention était rivée sur moi plus que sur la direction qu'elle prenait, et c'était exactement ce que je voulais. La bête heurta le mur d'énergie et les pierres s'activèrent immédiatement. Une étincelle rouge jaillit et enveloppa le chien dans un tourbillon de flammes, le consumant en un clin d'œil, jusqu'à ce qu'il n'en reste plus rien, même pas de la cendre voletant sans vie vers le sol.

Je poussai un soupir de soulagement, heureuse que les pierres ne fassent pas la différence entre Bien et Mal. Mais j'imagine que c'était logique. Il était probablement plus simple de créer une barrière contre tout intrus que de bâtir une frontière discriminatoire. J'ignorais même si c'était possible.

— *Et un chien des Enfers en moins.*

Je sentis le soulagement de Quinn envahir notre lien télépathique.

— *Tu vas bien ?*

Je me redressai et évaluai les dégâts. C'était la blessure à ma jambe qui semblait la plus sérieuse : les griffes de la créature avaient creusé trois profondes tranchées sanglantes de la cuisse au mollet. Et ça faisait un mal de chien.

Les écorchures sur mon bras n'étaient pas moins sanglantes ou douloureuses, mais au moins les ergots de la bête n'avaient-ils fait que m'égratigner. Mon sweat-shirt, lui, était foutu. Ma lèvre et mon nez me faisaient mal aussi, mais c'était bien le cadet de mes soucis à cet instant précis.

— *Cette saloperie m'a touchée à plusieurs reprises.*

— *Utilise l'eau bénite pour nettoyer les blessures avant de te métamorphoser. Les marques des démons ont tendance à s'infecter et à ne jamais guérir sans ça.*

— *Même chez les loups-garous ?*

— *Les loups-garous ne sont pas immunisés contre la magie, qu'elle soit blanche ou noire, même si vous êtes des créatures magiques.*

Je me débarrassai de mon haut déchiqueté et me penchai pour attraper la bouteille d'eau que j'avais laissé tomber. La créature ne m'avait pas laissé le temps de bien dévisser le bouchon avant d'attaquer et seulement quelques gouttes s'étaient échappées. J'enlevai complètement le bouchon et renversai un peu d'eau sur mes blessures.

Environ trente secondes après ça, le liquide vira au blanc et se mit à bouillonner, me brûlant horriblement. Je serrai les dents pour retenir le hurlement qui montait dans ma gorge et traitai mentalement Quinn de tous les noms d'oiseaux possibles et imaginables.

Son amusement glissa le long de notre connexion.

— *Si je t'avais prévenue, tu aurais refusé de le faire.*

— *Oh! Ça oui, enfoiré!* répondis-je quand j'en fus capable.

— *Si tu t'étais métamorphosée avant de nettoyer les blessures, l'infection se serait répandue dans ton corps. Tu en serais morte, Riley, parce qu'il n'existe aucun antidote aux morsures empoisonnées d'un démon.*

— *Pas même un antidote magique?*

Il hésita un instant.

— *Si, mais je ne suis pas magicien, et ceux de notre époque ne croient pas aux démons. Autant dire qu'ils ne connaissent pas les sorts permettant de remédier à leurs morsures.*

— *C'est étrange, quand même, avec le nombre de non-humains qui peuplent cette terre depuis des siècles.*

Je me métamorphosai quand le bouillonnement s'arrêta, gardant ma forme de loup quelques secondes avant de redevenir humaine. Cela permit aux écorchures sur mon bras de se refermer, et arrêta le saignement de ma lèvre fendue, mais plusieurs autres métamorphoses seraient nécessaires à la guérison de ma jambe. De toute façon, je me retrouverais quand même avec des bleus, une bouche tuméfiée et un nez douloureux. Heureusement que je ne voyais pas Jin ce soir, parce qu'il serait difficile de justifier tout ça.

— *La magie est un talent qui s'apprend,* précisa Quinn. *Et, de ce fait, ça peut aussi s'oublier.*

— *De la même manière qu'ont été oubliés les prêtres de l'Aedh ?*

J'attrapai la bouteille d'eau bénite et me relevai. Un éclair de douleur envahit ma jambe, mais en dehors de ça tout allait bien. Au moins le sang avait-il cessé de couler. Mais je me doutais que mes ecchymoses ne feraient qu'empirer dans les heures à venir.

— *Les prêtres n'ont pas été oubliés. On les a détruits.*

— *Celui qui était dans l'impasse ne me semblait pas très détruit.*

— *Tu ne l'as pas vu. Tu l'as juste entendu.*

— *Exact.*

J'examinai le cercle et lançai un peu d'eau dessus. Les pierres ne s'activèrent pas et les gouttelettes traversèrent la barrière sans aucun mal. Puis elles frappèrent l'une des pointes du pentagramme et commencèrent à grésiller en dégageant de la vapeur.

— *L'eau bénite est passée.*

— *Ah ! C'est une bonne nouvelle. Ça signifie qu'elle a programmé les pierres pour réagir à la chair et au sang, mais pas aux objets inanimés.*

— *Alors, pourquoi ont-elles réagi au contact du démon ? Ce ne sont pas des créatures réelles, ou vivantes dans le sens humain du terme.*

— *Si, lorsqu'ils se matérialisent. Répands généreusement le sel sur le pentagramme et trace deux cercles d'eau bénite autour des pierres gardiennes. Arrange-toi pour qu'il y ait au moins un mètre cinquante entre les deux.*

— *Pourquoi ?*

Je lançai le sel par poignées en prenant garde à ne pas approcher les étincelles rouges.

— *Parce que le Mal peut réussir à traverser un seul cercle, mais pas deux.*

Je ne voyais pas ce qui pouvait l'en empêcher, mais, d'un autre côté, je ne m'y connaissais pas des masses en matière de magie, d'eau bénite et de démons. Et, pour être honnête, je ne tenais pas à en apprendre plus.

Je répandis le sel restant de manière à recouvrir autant que possible la surface du pentagramme, puis fis couler l'eau bénite en deux cercles. Le liquide se mit à grésiller comme de l'acide au contact du sol, creusant une petite tranchée dans le bois et emplissant la pièce d'une vapeur blanchâtre.

Quand cela fut fait, je m'empressai de sortir de là. Quinn ôta son sweat-shirt et me le tendit alors que je refermais la porte d'entrée.

Je contemplai le vêtement, puis levai les yeux vers le vampire.

— Tu n'aimes pas me voir à moitié nue ?

— J'adore te voir complètement nue, mais il est hors de question que tu retournes chez toi dans cette tenue, tu vas te faire arrêter par les flics.

Il me tendit le sweat avec insistance. Je croisai les bras et fis mine de ne pas accorder la moindre attention à son offre. J'avais des vêtements dans ma voiture si je voulais. Je n'avais nul besoin des siens, même s'ils dégageaient une chaleur délicieuse.

— Et pourquoi retournerais-je chez moi ?

— Parce que tu as besoin d'une bonne douche et de repos.

— Et toi, tu vas faire quoi pendant ce temps-là ?

Je savais exactement ce qu'il allait faire. Je voulais juste savoir s'il était prêt à l'admettre. Admettre qu'il était encore en train de me traiter comme si j'étais en sucre. Certes, j'étais couverte de sang, percluse de douleurs diverses et variées et j'avais grand besoin d'un bain, mais ce n'était pas la première fois que ça m'arrivait, et ce ne serait certainement pas la dernière non plus. Et ça ne devait surtout pas m'empêcher de faire mon travail.

Je fus effrayée de constater à quel point je considérais le travail de gardien comme mon vrai métier. Seigneur, comme les choses avaient changé...

— Je vais m'occuper de notre magicienne, répondit-il en me posant le sweat-shirt sur les épaules.

Je haussai celles-ci et laissai tomber le vêtement au sol.

— Pas tout seul, non.

Son regard d'obsidienne sembla devenir plus sombre, plus profond, et j'eus l'impression de me retrouver dans un tunnel, un tunnel où je n'aurais pas demandé mieux que de me perdre. Ce vampire n'était peut-être pas mon âme sœur, mais ça ne voulait pas dire qu'il n'y avait pas quelque chose de bien entre nous. Quelque chose de spécial.

Une alarme se déclencha au plus profond de mon cerveau. Je clignai des paupières, mais la sensation d'être capturée par ses yeux sombres ne s'atténua pas.

— Tu vas rentrer te reposer, Riley, murmura-t-il.

Le tunnel sembla devenir encore plus profond et je me sentis sombrer, mon esprit et ma volonté submergés par l'obscurité. Tout ce que je voyais, c'étaient ses yeux noirs comme le charbon, et tout ce que j'entendais, c'étaient ses paroles. Je fus envahie par le désir de lui obéir ; ma peau, mes nerfs, mon cerveau en vibraient. C'était si puissant que je fis un pas en arrière sans m'en rendre compte. Il me fallut toute la résolution du monde pour m'empêcher de reculer encore et rester là où je me trouvais.

Je sus alors ce qu'il était en train de faire.

La fureur m'envahit aussitôt, affaiblissant un bref instant la force de son ordre. Je relevai brutalement mes défenses psi et coupai la connexion entre nous, mais il était trop tard, bien trop tard. La compulsion s'était déjà enracinée dans ma conscience et elle augmentait avec chaque battement de mon cœur.

Je serrai les poings et résistai à la tentation de lui hurler dessus en le traitant de tous les noms. Il me fallut exercer une maîtrise incroyable de moi-même pour me contenter de dire :

— Ne fais pas ça.

Il haussa un sourcil.

— Ne fais pas quoi ? (Je serrai tellement les poings que mes ongles s'enfonçaient dans mes paumes. La douleur me permettait de contrôler ma colère et de résister à la compulsion.) Ne me prends pas pour une imbécile, Quinn. Je t'ai prévenu de ce qui risquerait de se passer si tu essayais un jour d'utiliser tes talents de vampire sur moi, et j'étais absolument sincère.

Il détourna le regard un instant, contemplant la rue, l'air calme, inexpressif. Et cette absence d'expression ne fit qu'augmenter la fureur qui brûlait en moi. Je *détestais* le fait de ne jamais pouvoir lire en lui comme lui lisait en moi.

Et je détestais le fait qu'il soit en train de me contraindre à prendre une décision que je n'avais jamais voulu prendre. Et à faire quelque chose que je refusais de faire.

Il se retourna vers moi et murmura :

— Je préfère que tu sois furieuse, mais vivante, plutôt que morte. (Il effleura ma joue de ses doigts chauds.) Sois raisonnable. Rentre chez toi, en sécurité.

Je résistai à la tentation de me laisser aller à sa caresse et écartai mon visage de sa main.

— Non. Et tout ce que tu fais, en ce moment, c'est prouver une nouvelle fois que tu ne me fais pas confiance.

— Je te fais confiance. Je ne pense simplement pas que toi ou le Directoire soyez armés pour affronter ces gens.

— Tu ne peux pas les affronter seul.

— Je les ai déjà détruits par le passé. Je peux le refaire.

— Quinn…

— Non, m'interrompit-il d'un ton sans contestation possible. J'ai perdu trop de personnes que j'aimais à cause de ce mal. Je refuse de te perdre, toi aussi.

Son ordre continuait à résonner dans mon cerveau, de plus en plus fort, et je sentis mes muscles vibrer du besoin de lui obéir. Je n'allais pas être en mesure d'y résister bien longtemps, et nous le savions tous les deux.

— Même si ça signifie que tu ne me reverras jamais ?

Il sourit d'un air entendu.

— Tu es une louve-garou. Tu es aussi incapable de résister à la promesse d'une bonne partie de jambes en l'air qu'à l'influence de la lune.

Je le contemplai plusieurs secondes, ébahie qu'il puisse penser cela. Et, à cet instant précis, je ne détestai pas seulement ce qu'il me faisait subir, mais je le détestai, lui.

Ça ne durerait pas longtemps : c'était de la colère, pas vraiment de la haine. Mais néanmoins, ses paroles me firent très mal. Pensait-il donc j'étais prête à sacrifier tous mes principes pour une bonne baise ? Pensait-il *vraiment* que je ne respecterais pas ma promesse ?

— Tu as encore beaucoup de choses à apprendre sur les loups-garous, mon pote. Tout du moins celui auquel tu parles actuellement.

— Rentre chez toi, Riley. Repose-toi, soigne tes plaies. On se voit demain matin.

— Non, on ne va pas se voir demain matin. Ni les matins d'après, bordel.

— Riley…

— Va te faire foutre.

N'ayant pas le choix, je fis volte-face et m'éloignai de lui. J'eus l'impression que ses yeux creusaient un trou dans mon dos, mais je refusai de jeter un regard en arrière. Au lieu de ça, je remontai la rue, tournai au coin de celle-ci puis traversai la chaussée. Je ne vis même pas la voiture, n'entendis même pas le crissement des pneus de celle-ci alors que le conducteur zigzaguait pour m'éviter. Un homme fortement alcoolisé se pencha par la fenêtre en hurlant des insultes à mon encontre.

Je lui répondis sur le même ton, puis me transformai en louve. Je n'avais nul besoin d'attention masculine, quelle qu'elle soit, à cet instant précis, ce qui prouvait à quel point j'étais furieuse. Après tout, la lune était presque pleine et la fièvre aurait dû avoir une influence sur ma réaction aux commentaires de l'homme.

Je continuai à marcher en regrettant de ne pas m'être garée plus près. Mes griffes cliquetèrent sur le bitume au même rythme que la colère palpitant dans mes veines. C'est probablement la raison pour laquelle je mis plusieurs minutes à m'apercevoir que le désir de rentrer chez moi n'était pas aussi fort qu'auparavant.

Je m'immobilisai.

Rentre chez toi, rentre chez toi, rentre chez toi. C'était encore comme un mantra qui résonnait en boucle dans mon cerveau. Mais, à l'instar de la fièvre lunaire, je semblais à présent être capable de la repousser dans un coin reculé de mon esprit et de ne pas y prêter attention. Pourquoi ?

Je repris forme humaine. La compulsion revint au premier plan, aussi forte, aussi intense que la fièvre de la lune dans mon organisme. Mes pieds avancèrent sans que je puisse les en empêcher, m'entraînant le long du trottoir à vive allure. Je me métamorphosai en louve, et une fois encore les deux besoins s'atténuèrent.

Bien, bien, bien.

Personne ne m'avait jamais dit que la forme de loup pouvait soulager la fièvre lunaire, mais, en y réfléchissant, c'était logique : les loups-garous ne faisaient *jamais* l'amour sous forme de loup. C'était considéré au mieux comme une absence de respect et, au pire, comme un viol. Lorsqu'on respectait son partenaire, on ne faisait pas ça. C'était l'une de ces règles non écrites que chaque loup, quel que soit son âge, connaissait.

Et, de toute façon, quel loup-garou en possession de tous ses moyens voudrait satisfaire la fièvre lunaire d'une autre manière que celle pratiquée depuis des millénaires par les humains ?

Mais qui savait que la compulsion vampirique pouvait elle aussi être atténuée par la métamorphose ? L'ordre de Quinn me poussant à rentrer chez moi avait été profondément implanté dans mon cerveau humain, mais il semblait donc que mon corps de loup me permettait de le transformer en quelque chose qui, à défaut de totalement disparaître, pouvait être négligé.

Ce qui était tout de même bon à savoir, non que ça ait la moindre importance en ce qui concernait Quinn. Celui-ci était sorti de ma vie, qu'il veuille le croire ou pas.

Je pouvais tolérer beaucoup de choses dans le cadre d'une relation : je pense que je l'avais amplement prouvé en fréquentant un salopard aussi arrogant et égoïste que Talon pendant si longtemps. Quinn était parfois aussi insupportable que mon ex, sinon plus, mais il pouvait aussi être l'homme le plus doux et le plus attentif du monde, un vrai gentleman. Nous étions bien, ensemble, même s'il se comportait parfois comme un idiot.

Mais la chose que je ne pouvais absolument pas supporter chez un homme, c'était qu'il me contraigne par la force. C'était tout bonnement inacceptable.

Et c'était exactement ce que Quinn avait fait, même s'il avait employé la force psychique et non physique.

Ce n'était pas comme s'il ne connaissait pas mon sentiment à ce sujet. Je l'avais prévenu à maintes reprises. À présent, je devais tenir parole. Il le fallait. Dans le cas contraire, il se permettrait tout et n'importe quoi pendant le reste de ma vie. Quand on donnait un doigt à un vampire, il s'empressait de réclamer le bras, et Quinn l'avait prouvé de nombreuses fois par le passé.

Bon Dieu, pourquoi s'était-il senti obligé de commettre un tel acte ? Pourquoi n'avait-il pas pu me laisser faire mon boulot, même si celui-ci était dangereux ? La vie elle-même regorgeait de dangers : la mort pouvait frapper n'importe lequel d'entre nous à chaque instant. Me traiter comme une petite chose fragile ne fonctionnerait jamais, même s'il était persuadé du contraire. Je n'étais pas le genre de fille à apprécier d'être chouchoutée toute la journée. Je ne l'avais jamais été, même bien avant de devenir gardienne. Si c'était ça qu'il recherchait dans une relation, alors il se trompait de partenaire.

Et j'avais une mission à accomplir, je ne l'oubliais pas.

Je mis de côté la pointe de tristesse qui me serrait la gorge et cette douleur sourde et obscure qui semblait étreindre mon cœur, et fis demi-tour, me dirigeant vers la maison de Jin.

Quinn s'était éloigné de l'entrée et était allé s'installer dans un coin obscur d'un jardin à quelques maisons de là. Je remontai la rue sur l'autre trottoir en me servant des voitures et de la pénombre pour me camoufler. Je ne pensais pas qu'il me verrait : il était à la recherche du Mal, pas d'un loup. En outre, je doutais qu'il pense que je puisse résister à son ordre.

En arrivant près de la maison de Jin, je me glissai entre deux voitures, au ras du sol, dissimulée par leur ombre. Il n'y avait pas beaucoup de circulation à cette heure-là, mais la nuit était loin d'être silencieuse. Dans la maison qui se trouvait derrière moi, je pouvais entendre des gens bouger, tirer la chasse d'eau, allumer et éteindre des lampes. Un rire flotta dans l'air nocturne, et d'un peu plus loin me parvenaient les fortes basses d'une musique qui me donna envie de marquer le rythme avec mes pattes.

Quinn était immobile. Moi aussi.

De longues minutes s'écoulèrent. La lune atteignit son zénith avant de redescendre. Je croisai les pattes avant et tentai de désengourdir mon train arrière pour trouver une position plus confortable. Le bitume dur et froid n'aidait pas vraiment à soulager mes ecchymoses.

Il devait être près de 3 heures lorsqu'une voiture s'arrêta enfin devant chez Jin. Mais ce n'était pas lui : les jambes qui apparurent lorsque la portière s'ouvrit, ainsi que l'odeur florale qui se répandit dans l'air, étaient indubitablement féminines.

La portière de la voiture claqua et une petite blonde portant des talons de dix centimètres, un jean retroussé et un débardeur violet fit son apparition. Elle était un peu rondelette, mais extrêmement belle. Elle secoua bruyamment ses clés, faisant étinceler un objet argenté : un porte-clés avec deux initiales, M et F. Maisie Foster ? Si c'était le cas, alors elle ne ressemblait aucunement à ce que j'aurais imaginé d'une magicienne.

Elle ouvrit le portail de Jin et gravit les quelques marches qui menaient à la porte. Je lançai un regard en direction du jardin où se trouvait Quinn et laissai échapper un cri d'étonnement.

Il était parti.

Il avait complètement disparu.

Pourtant, je n'avais pas senti ou entendu le moindre mouvement, et sa voiture était toujours garée un peu plus haut dans la rue.

Comment avait-il pu s'en aller sans que je remarque quoi que ce soit ? Certes, il avait la vitesse d'un vampire, mais, même s'il avait été plus rapide qu'un boulet de canon, j'aurais quand même pu détecter ses mouvements, voir sa force vitale s'éloigner.

Je fronçai les sourcils et examinai les alentours aux infrarouges, cherchant le moindre signe de sa présence. Pourquoi attendre tout ce temps le retour de Maisie pour finalement s'évaporer ? Ça n'avait aucun sens !

C'est alors que je perçus une faible odeur d'homme et de bois de santal. Celle de Quinn.

Il était toujours là, même si je ne pouvais pas le voir.

Je flairai l'air en tentant de déterminer d'où provenait l'odeur. Elle semblait venir d'au-dessus de moi. Pas des toits, de plus haut.

Je scrutai le ciel étoilé, mais ne vis rien en dehors des nuages menaçants et de la lune brillante.

Qu'est-ce que c'était que cette histoire ? Les vampires n'étaient pas censés voler, sauf s'ils avaient été des métamorphes oiseaux avant d'être vampirisés. Et Quinn n'était pas un métamorphe, ça, j'en étais certaine.

Quelque chose qu'il m'avait dit quelques mois plus tôt me revint alors à l'esprit. Lorsque je lui avais demandé comment il avait réussi à entrer dans la résidence de Starr sans que Rhoan ou quiconque le voie, il avait dit : « *J'ai tout simplement cessé d'exister en termes concevables par l'esprit humain.* »

Il avait juste omis de préciser que ce même talent lui permettait de voler.

Je reportai mon attention sur Maisie. Elle était à présent devant la porte et fouillait dans son sac à main. Visiblement, elle ne gardait pas les clés de la maison au même endroit que celles de la voiture. Pour une magicienne d'une telle puissance, elle était un peu idiote.

L'odeur de Quinn devint soudain plus forte et il y eut comme un mouvement d'air, même si rien n'était visible.

Maisie sembla sentir la même chose au dernier moment, parce qu'elle fit volte-face en poussant un cri de surprise. Une main se matérialisa et s'abattit sur le sommet de son crâne. Elle s'effondra sur le perron aussi lourdement qu'une pierre.

La silhouette de Quinn sembla se détacher de la nuit et il atterrit d'un pied léger auprès du corps inanimé de Maisie. Il l'examina un instant puis jeta un regard circulaire sans même s'arrêter sur ma cachette. Alors il se pencha, prit Maisie dans ses bras et redescendit les marches avant de se diriger vers sa voiture. Il l'installa dans le siège passager, puis monta de son côté, mit le contact et s'en alla. J'attendis que ses feux arrière disparaissent au bout de la rue avant de me dégager de mon refuge et de reprendre forme humaine. La compulsion et la fièvre lunaire revinrent en force, mais cette dernière avait désormais pris le pas sur l'autre.

Peut-être que mes métamorphoses successives avaient finalement réussi à atténuer la force de l'ordre de Quinn. Ce qui tombait très bien, parce qu'il allait falloir que j'aille de toute urgence au club pour satisfaire mes désirs les plus pressants.

Je remontai la rue, mes pas résonnant dans le silence de la nuit, et appuyai sur l'interrupteur greffé dans mon oreille.

— Allô, y a quelqu'un à l'écoute ?

— *Je suis toujours à l'écoute, contrairement à un ex-agent de liaison que je ne nommerai pas.*

Joie. C'était la peau de vache caramel.

— Bonsoir à toi aussi, Sal.

— *Qu'est-ce que tu veux, Riley ?*

Qu'elle soit aimable, pour commencer, mais c'était probablement trop demander. Je n'étais pas vraiment un modèle en la matière, il fallait le reconnaître. Je n'étais donc pas en position de râler.

Ce qui ne m'avait jamais arrêtée, cela étant.

— Jack est dans le coin ?

— *Un instant, s'il te plaît.*

J'entendis le son de talons cliquetant sur le sol, ce qui signifiait que Jack n'était pas à son bureau.

— *Riley ?* dit-il au bout d'un moment. *Tu as pu t'occuper de notre magicienne ?*

— Pas exactement.

— *Que s'est-il passé ?*

— En un mot ? Quinn.

Rien que de prononcer son nom, je sentis la colère remonter en moi. Jack poussa un soupir.

— *Qu'est-ce qu'il a fait, cette fois-ci ?*

— Il vient de kidnapper notre petite magicienne.

— *Quoi ?*

— Ouais. Mais on a quand même réussi à neutraliser le pentagramme grâce auquel elle invoquait ses démons, ce qui, selon lui, était mieux que de le détruire, parce que ça la forcera à dépenser encore plus d'énergie pour en bâtir un nouveau.

— *Dans les sorts de magie noire, c'est en général le sang du magicien qui alimente les incantations. Neutraliser le pentagramme ne le rend pas inutilisable, ça empêche simplement d'invoquer certains types d'entités.*

— Tu veux dire que j'aurais mieux fait de le détruire ?

Et que Quinn m'avait encore une fois menti ?

— *Elle aurait senti sa destruction. Ça aurait pu la contraindre, ainsi que les autres, à se cacher.* (Il se tut un instant et j'entendis le bruit d'un liquide coulant dans une tasse. Il se trouvait probablement dans la salle des opérations diurnes ou à la cafétéria, là où se trouvaient les deux machines à café.) *Que s'est-il passé ensuite ? Comment Quinn a-t-il kidnappé la magicienne, et pour quelle raison n'es-tu pas avec lui ?*

— Parce que cet enfoiré a utilisé ses talents vampiriques sur moi en me donnant l'ordre de rentrer chez moi pendant que notre lien télépathique était actif.

— *Le fou. Et il est encore en possession de ses couilles, là ?*

Un sourire qui n'avait rien de plaisant étira mes lèvres. Je n'étais pas d'humeur à m'amuser.

— Pour le moment. Mais j'ai fait une intéressante découverte sur le chemin de la maison : la métamorphose permet d'atténuer une compulsion vampirique.

— *Vraiment ? Intéressant, en effet.*

— Ouais. Quand je m'en suis rendu compte, je me suis empressée de retourner voir ce que mijotait Quinn. Et c'est alors que j'ai découvert que non seulement il savait se rendre imperceptible à tous les sens, excepté l'odorat, mais aussi qu'il était capable de voler.

— *Hein ?*

— Enfin, je ne suis pas certaine qu'il volait réellement. Je n'ai pas vu d'ailes. Il semblait plutôt flotter en l'air.

— *Même les plus vieux vampires sont incapables de voler.*

— Mais, avant d'être vampire, il était moitié humain et moitié autre chose, lui rappelai-je. Quelque chose qui semble ne plus exister de nos jours.

— *Seuls les oiseaux, ou les métamorphes oiseaux, peuvent voler.*

— Les griffons aussi, et quantité d'autres créatures qui ne sont pas des oiseaux.

— *Mais Quinn n'appartient à aucune de ces catégories.*

Je haussai les sourcils.

— Parce que tu sais ce qu'il est ?

— *Non, je sais seulement ce que l'on m'en a dit.*

« On » étant probablement sa sœur, la directrice Hunter, qui était juste au-dessus de Quinn dans la hiérarchie vampirique. Ce qui, en soi, était un autre mystère à résoudre, parce que Jack était bien plus jeune que Quinn et que la directrice Hunter.

— Il est au volant d'une Porsche noire. (Je lui donnai le numéro d'immatriculation, puis ajoutai :) Il a un GPS dans sa voiture. Tu ne pourrais pas pirater le satellite pour le suivre à la trace, par hasard ?

— *Ça risque de prendre un peu de temps pour trouver son code et le pister, mais on peut toujours essayer.*

— Et je fais quoi en attendant ?

— *Tu as eu des nouvelles de Jin ?*

— Non.

Bien sûr, ça ne risquait pas vu que mon téléphone était éteint, mais je n'allais pas le mentionner, sinon, Jack me tuerait.

— *Tu penses pouvoir te faire inviter à leur petit dîner, demain soir ?*

Qui aurait cru qu'il me demanderait ça, hein ?

— Vous n'avez toujours pas réussi à faire fonctionner les capteurs à infrarouges ?

— *Non. Kingsley a installé un système de protection parmi les plus sophistiqués que j'aie jamais vus. On arrive à détecter leur présence et leurs mouvements, mais rien de plus que des bribes de conversation.*

— Je peux toujours essayer.

Par exemple en commençant par rallumer mon téléphone. Vu le sentiment de frustration qui avait fait vibrer ses pensées, un peu plus tôt, Jin semblait avoir de gros besoins sexuels. Et, même s'il pouvait tout aussi bien se trouver une autre fille, il avait pris goût au sexe lycanthrope. Ce n'était pas nous vanter que de dire que nous étions plus doués en matière de sexe brutal que les humains : nous étions tout simplement plus résistants d'un point de vue physique.

— *Débrouille-toi pour y parvenir. Nous devons vraiment trouver le moyen d'entrer dans cette maison pour voir ce qu'ils mijotent.*

Je laissai échapper un soupir en espérant que Jin aurait retenu la leçon et qu'il se contenterait de baiser comme un psychopathe normal.

Cela étant, le concept même de psychopathe normal existait-il vraiment ?

— Je vais faire un tour au *Blue Moon*, patron. Préviens-moi si tu réussis à retrouver la trace de Quinn.

— *Pas de problème.*

J'appuyai une seule fois derrière mon oreille pour interrompre la communication mais maintenir la localisation, enfilai d'autres vêtements, puis montai dans la voiture et me dirigeai vers le club. Comme d'habitude, il y avait la queue à l'entrée, même si ç'aurait pu être pire étant donné que la pleine lune était proche. Je remontai la file en faisant mine de ne pas entendre les commentaires désobligeants. S'ils étaient assez stupides pour ne pas avoir une table réservée en permanence à leur nom dans un club aussi populaire, ce n'était pas mon problème.

Jimmy, le videur moitié humain, moitié métamorphe lion, me décocha un sourire plein de dents en or en me regardant de la tête aux pieds.

— Chouette robe, mais je n'en dirais pas autant du sang séché sur tes jambes et tes bras.

— Zut ! Et moi qui essayais de lancer une mode, répliquai-je en payant l'entrée et en prenant la pose.

— C'est raté, rigola-t-il. Tu t'es encore battue, ma belle ?

— Tout le monde sait qu'il n'y a rien de mieux qu'une bonne baston pour stimuler les hormones, dis-je avec un sourire en me haussant sur la pointe des pieds pour plaquer un baiser sur sa joue. Des gens que je connais à l'intérieur ?

— Kellen est arrivé il y a une demi-heure. Il te cherchait.

Ah, génial ! J'avais justement espéré qu'il serait là : ça m'éviterait d'avoir à l'appeler pour lui dire de venir. Jimmy m'ouvrit la porte et je me glissai à l'intérieur. Une odeur de sexe et de luxure emplit mes narines et j'inspirai profondément pour m'en imprégner par chaque pore, chaque muscle, chaque os. Le désir qui battait dans mes veines me consuma et je dus résister à la tentation d'envoyer valdinguer robe et sac sans plus attendre avant de foncer dans la foule en sueur qui se pressait sur la piste de danse.

J'adorais cet endroit. Je l'avais toujours aimé. Mais, ces derniers mois, je n'étais pas venue aussi souvent que d'habitude et, à présent, je me demandais bien pourquoi. Certes, Quinn m'avait bien fait comprendre à quel point il désapprouvait la manière dont les loups considéraient le sexe, même s'il profitait plus qu'à son tour de celle-ci. Et il n'aimait pas me voir fréquenter ce club lorsqu'il était en ville.

Mais je ne me rendis compte qu'à cet instant-là combien mes habitudes avaient changé.

Au moins n'aurais-je plus à me forcer, à présent. Je pourrais me taper qui je voulais, quand je le voudrais. Je levai brièvement les yeux vers le plafond couleur de nuit où étincelaient une myriade d'étoiles holographiques et ravalai les larmes qui montaient.

Qu'il aille au diable, pensai-je en descendant les marches.

Plus j'approchais de la piste de danse, et plus le rythme sensuel de la musique laissait la place aux grognements de plaisir et au bruit de la chair claquant contre la chair. Je sentis la fièvre brûler dans mes veines et en eus le souffle coupé. Oh ! Qu'il serait délicieux de me perdre dans cette foule grouillante, et de ne penser qu'à une seule chose : le plaisir, purement et simplement.

Je m'empêchai une nouvelle fois de tout laisser tomber séance tenante, et me dirigeai vers les vestiaires. Je pris une douche rapide pour rincer ma peau du sang et de la transpiration qui la recouvraient, me démêlai les cheveux du bout des doigts avant de fourrer mes vêtements dans un casier. Je fis glisser une chaîne dans le trou de la clé, la glissai autour de mon cou et ressortis.

Les arômes du désir et du sexe tourbillonnèrent autour de moi, me coupant le souffle et attisant la fournaise qui palpitait dans mon bas-ventre. Pourtant, je réussis à m'arrêter le temps de parcourir la foule lascive du regard. Certes, la fièvre lunaire brûlait fort en moi, mais je ne désirais vraiment qu'un seul homme. Un homme différent en tout point de Quinn. Un homme chaleureux qui faisait attention à moi et qui, surtout, était digne de confiance.

Un homme qui, non seulement, me désirait tout autant que Quinn, mais qui en plus me voulait telle que j'étais, pas telle que je pourrais être si je me laissais manipuler.

Mon regard se posa sur le loup brun qui dansait à l'autre bout de la piste, entouré de plusieurs femmes, et je fus soudain dévorée d'impatience.

Je traversai la foule en dansant, flirtant et caressant mes semblables, savourant le contact de leur chair, mais ne m'arrêtant pas, les yeux braqués sur celui que je convoitais.

Il dansait avec quelques femmes quand j'arrivai près de lui, ce qui signifiait qu'il ne faisait que draguer vaguement et ne participait pas encore à la fête. Mes hormones furent ravies de se rendre compte que c'était moi qu'il attendait. Je lui embrassai l'omoplate et emplis mes poumons de son odeur si capiteuse, si épicée, si *virile* avant de glisser mes mains autour de sa taille et de plaquer mes seins contre son dos brûlant. Je le rejoignis dans la danse et effleurai ses abdominaux du bout des doigts, sentant son corps vibrer sous ma caresse et savourant le sentiment de puissance qui m'envahit lorsqu'il se laissa aller contre moi avec une certaine exigence. Je descendis la main un peu plus bas, caressant sa toison pubienne et effleurant son sexe. Celui-ci était déjà érigé et palpitait d'un désir dévorant. Je me mis à le caresser, à l'agacer, allant et venant le long de la tige en frottant ma poitrine contre son dos de haut en bas. Son désir me fit l'effet d'un nœud coulant autour de ma gorge, me submergeant, et je sentis mon excitation croître à l'unisson, me préparant à l'accueillir en moi.

Je passai mes mains sur ses hanches et l'entraînai doucement en arrière, le guidant parmi les corps qui se serraient les uns contre les autres, à un endroit où l'odeur de sexe devint si forte qu'elle donnait l'impression d'être liquide et l'espace si rare qu'on avait l'impression d'être touché, caressé, étreint par une centaine de personnes.

Nous continuâmes à danser, lui, dos à moi, dans un lent prélude charnel à ce qui allait suivre. La sueur inonda les parties de nos corps en contact, mon envie de lui me coupa le souffle. Puis il se retourna, sourit et nous nous embrassâmes passionnément comme si notre vie en dépendait.

Puis enfin, alors que je n'en pouvais plus, il me souleva et m'empala sur lui. Son sexe me pénétra, m'écartela, me remplissant d'une manière si délicieuse que je laissai échapper un gémissement en hommage à la lune.

Il commença à bouger, à me labourer, et j'accompagnai le mouvement avec enthousiasme, savourant les sensations qui me parcouraient, et le plaisir se transforma en une force irrésistible. Alors que les frissons de l'orgasme nous secouaient tous les deux et que sa semence se répandait en moi, une petite partie de mon âme se prit à souhaiter être en compagnie d'un autre.

Je fermai les yeux et inspirai profondément. Je devais l'oublier. L'oublier.

Kellen posa sa main libre sur ma nuque, m'immobilisant la tête pendant qu'il m'embrassait encore. C'était un baiser féroce et exigeant, et je laissai sa faim renouveler la mienne, bien déterminée à profiter de l'instant en passant outre à cette partie de moi qui était si triste.

— On dirait que ton nez et ta bouche sont un peu tuméfiés, remarqua-t-il au bout d'un moment.

— J'ai eu une conversation un peu trop rapprochée avec un mur.

— Ton boulot ou un accident ?

— Boulot.

— J'espère bien que tu l'as fait regretter à cet enfoiré.

— Oh, ça, oui !

Il toucha délicatement ma lèvre, envoyant des secousses de désir dans tout mon corps.

— Ça a l'air douloureux. Peut-être devrais-je éviter de t'embrasser ?

— Hors de question, protestai-je en l'attirant à moi et en l'embrassant passionnément simplement pour lui prouver que ça ne me faisait pas mal.

C'était pourtant le cas, même si la douleur était légère.

— J'ai réservé une chambre pour nous, souffla-t-il contre mes lèvres.

— Celle avec le jacuzzi ou avec le lit flottant ?

— Le jacuzzi. Le lit flottant était déjà pris à mon arrivée.

— Parfait. (J'avais eu mon compte pour la nuit de choses flottant dans les airs alors qu'elles ne l'auraient pas dû. Je l'embrassai tendrement et murmurai :) Je suis vraiment contente que tu sois venu ce soir.

— Riley, je n'ai pas la moindre intention de te laisser passer du temps avec quelqu'un d'autre si ce n'est pas nécessaire. (Il toucha ma joue de ses doigts brûlants et coinça derrière mes oreilles quelques mèches détrempées de sueur.) Je veux que tu sois à moi, et rien qu'à moi.

— Eh bien, ce soir, ton vœu va se réaliser.

— Je ne parlais pas seulement de ce soir.

— Je sais, soufflai-je avec un sourire en posant ma main sur son visage et en effleurant ses lèvres si familières du bout du pouce. Et peut-être que je suis prête à avoir cette discussion. Mais pas ici, pas maintenant.

Un sourire de joie pure vint illuminer son visage, et j'en frissonnai d'aise de la tête aux pieds. Il me souleva dans ses bras et m'emmena avec détermination vers le fond du club et les chambres privées.

Et alors que je posais l'oreille contre sa poitrine et me laissais bercer par le battement de son cœur, je me rendis compte que, de bien des manières, j'étais *effectivement* prête. Quinn m'avait certes fait beaucoup de mal ce soir, mais peut-être m'avait-il aussi rendu service.

Peut-être était-ce le moment de donner à mon loup brun sa chance et de lui démontrer que nous étions destinés l'un à l'autre… si tel était le cas.

Rhoan était déjà levé lorsque je passai le seuil de notre appartement. Il arriva de la cuisine et me proposa un café. Je le remerciai d'un signe de tête, lançai sur le canapé mon sac de sport et m'effondrai à côté de celui-ci.

— On dirait bien que cette louve a passé une nuit éprouvante, lança-t-il en posant sa tasse fumante près de moi et en s'asseyant sur le canapé d'en face. Puis-je demander pourquoi ?

— Kellen a réservé le jacuzzi privé du *Blue Moon*. Nous l'avons amplement mis à contribution, ainsi que le lit.

Rhoan me gratifia d'un regard surpris.

— Kellen ? Mais qu'est-il arrivé à Quinn ?

— Ce salopard a essayé de contrôler mon esprit.

— Ah, se contenta de dire Rhoan en sirotant son café avec une expression neutre.

Mais c'était mon frère jumeau, et je savais exactement ce qu'il pensait, même si nous ne partagions pas la traditionnelle empathie gémellaire. Quinn allait en prendre plein la figure, et ce n'était pas qu'une image. Rhoan n'avait rien contre le fait de joindre le geste à la parole quand on s'attaquait à moi.

Je sirotai mon café en savourant son merveilleux arôme de noisette. Rhoan avait visiblement fait des courses.

— Y a-t-il eu quelque chose d'intéressant, hier soir ?

Il haussa les épaules.

— Je les ai écoutés jusqu'à 2 heures du matin, et ils n'ont rien fait d'intéressant. Déprimant, vraiment.

Je lui souris d'un air réjoui.

— Je parie que tu as remédié à ta frustration avec Liander.

— J'avoue. C'est incroyable ce qu'on peut s'amuser avec un déguisement de singe en caoutchouc.

Je ne voulais même pas en savoir plus.

— Quel est le programme pour aujourd'hui ?

Il prit une gorgée de café, semblant réfléchir à ma question. Je poussai un soupir agacé. Je connaissais mon jumeau mieux que moi-même et, là, il essayait de se dérober.

— Allez, frangin, accouche.

— Eh bien, il y a une intervention prévue aujourd'hui sur la chambre d'hôtel d'un certain Quinn O'Conor.

— Je veux y participer.

— Riley...

— Ce salaud s'est servi de moi pour la dernière fois. Il est temps qu'il me prenne enfin au sérieux.

— Ce n'est pas en lui passant les menottes et en lui filant quelques baffes que tu vas y parvenir.

— Peut-être que non, mais pense un peu au plaisir que je ressentirais en le faisant !

Il rit doucement.

— Tu n'as même pas demandé pour quelle raison nous voulions l'arrêter.

— Parce qu'il est avec la magicienne.

Il me regarda d'un air surpris.

— Comment tu sais ça ?

— Je l'ai découvert hier soir. (J'hésitai un instant.) Et j'ai aussi découvert que la métamorphose permettait d'atténuer une compulsion vampirique.

Il opina du chef, comme si c'était quelque chose qu'il savait depuis longtemps. Si c'était le cas, il aurait pu me le dire avant.

— C'est donc à cause de toi que Jack a lancé le Directoire à ses trousses ?

— Ouais, répondis-je avant d'avaler le reste de mon café et de me lever. À quelle heure a lieu l'intervention ?

Il regarda sa montre.

— Jack veut que nous soyons sur le pont à 10 heures. (Il me regarda en souriant.) Il savait que tu voudrais en être.

— Je suis en train de devenir prévisible, et ça ne me réjouit pas vraiment. (Je lançai un regard à la pendule.) J'ai juste le temps de me rafraîchir, alors.

Une douche chaude ne fit pas grand-chose pour soulager ma fatigue, mais au moins me sentis-je plus propre. J'enfilai un pantalon et un gros pull pour me protéger contre cette froide journée et allai récupérer mes bottes au milieu des moutons de poussière qui jonchaient le dessous de mon lit. Non seulement c'étaient des bottes à talons aiguilles, mais en plus ceux-ci étaient en bois. Ce qui pouvait toujours servir si un certain vampire devenait trop nerveux. Non pas que j'eusse l'intention de les lui enfoncer dans le cœur, mais la perspective de lui faire très mal était vraiment tentante.

Une fois habillée, je fourrai mon badge, mes cartes de crédit et mon téléphone dans mes poches et sortis de la chambre. Rhoan me lança mon pistolet laser.

— Si tu l'oublies à nouveau aujourd'hui, Jack va te tuer.

— Encore faudrait-il que quelqu'un lui dise que je passe mon temps à l'oublier. (Je l'attachai à contrecœur à ma ceinture.) Je ne tiens vraiment pas à dépendre de ces trucs, frangin.

— Je sais bien. Mais parfois, les dents d'un loup-garou et la vitesse d'un vampire ne suffisent pas, crois-moi. (Il me serra un bref instant dans ses bras puis m'ouvrit la porte.) Si tu dois faire ce métier, et nous savons tous les deux que tu n'as vraiment pas le choix, alors tu dois apprendre à en utiliser tous les outils. Que ça te plaise ou non.

En parlant d'outils… Je sortis le téléphone de ma poche et l'allumai. Et trouvai une dizaine de messages sur ma boîte vocale, tous de Jin. Je les écoutai en suivant Rhoan dans l'escalier. Ils étaient tous à peu près semblables : il présentait ses excuses et me demandait de le rappeler. Ce ne fut qu'au dernier message qu'il sembla presque vraiment contrit.

— Voilà un méchant garçon qui a un méchant béguin pour toi, remarqua Rhoan en m'ouvrant la portière du côté passager de sa vieille Ford.

— Il adore la manière dont je supporte ses fessées, marmonnai-je en me concentrant sur le message un peu froid que je voulais envoyer à Jin.

Certes, mes ordres étaient de m'incruster à ce dîner, mais personne ne m'avait dit qu'il fallait que je le supplie.

— Beaucoup de salopards semblent apprécier ce genre de choses, commenta Rhoan une fois que nous eûmes démarré. Ça doit faire partie intégrante de leur être : ils prennent leur pied à faire mal aux autres.

Je le regardai d'un air surpris.

— Est-ce pour cette raison que tu aimes tellement ce boulot ?

Il haussa les épaules.

— Parfois, un peu de changement ne fait pas de mal.

— Du changement par rapport à Liander, tu veux dire ?

Il me lança un regard perçant.

— J'aime Liander, crois-moi. Mais parfois j'ai besoin de plus. C'est ce que mon travail me procure, Riley.

— Ce ne sont pas les mecs que tu te tapes pendant tes enquêtes qui lui posent problème. Ce sont les autres.

Il renifla, l'air dubitatif.

— Ouais, enfin…

— Ne me fais pas le coup du « ouais, enfin… », s'il te plaît. Liander est un mec bien, et il ne mérite pas ce que tu lui fais subir. Tu devrais au moins en parler avec lui.

— Je ne peux pas.

— Et pourquoi pas ?

Mon téléphone sonna. Je regardai l'écran et vis qu'il s'agissait de Jin. Je ne répondis pas et me retournai vers mon frère en attendant sa réponse.

Il se frotta la mâchoire en regardant dans le rétroviseur.

— Parce que je ne veux pas le perdre.

Je clignai des yeux d'un air surpris. De toutes les excuses possibles, celle-là était bien la dernière à laquelle je m'attendais.

— Pardon ?

— Si j'en parle ouvertement, il risque de me quitter. Et ça, je refuse d'en courir le risque, Riley. Vraiment.

Je posai la main sur son genou.

— Liander est amoureux de toi, et il ne s'en ira pas à moins que tu l'y pousses. Or c'est exactement ce que tu es en train de faire : il est extrêmement agacé par ton refus de discuter de tout ça.

Il me lança un regard inquiet.

— Assez agacé pour s'en aller ?

— Oui.

— Merde.

— Oui.

— Je ne suis pas monogame dans l'âme. Et je n'ai pas envie de le devenir.

— Il est toujours possible d'arriver à un compromis dans une relation, Rhoan. C'est aussi le cas pour vous deux.

Je ne pensais vraiment pas que le fait que Rhoan ait d'autres partenaires dans le cadre de son travail dérangerait Liander, tant qu'il ne baisait pas ailleurs en dehors des heures de boulot.

— Si tu l'aimes autant que tu le prétends, frangin, poursuivis-je, ça peut être payant de faire quelques sacrifices.

Il fit la grimace.

— Je ne sais vraiment pas…

— Parle avec lui, au moins.

— OK.

— Promis ?

— Promis.

— Tu sais que je ne lâcherai pas l'affaire, sinon.

Il éclata de rire.

— C'est pas ton genre, de toute façon. (Mon téléphone sonna de nouveau et il ajouta :) Et réponds à ce mec avant qu'il nous fasse une crise cardiaque.

— Si ça pouvait se produire, ça nous aiderait bien.

— Non, vu que c'est un démon qui n'aura qu'à trouver un nouveau corps. (Rhoan regarda une nouvelle fois dans le rétroviseur.) Réponds à ce fichu téléphone.

Je m'exécutai et dis « Allô » tout en baissant le pare-soleil et en ouvrant le miroir de courtoisie. Rhoan regardait avec insistance derrière nous, mais je ne pus voir ce qui retenait tant son attention pour le moment.

— *Je suis désolé*, dit la voix chaleureuse de Jin d'un air contrit. *J'ai vraiment agi comme un con hier soir.*

— C'est peu dire, répliquai-je froidement. Et ça ne m'a pas plu du tout.

— *Est-ce que je peux me racheter ?*

— Je l'ignore. Tu proposes quoi ?

— *Est-ce qu'un déjeuner dans un restaurant très cher pourrait t'amadouer ?*

Vu que je n'avais nullement l'intention de passer plus de temps que nécessaire avec ce mec – enfin, « mec », il fallait le dire vite –, déjeuner avec lui était hors de question.

— Ce serait sympa, mais aujourd'hui je ne peux pas.

— *Ce soir, alors ? Un de mes amis organise un dîner très sélect dans sa demeure de Toorak, et en général la nourriture et les invités sont extrêmement agréables.*

J'étais certaine que c'était le cas, ouais.

— Ça peut se négocier.

— *Vraiment ?*

— Oui, c'est d'accord.

— *Je passe te prendre ?*

— Je préfère y aller par mes propres moyens. Comme ça, j'ai ma voiture si jamais on m'attaque violemment le cul.

Il rit.

— *Alors on se retrouve chez mon ami.* (Il me donna l'adresse de Kingsley.) *Et je promets solennellement de ne pas t'attaquer le cul ce soir.*

Soit il était absolument certain de son charme irrésistible, soit il essayait de regagner ma confiance en faisant mine de ne rien avoir à cacher. Sinon, pourquoi me donnerait-il l'adresse ? Il devait être certain que je n'allais pas le dénoncer à quelqu'un, comme la police, par exemple.

— Parfait. Quelle heure ?

— *Dix-neuf heures.*

— À tout à l'heure, alors.

Je coupai la communication et remis le téléphone dans ma poche.

— Ça, c'est fait.

— Fais attention à toi dans cette maison.

— Tout ira bien. De toute façon, tu seras dans le van à me surveiller, pas vrai ?

— Ouais, mais il y a encore trop d'incertitude dans cette affaire, et j'ai l'impression déplaisante que tout pourrait partir en couille à chaque instant.

Il regarda de nouveau dans le rétroviseur et je fronçai les sourcils.

— Qu'est-ce que tu regardes, exactement ?

— Je pense que nous sommes suivis.

Je rouvris le miroir de courtoisie.

— Où ça ?

— La Toyota blanche, à trois voitures de nous.

Le véhicule n'était pas difficile à repérer : la discrétion ne semblait pas la préoccupation première de celui qui le conduisait.

— Tu en es sûr ?

— Pas tout à fait. C'est juste une impression.

J'avais tendance à me fier davantage aux impressions de Rhoan qu'aux certitudes d'autres personnes.

— Tu veux que je prévienne le Directoire ?

— Non. Prête pour un petit interrogatoire ?

Je haussai les sourcils et sentis mon pouls accélérer.

— On a le temps ?

Il regarda sa montre.

— À peu près cinq minutes.

Je fis rouler mes épaules et me laissai aller à l'excitation.

— Allons-y, alors.

Il me décocha un sourire ravi et consulta une nouvelle fois le rétroviseur avant de tourner dans une rue adjacente en appuyant sur la pédale d'accélération. Les pneus de la voiture crissèrent et nous dérapâmes légèrement avant de partir à toute allure. Un autre coup d'œil dans le rétro, un autre virage à gauche, et il s'arrêta. Je sortis de la voiture et courus me cacher près de l'immeuble le plus proche dont l'entrée était assez obscure pour que je puisse passer inaperçue. Rhoan redémarra, plus doucement, cette fois-ci.

Moins d'une minute plus tard, la Toyota blanche tourna au coin de la rue et accéléra. J'attendis qu'elle m'ait presque dépassée, puis dégainai mon pistolet laser et tirai dans ses pneus. Je me ruai ensuite vers le véhicule à toute allure.

La voiture zigzagua quelques instants avant de s'arrêter à quelques centimètres d'une Ford bleue stationnée contre le trottoir. Un peu plus loin, Rhoan avait garé son véhicule en travers de la chaussée, et il sortit à son tour de celui-ci.

Deux hommes firent irruption de la Toyota. Le conducteur fonça en direction de Rhoan et le passager se dirigea vers moi. Je me mis sur sa trajectoire et il me contempla, son visage velu et aux traits prononcés fendu par un sourire goguenard.

— Tu ne vas pas essayer de m'arrêter, petite ?

— Non, mon grand, répondis-je en lui enfonçant mon poing dans le ventre avant qu'il ait même le temps de cligner des yeux, je ne vais pas *essayer*.

L'air fut brutalement expulsé de ses poumons et il tomba à genoux avec un étrange chuintement. Je le pris par le col et le traînai vers la voiture. Un bref regard vers Rhoan me confirma qu'il avait maîtrisé le conducteur.

Je balançai le poilu en direction de la voiture. Il heurta la carrosserie tête la première et poussa un juron. Je n'y prêtai aucune attention, tâtai ses poches à la recherche d'armes et lui tordis le bras dans le dos. Les insultes se transformèrent en un sifflement de douleur.

— Calme-toi, ma jolie. J't'ai rien fait.

— Tu suivais une gardienne. Même si ce n'est pas considéré comme une violation de la loi, c'est en tout cas considéré comme de la folie par pas mal de gens. En particulier les gardiens.

— T'es pas une gardienne.

Je poussai légèrement sur l'articulation et, de ma main libre, sortis mon badge de ma poche et le lui mis sous le nez.

— Ça te suffit, comme preuve, mon pote ? (Il acquiesça et je rangeai le badge.) Pourquoi est-ce que vous nous suiviez ?

— On m'a payé pour, c'te bonne blague.

— Qui ça ?

— Je sais pas. J'lui ai pas parlé.

— Et ton copain, il lui a parlé ?

— Oui.

Je tâtonnai à la recherche de la poignée et ouvris la portière.

— Monte dans la voiture et ne fais pas un geste, sinon je t'arrache les jambes. Compris ?

Il acquiesça. Je le poussai à l'intérieur et claquai la porte avant de m'approcher de Rhoan. Il avait plaqué le conducteur, bras et jambes écartés, sur l'arrière de notre voiture et l'immobilisait d'un coude stratégiquement placé entre deux vertèbres tout en explorant le contenu de son portefeuille.

— Tu as réussi à obtenir le nom de son employeur ? demandai-je en veillant à ne pas quitter le poilu du coin de l'œil.

— Pas encore. Il exige que nous le mettions en état d'arrestation afin de pouvoir passer le coup de fil réglementaire avant d'accepter de dire quoi que ce soit.

Je le regardai d'un air étonné.

— Tu lui as bien dit que nous étions des gardiens, pas des flics, n'est-ce pas ?

— Non. Pourquoi perdre du temps en courbettes avec ce genre de racaille ? (Il referma le portefeuille et le fourra dans la poche de l'homme.) Tu veux l'honneur de t'en charger ?

— L'honneur ? croassa le conducteur. Quel honneur, putain ? De quoi vous parlez ?

Nous n'accordâmes aucune attention à ses protestations.

— Oh, c'est tellement chiant d'utiliser la télépathie avec des minables comme lui. Pourquoi tu le cognes pas pour le faire parler ?

— Cogner ? Vous avez pas le droit de m'cogner ! C'est illégal, bordel !

Rhoan enfonça un peu plus son coude dans le dos de l'homme, dont les récriminations s'interrompirent avec un glapissement.

— C'est un humain.

— Et alors ? Fous-lui quelques baffes, arrache-lui le nom et qu'on en finisse !

— OK, OK, je vais tout vous dire…

Rhoan me décocha un sourire ravi, puis entoura de son bras le cou de l'homme pour le relever.

— Parle, alors, émit-il d'une voix mortellement calme.

— C'est un gars qui s'appelle Gautier. Je l'ai rencontré la nuit dernière. Il m'a demandé de vous suivre et de lui dire où vous alliez.

Gautier. On n'allait donc jamais se débarrasser de ce connard ?

— C'est tout ce qu'il t'a demandé ?

— Oui, répondit l'homme d'une voix sifflante.

Rhoan s'approcha du visage luisant de sébum du voyou et susurra :

— Je ne te crois pas.

— Des mouchards. On en a mis sur votre voiture, des fois qu'on vous perde.

Rhoan raffermit sa prise sur la gorge de l'homme, qui se mit à étouffer.

— C'est bien tout ?

— Oui ! Bon Dieu, oui, je vous jure !

— Où étais-tu censé lui faire ton rapport ?

— Il nous a donné un numéro à appeler.

— Donne-le-moi.

Le gars égrena des numéros d'une voix étranglée. Rhoan le retourna brutalement et le plaqua de nouveau contre la voiture.

— Parle de ce qui vient de se passer à ton client, et je viendrai te rendre une petite visite.

L'homme reprit de justesse son équilibre et siffla :

— Juré, j'le ferai pas !

— Bien, approuva Rhoan d'une voix mielleuse. Que je ne vous voie plus nous suivre, ou ce ne sont pas vos pneus qui se feront tirer dessus par ma collègue.

L'homme partit en courant vers sa voiture et démarra à toute allure en marche arrière avec ses deux pneus crevés. Je dévisageai mon frère en secouant la tête.

— T'as adoré faire ça, pas vrai ?

— Et toi non ?

Je lui souris.

— Encore un petit café, et la matinée sera parfaite.

Au fond de moi, cela m'effrayait d'admettre que j'avais apprécié de rudoyer ce voyou. Cela m'effrayait de me rendre compte qu'il serait si facile de me laisser aller à mes plus bas instincts et de devenir ce que j'avais toujours refusé d'être : une chasseuse aussi impitoyable que l'était mon frère.

Mais c'était une possibilité que je ne pouvais pas négliger. C'était dans ma nature.

J'eus un frisson et me frottai les bras.

— Tu regardes de ton côté de la voiture pour voir s'il y a des mouchards ? Je m'occupe du mien.

Rhoan opina du chef. Dix minutes plus tard, nous nous retrouvâmes en possession de cinq capteurs.

— Gautier ne voulait vraiment courir aucun risque, fis-je remarquer en en écrasant un sous mon talon. Ce que je ne comprends pas, c'est pourquoi il prend la peine d'engager des abrutis pareils. Surtout s'il peut effectivement se déplacer de jour.

— Peut-être est-il encore soumis à certaines restrictions. Peut-être l'effet de la magie n'est-il efficace qu'à court terme. Ce qui implique qu'il a besoin de l'aide d'autres personnes pour ne pas perdre notre trace, proposa Rhoan en détruisant un autre capteur d'un pied rageur.

— Gautier a bien dit qu'il s'en prendrait à moi quand il aurait obtenu tout ce qu'on lui avait promis. J'ai comme dans l'idée qu'il vaudrait mieux nous en débarrasser avant que ça arrive.

— Ne t'en fais pas. Ni moi ni Jack n'avons la moindre intention qu'il t'arrive quoi que ce soit.

Ouais, mais mon frère n'était qu'un dhampire, et Jack un simple vampire. Si l'on devait en croire Gautier, il était en train de devenir bien plus que ça. Quelque chose de terriblement dangereux et qui n'appartenait pas à ce monde.

Cette simple pensée fit courir un frisson le long de mon échine. Je tentai de ne pas y prêter attention en écrabouillant les capteurs restants et en dispersant les débris de la pointe du pied.

— Tu veux que je transmette le numéro de téléphone à Jack ?

— Ouais, comme ça il pourra mettre la ligne sur écoute, même si je doute que Gautier l'utilise sans précaution. Il aura certainement mis en place un système de téléphonie à distance.

Certainement. S'il y avait une chose dont on ne pouvait pas accuser Gautier, c'était bien d'être un crétin. Nous remontâmes dans la voiture et j'appelai Jack pendant que Rhoan prenait la route de l'hôtel.

L'hôtel en question était l'un de ceux où Quinn et moi nous étions déjà retrouvés par le passé. Je sortis de la voiture et examinai le luxueux hall d'entrée du *Langham* en me demandant soudain combien de femmes il avait escortées à travers cette opulence de marbre et de cristal.

Non que cela me dérange que Quinn ait d'autres maîtresses. Non, ce qui m'agaçait, c'étaient ses mensonges. Le fait de dire une chose et de faire tout le contraire. La malhonnêteté était une chose que je ne pouvais pas supporter.

— Nous entrons, Jack, annonça Rhoan en montrant son badge au voiturier. (Il se tourna vers moi.) Jack te dit d'arrêter de faire la maligne et d'ouvrir la communication.

— Oh ! Oui, m'écriai-je en appuyant sur le bouton sous ma peau. Pardon, Jack.

— *Un de ces jours, tu vas te retrouver dans une sacrée merde parce que tu seras ligotée comme un saucisson et que tu auras oublié de mettre ce machin en route.*

— J'ai dit que j'étais désolée.

— *Cesse d'être désolée. Arrête simplement de le faire.*

— OK, OK.

Nous entrâmes dans le hall et gravîmes le somptueux escalier au pas de course. Rhoan se dirigea vers la réception pendant que j'allais examiner la salle à manger. Une délicieuse odeur de pain grillé et de viennoiseries vint me chatouiller les narines, mais je fis de mon mieux pour ne pas y prêter attention et regarder dans tous les coins de la salle. Aucun signe de Quinn ou de la méchante magicienne. Je lançai un regard concupiscent au buffet et sentis mon estomac gronder.

Je ne sais comment je réussis à m'éloigner et à retourner vers la réception.

— Ils sont dans la chambre 612, dit Rhoan. Apparemment, ils se sont fait livrer de quoi manger il y a une demi-heure.

— Pourquoi ? Il n'a pas besoin de manger et elle était inconsciente.

— Visiblement, ce n'est plus le cas.

Visiblement, oui. La question était : pourquoi m'avait-il contrainte à m'éloigner avant de l'enlever ? Que voulait-il faire sans que le Directoire y soit mêlé ?

— *Quinn ne va certainement pas se laisser capturer sans protester*, intervint Jack dans mon oreille. *Quels que soient ses projets, il ne voulait pas que le Directoire soit au courant, ce qui signifie qu'il va probablement tenter de résister à son arrestation.*

Mon estomac se tordit, et je me demandai si c'était de peur ou d'excitation.

— Même si c'est nous deux qui l'arrêtons ?

— *Les sentiments n'ont pas grande importance pour un vieux vampire*, rappela Jack d'un ton sec. *Surtout quand celui-ci est en mission.*

— Super, dis-je en lançant un regard inquiet à Rhoan. Bon, finissons-en.

Nous prîmes l'ascenseur. En approchant de la chambre, je passai en vision infrarouge. Je vis deux empreintes de chaleur, l'une beaucoup plus sombre que l'autre, et, bizarrement, c'était celle de Quinn, proche du mur, qui brillait le plus. Maisie, elle, était assise près de la fenêtre. Je consultai Rhoan du regard.

Il tendit le doigt vers moi, puis vers la droite. J'acquiesçai silencieusement et plaquai la main sur la porte pendant qu'il sortait la carte magnétique de sa poche. Il me regarda une nouvelle fois d'un air interrogateur. J'inspirai profondément, dégainai mon laser et lui adressai un petit signe de tête. Il passa la carte dans le lecteur et je poussai vivement la porte, le laissant entrer devant moi.

Il y eut une exclamation de surprise, un éclair de lumière rouge, un tourbillon de mouvement. Rhoan fut projeté sur le côté comme un sac de linge sale et le tourbillon se dirigea vers moi. J'appuyai sur la détente du laser en visant le sol et les orteils de Quinn, ne tenant pas à le blesser gravement. Une odeur de chair brûlée et d'épice m'emplit les narines et Quinn me tomba dessus. J'esquivai son coup en me laissant tomber à terre et donnai un coup de pied circulaire. Je fus extrêmement surprise de l'atteindre et de le voir perdre l'équilibre. Il atterrit sur les fesses avec une violence qui aurait fissuré le coccyx de n'importe quel autre adversaire. Et, même si j'étais certaine qu'il était encore capable de bouger, il resta immobile, se contentant de rester assis là avec un air de surprise sur le visage.

Si les circonstances avaient été différentes, j'aurais pu trouver ça drôle.

Mais, en l'occurrence, cela manifestait une fois de plus à quel point il me sous-estimait, et ça ne m'amusait pas du tout.

Je me relevai en braquant le pistolet laser sur lui.

— Ne fais plus un geste, ou ce n'est pas les orteils que je viserai.

La surprise céda la place à la colère, faisant étinceler ses yeux et me donnant l'impression que l'air autour de moi était devenu brûlant.

— Qu'est-ce que tu fais ici ?

— Mon boulot. Rhoan, ça va ?

— Ouais. La mâchoire un peu douloureuse, mais j'ai évité le plus gros du coup. (Il s'approcha à pas feutrés par l'épaisse moquette.) Il a neutralisé la magicienne.

— Parfait. (Je me retournai vers Quinn.) Tu veux bien te relever ?

Il s'exécuta. Et sa simple proximité, avec son odeur enivrante, suffit à faire faire des cabrioles à mes idiotes d'hormones. J'étais certaine que je ne cesserais jamais de désirer ce vampire, fièvre lunaire ou pas. Mais, comme je passais mon temps à le lui répéter, le sexe avait beau tenir un rôle crucial dans ma vie, il y avait un stade où l'agacement prenait le pas sur l'excitation.

Et nous avions franchi cette limite depuis bien longtemps.

— Comment m'avez-vous trouvé ? interrogea-t-il avec un fort accent irlandais.

Ce qui signifiait qu'il faisait son possible pour maîtriser ses émotions, car en temps normal son accent passait presque inaperçu.

— J'ai demandé à Jack de te localiser après que tu as assommé la magicienne, hier soir.

Il me lança un regard abasourdi.

— Tu as désobéi à mon ordre de rentrer chez toi ?

— Il faut croire, ouais. Dingue, hein ? (Je tournai la tête vers Rhoan.) Tu veux que je le menotte ?

— Ce n'est pas nécessaire...

J'appuyai comme par réflexe sur la détente du pistolet laser et un bourdonnement emplit la pièce.

— Ne me donne pas une bonne raison de tirer.

— Passe-lui les menottes si tu en as envie, concéda Rhoan.

— J'en ai envie.

— Tu te venges de la nuit dernière ? murmura Quinn avec un brin d'amusement au milieu de sa colère.

— Je fais juste mon boulot, répliquai-je en croisant son regard.

J'ignore ce qu'il vit dans mes yeux, mais aussi bien la colère que l'amusement disparurent aussitôt de son expression.

— Riley...

— C'est trop tard, Quinn, l'interrompis-je d'une voix douce et pleine de lassitude. Je suis fatiguée de tes excuses, fatiguée de cette relation à sens unique. Je suis une louve-garou et une gardienne, et il semble que tu n'es capable d'accepter ni l'une ni l'autre.

— Nous avions conclu un accord...

— Tu veux parler de l'accord que tu ne cesses de trahir ? demandai-je en attrapant les menottes que me lançait Rhoan. Dis-moi, ça fait combien de temps que tu exploites notre lien télépathique pour me contraindre à espacer mes visites dans les clubs ?

C'était une supposition, mais elle me semblait plausible. Je ne m'étais pas vraiment rendu compte que je fréquentais moins les clubs, mais ma réaction au *Blue Moon* la veille au soir m'avait bien confirmé que ce n'était pas un choix de ma part. Or la louve en moi n'aurait pas fait ça, bien au contraire : elle réclamait plus de séances du genre, pas moins.

Il était donc évident que ç'avait été une décision inconsciente. Une décision née d'une suggestion si subtile que je ne m'en étais même pas aperçue.

Il ne répondit rien, ce qui, en soi, valait tous les aveux du monde.

— Tourne-toi et mets les mains derrière le dos.

— Ce n'est vraiment pas nécessaire, répéta-t-il calmement en obéissant néanmoins. Et j'avais de bonnes raisons de te renvoyer chez toi hier soir.

— Je m'en fous. Et, si, c'est nécessaire à mes yeux. Toute action a des conséquences, Quinn. Il est grand temps que tu commences à payer pour tes erreurs.

— Nous...

— Il n'y a plus de « nous ». (Je consultai Rhoan du regard.) Prêt ?

Il acquiesça, puis posa les yeux sur Quinn.

— Ne tente rien d'idiot. Si ce n'est pas elle qui te tire dessus, ce sera moi.

— Parce que j'ai interrogé une suspecte ?

— Non. Parce que, une fois de plus, tu as abusé de la confiance de Riley. (Il souleva Maisie et la balança comme un baluchon bien attaché sur son épaule.) Allons-y.

Je reculai d'un pas et fis signe à Quinn de passer devant moi. Il prit l'air inexpressif qui lui était coutumier, mais sa colère était palpable. Sa surprise, aussi.

Il ne s'était vraiment pas attendu que je décide de rompre. Il n'avait pas cru que j'étais sérieuse.

À présent, il ne me restait plus qu'à trouver la force de vraiment l'oublier.

Chapitre 10

Je posai le menton sur ma main et retins un énorme bâillement.

— Tout ça ne mène nulle part.

Jack me tendit un café, l'air sévère.

— On n'a jamais dit que c'était facile de briser les défenses d'une magicienne.

Je sirotai le liquide chaud qui se trouvait dans la tasse. Ce n'était certainement pas du café : ça n'en avait ni le goût ni l'odeur. Néanmoins, si ça m'aidait à rester éveillée, j'étais prête à en avaler des litres.

J'examinai notre prisonnière à travers le miroir sans tain. Maisie était interrogée par deux spécialistes : l'un en magie et l'autre en « techniques d'interrogation ». Je les avais vus en action à de nombreuses reprises au cours des derniers mois et savais que leurs méthodes pouvaient devenir extrêmement brutales. Contrairement à la police, le Directoire n'avait pas à se préoccuper des droits des suspects. Si ces derniers représentaient, sous quelque forme que ce soit, une menace pour la population humaine, alors le Directoire avait l'autorisation de faire ce qu'il voulait pour obtenir les renseignements dont il avait besoin. Sauf, bien sûr, si le suspect en question était humain, entièrement ou en partie. Là, ça devenait plus compliqué.

C'était d'ailleurs probablement la raison pour laquelle les techniques d'interrogatoire employées étaient restées plutôt *soft* jusqu'à présent. Maisie avait beau être une puissante magicienne, elle était *aussi* humaine. Légalement, le Directoire devait prendre toutes les précautions d'usage.

Je tournai le regard vers la femme aux allures de brindille qui observait la scène depuis un coin de la pièce. J'ignorais jusqu'à présent que nous avions toute une section spécialisée dans l'étude de la magie, et ça faisait huit ans que je travaillais là. Pour le moment, elle ne semblait pas faire grand-chose, mais la sueur commençait à perler sur son front ridé et les pierres blanches qui encerclaient Maisie dégageaient une brume qui me rappelait celle qui s'élevait du goudron par une longue et chaude journée d'été. Quant à savoir si ça venait de notre experte, ou de Maisie qui testait leur résistance, je n'en étais pas certaine.

— Combien de temps nous reste-t-il avant que Marg commence à s'affaiblir et que les pierres ne soient plus en mesure de retenir Maisie ?

Jack haussa les épaules.

— Marg nous fera signe quand elle n'en pourra plus. En général, elle peut tenir quatre ou cinq heures si elle ne s'occupe que de renforcer le pouvoir des pierres gardiennes.

— Et pourquoi n'essayons-nous pas d'explorer l'esprit de Maisie par télépathie ?

— J'ai déjà essayé pendant que tu interrogeais Quinn.

Ce qui ne nous avait rien appris d'utile. Si, en général, Quinn n'était pas le plus bavard des mecs, là, il s'était renfermé comme une huître, manifestant un amusement particulièrement irritant quand je montrais à quel point ça m'agaçait. Rhoan avait pris le relais pour tenter de faire parler notre vampire silencieux, mais je doutais qu'il y arrive mieux que moi.

— Et ?

— Et ses défenses sont différentes de tout ce que j'ai pu rencontrer jusqu'à maintenant. J'ai demandé à la directrice Hunter de venir me donner un coup de main.

Voilà qui me surprit énormément. Après huit ans au Directoire, j'allais enfin pouvoir apercevoir la si secrète directrice Hunter ?

— Elle n'a pas l'air pressée de venir.

— Elle a préféré d'abord aider Rhoan pour interroger Quinn.

— Ah.

Selon l'étrange hiérarchie basée sur l'âge à laquelle les vampires obéissaient, Quinn, qui était plus jeune que Hunter – encore que Dieu seul savait s'il était effectivement né après elle en tant qu'humain –, était censé être moralement obligé de répondre à toutes ses questions.

— Ça pourrait donc prendre des heures, alors.

— C'est possible. Bien que plus jeune, je pense que Quinn est presque aussi puissant qu'elle.

— Qu'est-ce que ça signifie ?

— Que, même s'il est dans l'obligation de lui répondre, il ne peut y être contraint. Cela dépendra de l'obéissance de Quinn à nos lois.

Or les vampires n'obéissaient aux lois que si ça les arrangeait. Je continuai à siroter le liquide boueux pendant plusieurs minutes, puis regardai ma montre. Si je ne réussissais pas à dormir un peu, j'aurais une gueule de déterrée au dîner, ce soir. Et ça ne m'allait vraiment pas bien, la gueule de déterrée.

— Et si on allait tenter de la faire craquer ?

Jack me regarda, et j'aurais juré qu'il y avait une lueur de satisfaction dans ses yeux.

— Tu te sens à même de le faire ?

— Non, mais si c'est le seul moyen de sortir d'ici et d'aller dormir un peu, alors je veux bien tenter le coup.

— D'accord, dit-il en se levant immédiatement de sa chaise, l'air profondément satisfait.

J'eus la soudaine, et très forte impression que je venais de tomber dans un piège savamment tendu. Et je me demandai même s'il avait réellement demandé à la directrice Hunter de descendre nous aider. Mais je ne pris pas la peine de poser la question parce que je n'avais pas l'énergie nécessaire pour me mettre en colère.

Tout ce que je voulais, c'était rentrer chez moi, même si pour cela je devais jouer le jeu de Jack et devenir encore plus une véritable gardienne.

— Je m'occupe d'ouvrir son esprit, poursuivit-il ; toi, insinue-toi dedans et vois ce qu'il y a d'intéressant.

— OK, soupirai-je en finissant le liquide brun et en reposant la tasse à côté de moi sur le banc. Allons-y.

Je le suivis dans la salle d'interrogatoire et m'arrêtai juste derrière lui. Maisie nous toisa d'un petit sourire narquois sur ses lèvres pâles.

— Quoi ? Deux personnes ne suffisent pas à faire craquer une petite blonde ? Il vous en faut deux de plus ?

Elle avait une voix stridente et irritante et, encore une fois, la manière dont elle articulait ses phrases me sembla étrangement familière.

— Quand je pense que les gens ont peur des gardiens, conclut-elle. Quelle blague !

Jack lança un regard à la spécialiste des techniques d'interrogation, qui quitta la pièce sans un mot.

— Dernière chance, mademoiselle Foster. Allez-vous répondre à nos questions, ou devons-nous vous y forcer ?

— Si vous étiez capable d'autre chose que de me retenir prisonnière, on s'en serait déjà rendu compte. Nous savons tous deux que votre magicienne domestique n'a pas la force de maintenir le cercle encore très longtemps, et alors je disparaîtrai.

Une impression de puissance emplit l'atmosphère, comme une décharge électrique qui se répandit comme du vif-argent dans la pièce. Jack, et non Maisie ou la magicienne du Directoire, en était la source, et cela me fit hérisser les poils des bras et de la nuque.

— On a toujours tendance à sous-estimer le Directoire, constata-t-il d'une voix douce alors que le filet de puissance s'enroulait autour de Maisie, qui ouvrit de grands yeux surpris en sentant son corps se raidir. Et ce n'est jamais une bonne idée. Vas-y, Riley.

J'expirai profondément puis fermai les yeux et tous mes canaux sensoriels de manière à ne plus percevoir que Maisie et la résille de pouvoir qui flambait autour d'elle. Je tâtai précautionneusement celle-ci avec mes pensées. Elle vibrait fortement, tel un tonnerre lointain, intimidant et à peine maîtrisé. On aurait dit qu'un orage était sur le point d'éclater.

C'était assez effrayant. J'avais toujours su que Jack était puissant, mais jamais je n'avais eu l'occasion de sentir combien il l'était, même lors de nos sessions d'entraînement. Et pourtant, il avait reconnu qu'il était beaucoup moins fort que Quinn. Ce qui ne faisait que confirmer combien ce dernier m'avait caché de choses à son propos, et de quoi il était capable. Bon sang, atténuer les désirs d'un loup-garou devait être un jeu d'enfant pour un être aussi puissant que lui. Pas étonnant que je n'en aie même pas eu conscience.

Je frôlai la surface du filet de puissance de Jack, surfant dessus comme sur une vague et l'utilisant comme une rampe pour entrer dans l'esprit de Maisie. Jack maintenait béantes ses défenses extérieures et il était facile de lire ses pensées superficielles. Mais ce n'étaient pas ces pensées-là que nous devions explorer.

Je poussai plus loin, au-delà de l'influence de Jack, et plongeai dans les méandres de l'esprit de Maisie. C'est alors que je découvris ce dont Jack avait parlé plus tôt.

Les boucliers de Maisie ne ressemblaient ni à un mur ni à une sorte de mélasse, elles étaient totalement différentes de tout ce que j'avais rencontré jusqu'à présent. On aurait plutôt dit une toile d'araignée : des fils à l'apparence fragile reliés les uns aux autres, et pourtant gluants et extrêmement solides. En rompre un ne signifiait pas que je pouvais traverser la toile : il fallait que je coupe aussi tous ceux qui y étaient reliés si je voulais entrer plus profondément dans ses pensées. C'était pour cette raison que deux personnes étaient nécessaires : l'une pour la maintenir immobile, et l'autre pour la briser.

Et, même ainsi, c'était une tâche particulièrement difficile.

La toile semblait se densifier au centre du bouclier, avec des fils de plus en plus épais et difficiles à couper au fur et à mesure que je m'enfonçais dans son esprit. Je sentis la sueur couler le long de mon dos et une douleur commença à palpiter derrière mes yeux fermés, annonçant une sacrée migraine.

Les premiers mois de mon entraînement avec Jack, je sortais souvent émotionnellement et physiquement épuisée de nos séances, mais, comme pour tout entraînement, le temps et la pratique m'avaient aidée à acquérir une plus grande résistance. Là, je me sentais de nouveau débutante. Toute ma force était consacrée à tenter de créer une brèche dans ces étranges défenses, et l'effort nécessaire faisait trembler tous mes membres.

Et aussi soudainement qu'un élastique arrivé à la limite de sa résistance, la toile ténue céda et je me retrouvai, secouée mais libre de mes mouvements, au plus profond du cerveau de Maisie.

Sauf que l'esprit de Maisie, son âme, ou quel que soit le nom de cette partie de la conscience humaine, n'était pas là.

Quelqu'un ou *quelque chose* d'autre l'avait remplacé.

Et cette chose m'attendait.

L'attaque fut d'une brutalité étourdissante. Je sentis une bouffée de féminité puis la saveur d'une puissance ancestrale et laissai échapper un cri en me recroquevillant physiquement sous la force ahurissante du coup mental.

Je sentis des mains qui m'agrippaient le bras et m'aidaient à reprendre mon équilibre et, soudain, Jack fut à mes côtés, tel un énorme nuage de puissance furieuse qui n'était peut-être pas aussi ancien que l'être qui vivait en Maisie, mais au moins aussi dangereux.

L'étincelle ancestrale s'immobilisa aussitôt.

— *Riley.*

Ce simple mot renfermait aussi bien un ordre qu'une interrogation, et le ton sur lequel il avait été dit laissait entendre que je devais sacrément me dépêcher.

Je passai la langue sur mes lèvres et poursuivis ma progression. L'être qui parasitait l'esprit de Maisie avait beau être maintenu immobile, il, ou plutôt elle, était néanmoins prête à frapper.

— *Qui es-tu ?*

Ma question sembla résonner dans les profondeurs obscures de cet esprit captif, tel un écho dans une caverne vide qui n'avait rien en commun avec un esprit humain normal. Cette pensée fit courir un frisson le long de mon échine, sans que je sache vraiment pourquoi.

Les ténèbres semblèrent s'agiter.

— *Il y a quelque chose de familier dans tes pensées.*

La voix donnait l'impression d'appartenir à un être d'âge infini, mais, une nouvelle fois, la manière dont elle prononçait ces mots attira mon attention, avec un doux accent qui me semblait terriblement familier.

— *Dis-moi ce que tu es, ou je te tue.*

Les ténèbres furent agitées par quelque chose qui ressemblait à de l'amusement.

— *Tu ne peux pas me tuer. Même* lui *n'en est pas capable.*

Je fronçai les sourcils. Qui « lui » ? Jack ?

— *Ne sous-estime pas nos capacités.*

— *Ne les surestimez pas non plus. Vous n'avez pas la puissance nécessaire pour me tuer. Ni les compétences. Les rares êtres qui en étaient capables ont disparu de la surface de la terre depuis bien longtemps.*

Elle devait parler des prêtres de l'Aedh. Pour quelle raison l'esprit du prêtre serait-il encore parmi nous, sinon pour affronter cette menace ancestrale ? La question était : de quelle manière Quinn était-il impliqué là-dedans ? Quelles étaient ses obligations envers le prêtre ? Et quels étaient ses liens avec le vieil esprit qui tenait en otage le corps de Maisie ?

— *Qu'as-tu fait de Maisie ?*

Même si je posais la question, j'étais déjà persuadée que Maisie n'était plus présente dans ce corps. Ce qui était une bonne chose, d'un certain côté : nous n'étions de ce fait plus soumis aux restrictions liées au fait d'interroger un humain.

Le simple fait de penser à cela me donna la nausée.

— *L'esprit de la mortelle à qui appartenait ce corps n'existe plus depuis très longtemps.*

— *Tu l'as tuée ?*

Son amusement s'accrut.

— *Il est impossible de tuer une âme. On peut seulement la garder prisonnière ou la détruire.* (La voix hésita, comme pour apporter du poids à ce qu'elle s'apprêtait de dire.) *Cette incarnation sera sa dernière.*

Un autre frisson me parcourut, mais je ne me sentais pas vraiment désolée pour Maisie. Pas si c'était vraiment elle qui avait amené cette horreur parmi nous.

— *Quel est ton nom ?*

— *Je m'appelle Caelfind O'Cuinn.*

Pourquoi ce nom me semblait-il familier ? Où l'avais-je entendu ? J'eus soudain une révélation : O'Cuinn. Le véritable nom de famille de Quinn.

Ce qui expliquait pourquoi Quinn refusait de nous dire quoi que ce soit.

— Tu appartiens à la même famille que Quinn ?

— Quinn ?

Je projetai son image dans mon esprit et la présence éclata d'un rire empli de dérision et de mépris.

— Ah, mon imbécile de frère. Il croyait vraiment avoir immobilisé mon corps et mon esprit la nuit dernière, quand il a tenté de me briser.

— Mais nous y sommes parvenus, nous.

— Vous les retenez simplement captifs. Mes pensées les plus profondes m'appartiennent toujours, sinon, je serais incapable de te répondre, n'est-ce pas ?

C'était incontestable, il fallait le reconnaître.

— Pourquoi as-tu fait appel à Azhi Dahaki ?

— J'avais besoin de la puissance du dragon à trois têtes pour invoquer le destructeur éternel.

— Et pourquoi Maisie a-t-elle voulu invoquer un être comme toi ?

— Parce qu'il y a de la puissance dans les ténèbres. Maisie voulait plus de pouvoir. Je le lui ai donné.

— Avant de la tuer.

Elle ou son esprit.

Il y eut comme un haussement d'épaules dans l'esprit obscur de Maisie.

— Il y a toujours un prix à payer pour voir ses souhaits exaucés.

— Et quel est le prix que tu as payé pour les tiens ? La perte de ta famille ? Une vie passée en enfer ?

— J'ai gagné l'immortalité. (Elle laissa échapper un sifflement méprisant.) *Et les membres de ma famille ont consacré leurs vies minables à tenter de débarrasser le monde de ma présence et de celle du dieu des ténèbres. Ils sont incapables de voir à quel point tout cela est futile. Incapables de comprendre que l'existence des ténèbres est intrinsèquement liée à l'humanité, et que, pour éradiquer les unes, il faut éradiquer l'autre.*

Je dois avouer que, moi non plus, je ne voyais pas le rapport. OK, les humains pouvaient vraiment être chiants, des fois, mais je doutais fortement qu'ils soient la seule raison de l'existence du Mal.

— *Tu prétends donc qu'Angra Mainyu ne peut pas être détruit.*

— *Il ne le pourra jamais. Pas tant qu'il y aura encore des humains sur cette terre.*

Cette dernière phrase fut prononcée sur un ton plein d'autorité, comme si elle faisait tout ce qui était en son pouvoir pour me convaincre de cela par-dessus tout. Si c'était son intention, alors c'était plus que maladroit, parce que tout ce que ça me rappela, c'était que, même si ce dieu des ténèbres censément tout-puissant était effectivement vivant – si c'était le bon terme pour un esprit –, il avait pourtant été retenu prisonnier dans les profondeurs de l'enfer pendant des centaines de milliers d'années.

Et, si ça avait été possible une fois, il n'y avait aucune raison pour que ce ne soit plus le cas.

— *Nous devons en finir avec ça, Riley.*

La voix mentale de Jack était rauque, preuve de la difficulté du combat qu'il livrait pour maîtriser l'être qui se trouvait dans l'esprit et le corps de Maisie. Je soupirai.

— *Dis-moi comment se débarrasser de ton maître, ou je te tue.*

— *Tu peux toujours essayer. Tu n'y arriveras pas. Si tu tues ce corps, mon esprit ira simplement en posséder un autre.*

Je ne pus réprimer mon agacement. En règle générale, l'arrogance débordante et les complexes de supériorité avaient cet effet sur moi : j'avais dû supporter cela bien trop longtemps de la part de Talon.

Talon…

Le fait de repenser à lui me donna une idée. Une idée horrible, haïssable, qu'une partie de moi, celle qui avait vu les corps affreusement mutilés des victimes de cette abomination et de ses complices trouva géniale.

—*Jack, ai-je la permission officielle de faire ce que je veux de cette femme maintenant que nous avons la preuve que Maisie n'est plus présente ?*

—*Oui.*

J'ouvris les yeux et me tournai vers le miroir sans tain.

—Apportez-moi un couteau à armature d'argent.

Ces couteaux étaient une spécialité du Directoire. C'étaient de fines feuilles de plastique transparent aussi rigide que l'acier, qui pouvaient aisément trancher à peu près tout, chair, métal ou bois. Ceux qui avaient une armature d'argent avaient la même apparence, mais ils étaient fabriqués dans un matériau qui se dissolvait au contact du sang et laissait apparaître une fine bande d'argent. Ils étaient parfaitement adaptés pour contraindre les loups-garous et autre métamorphes à garder forme humaine, ce que j'étais bien placée pour savoir, puisque c'était le sort que j'avais fait subir à Talon.

Si un couteau à armature d'argent pouvait contraindre un garou à garder forme humaine à la pleine lune, il pouvait certainement contraindre un esprit démoniaque à rester dans un corps humain.

En tout cas, ça valait le coup d'essayer. Cette conversation ne semblait mener nulle part.

La porte s'ouvrit et un agent de sécurité me tendit un couteau. Il ressortit et je brandis l'arme devant moi.

Caelfind sembla profondément amusée.

—*Je suis censée avoir peur d'une arme si fragile ?*

Je repensai aux cadavres, rappelant à mon esprit l'image de leur chair déchiquetée, de leurs organes absents. Dévorées alors qu'elles étaient à l'agonie… Une vague de dégoût me parcourut, teintée de colère. Je me servis de la force de ces émotions comme bouclier et posai la pointe du couteau au-dessus du sein gauche de Maisie, droit vers son cœur.

— Dis-moi comment débarrasser le monde de ton maître, ou je te piège pour l'éternité dans le cadavre de cette femme.

— C'est impossible. Dès qu'elle mourra, mon esprit sera libre.

— Même les âmes immortelles peuvent se tromper, alors.

J'enfonçai la lame à travers le tissu, les muscles et les os avec une aisance déconcertante. Elle ouvrit de grands yeux surpris et le vide de son esprit s'emplit d'une douleur atroce, mais celle-ci ne m'atteignit pas, que ce soit grâce à la protection offerte par ma colère ou par la présence protectrice de Jack.

La lame traversa le sternum et j'en logeai profondément la pointe en plein cœur. Le sang jaillit, coulant sur mes doigts, son odeur chatouillant agréablement mes narines et éveillant un sentiment d'excitation dans mes veines.

Non, non, non ! hurla une partie de moi, mais je passai outre et enfonçai encore plus profondément le couteau, me concentrant sur Caelfind, sur ses yeux, attendant que le corps de Maisie meure et qu'elle se rende compte qu'elle était prisonnière à jamais.

Le plastique de la lame commença à se dissoudre et de la fumée s'éleva de la blessure alors que la bande d'argent se logeait profondément dans le cœur de la femme, clouant l'esprit de Caelfind de la même façon que celui de Talon avait été cloué à sa forme humaine.

Elle ne poussa pas le même hurlement que ce dernier, pourtant. Elle se contenta de sourire et d'attendre, ses pensées pleines de douleur et d'amusement.

Jusqu'au moment où le cœur cessa enfin de battre et où Maisie s'effondra au sol.

Là, elle hurla. Un hurlement de banshee, qui emplit mon esprit d'une fureur telle que toute pensée était impossible.

— Dis-moi comment débarrasser le monde de ton maître.

Ma question me fit l'impression d'un caillou chahuté par un cyclone, mais elle l'entendit néanmoins.

— Seul un prêtre peut le bannir. Un prêtre de l'Aedh.

— *Et ton frère est l'un d'eux ?*

— *Le dernier d'entre eux.*

Pas exactement. Mais peut-être était-ce effectivement le dernier qui avait encore une existence matérielle.

— *Et les dragons ?*

— *Il faut les décapiter.*

— *Ils ne peuvent pas investir un autre corps comme toi ?*

Elle hésita un instant, son esprit agité de spasmes de fureur.

— *Non. Pas sans mon aide. Maintenant, libère-moi, tu me l'as promis.*

J'éclatai d'un rire amer et haïssable et battis en retraite.

— *Toutes ces années au service d'un dieu des ténèbres, et tu crois encore aux promesses ?*

Sa fureur me poursuivit, essayant de mordre mes talons mentaux comme un chien enragé, jusqu'à ce que Jack s'interpose entre elle et moi et l'arrête tout net. Je tombai littéralement de son esprit, avec l'impression d'une chute de plusieurs milliers de mètres, et me retrouvai agenouillée par terre, agitée de tremblements et couverte de sueur.

Je sentis la chaleur du sang sur mes doigts, son odeur douceâtre et métallique, et mon estomac se souleva.

Je me mis à quatre pattes et rampai vers la poubelle avant de rendre tout ce que j'avais absorbé pendant la journée.

Quand il n'y eut plus rien à vomir, je m'effondrai, dos au mur, en inspirant de grandes goulées d'air. J'avais l'impression d'avoir combattu dix rounds contre Gautier, et que tout mon corps était couvert d'ecchymoses, sans parler de mon cœur qui donnait l'impression de vouloir sortir de ma poitrine. Mais les bleus n'étaient que mentaux, pas physiques.

Il me fallut encore cinq bonnes minutes avant de trouver l'énergie nécessaire pour ne serait-ce qu'ouvrir les yeux. Jack était adossé au mur d'en face, les mains sur les genoux, la respiration hachée, plus pâle que je ne l'avais jamais vu auparavant. Il n'avait plus que la peau sur les os. Ce qui montrait combien il avait été éprouvant de maintenir Caelfind immobile.

Je regardai le cercle de pierres. Maisie gisait au centre de celui-ci. Une tache de sang rouge sombre avait fleuri sur l'avant de son chemisier et je faillis de nouveau vomir en en sentant l'odeur.

Mais peut-être ne s'agissait-il pas de l'odeur. Peut-être était-ce simplement la facilité extrême avec laquelle je l'avais tuée.

J'avais beau me répéter sans cesse que je ne serais jamais la tueuse que Jack voulait que je devienne, la vérité était que je l'étais déjà.

Je *pouvais* tuer, et cela sans difficulté, quand j'y étais contrainte. Quand je le voulais. Quand je le devais.

Je sentis une montée de bile dans ma gorge. Je mis la main sur ma bouche et la ravalai, me forçant à penser à toutes les vies auxquelles Maisie et ses complices avaient mis fin.

J'avais beau haïr ce que je venais de faire, j'avais beau savoir que je n'en dormirais pas pendant des mois, il n'empêchait que, si ça avait permis de sauver ne serait-ce qu'une seule vie, alors le jeu en valait la chandelle et je ne regrettais rien.

Quant à la partie de moi qui se sentait coupable... eh bien, elle ne faisait que prouver qu'il y avait encore de l'espoir pour moi. Certes, les événements avaient démontré que la tueuse que Jack voyait en moi était bel et bien présente, mais j'étais encore bien loin de l'accepter comme faisant partie de moi.

Et c'était une bonne chose. Il fallait absolument que je me raccroche à ça avec la plus grande obstination. C'était mon seul espoir.

Jack se releva en laissant échapper un gémissement de douleur. Il avait le visage hâve et les pommettes horriblement saillantes. Cet homme avait besoin de nourriture de toute urgence.

Il me lança un regard affamé.

— On se maîtrise, patron, l'avertis-je d'un air épuisé et méfiant.

— Si je ne me maîtrisais pas, tu me tiendrais déjà lieu de déjeuner au lieu de dire des bêtises.

Je souris.

— Contente de voir que ton sens de l'humour résiste à la soif de sang.

— Il ne résistera pas bien longtemps si tu n'arrêtes pas de bavarder. Allez, rentre chez toi et va te reposer, Riley. Je m'occupe du reste.

Je lançai un regard au cadavre et à la mare de sang qui commençait à se figer autour de lui.

Et je sus qu'il ne serait pas gaspillé.

Je frissonnai et m'empressai de sortir de là.

Quatre heures de sommeil ne furent évidemment pas suffisantes et ce fut un miracle si je ne jetai pas le réveil à travers la pièce lorsqu'il sonna à 18 heures. Mais l'humeur ronchonne qui m'était coutumière lorsque je manquais de sommeil décupla lorsque je me rendis compte que je n'étais pas seule dans ma chambre.

L'agréable odeur de santal me laissa deviner de qui il s'agissait.

Je roulai sur le flanc. Quinn était assis devant la fenêtre, entouré d'un halo de soleil déclinant, une silhouette de véritable perfection masculine. Cela montrait bien combien Mère Nature était perverse, car, si le physique était sublime, la personnalité de l'homme, elle, laissait beaucoup à désirer.

D'un autre côté, j'imaginais qu'il en dirait autant à mon propos. Et il aurait probablement raison.

— Qu'est-ce que tu fais ici ?

— Je suis venu te remercier, répondit-il d'une voix douce et terriblement sexy.

— Pour quelle raison ?

Je repoussai le drap et me levai. Le regard de Quinn parcourut mon corps telle une coulée de chaleur et mes hormones réagirent en conséquence.

— Pour avoir fait ce que je n'avais pas réussi à faire : capturer et neutraliser Caelfind.

Je ramassai un tee-shirt au sol, le reniflai pour vérifier s'il était propre et l'enfilai.

— Ça aurait évité à tout le monde de perdre beaucoup de temps et d'énergie si tu nous avais dit la vérité dès le départ.

— Tu ne comprends pas…

— Non, en effet, je ne comprends pas, l'interrompis-je en sortant de la chambre pour aller me faire un café.

Celui-ci n'aiderait pas à étouffer le feu que la présence de Quinn et ma nature profonde faisaient brûler au plus profond de moi, mais au moins cela avait-il une chance d'améliorer mon humeur.

— Rien ne t'empêchait de me parler de tout ça le soir où le prêtre a fait son apparition. Rien sauf ton foutu besoin de tout faire à *ta* manière.

— C'est l'hôpital qui se fout de la charité, là, protesta-t-il dans sa barbe.

Je lui lançai un regard agacé. Même s'il n'était à présent plus en contre-jour, entouré d'un halo de soleil aveuglant, il ressemblait toujours à une ombre chinoise parce qu'il était vêtu de noir de la tête aux pieds.

Même son regard était noir. Méfiant.

Son expression réjouit profondément mon esprit pervers. Mais le reste de ma personne, chauffé à blanc par la proximité de la pleine lune, ne désirait qu'une seule chose : l'attraper par le col et le baiser à en perdre la raison.

Parce qu'à cet instant précis la louve en moi se fichait totalement de ma colère ou de ma peine. Pas avec la fièvre lunaire qui brûlait dans mes veines. Mais une fois que la pleine lune serait passée, alors là, elle y accorderait de l'importance.

La situation serait douloureuse pour elle et elle regretterait d'avoir cédé à ses instincts, une fois de plus.

Je ne pouvais pas céder. Il fallait que je résiste à tout prix.

Bon sang, il y avait un loup qui tenait à moi, un loup qui ne trahissait pas ma confiance ou mes sentiments. Un loup qui avait envie du même genre de futur que moi.

Ça aurait dû me suffire.

J'étais folle, pour ne pas dire perverse, d'en vouloir davantage.

Et pourtant, au plus profond de moi, c'était bien le cas.

— Écoute, dis-je d'un ton vibrant d'une colère qui était plus dirigée contre moi que contre lui, si tu es seulement venu pour te disputer avec moi, tu peux sortir d'ici. Je n'ai pas la moindre envie de ça aujourd'hui.

— Non, je suis juste là pour qu'on parle.

— Bien. (Je mis la bouilloire en marche et me haussai sur la pointe des pieds pour attraper le pot de café sur l'étagère du haut. Heureusement pour tout le monde, il restait encore de mon arôme préféré.) Alors parle-moi du prêtre qui se trouvait dans l'impasse. Qui était-ce ?

Il hésita un instant.

— Mon père.

Voilà qui expliquait la bizarrerie de notre conversation. Le vieillard n'avait fait que poser les questions d'usage à l'hypothétique belle-fille.

— C'est donc de là que tu tiens ton goût du secret. Ton père a été à peu près aussi clair que toi.

Il me regarda d'un air surpris et légèrement irrité.

— Tu lui as donc *vraiment* parlé ?

— Oui. C'est quoi, exactement ? Un fantôme ? Un esprit ? Quoi donc ?

— C'est un esprit… en quelque sorte. (Il réfléchit brièvement.) C'est, ou plutôt, c'était le gardien du portail.

Le prêtre chargé de s'assurer que les voies qui mènent du monde des esprits au nôtre restent bien fermées.

— Toutes les voies ?

— La plupart. Les prêtres sont sensibles à la magie. Ils le sentent lorsqu'un nouveau portail est créé.

— Alors pourquoi, en tant que prêtre, n'as-tu pas senti celui-ci ?

— Parce que je n'étais qu'un apprenti, et que je n'ai pas fini mon entraînement.

La bouilloire se mit à siffler. Je l'éteignis et versai l'eau dans ma tasse.

— C'est pour cela que tu es devenu vampire ? Parce que tu avais besoin de la vie éternelle si tu voulais attendre que ta sœur réapparaisse ?

Il sourit avec une chaleur que je sentis en moi plus que je ne la vis.

— Oui.

— Et c'est Henri qui t'a transformé, devinai-je, même si j'étais à peu près certaine d'avoir raison.

Après tout, Henri et lui avaient été amis toute leur vie éternelle, et il avait violé toutes les lois et règlements et s'était servi de moi pour trouver son assassin.

— Oui. C'est lui qui s'est occupé de moi pendant la soif de sang.

J'opinai du chef. Tout s'expliquait, à présent.

— Que sont exactement les prêtres de l'Aedh ? Et toi, qu'es-tu ?

— Je suis… j'étais humain.

— Les humains ne savent pas voler. Pas plus que les vampires issus d'autre chose que de métamorphes aviaires quelconques. Tu es peut-être en partie humain, mais tu as aussi avoué il y a quelque temps que tu étais autre chose.

Il me dévisagea d'un air étonné.

— Tu m'as vu voler ? Comment ?

— Je ne t'ai pas vu, je t'ai senti. Réponds à cette foutue question : qu'est-ce que tu es ?

Il hésita un instant.

— Les prêtres n'étaient pas vraiment humains, à proprement parler. Ils ne faisaient même pas partie de la famille des humains, contrairement aux loups-garous et aux métamorphes. C'étaient plus une forme d'énergie que des êtres de chair et de sang.

— Mais pourtant, ils devaient bien pouvoir prendre forme humaine. Je veux dire, tu es ici devant moi, donc ils devaient être capables de se reproduire, or la conception humaine implique certains besoins très basiques.

Son sourire fit de nouveau cabrioler mes hormones.

— Oui.

— Quelle forme ont-ils donc prise ?

— Ils étaient grands, dorés et ailés. On les a souvent qualifiés d'anges dans les textes anciens.

Je haussai les sourcils.

— Où sont tes ailes, alors ?

— Les hybrides n'en ont jamais eu.

— Ils avaient juste les pouvoirs ?

— Voilà.

J'avalai une gorgée de café et le regardai un long moment.

— As-tu banni l'esprit de ta sœur après que je l'ai clouée au corps de Maisie ?

— Non. Ce que tu as fait était bien mieux. Elle est piégée dans une coquille charnelle morte. Elle ne pourra plus jamais s'en échapper.

— Les cadavres, ça se décompose. Quand ce sera le cas, ne sera-t-elle pas libre ?

Un sourire, qui n'avait rien d'agréable, étira ses lèvres. J'en eus la chair de poule. Je ne pouvais qu'espérer que ce genre de sourire ne me soit jamais adressé.

— Nous allons le faire momifier, le plonger dans l'argent et le sceller par des sorts que seul un autre prêtre pourrait lever. Elle ne pourra jamais s'échapper ou revenir semer le chaos sur la surface de cette terre.

C'était un sort bien cruel que de vivre éternellement dans la douleur d'une non-vie, même pour un esprit bien déterminé à voir un dieu des ténèbres dominer le monde.

— Ce qui nous laisse avec les dragons et leur maître.

— Que je pourrai soit bannir, soit sceller dans un cercueil de chair une fois que nous aurons purifié le site des sacrifices.

— Pourquoi est-il si important de le purifier ?

— Parce que je pourrai alors utiliser son pouvoir pour le renvoyer d'où il vient, si c'est ce que nous décidons de faire. Et là, je purifierai le site pour m'assurer qu'il ne pourra jamais l'utiliser afin d'entrer une nouvelle fois dans notre monde.

— Je croyais que c'était à cause de ta sœur qu'il se trouvait parmi nous.

— C'est le cas. Mais, si le portail reste ouvert, alors il pourra le traverser de nouveau.

— Et ça, ce n'est pas une bonne chose.

— Non.

Il s'interrompit, puis avança d'un pas, jusqu'à ce qu'il n'y ait même pas l'espace d'une feuille de papier à cigarette entre nous. Sa chaleur, son odeur m'envahirent, pénétrèrent en moi, emplissant mes poumons, mon cœur, mon âme. J'en eus le souffle coupé, puis celui-ci devint plus haletant et il fallut que je fasse preuve de toute la volonté du monde pour rester immobile et ne pas lui tomber dans les bras.

— Fais attention, là-bas, ce soir, murmura-t-il en me couvant d'un regard assombri par l'inquiétude et néanmoins plein de chaleur. Ce dieu des ténèbres est extrêmement puissant et versé dans l'art de la séduction de ceux qui ne se méfient pas assez.

— On ne peut pas dire que je ne me méfie pas assez.

Ce qui n'était pas exactement vrai. Sinon, que ferais-je ici à m'enivrer de ce mélange de santal, de virilité et de désir au point de n'avoir qu'une envie : le prendre dans mes bras et ne plus le lâcher ? Pourquoi n'étais-je pas plutôt en train de le fuir à toutes jambes, lui et les problèmes qu'il représentait ?

Parce qu'il était mon chocolat. C'était peut-être fou, c'était peut-être pervers, mais il représentait la seule et unique tentation à laquelle il m'était impossible de résister.

Pourtant, il avait prouvé à de nombreuses reprises à quel point il était nuisible à ma santé… ma santé émotionnelle.

Certes, je le désirais physiquement, mais ça n'était plus suffisant. Même avec la lune agitant son ventre rond, même avec le désir qui me mettait les nerfs à vif, au fond de moi, j'en avais tout simplement assez.

Assez de toutes nos disputes. Assez de sa manière de mépriser les coutumes lycanthropes. Assez de ne serait-ce qu'essayer. S'il n'était pas prêt à faire la moitié du chemin – ce que son comportement laissait supposer –, à quoi cela servait-il qu'on soit ensemble ?

J'avais dit une fois que le sexe était un point de départ tout aussi respectable que les autres pour une relation amoureuse, et j'en étais toujours absolument convaincue. Mais ce n'était pas non plus le seul but d'une relation, même pour un loup-garou. Il devait y avoir autre chose.

De la confiance, pour commencer.

Et je ne faisais plus confiance à Quinn. Et cela, plus que tout ce qu'il avait dit ou fait ces derniers mois, était le signe que tout était fini entre nous.

Je reculai d'un pas.

Il fronça les sourcils.

— Riley…

— Non, murmurai-je. J'ai du travail et je veux que tu t'en ailles.

— Je n'ai pas l'intention de…

— Oh, que si, l'interrompis-je en sentant la fureur que j'avais ravalée remonter d'un coup. Te souviens-tu d'une jeune femme nommée Eryn Jones ?

— Vu que c'était censé être ma fiancée, oui, évidemment. Mais qu'est-ce qu'elle a à voir avec nous ?

— Tu te rappelles le sort que tu lui as fait subir ?

— Elle a eu ce qu'elle méritait, mais je ne vois toujours pas…

— Elle t'a drogué à ton insu, l'interrompis-je avec colère. Et ça a modifié ton comportement. Elle t'a fait tomber amoureux d'elle. (Je croisai les bras et le dévisageai.) En quoi est-ce différent de ce que tu me fais ?

— C'est différent.

Mais son ton n'était pas très affirmé. Il voyait exactement où je voulais en venir. Il ne voulait simplement pas l'admettre.

— Et en *quoi* ? criai-je presque. Comment peux-tu sérieusement prétendre que c'est différent ?

— Elle ne m'aimait pas. Elle était seulement intéressée par mon argent.

— Et donc, le fait que tu m'aimes justifie que tu essaies de modifier ma nature profonde par la manipulation mentale ?

— Je voulais simplement dire que…

Je levai la main.

— J'en ai assez de tes excuses, Quinn. Assez de toujours donner, assez de toujours pardonner. Sors d'ici.

— Ce qu'il y a entre nous est trop fort pour que je puisse laisser tomber comme ça. Je refuse…

— Tu passes ton temps à répéter ça et, pourtant, tu ne cesses d'essayer de me changer. Ça suffit. S'il te plaît, Quinn, va-t'en.

— Non…

— Elle l'a demandé poliment, intervint Rhoan d'un ton lourd de menace en s'appuyant contre le chambranle de la porte, les bras croisés. Pars, ou c'est moi qui te mettrai dehors.

Le visage de Quinn s'assombrit.

— C'est entre elle et moi.

— Ce qui la concerne me concerne aussi, répliqua Rhoan. Et, pour le moment, elle veut que tu sortes de cet appartement et de sa vie. Fais comme elle le demande ou, sinon, je t'y contraindrai.

Quinn nous dévisagea tour à tour d'un air si menaçant que j'en eus la chair de poule. Sans bouger un muscle, l'homme qui se trouvait devant moi avait d'un seul coup laissé transparaître sa vraie nature, celle d'un vieux vampire extrêmement puissant. Puis il secoua la tête et la sensation s'estompa.

— Je n'aurais jamais cru que tu étais lâche, Riley. Je devais me tromper.

— Voilà, tu te trompais, dis-je en sirotant mon café avant d'ajouter : Mais, d'un autre côté, c'est toi qui n'as pas le courage d'affronter la véritable nature d'un loup-garou, pas moi.

Il me lança un regard où la colère le disputait à la détermination, mais aussi aux regrets, puis fit volte-face et sortit. Je poussai un soupir de soulagement quand j'entendis la porte claquer.

— Merci, frangin.

Il me fit un petit signe de tête.

— Tu es bien certaine que c'est ce que tu voulais ?

— Il essayait de changer ce que j'étais, Rhoan. Je peux lui pardonner beaucoup de choses, mais pas ça.

— Jamais, ou juste pour le moment ?

— Je l'ignore. Je te le dirai quand je le saurai.

— OK, alors. (Il approcha de moi et mit la bouilloire à chauffer.) C'est moi qui vais t'assister ce soir.

— Sans vouloir te vexer, frangin, j'espère que tu ne seras pas le seul à m'assister ce soir.

— Jack sera là aussi. Et l'endroit sera encerclé par nos équipes. (Il hésita un instant, puis ajouta avec un sourire espiègle :) Notre énigmatique vampire sera certainement présent, lui aussi, ne serait-ce que parce que c'est le seul à pouvoir fermer le portail.

— Plus on est de fous, plus on rit, commentai-je en allant chercher le café normal sur l'étagère.

Rhoan était beaucoup moins difficile que moi en matière de café, même si j'aurais été capable de boire à peu près n'importe quoi en cas d'urgence. Il attrapa le pot avec un signe de remerciement et versa les granulés dans une tasse.

— Tu as peur, pour ce soir ?

— Oui, admis-je en me frottant les bras pour tenter d'apaiser la chair de poule qui me recouvrait le corps à l'idée d'entrer dans le repaire d'un dieu des ténèbres et de ses dragons. S'ils ont senti lorsque Caelfind s'est fait piéger, alors les choses pourraient extrêmement mal tourner ce soir.

— Mais ils n'ont aucune raison de soupçonner que tu es impliquée dans ces événements.

— Non. Mais Caelfind était un être très ancien et nous ne savons pas grand-chose sur ses pouvoirs. On peut imaginer qu'elle soit parvenue à contacter Kingsley d'une manière ou d'une autre pendant sa détention.

— S'ils étaient au courant de son arrestation, ils seraient déjà en fuite. Or, jusqu'à présent, Kingsley n'est pas sorti de chez lui.

— De ce qu'on en sait. Peut-être qu'il y a des passages souterrains, ou quelque chose du genre.

— En plein Toorak ? sourit Rhoan. Ça m'étonnerait.

— Il y a des égouts à Toorak, comme dans n'importe quelle autre banlieue. Rien ne nous dit qu'il n'a pas creusé un passage secret dans sa cave.

— Rien, en effet, mais c'est peu probable.

Peut-être. Mais nous travaillions dans un univers où l'improbable était plus que possible.

— J'aimerais bien pouvoir aller dans cette maison avec quelques armes cachées, si c'est possible.

— Une paire de chaussures comme tu les aimes pourrait être utile, approuva Rhoan en regardant mes cheveux. Et on devrait pouvoir attacher des couteaux à armature d'argent à tes barrettes. Mais il va falloir passer par le Directoire pour les chercher.

Nous devions de toute façon faire un crochet par là. Jack voulait que j'essaie de placer quelques micros espions et autres caméras miniaturisées sur les lieux.

— Il faudra qu'ils soient tout petits si on veut les attacher à des barrettes, or des lames trop courtes ne pourront pas atteindre le cœur.

— En effet, mais tout ce dont tu as besoin, en définitive, c'est de clouer l'esprit au corps. Ensuite, on pourra utiliser des armes plus conventionnelles, et laisser Quinn faire ses trucs de prêtre pour bannir ou neutraliser.

J'opinai du chef et lançai un regard à la pendule. Il était près de 18 h 30 et, étant donné que j'étais censée retrouver Jin à 19 heures, ça allait être juste. Cela étant, ça me réjouissait passablement de le faire poireauter un peu, cet enfoiré.

De toute façon, je n'étais pas vraiment pressée de me rendre là-bas.

Je finis mon café et me levai à contrecœur.

— Je vais prendre une douche et on pourra y aller.

— OK. Pendant ce temps-là, je vais te choisir une tenue qui garantira que personne ne remarque d'armes camouflées.

— Super. En gros, je vais me retrouver à poil, c'est ça ?

Il me décocha un sourire amusé.

— Quand on a quelque chose à cacher, le mieux, c'est toujours de montrer le plus de chair possible. File donc prendre cette douche ou on sera horriblement en retard.

Je filai.

Et nous fûmes tout de même horriblement en retard.

Il était près de 19 h 30 quand je descendis du taxi. Jin faisait les cent pas sur le trottoir devant la maison de Kingsley, l'air anxieux. Je ne pus m'empêcher de m'interroger : après tout, ce n'était pas comme s'il devait absolument amener une partenaire sous peine d'affronter un sort terrible.

Ou peut-être que c'était le cas ?

Je me remémorai le ton de Kingsley lorsqu'il lui avait demandé s'il amenait quelqu'un et me mis à douter.

Le bruit des voitures provenant de la rue principale s'estompa un peu et le cliquètement de mes talons sur le trottoir devint plus audible, résonnant fortement dans le silence de la nuit. Jin se retourna vivement et un sourire de soulagement éclaira son visage. Mais, quand je croisai son regard, j'y vis aussi de la colère. Il avait beau tenter de paraître courtois et poli, la créature à l'intérieur était furieuse.

Un frisson me parcourut jusqu'au plus profond de mon âme. Je ne voulais pas affronter cette colère. Pas en supporter les conséquences.

Mais je savais que j'aurais probablement à le faire.

Il avança vers moi d'un pas lent et décidément très sexy, avec l'allure d'un homme qui savait qu'il était beau et comment se mettre en valeur. Je le contemplai, ne pouvant m'empêcher d'admirer l'enveloppe du bonhomme, même si l'être qui se dissimulait à l'intérieur me fichait une frousse de tous les diables.

Il s'immobilisa à quelques pas de moi et laissa courir son regard sur mon corps, chauffant ma peau à blanc et mettant mon sang en ébullition. Il était assez proche pour que sa chaleur et son odeur musquée et virile m'enveloppent en éclipsant momentanément les autres arômes de la nuit. Je pris une profonde inspiration et emplis mes poumons de sa senteur presque animale qui amena ma fièvre lunaire à un point culminant. J'avais le mauvais pressentiment qu'il allait falloir qu'elle atteigne des sommets ce soir si je ne voulais pas m'enfuir en courant.

— Je commençais à penser que tu m'avais posé un lapin, dit-il d'une voix sensuelle et profonde, me lançant un regard où la luxure le disputait au danger.

Un frisson de désir et de terreur mêlés me courut le long de l'échine.

— Je n'ai pas pu m'échapper tôt du travail, et j'ai eu un mal fou à trouver un taxi. (Je haussai les épaules.) Je me suis dit que tu attendrais.

Il haussa un sourcil interrogateur.

— Et qu'est-ce qui t'en rendait si sûre ?

Je m'approchai de lui jusqu'à ce que mes tétons – durs et érigés sous le fin tissu vert de ma robe – effleurent sa chemise en soie.

— Parce que tu en veux à mon cul. Vraiment beaucoup.

Un ronronnement s'échappa du fond de sa gorge et il mit la main derrière ma nuque avant de m'attirer à lui. Pendant un bref instant, je ne pus que penser à ce qu'il était vraiment, et une partie de moi tenta de résister. Mais, parce que je savais que je n'avais pas le choix – et qu'au fond de moi je n'avais aucune *envie* de résister –, je mis impitoyablement de côté tout scrupule. Quand ses lèvres touchèrent les miennes, je lui rendis son baiser au centuple, me serrant contre lui et laissant les sensations alimenter encore un peu plus le brasier de mon désir.

Il fit glisser sa main libre le long de mes reins, la posant sur mes fesses et me serrant fort contre lui. Au bout de quelques minutes, il poussa un doux gémissement et recula légèrement le temps de reprendre sa respiration.

— Toi, toi, dit-il d'une voix haletante, ses lèvres effleurant les miennes, tu ne portes pas de culotte.

— Ça a toujours tendance à gêner quand on veut s'amuser.

Je caressai ses bras puis nouai les mains derrière sa taille. La seule manière dont nous aurions pu être plus proches, ç'aurait été en nous emboîtant. Et une partie de moi, la plus grande partie de moi, en fait, ne désirait que cela. J'étais un loup-garou avant tout et le sexe faisait partie de mes priorités, en particulier ce soir.

— Tu es sûr de vouloir dîner avec tes amis ? lui demandai-je.

Je devais poser la question : c'était une question que toute femme normale dans un tel état d'excitation aurait posée. Et, si je ne le faisais pas, il risquait de trouver ça louche. Il fallait seulement espérer qu'il ne me prendrait pas au mot. Il fallait absolument que j'entre dans cette maison pour y trouver la réponse à nos questions avant de me barrer aussi vite que possible. Or une soirée en tête à tête avec Jin ne m'aiderait aucunement à atteindre cet objectif, celui de mettre un terme à cette affaire. Et c'était cela que je voulais le plus au monde.

— Il le faut, s'excusa-t-il en m'embrassant les lèvres, les joues, le menton. Mais je te promets que ça en vaudra la peine. John a prévu un délicieux spectacle.

Quel pouvait être le genre de spectacle qualifié de « délicieux » par un dieu des ténèbres et son dragon à trois têtes ? J'eus la chair de poule rien que de me le demander, mais elle disparut aussitôt sous l'influence du désir lorsque Jin glissa la main sous ma jupe et commença à me caresser les fesses.

— Plus délicieux qu'un tête-à-tête avec moi ?

Je dis cela d'une voix si rauque que je sentis une secousse agiter le corps qui se serrait si fort contre moi.

— Oh, j'ai bien l'intention de passer un bon moment en tête à tête avec toi. Mais pas ici. Pas maintenant.

— Si tu ne te dépêches pas, je vais finir par en trouver un autre prêt à satisfaire mes besoins.

Il me lança un regard pétillant d'humour.

— Ça aussi, ça peut s'arranger. (Il recula d'un pas, se dégageant de mon étreinte, et me prit la main.) Allons-y.

Il me guida vers la maison et à travers un portail ouvert. La demeure de Kingsley était de style moderne, tout en angles et en béton. Je levai le regard vers la façade monolithique et ne pus m'empêcher de penser qu'avec ses fenêtres à peine visibles, on aurait pu se dire que la maison avait des yeux. Des petits yeux noirs luisants qui me regardaient de haut. Me jugeaient. Des yeux qui en savaient trop.

Je réprimai un frisson et me mordis la lèvre en maudissant mon trop-plein d'imagination. C'était juste une maison, rien de plus, rien de moins.

En dehors du fait qu'un dieu des ténèbres déterminé à plonger le monde dans le chaos y habitait, évidemment.

Et non seulement je m'apprêtais à entrer dans son repaire, mais, en plus, j'avais l'intention d'y poser des micros et des caméras.

Je ne pus me défaire du pressentiment que, si je commettais la moindre erreur, ce serait la dernière chose que je ferais.

Chapitre 11

Jin gravit les marches et appuya sur la sonnette adjacente aux massives portes chromées. Je m'arrêtai près de lui, plus près que je l'aurais normalement fait, comptant sur sa chaleur corporelle pour atténuer le froid qui m'avait envahie.

Je ne pouvais pas m'empêcher de penser que j'étais sur le point de commettre une terrible erreur. Terrible dans le genre « beaucoup de souffrance pour Riley ». Et même si Jin était un psychopathe, je pensais au moins savoir ce dont il était capable.

Mais je ne pouvais en dire autant de l'homme dont j'entendais les pas résonner de l'autre côté de la porte.

Je passai la langue sur mes lèvres sèches et me sentis presque soulagée quand Jin passa son bras autour de mes épaules. Sauf qu'il ne s'agissait pas d'un bras protecteur ayant pour but d'être un réconfort. Il enfonça presque brutalement ses doigts dans mon épaule, comme s'il sentait ma soudaine incertitude et avait bien l'intention d'étouffer dans l'œuf toute tentative de fuite.

Il ignorait que j'en étais incapable, et que, de toute façon, je ne le voulais pas. Quoi qu'il se passe là-dedans.

J'entendis un bruit de pas derrière la porte. J'eus l'impression que mon cœur était remonté dans ma gorge, et il me fut soudain beaucoup plus difficile de respirer. Je passai mon poids sur mon autre jambe et croisai les bras. Mais je résistai à la tentation de les frotter et espérai que Jin penserait que ma chair de poule était due au froid et non à la peur.

La porte s'ouvrit enfin. Je ne sais exactement à quoi je m'attendais, mais certainement pas au mec maigrichon à lunettes, au look de geek, qui se tenait devant moi. Le soulagement qui m'envahit fut tel que je faillis éclater de rire.

Faillis seulement.

Parce que, quand je vis ses yeux d'un bleu profond, je me rendis compte à quel point les apparences pouvaient être trompeuses. Cet homme était peut-être d'aspect anodin, mais il suffisait de plonger dans son regard pour que se révèle sa véritable personnalité.

C'était un être d'une puissance absolue, à la fois brute et séduisante. Magnétique. Malgré le fait qu'il y avait plus d'un mètre entre nous, j'en sentis l'attraction. Elle picota ma peau telle une vague d'électricité, en bien plus dangereux.

Parce qu'elle était capable de détruire de bien d'autres manières que la seule mort.

— Je pensais que vous ne viendriez pas, dit-il à l'adresse de Jin, même si son regard était braqué sur moi. Nous étions sur le point de commencer.

Il parlait d'une voix de basse très attirante qui envahit mes sens et chauffa ma peau. Une secousse toute de nerfs à vif et d'impatience me traversa.

J'avais un problème. Un gros, gros problème.

J'avais beau être une louve-garou et ne pas être dérangée à l'idée d'utiliser le sexe pour obtenir les renseignements dont j'avais besoin, cet homme… ou plutôt, ce dieu des ténèbres avait des siècles de luxure et de désirs innommables derrière lui. Quand il s'agissait de séduction, je n'arrivais pas à la cheville de ce qui était un maître en la matière.

Et ce maître avait des projets pour moi, comme m'avait prévenue Gautier. Il suffisait de voir la lueur sombre et affamée dans son regard pour en être convaincu.

— Riley a été retenue au bureau, expliqua Jin. Je vous prie de m'excuser.

— C'est la moindre des choses.

Il garda son regard planté dans le mien, évaluant, se régalant d'avance. Quand il tendit la main, j'y glissai la mienne sans réfléchir. Il s'inclina et posa un baiser au creux de ma main, ses lèvres s'attardant sur ma peau, la savourant.

— Bienvenue dans ma demeure, Riley.

— Merci. (Je laissai cela échapper dans un croassement et toussotai pour m'éclaircir la voix.) C'est un plaisir de faire votre connaissance.

— Tout le plaisir sera pour moi, je peux vous l'assurer, répliqua-t-il en lâchant ma main, mais je sentais toujours l'ombre de chaleur de ses lèvres sur ma paume. (Je ne sais comment je réussis à m'empêcher de la frotter sur ma robe.) Jin, escorte notre charmante amie à l'intérieur et présente-la aux autres convives.

Il s'écarta sur le côté. Jin posa la main sur mes reins, très bas, près de mon derrière, de manière à m'effleurer les fesses en passant, et me fit entrer. Des étincelles de désir me parcoururent la peau, et la fournaise au creux de mon ventre se raviva une nouvelle fois. La fièvre lunaire était toujours maîtrisée, mais elle n'allait pas tarder à se faire sentir, et il allait donc falloir que j'aie du sexe assez rapidement.

Ce qui ne devrait pas être un problème, pensai-je avec un frisson.

Mes talons cliquetèrent sur le sol en marbre poli, résonnant dans le long couloir vide. Kingsley n'était visiblement pas très amateur de meubles : l'entrée comprenait un portemanteau près de la porte et un guéridon en merisier finement gravé à peu près au milieu, mais c'était tout. Les murs peints d'un or pâle étaient dénués de tout tableau, miroir ou autre type de décoration. Les lampes étaient richement ornées, mais dépourvues d'ampoules, faisant de l'entrée une étendue de pénombre. Heureusement pour moi, je n'avais nul besoin de lumière pour voir, mais je ne pus m'empêcher de me demander si tout ce vide et cette obscurité n'étaient pas justement une méthode pour jouer avec les nerfs de leurs invités. Après tout, ces hommes étaient stimulés par les émotions les plus équivoques, et la peur, si subtile qu'elle soit, devait avoir un goût exquis pour eux.

Quand nous dépassâmes le guéridon du téléphone, je pressai le bout de l'index sur l'un des minuscules mouchards collés à l'extérieur de mon sac et passai négligemment la main sur le merisier en plaçant rapidement, mais précisément, le micro sous le rebord de la table.

Un de fait. Plus que cinq.

Une porte dominait toute la gauche du couloir. Elle était énorme, très ouvragée, et devait être lourde comme un âne mort si je devais en juger d'après l'effort que Jin dut faire pour l'ouvrir.

En la franchissant, je compris pourquoi.

Une vague de puissance tourbillonna autour de moi, comme des doigts d'énergie glacée qui résistèrent brièvement à mes efforts pour entrer dans la pièce à moitié plongée dans les ténèbres. Et je me rendis compte que c'était probablement la raison pour laquelle le Directoire semblait avoir tant de mal à espionner cette maison. Caelfind avait visiblement installé ses propres atténuateurs, et j'étais prête à parier qu'ils étaient aussi bien psychiques qu'électroniques. C'était visiblement une magicienne soigneuse, même si, au bout du compte, c'était son excès de confiance en elle qui l'avait perdue.

L'énergie me glissa sur la peau et me laissa passer avec une étrange sensation de succion. Je me grattai l'oreille, me demandant si Rhoan pouvait toujours entendre ce qui se passait. Mon émetteur fonctionnait-il encore dans cette pièce, ou étais-je à présent toute seule ?

Je ne voulais pas être seule. Pas avec ces gens-là.

Si on pouvait même les qualifier de « gens »...

Jin posa de nouveau la main sur mes reins et m'entraîna à l'intérieur. C'était une longue pièce dont les coins étaient plongés dans l'obscurité. L'air était saturé d'un mélange d'odeurs d'épices fortes, de parfum fleuri, de peur et de désir. Et même si je n'avais aucune envie d'emplir mes poumons de ce cocktail, Jin, lui, ne fit preuve d'aucune inhibition. Il inspira longuement avant d'exhaler avec lenteur.

— Ah, le doux arôme d'un bon rouge. Tu en veux ?

S'il était capable de sentir l'arôme du vin rouge au milieu de tout ça, il avait un bien meilleur odorat que moi.

— Un petit verre ne serait pas de refus.

— Je vais te présenter aux autres, puis j'irai te chercher à boire.

J'acquiesçai, le regard parcourant déjà le groupe de personnes rassemblées autour de la cheminée à l'autre bout de la pièce. Je n'avais pas la moindre idée de la raison pour laquelle ils s'étaient tous regroupés là-bas, parce qu'il faisait presque intolérablement chaud dans cette pièce. Peut-être se sentaient-ils tout simplement plus en sécurité près du feu. Après tout, celui-ci était la seule source de lumière des lieux.

C'est alors que mon regard s'arrêta sur le visage d'un homme que je connaissais, et, de manière incontrôlable, je me figeai.

Gautier.

Oh, *Seigneur*... Qu'est-ce que j'allais faire à présent ? J'aurais dû *savoir*, j'aurais dû *deviner* qu'il serait présent. Si l'on avait demandé à Jin et à Marcus d'assister à cette petite sauterie, c'était logique que Gautier, la tête de mort du dragon, ait été convié lui aussi.

Sauf que personne n'y avait pensé. C'était stupide. Totalement stupide.

Et ça risquait bien de me coûter la vie.

Il sourit et leva imperceptiblement son verre, comme pour me souhaiter la bienvenue. Mon estomac se noua et je sentis la bile monter dans ma gorge. Je déglutis difficilement.

— Tout va bien ? s'enquit Jin d'un air inquiet auquel je ne crus pas une seconde.

Je parvins à opiner du chef.

— Pardon, j'ai un peu de mal à voir où je mets les pieds dans cette obscurité.

Il posa la main sur mon coude.

— Je vais te guider.

Je n'avais pas le choix. Il fallait que j'avance. Que j'aille au bout des choses et voie jusqu'où Gautier était prêt à jouer son petit jeu. Je ne pouvais qu'espérer que la cavalerie qui encerclait la maison accourrait au galop quand j'aurais besoin d'elle.

Les muscles agités d'une tension nouvelle, je me forçai à marcher. Nous longeâmes une grande table en bois sur laquelle la vaisselle était mise, prête pour le dîner, même si les bougies dans les chandeliers n'étaient toujours pas allumées, et entrâmes dans la chaleur lumineuse du feu de cheminée.

Je sentis la sueur dégouliner dans mon dos au fur et à mesure que j'approchais de l'âtre, mais je n'aurais su dire si c'était dû à la chaleur ou à la peur de l'homme au visage émacié qui me regardait approcher avec un sourire narquois et supérieur.

Je me forçai à ne plus le regarder et à examiner les autres. Je connaissais la plupart d'entre eux. Le premier était Marcus, le géant que j'avais vu martyriser Jan au club. Celle-ci avait l'air bien plus vivant que la dernière fois que je l'avais aperçue, même si elle se déplaçait avec des mouvements raides trahissant ses blessures en voie de cicatrisation.

La troisième personne à qui Jin me présenta se nommait Raven et s'accrochait nerveusement au bras de Gautier d'un air possessif. C'était une fille mince aux cheveux noirs, avec des traits pincés et des yeux gris pénétrants et injectés de sang.

C'était aussi une métamorphe et, comme Jan, elle dégageait une vibration de besoin désespéré qui me fit me demander si je n'avais pas devant moi une autre future victime.

Puis son odeur me rappela celle que j'avais sentie, au club, dans la deuxième chambre, un mélange d'un peu de désespoir et de beaucoup de mort.

C'était donc bien Gautier dans cette chambre. Et cette femme se trouvait avec lui.

Le fait de devenir la tête de mort ne l'avait pas seulement immunisé contre les effets du soleil, il lui avait aussi donné le goût du sexe. Un sexe pervers, mortel.

Je faillis vomir rien que d'y penser.

Jin posa légèrement la main sur mes reins, me sortant de mes terribles pensées, et s'éloigna pour aller nous servir à boire, me laissant faire la conversation avec des gens que je n'avais pas la moindre envie de mieux connaître. Pendant tout ce temps, Gautier m'observa comme une araignée, ne disant mot, se contentant de sourire de son air froidement venimeux. Tous mes instincts me hurlaient de fuir pendant qu'il était encore temps.

Mais Gautier ne me laisserait certainement pas partir. Cela, je le savais. Quel que soit le jeu auquel il jouait, j'étais au centre de celui-ci, et je n'avais d'autre choix que de voir comment allait se dérouler la soirée. Et ce qu'il préparait.

Quand Jin me glissa un verre de vin rouge dans la main, j'en avalai aussitôt deux grandes gorgées. Même si ça ne soulageait pas vraiment la tension de mes membres, au moins était-ce liquide, et ma gorge sèche en avait grand besoin.

Après approximativement cinq minutes de bavardage sur le temps et ce genre de choses, un petit gong sonna derrière nous. Nous nous retournâmes et vîmes les chandelles s'allumer, faisant étinceler les verres en cristal et l'argenterie et projetant des arcs-en-ciel dans toute la pièce.

Kingsley se trouvait à présent au bout de la table, tel un roi contemplant ses sujets. Son regard croisa le mien, et mon cœur manqua un battement avant d'accélérer. Le pire, c'est que je n'étais pas certaine que ce soit dû à la peur plutôt qu'à autre chose. Comme une folle envie d'une friandise très, très mauvaise pour moi.

— Jin, toi et l'adorable Riley pouvez vous asseoir en tête de table avec moi ce soir.

Il dit cela comme si c'était une énorme faveur, et c'est effectivement la manière dont Jin sembla le prendre. Il m'escorta jusqu'à ma chaise à la droite de Kingsley avec un grand sourire. Je le remerciai quand il tira mon siège et m'invita à m'asseoir, puis posai mon sac sur la table tout en transférant négligemment l'un des micros sur mon index avant de laisser retomber ma main. Une main toujours tremblante. Parce que Gautier était toujours en train de m'observer en silence. Je mis le deuxième mouchard sous ma chaise en espérant qu'il fonctionnait malgré la barrière magique qui avait été mise en place.

Je devais aussi disposer une microcaméra presque aussi minuscule que les paillettes qui ornaient mon sac, mais il fallait la mettre en hauteur, ce qui pour le moment était impossible.

Kingsley attrapa une bouteille de vin et m'en servit un verre. Puis il souleva le sien.

— Aux nouveaux amis et aux bons moments passés ensemble, dit-il en trinquant légèrement avec moi, puis avec Jin.

— Et à une longue nuit de passion et de désir, ajouta Jin avec un regard qui fit courir des picotements brulants le long de mon échine, malgré la peur qui me tordait l'estomac.

Néanmoins, le désir éveillé par Jin n'était absolument pas comparable à la proximité de son maître maléfique. Se trouver près de Kingsley, c'était comme être assise près d'un loup avec l'aura réglée au maximum. Cela me faisait transpirer, et éveilla en moi un appétit sexuel tel que je n'en avais jamais connu.

Si ç'avait été un autre loup, j'aurais simplement pu utiliser la force de ma propre aura pour lutter contre la sienne. Mais comment atténuer la puissance d'un dieu des ténèbres ? Surtout quand il avait forme humaine ? Je ne pouvais même pas utiliser mon aura, vu que personne ici, en dehors de Gautier, ne savait que j'étais une louve, et j'avais bien l'intention que ça reste le cas.

Si Gautier me le permettait.

Les plats arrivèrent, apportés par des femmes qui bougeaient aussi silencieusement que des spectres et qui étaient tout aussi pâles. Ce n'étaient pas vraiment des fantômes – avec ma capacité croissante à percevoir la présence des morts, je l'aurais senti – mais, néanmoins, il n'y avait pas beaucoup de vie dans leur regard ou leurs expressions. Peut-être Kingsley leur avait-il ôté toute énergie, toute substance.

Tout le monde sauf Gautier mangea, but et continua à bavarder alors que les différents plats nous étaient présentés. Jin n'avait pas menti sur ce point : la cuisine était exquise.

Plus la soirée avançait et plus j'avais l'impression que mes idées étaient confuses, dans le genre « j'ai trop bu et, maintenant, je ne sais plus me tenir ». J'avais arrêté de boire du vin après le plat principal, mais mon esprit ne s'était pas éclairci pour autant. C'était étrange, comme si j'étais à la fois ici et ailleurs, telle une observatrice extérieure à mon corps, consciente de ce qui se passait mais pas vraiment impliquée. Même la terreur qui m'avait envahie en voyant Gautier et en pensant au sort qu'il me réservait sembla passer au second plan.

Au fond de moi retentit une sorte de signal d'alarme, mais je n'eus même pas le courage d'y consacrer mon attention. C'était trop pénible. Tout était d'ailleurs trop pénible en dehors de rester assise là à profiter de la soirée.

Le dessert – un énorme gâteau au chocolat presque aussi bon qu'un orgasme – fut servi, suivi par le café. Celui-ci n'était pas aromatisé à la noisette, mais c'était un excellent cru, et la saveur en était divine.

Ce qui nous amena aux distractions d'après-dîner. Kingsley se leva dès que la dernière tasse à café fut débarrassée par l'une des pâles servantes, et la tension que j'avais ressentie plus tôt envahit de nouveau la pièce surchauffée. Mais, cette fois-ci, elle était accompagnée par une pointe de peur, de désir et d'excitation – la peur et le désir émanant de Jan, alors que l'excitation venait de Jin, de Marcus et de la métamorphe longiligne. Gautier, lui, était aussi impénétrable que d'habitude, mais il y avait un éclat dans ses yeux qui fit courir un frisson le long de mon échine.

— Que diriez-vous de passer au plat de résistance ?

— Oh, je vous en supplie, souffla Jan d'une voix vibrant d'impatience.

Marcus la serra contre lui et mon estomac se souleva. Peut-être n'était-ce pas une si bonne idée d'avoir mangé tant de gâteau au chocolat. Pas si le plat de résistance était ce que je commençais à penser qu'il serait.

Kingsley traversa la pièce et ouvrit une seconde porte double que je n'avais pas remarquée jusqu'à présent. La pièce qui se trouvait de l'autre côté était aussi peu éclairée que celle-ci, et les ténèbres qui y rôdaient étaient saturées de l'odeur du sang, de la peur et de la mort.

Jin me tendit la main alors que Kingsley disparaissait dans l'obscurité. Mon hésitation fut brève, mais indéniable, et une partie de moi en fut soulagée. Au moins, cela signifiait que j'étais encore assez maître de moi-même pour ne pas avoir envie de me jeter dans la gueule du loup sans peur ou sans y réfléchir. Non que ça change grand-chose au point où nous en étions.

Deux par deux, nous entrâmes dans la pièce. Une lumière s'alluma à l'autre bout de celle-ci, caressant de pâles rayons l'étrange machinerie de bois, couverte de taches sombres, qui remplissait la pièce. Nous nous trouvions dans une autre foutue chambre de torture. Comme dans la précédente, je pus voir un chevalet de bois brut, des chaînes métalliques pendant de menottes scellées au plafond, une grande roue en bois au-dessus d'un profond abreuvoir, et de grosses cordes attachées à des anneaux aux murs. Mais il y avait aussi d'autres machines, des machines à l'apparence véritablement épouvantable, comme des boîtes de métal hérissées de piquants et autres choses à l'air encore plus dangereux.

Cette fois-ci, je contemplai le spectacle d'un regard indifférent. L'horreur que je ressentais était bien présente, mais tellement distante, comme retenue par un mur de détachement. C'était étrange, ce sentiment d'être ici et ailleurs, et pourtant quelque chose en moi s'en réjouissait. Sans ça, j'aurais peut-être été tentée de m'enfuir de cette pièce en hurlant.

Peut-être. Ou peut-être pas. La vérité, c'était que je voulais faire mon boulot : empêcher ces monstres de nuire pour l'éternité.

C'était la seule pensée qui émergeait clairement de la confusion qu'était mon esprit à l'instant présent.

Kingsley apparut soudain. Il avait enlevé sa veste et desserré sa cravate, et la tension sexuelle qui remplissait la pièce devint soudain plus forte, frappant mes sens comme un marteau et me faisant trembler les genoux.

Jin passa ses mains autour de ma taille et m'attira contre lui. Je sentis son souffle brûlant sur ma nuque et son érection se tendre presque douloureusement contre mon derrière.

Kingsley s'arrêta devant Jan, leva la main et lui caressa tendrement la joue. Elle frissonna à son contact et l'arôme du désir et du besoin tourbillonna autour de nous, saturant l'air de son parfum enivrant. Ma respiration s'accéléra en réaction et Jin émit un doux ricanement qui me fit dresser les cheveux sur la tête.

— Bientôt, murmura-t-il. Bientôt.

— Comprends-tu bien la raison pour laquelle tu te trouves ici ? demanda Kingsley en laissant sa main glisser le long de la gorge de Jan et en commençant à défaire les boutons de son chemisier.

Elle se cambra, collant ses petits seins au creux de sa paume.

— C'est un test, dit-elle.

— Un test, pas une fin. Tu le comprends bien, n'est-ce pas ? murmura-t-il en terminant de déboutonner le chemisier et en en écartant les pans pour exposer ses seins.

— Oui, répondit-elle d'un air presque pathétique, sa voix le suppliant de la caresser.

Mais elle ne fit rien pour cela. Je me demandai vaguement ce qui la retenait : la peur, ou quelque chose dans les yeux de Kingsley ? Quelque chose que je ne pouvais voir de là où je me trouvais ?

— Alors choisis ta machine.

Elle parcourut la pièce du regard et s'arrêta sur le plus petit des instruments de torture en bois.

— Le tonneau. Je choisis le tonneau.

— Ah ! Un excellent choix ! (Kingsley tourna le regard vers Marcus.) Tu sais ce que tu dois faire.

Le géant opina du chef et conduisit Jan jusqu'au tonneau recouvert de minuscules pointes en bois. Gautier attira Raven plus près de lui et se mit à jouer avec ses seins d'une manière qui semblait maladroite et franchement douloureuse. Je déglutis et me forçai à regarder ailleurs. Je ne pouvais pas accepter l'idée d'un Gautier doté de désirs sexuels. C'était tout simplement inenvisageable.

Kingsley s'approcha de l'endroit où Jin et moi nous tenions. Il s'arrêta à notre gauche, le regard braqué sur nous plutôt que sur le spectacle qui s'offrait à lui. Son odeur capiteuse nous enveloppa et me fit transpirer et trembler.

Désirer.

— Savez-vous ce qui est sur le point de se produire ?

— Oui, répondis-je dans un souffle.

J'espérais qu'il s'agissait de peur, mais, au fond de moi, je savais que c'était de l'excitation.

— Et est-ce que cette perspective vous excite ?

— Jin m'excite. Vous aussi.

Il arqua un sourcil.

— Je pense que vous mentez.

— Non.

L'ombre d'un sourire vint taquiner ses lèvres.

— Tu avais raison, Jin. Celle-ci est forte. Un très bon choix, en effet.

— Merci, répondit Jin en glissant ses mains de ma taille à mes épaules en passant par mes seins.

Un frisson d'impatience me parcourut quand je sentis ses mains faire glisser mes bretelles sur mes bras.

— Observez, ordonna Kingsley, et, cette fois-ci, je n'eus pas le choix.

Jan s'était déshabillée et étendue sur le tonneau. Marcus avait attaché chacun de ses membres à des anneaux scellés dans le sol, écartant largement ses jambes et ses bras et plaquant son ventre contre les petites pointes. Celles-ci n'avaient pas encore pénétré la peau de la fille, car je ne sentais aucune odeur de sang, mais ça n'allait visiblement pas tarder.

Marcus commença à se déshabiller et, même dans mon état second, je ne trouvai rien de beau dans son corps. C'était juste un homme aux muscles sinueux avec une bite des plus ordinaires. Non que j'aie quoi que ce soit contre les bites ordinaires si l'emballage était sympa.

Le son d'une paume claquant contre de la peau me fit légèrement sursauter. Je clignai des yeux et me rendis compte qu'à un moment ou à un autre, Marcus avait enfilé un gant en cuir à sa main droite. Des bandelettes de cuir barbelé jaillissaient de l'extrémité de chacun de ses doigts. Il se mit à fouetter le dos de Jan, pressant son estomac contre les pointes, et les lanières barbelées déchirèrent ses épaules.

Il ne fallut pas bien longtemps pour que les cicatrices de son dos laissent de nouveau place à une bouillie sanglante, mais les cris qu'elle poussait étaient des couinements de plaisir, et l'air était lourd de l'odeur de son sang et de son excitation.

Et pas seulement du sien.

L'odeur âcre du désir de Raven flotta dans l'air rempli de désespoir et de tension sexuelle. Même si ça me rendait malade de penser qu'elle était excitée aussi bien par le spectacle que par Gautier, son désir ne fit qu'alimenter le mien jusqu'à des sommets rarement atteints.

Jin fit glisser ses doigts le long de mes bras, entraînant les bretelles de ma robe avec eux, robe qui se retrouva bientôt en un petit tas de soie verte à mes pieds. Puis il prit mon sac et le lança sur le côté avant de glisser ses mains le long de mon ventre et de venir fermement taquiner mes tétons turgescents. Il les pinça fort et la secousse qui m'agita ne fut que pur plaisir. Pour une louve en pleine chaleur lunaire, tout contact était source de plaisir. Et à l'instant présent, malgré la situation et malgré l'étrange détachement qui était le mien – ou peut-être à cause de lui –, tout ce que je voulais, c'étaient ses caresses, qu'elles soient douces ou brutales.

— Observez, répéta Kingsley d'une voix qui sembla résonner dans la pièce comme si elle nous parvenait d'une grande distance.

Marcus n'était plus seulement en train de la frapper. Il se trouvait entre ses jambes et il la baisait à grands coups de reins, Jan tressautant et hurlant avant de jouir. Elle s'effondra mollement sur le tonneau, mais le géant ne s'arrêta pas, continuant à la labourer encore et encore de son sexe en érection.

Et mes muscles se mirent eux aussi à tressauter, ma peau à vibrer, comme si c'était moi, là-bas, sauf que je désirais plus que tout le soulagement qui était à la fois si loin et si proche.

Marcus éjacula à cet instant, interrompant la vibration. Je faillis pousser un hurlement de frustration.

Kingsley ricana doucement.

— Je crois que celle-ci est prête à plus que simplement observer.

Jin était toujours en train de m'agacer les seins.

— Oui, gronda-t-il d'une voix rauque contre mon oreille. Elle est plus que prête.

— Alors, prépare-la, ordonna-t-il en tendant la main pour me caresser la joue. Gautier, tu peux continuer à t'amuser avec Raven sur la machine de ton choix.

Le gémissement de plaisir de celle-ci me suivit hors de la pièce. J'étais soulagée de ne plus voir Gautier, mais je sentais pourtant son regard sur moi, bien après que nous eûmes quitté la pièce.

Nous passâmes une autre porte vibrant d'une puissante résistance et arrivâmes dans une petite pièce carrée. Dans celle-ci se trouvait un pilori médiéval en bois brut, sauf que celui-ci avait une barre étrange, à hauteur d'estomac, située à peu près à quarante centimètres en avant du pilori. Il n'y avait rien d'autre. Rien de vivant ou d'inanimé en tout cas.

Mais il y avait des fumeroles sombres qui s'étiraient dans les coins sombres, et elles me murmurèrent des horreurs que je ne pouvais qu'espérer ne jamais avoir à vivre moi-même.

La peur m'envahit de nouveau et je trébuchai. Pendant un bref instant, le brouillard se dissipa et une pensée claire fit son apparition. Il y avait quelque chose qui clochait. Qui clochait *méchamment*. Il fallait que je sorte de là. À tout prix.

J'arrachai mon bras de l'étreinte de Jin et fis volte-face en lançant ma jambe en avant, le frappant rudement au creux de l'estomac. Il avait beau être un dragon, il avait toujours une enveloppe humaine, et il s'effondra par terre en expulsant tout l'air de ses poumons.

Mais ça ne dura pas.

Je me précipitai vers la porte et il se jeta sur moi, attrapant mon pied et le tirant avec brutalité. J'atterris face contre terre et m'ouvris le menton sur le carrelage froid. Le sang jaillit et la douleur explosa dans mon crâne. Je poussai un juron et tentai de me dégager en lui donnant des coups de pied dans la tête pour qu'il me lâche. J'avais la force d'un vampire et d'un loup-garou, mais ça ne sembla pas faire grande différence. Centimètre par centimètre, il me ramena vers lui.

Je poussai un autre juron et me redressai en position assise avant d'attraper l'un de ses doigts et de le tirer brutalement en arrière. J'entendis le bruit de l'os qui cédait et il poussa un hurlement plein de fureur, de douleur et de désir.

Il me frappa de sa main libre, le coup envoyant valdinguer ma tête en arrière. Je heurtai une nouvelle fois le carrelage et vis trente-six chandelles un bref instant.

Il en profita pour me clouer au sol, m'écartant les jambes de ses genoux et immobilisant mes poignets au-dessus de ma tête d'une prise inexorable.

— Je croyais que tu n'aimais pas que ce soit trop brutal, dit-il d'une voix pantelante en descendant la fermeture de son pantalon.

Je me débattis, mais quand il me pénétra je ne pus retenir un gémissement de plaisir. La lune était presque pleine, la fièvre était brûlante, et je voulais du sexe. N'importe quel sexe. Même le sien.

Mais je n'en étais pas au point où je laisserais le besoin de sexe prendre le pas sur celui de sécurité.

— La brutalité, c'est une chose. La force, c'en est une autre.

Je réussis je ne sais comment à m'arc-bouter et à le désarçonner, avant de me remettre à quatre pattes et de me précipiter vers la porte. Directement dans le corps chaud et nu de John Kingsley.

C'était comme si j'avais heurté un mur d'acier, et je rebondis avec un glapissement surpris. Alors que je tentais de recouvrer mon équilibre, il envoya son poing frapper mon menton ensanglanté et me fit valser à travers la pièce. Je percutai le mur avec un grognement et m'effondrai au sol.

— Il suffit, dit-il. Cessez de résister.

Je voulais résister plus que tout, mais c'était comme si quelqu'un avait ôté le bouchon de lavabo contenant ma colère et mon désespoir. Ceux-ci s'évacuèrent comme un soupir et l'étrange détachement revint en force.

— Jin, attache-la sur le pilori.

Jin se releva difficilement puis m'attrapa brusquement le bras et me força à me remettre debout. Sans cérémonie, et avec très peu de précautions, il m'entraîna près du pilori en bois. La raison de la présence de la barre au niveau du ventre devint alors évidente. Il me fit me pencher dessus et me bloqua fermement la tête et les bras dans les orifices du pilori, pendant que mes jambes étaient enchaînées, largement écartées, au pied de la barre. C'était une position très inconfortable, qui me laissait ouverte à toute invasion, étirait chacun de mes muscles jusqu'à l'extrême limite et qui me verrait bientôt hurler de douleur.

Ce qui était ce qu'ils voulaient obtenir. Très précisément ce qu'ils voulaient obtenir.

Mais pas seulement.

Jin resta debout derrière moi, son sexe massif reposant juste à l'entrée de mon vagin, l'agaçant sans y pénétrer. Kingsley se mit de l'autre côté du pilori. Même s'il était nu, son pénis était toujours flaccide. Au fond de moi, je priais pour que ça reste le cas.

Il s'arrêta. La chaleur et cette odeur âcre et masculine qu'il dégageait m'envahirent, en appelant à la louve, aiguisant son appétit.

Il le sentit. J'ignore comment, mais il le sentit.

— Regardez-moi, dit-il doucement.

C'était un ordre. Quand je refusai d'obéir, il ricana doucement et d'un doigt ferme posé sous mon menton plein de sang, il me força à lever la tête. Cette position m'étira les muscles du cou au point de hurler, et pourtant la douleur restait distante, à l'instar de la peur et du besoin désespéré de sortir de là. Ces sentiments étaient pourtant toujours présents, mais ils ne m'atteignaient pas.

J'aurais aimé pouvoir en dire autant de Kingsley.

La faim brûlante qui brillait dans ses yeux aurait pu faire fondre le métal, et je n'ai jamais prétendu être aussi résistante que celui-ci. Mon corps commença à vibrer en réponse à son désir, mon sang me faisant l'effet du vif-argent dans mes veines.

Il me toisa d'un regard débordant de puissance, et l'énergie de celle-ci me parcourut la peau comme une brûlure qui me consuma d'une manière plus que purement physique. Et à travers cette énergie une connexion se forma, une connexion qui n'était pas télépathique, qui ne ressemblait à rien de ce que je connaissais, mais que je sentais dans la moindre fibre palpitante de mon être. C'était comme s'il me caressait et m'agaçait de l'intérieur, utilisant cette énergie brute pour jouer des cordes de mon désir.

— Souhaitez-vous en finir ?

De sa main libre, il me caressa la main gauche, ses doigts jouant avec les miens. Quelque chose en moi hurla de terreur, mais c'était toujours un son si faible que je me demandai pourquoi une action si anodine devait causer une telle peur. Peut-être était-ce simplement le fait qu'il me touchait physiquement.

— Nous pouvons vous aider pour cela, le savez-vous ? poursuivit-il. Nous sommes en mesure de vous offrir une satisfaction comme vous n'en avez jamais ressenti de votre brève vie.

Je ne répondis rien. J'en étais incapable. On aurait dit que ma langue était collée à mon palais.

— Voulez-vous en avoir un avant-goût, petite ?

Ma langue se décolla, comme pour dire oui, et malgré le brouillard, malgré la distance, je la mordis fort pour m'en empêcher. Acquiescer aux propositions de cet homme – ou plus exactement de ce dieu des ténèbres – ne me semblait pas une bonne idée. J'ignorais pourquoi et ne réussis pas à lutter assez longtemps contre le brouillard pour y réfléchir plus avant. Mais je n'avais nulle intention de ne pas tenir compte de cette intuition. Pas quand quelque chose d'encore plus précieux que ma vie était en jeu.

Kingsley rit, un doux rire séduisant et totalement maléfique. Il quitta mes yeux du regard et fit un bref signe de tête.

La main de Jin s'abattit durement sur mon derrière. Je poussai un gémissement, partagée entre le désir et la douleur, entre le fait d'en vouloir plus et de ne pas en vouloir plus.

Les deux hommes inspirèrent profondément, comme s'ils étaient en train de sucer le goût de ma douleur et de mon désir. Les doigts de Kingsley tremblèrent sur mon poignet, preuve d'une excitation que mon odorat pouvait percevoir. Bizarrement, ce désir ne sembla toujours pas atteindre sa queue. Peut-être que quelque part, quelqu'un avait entendu ma prière.

Jin me frappa encore et encore, jusqu'à ce que mes muscles soient tremblants, ma peau à vif, et mon corps, sur lequel on ne pouvait décidément pas compter, envahi d'un désir encore plus brûlant qu'auparavant.

Je voulais. Oh, mon Dieu, comme je voulais.

Tout ce qu'ils auraient à me proposer. Tout ce qu'ils me permettraient d'avoir.

La sueur de mon front coulait le long de mes joues, se mélangeait au sang et gouttait de mon menton. Une partie de ce sang provenait à présent de ma langue, après la morsure que je m'étais infligée. Je continuais d'ailleurs à serrer mes dents dessus afin de m'empêcher de plaider, de supplier qu'on me fasse subir le sort que mon corps réclamait à grands cris.

Alors que je pensais ne pas pouvoir en supporter plus, Kingsley adressa un signe de tête à Jin, et celui-ci inséra profondément son sexe en moi. Il n'y eut aucune douceur dans ses mouvements, aucune délicatesse dans la manière dont il entra, sortit, entra et sortit encore, mais je m'en fichais complètement.

Car ce n'était pas Jin que je sentais en moi, mais Kingsley. Il était tout autour de moi, à travers moi, m'emplissant de ses ténèbres, de son désir. Il me toucha, me caressa, me fit sienne, non pas physiquement, mais psychiquement, et de bien des manières c'était encore plus fort que n'importe quoi de physique. Mon corps et tous mes sens répondirent avec enthousiasme à son appel. Dans les dernières minutes, j'étais devenue sienne, corps et âme, et il pouvait faire de moi ce qu'il désirait, sans que je puisse rien trouver à y redire.

Et, s'il fallait être franche, je ne voulais pas y redire quoi que ce soit. J'étais perdue dans le moment, dans l'intensité et la passion, et je m'y noyais volontairement. Mon cœur battait furieusement, mon corps hurlait pour qu'on le soulage, et chaque muscle, chaque fibre de mon être étaient si tendus qu'on aurait dit que quelque chose allait nécessairement céder.

C'est alors que Kingsley prit mon auriculaire dans sa bouche et commença à le lécher, à le goûter, la sensation me faisant complètement perdre la tête. Je jouis avec violence et rapidité, de magnifique manière. Au même moment, je sentis les dents de Kingsley percer ma peau et s'enfoncer avec force. La douleur m'envahit, me transperça, et la puissance de Kingsley envahit mon esprit, mon âme, provoquant une sensation tellement exquise que je jouis une seconde fois.

Alors que je tentais de me souvenir de comment on faisait pour respirer, je sentis de nouveau la présence de Jin, toujours en train de me labourer, le souffle court, visiblement sur le point d'atteindre le sommet que je venais de gravir. Je sentis aussi de nouveau celle de Kingsley, toujours en train de me sucer le doigt.

Il y avait une incroyable absence de sensations venant de ce dernier. Seulement une étrange douleur qui m'arrivait par vagues. Et beaucoup, beaucoup de sang… Tellement que même la langue agile de Kingsley ne parvenait pas à en atténuer assez le flot pour qu'il évite de couler le long de mon bras.

J'en vis soudain la raison.

Mon doigt s'arrêtait à la première phalange.

Exactement comme celui des femmes qui avaient fini éventrées sur le sol d'un entrepôt.

C'était ça, le message que mon don de clairvoyance avait essayé de me transmettre. C'était ça que j'avais vu et craint inconsciemment.

Je savais, maintenant, mais c'était trop tard.

Je hurlai. Intérieurement, extérieurement, je n'en ai pas la moindre idée. Je me contentai de hurler.

Puis les ténèbres m'engouffrèrent et je perdis connaissance.

Chapitre 12

Je repris lentement conscience, et fus accueillie par une terrible migraine qui faisait danser follement des points lumineux sur mes paupières fermées, avec mon estomac qui accompagnait le mouvement dans une gigue infernale. Et ça n'arrivait pas à la cheville de la douleur que je ressentais à la main gauche.

Il valait mieux passer outre. Faire comme si elle n'existait pas, même si cela faisait couler la sueur sur mon front.

Ou peut-être cela était-il dû à la chaleur. Il faisait sacrément chaud, ici, où que soit cet « ici ». Ma peau me brûlait, et ce n'était pas seulement dû à mes diverses blessures. L'air était humide et puait le renfermé et la vieille terre. Sous ces deux parfums, je détectai les arômes plus subtils du sang, de la mort, du chagrin et de la douleur, certains anciens, d'autres plus récents, et tous pleins de souffrance.

Ce n'était pas une simple cave : la mort y régnait jusqu'au moindre recoin.

C'était aussi le cas de la table sur laquelle j'étais allongée. On aurait dit que le désespoir et la mort étaient incrustés dans la pierre du plateau, et ils me pénétraient le dos et les fesses d'une manière presque douloureuse. Je résistai à l'envie de changer de position et me concentrai sur ce qui se passait dans la pièce.

J'entendis craquer un feu sur ma gauche. Je ne sentais aucune odeur de fumée, mais il n'y avait pas non plus le moindre souffle d'air frais et ça ne ressemblait pas du tout à un âtre ouvert. Vu la personne qui avait probablement allumé ces flammes, il n'était pas illogique de penser qu'elles étaient d'origine magique. Je doutais que Caelfind eût été la seule pratiquante. Un dieu des ténèbres devait certainement s'y connaître un peu en matière de magie.

Un chant se fit entendre par-dessus le craquement des flammes. J'essayai pendant plusieurs secondes de déchiffrer les paroles mélodieuses, mais elles semblaient être dans un langage que j'ignorais. Mais la voix, elle, je la reconnaissais : c'était celle de Jin.

Un frisson agita mon âme. Je n'avais beau pas savoir où je me trouvais exactement, les odeurs, les sensations et mon instinct me donnaient des indices évidents de ce à quoi servait cette pièce.

C'était le portail dont avait parlé Quinn. L'endroit où Kingsley accomplissait ses sacrifices, ou se nourrissait, ou quoi que ce soit d'autre. Pour quelle raison il transportait les cadavres dans des entrepôts, ensuite, je n'en avais aucune idée. Peut-être ne voulait-il simplement pas que des corps en putréfaction empuantissent le lieu de ses sacrifices.

Je fus tentée d'ouvrir les yeux et de regarder autour de moi, mais, tant que je n'étais pas certaine d'être seule avec Jin, je ne pouvais risquer un seul geste.

J'inspirai lentement mais profondément, goûtant l'air, tentant de mettre de côté les fortes odeurs de mort, de vieillesse et de puissance, cherchant celle qui appartenait à Kingsley.

Rien.

Il n'était pas là, ce qui semblait être confirmé par le fait que mes pensées étaient relativement claires. Je n'étais plus la chienne obéissante et suppliante que j'avais été dans la maison, et mon cerveau n'était plus obscurci par le brouillard distant qui m'avait rendue si docile. Certes, ça signifiait aussi qu'il y avait un millier de petits mineurs à la tâche à l'intérieur de mon crâne et de ma main gauche, mais cette douleur, si cruelle soit-elle, était une bonne chose. Parce que je pouvais réfléchir. Et sentir. Après les événements de ces dernières heures, c'était une sensation paradisiaque.

Mais le goût amer et métallique que j'avais dans la bouche suggérait fortement que mon état distant avait été d'origine artificielle, et que peut-être aussi bien l'eau que le vin étaient drogués. C'était certainement le cas : je ne voyais pas d'autre explication pour ce qu'ils m'avaient fait. Ce que je les avais laissés me faire.

Avec ma volonté réduite à sa plus simple expression, Kingsley n'avait pas eu grande difficulté à traverser certaines de mes défenses et à me contraindre à faire ce qu'il désirait.

Mais ce n'était le cas que lorsqu'il était à proximité immédiate. Le fait que j'aie brièvement tenté de me battre contre Jin tendait à le prouver.

La seule bonne nouvelle là-dedans, c'est qu'il n'avait visiblement pas réussi à transpercer *toutes* mes défenses. Sinon, il aurait deviné que je n'étais pas une victime de sacrifice ordinaire, mais une louve-garou et une gardienne. Et ils auraient certainement pris plus de précautions pour m'attacher s'ils s'étaient rendu compte de ce qu'ils avaient entre les mains.

Parce que je n'étais pas du tout attachée. J'étais nue, bien sûr, mais j'avais les bras étendus de chaque côté de mon torse et les jambes confortablement installées. J'avais perdu mes chaussures, mais je sentais toujours les deux couteaux camouflés en barrettes dans mes cheveux. J'avais donc des armes, et des bonnes, en cas de besoin.

J'eus une folle envie de me lever et de m'enfuir pendant que Jin était occupé à autre chose, mais je la réprimai précipitamment. Même si je ne sentais que son odeur, j'ignorais ce qui se trouvait dans la pièce avec lui. Il pouvait très bien y avoir de sales petites – ou pas si petites – bestioles comme le chien des Enfers, patientant dans la pénombre. Et je doutais sérieusement d'avoir la force de les affronter, elles, en plus de Jin.

Non, il valait mieux attendre une meilleure occasion. De préférence avant qu'ils commencent à m'éventrer, quoi.

J'inspirai de nouveau avec lenteur, essayant de percevoir autre chose dans la pièce. Rien d'autre que les effluves que j'avais déjà sentis. Il allait falloir que je prenne le risque d'ouvrir les yeux.

J'entrouvris une paupière. Une lumière dorée dansait sur les murs en terre sombre, faisant ressortir des hiéroglyphes gravés dans les parois rugueuses. Certains m'étaient familiers, car ils étaient similaires à ceux gravés au dos de la bague que j'avais trouvée chez le cambrioleur écorché. Quant à ce que signifiaient les autres, je n'en avais pas la moindre idée, mais un étrange sentiment de terreur m'envahit rien qu'à les contempler. J'ignorais pour quelle raison, mais ils éveillaient en moi un terrible sentiment de solitude et de peur.

La peur, qui s'était effacée face à la douleur et à mes autres sensations, revint au premier plan, rapide comme l'éclair, et une fois encore il fallut que je me maîtrise pour ne pas m'enfuir en courant.

J'expirai doucement en essayant de dompter ma panique et de respirer calmement, lentement, tout en examinant les alentours avec prudence.

Si je voulais sortir de là, il fallait que je sache où se trouvaient les autres, et ce qui se passait. J'avais beau avoir une idée du lieu où je me trouvais et du sort qui me serait réservé, il fallait que j'aie une vision globale de la situation avant de tirer des plans sur la comète.

Ce qui signifiait qu'il fallait que je bouge un peu pour avoir un meilleur angle de vue.

Le cœur battant la chamade, je glissai légèrement sur le côté, avançant un peu, puis m'arrêtant, puis avançant de nouveau avant de m'interrompre encore, jusqu'à me retrouver allongée en travers de la table. J'avais l'estomac complètement noué quand j'y parvins, et une bouffée de chaleur due à la peur envahit mon corps, mais ma tête se trouvait à présent plus près du bord et je voyais bien mieux ce qui se passait dans une bonne moitié de la pièce.

Sauf qu'il ne s'agissait pas d'une pièce creusée dans le sol, comme je le croyais, mais d'une véritable caverne. Une caverne ancienne, dont les parois étaient recouvertes de la crasse des années. Sous cet angle, les hiéroglyphes semblaient bien plus récents que les murs, les symboles gravés dans la terre faisant l'effet de blessures ouvertes, fraîches et saignant encore.

Un autre frisson me parcourut et je détournai le regard. Jin se trouvait à ma gauche, assez loin de moi, vêtu d'une grande robe noire qui le couvrait des pieds à la tête. Il était intéressant de constater que le dragon dégageait très peu de chaleur corporelle en vision infrarouge. Sa silhouette était d'un violet sombre, ne ressemblant pas du tout à un corps à l'agonie. C'était quelque chose de complètement différent, quelque chose de totalement étranger à ce monde.

D'un autre côté, il fallait que je me rappelle que j'avais affaire à l'esprit ancestral d'un dragon, pas à un humain, malgré l'enveloppe charnelle qu'il avait empruntée.

Derrière lui se trouvait une porte, du genre moderne, en métal, très épaisse, qui ne cadrait pas avec le reste de la pièce. Et, pour une raison inconnue, le simple fait de la voir m'apporta un certain soulagement.

S'il y avait une porte, ça signifiait que des gens pouvaient entrer. Il serait toujours possible de venir à ma rescousse si jamais je ne réussissais pas à me sortir seule de ce pétrin.

Elle me donna de l'espoir, alors que jusque-là je n'avais pas voulu y croire.

À mi-chemin entre la porte et moi se trouvait une petite table recouverte d'une pièce de cuir sur laquelle reposaient un couteau à la lame vicieusement recourbée et un lourd calice d'argent.

Ces deux objets sentaient la mort et la vieillesse, même si, jusqu'à cet instant, j'aurais pu jurer que l'argent ne retenait pas les odeurs.

Je regardai la petite table, puis Jin, puis de nouveau la table.

Ce couteau était peut-être ma seule chance de liberté... Si Maisie n'avait pas menti lorsqu'elle avait dit que la meilleure manière de tuer un dragon était de lui couper la tête.

J'examinai de nouveau Jin. Il avait les yeux fermés et se concentrait complètement sur le chant que je ne comprenais pas. Si c'était un sort quelconque, il ne semblait pas être dirigé contre moi. En tout cas, le but n'en était pas de m'immobiliser. Peut-être qu'il faisait autre chose, quelque chose qui m'atteindrait lorsque j'essaierais de bouger.

Mais, la seule façon dont je pouvais m'en assurer, c'était justement en bougeant.

J'expirai longuement, puis m'enroulai dans mon manteau d'ombre avant de me laisser glisser de la table de pierre. Le cantique continua, ne trahissant pas le moindre changement de rythme.

J'avançai pieds nus sur le sol de pierre, sa chaleur caressant ma peau et envoyant de petites étincelles d'énergie en spirale le long de mes jambes. Je n'y prêtai pas attention et saisis le manche noir du couteau incurvé, le dressai au-dessus de ma tête et me précipitai sur Jin aussi vite que je le pouvais.

J'étais une dhampire. Non seulement j'étais rapide comme un vampire, mais, en plus, j'avais la force conjuguée d'un loup-garou *et* d'un vampire. Et personne, pas même l'esprit d'un dragon, ne pouvait y résister. Particulièrement lorsqu'il était pris par surprise. Jin leva les yeux au tout dernier moment, s'interrompant brusquement dans son chant et il écarquilla les yeux alors que la lame tranchait peau, nerfs et os, lui coupant net la tête. Cette expression presque comique de surprise se figea sur ses traits alors que sa tête roulait par terre. Une seconde après, le reste du corps s'effondra au sol, projetant une gerbe de sang autour de la tête, formant comme une auréole de ténèbres.

Des fumeroles s'élevèrent de son cadavre. Je brandis le couteau et battis précipitamment en retraite derrière le cercle de pierres gardiennes. J'ignorais si l'âme d'un dragon pouvait m'attaquer, ou si la lame d'argent et les cercles de pierres seraient en mesure de me protéger, mais je me sentais en tout cas bien plus en sécurité à cet endroit qu'à côté de l'âme d'un maître de la douleur.

Les fumeroles tourbillonnèrent, prenant forme, se matérialisant en une silhouette : celle d'un serpent volant, mais dépourvu d'ailes. Celui-ci poussa un sifflement qui résonna dans la caverne et me fit rentrer la tête dans les épaules.

Mais il n'attaqua pas, se contentant de se dissiper puis de disparaître complètement.

Avec un peu d'espoir, dans l'enfer dont il était sorti.

Il semblait donc que Maisie n'avait pas menti, après tout.

Je regardai au-delà du cadavre, en direction de la porte. La pièce d'à côté semblait hantée par les ténèbres. Je ne voyais personne, ne sentais personne… mais pourtant, j'avais l'impression de ne plus être seule.

Une impression qui se confirma lorsque je vis quelque chose bouger dans l'ombre.

Un bref instant, mon cœur battit de joie. Rhoan. Ce devait être Rhoan, même si je ne parvenais pas à percevoir sa présence. Il avait dû sentir que j'avais des ennuis, et rien n'avait pu l'empêcher de venir à ma rescousse.

Puis un courant d'air me cingla le visage, apportant avec lui une immonde odeur de corps mal lavé.

Je faillis éclater de rire à cause de l'ironie de la chose.

Ce n'était pas Rhoan.

C'était Gautier.

Comme ça tombait formidablement bien, putain.

Je faillis céder au fol instinct de m'enfuir, de passer à côté de lui et de sortir, et j'avançai de quelques pas avant de me maîtriser.

La vérité était que je n'avais pas la moindre idée de ce qui m'attendait derrière Gautier et cette porte. Ce pouvait très bien être un autre dragon. Ce pouvait être le dieu des ténèbres lui-même. Trois contre un, ce n'était pas prudent, même si j'avais été en pleine forme.

D'un autre côté, je pouvais tout aussi bien me retrouver dans une pièce où je n'aurais aucun espace pour combattre, et, pire, pour courir. Si je devais affronter Gautier, alors cette grande chambre était l'endroit idéal.

Je baissai le regard sur les pierres qui entouraient la table. Malheureusement, maintenant que le chant de Jin s'était interrompu, aucune sensation de puissance ne s'en échappait plus. La lumière mauve qui faisait briller les hiéroglyphes sur les murs avait elle aussi disparu.

Le destin, semblait-il, n'avait pas la moindre intention de m'apporter de l'aide. Ce qui ne me surprenait pas vraiment. Lui et moi n'avions jamais été véritablement très amis.

— Qu'est-ce que tu fais ici, Gautier ?

Il ne répondit pas immédiatement et, au lieu de ça, s'accroupit près du cadavre de Jin et trempa le doigt dans la grande mare de sang. Il le porta à sa bouche et suçota distraitement le bout de son index. Son regard était empli d'une folle fureur qui appartenait non seulement à Gautier, mais aussi à quelque chose d'autre. Quelque chose d'étranger à ce monde, et de mortellement dangereux.

— Le sang de dragon a le même goût que celui d'un humain, des fois que tu te poses la question.

— Je ne me la posais pas, mais merci pour l'info, boule puante.

Il sourit et se redressa en sortant de derrière son dos un couteau dont la lame était plus longue et plus brillante que la mienne.

— Il sera intéressant de voir si ton sang est aussi sucré que celui des autres loups, ou s'il est aussi acide que tes paroles.

Je serrai mon couteau si fort que mes articulations en blanchirent.

— Dis-moi simplement un truc avant qu'on commence, Gautier.

— Un dernier souhait avant de mourir ? Ce n'est pas une habitude chez moi, mais nous avons eu une relation si proche et agréable ces dernières années que je peux bien t'accorder ça. Vas-y, pose ta question.

— Comment as-tu pu entrer chez Dunleavy sans y être invité ?

— Ah ! s'exclama-t-il avec un sourire moqueur en passant le doigt sur le fil de sa lame et en se coupant sans que cela semble le déranger. Je suis une création de laboratoire, un vampire bénéficiant des pouvoirs des autres races. De ce fait, je n'ai jamais été soumis à la restriction de seuil des autres vampires.

Ce qui signifiait qu'il pouvait entrer *n'importe où* sans y être invité ? Voilà qui expliquait comment il était devenu le meilleur de nos gardiens. Ça, et le fait que c'était un psychopathe qui aimait tuer, bien sûr.

Mais cela permettait aussi d'expliquer comment il avait pu nous laisser ce message dans l'appartement où Jack nous avait envoyés pour nous protéger lorsque Gautier avait échappé à la surveillance du Directoire. Un frisson me parcourut. Il aurait pu s'en prendre à nous n'importe où, n'importe quand. Même dans les endroits où nous nous sentions le plus en sécurité.

— Si tu es la tête de mort du dragon, comment as-tu réussi à garder ton âme alors que les autres n'y sont pas parvenus ? Et pourquoi n'as-tu pas dit à ton maître que j'étais une gardienne ?

Il enjamba le corps de Jin. Ce n'était qu'un petit pas, mais il suffit à faire battre mon cœur si fort que je crus qu'il allait sortir de ma cage thoracique.

— Ça fait trois questions.

— Vu comment se présentent les choses, ça ne va pas te tuer de répondre à quelques questions supplémentaires.

— Vu comment se présentent les choses, tu vas mourir lentement, dans la douleur la plus atroce, en sachant que l'aide qui t'attend derrière ces portes ne te trouvera jamais, toi, ou cet endroit. Et tu mourras en sachant que je tuerai tous ceux qui te sont chers, et que je continuerai à tuer comme je le désire. Parce que personne ne sera en mesure de m'arrêter. Je suis la mort, et tu m'appartiens.

— Tu sais quoi ? Cet esprit de mort avec qui tu partages ton corps t'a certes rendu beaucoup plus loquace qu'avant, mais il dit autant de conneries que toi.

Il plissa les yeux l'espace d'une seconde, mais cela suffit à me faire dresser les poils de la nuque tant la menace était puissante. Cela n'avait jamais été une très bonne idée de taquiner Gautier, et maintenant qu'il partageait son corps avec l'esprit de la mort, c'était vraiment complètement débile. Mais si je devais vraiment mourir, alors ce serait en lui crachant dans les yeux et en lui envoyant autant de saloperies que possible.

— Nous adorerons te tuer.

— Mais est-ce que nous allons répondre à mes questions ?

Il sourit une nouvelle fois, du sourire que je lui connaissais bien, tout de confiance huileuse et de certitude concernant ses capacités.

— Les autres étaient humains, et faciles à balayer. Moi, comme je l'ai déjà dit, je suis un vampire conçu en laboratoire. Il n'est pas si simple de se débarrasser de moi.

Ça, on était au courant, oui.

— Et pourquoi ne pas avoir dit qui j'étais à Kingsley ?

— Il a d'autres victimes en haut. Il ne va pas me prendre les miennes. Et ici, la cavalerie ne viendra pas te sauver. C'est entre toi et moi.

Je le contemplai un moment avant de rassembler mon courage à deux mains, de sortir du cercle de pierres et de m'avancer vers le centre de la caverne circulaire. Elle était plus grande que je l'avais cru à l'origine et les ombres mouvantes qui la remplissaient ne l'aideraient pas plus que moi.

Je fis rouler mes épaules en essayant d'atténuer la douleur de mes membres, puis enfonçai mes talons dans la terre qui recouvrait le sol, stabilisant ainsi ma posture. Une fois prête – autant que je pouvais l'être en l'occurrence –, je levai ma main libre et fis un petit geste l'invitant à approcher.

— Allons-y, boule puante.

Il éclata de rire, un son plus joyeux que ce que j'avais jamais entendu s'échapper de ses lèvres minces. En un geste fluide, il remit le couteau dans son fourreau et se jeta sur moi en un tourbillon de chaleur et d'énergie purement meurtrière.

Je n'avais pas d'autre choix que d'essayer de survivre. J'esquivai, évitai les coups et les bloquai en utilisant tout ce qui avait été inculqué de force à mon corps lors de ces derniers mois, tous mes instincts, la moindre once de vitesse. Il était rapide, extrêmement rapide, avec des réflexes et une connaissance du combat bien plus aiguisés que les miens le seraient jamais. Mais je me battais pour sauver ma peau, ce qui me donnait un énorme avantage en la matière. Un avantage suffisant pour survivre, en tout cas.

Nous courûmes autour de la pièce en esquivant et en frappant. L'air était saturé de poussière et il était difficile de respirer. Peut-être était-ce la peur, après tout, qui se faisait de plus en plus sentir dans mes muscles. C'était une danse vicieuse que la nôtre, dans un silence absolu, si l'on négligeait le bruit occasionnel d'un poing qui frappait la chair ou celui de nos pas sur le sol poussiéreux. Les coups successifs amenuisaient mes défenses et pleuvaient sur mon corps, écorchant la peau, la tuméfiant, mais ne la déchirant pas. Pas encore. Et chaque fois qu'il me frappait, chaque fois que ses dents ou ses ongles m'égratignaient, je gardais la douleur en moi. S'il la voulait vraiment, il allait falloir qu'il fasse beaucoup plus d'efforts.

C'était effrayant de penser qu'il en était probablement capable. Et qu'il n'hésiterait pas à le faire.

Néanmoins, après de longues minutes de combat, j'étais toujours debout et relativement intacte. Mais, Seigneur, que je fus soulagée quand il marqua une légère pause. La louve en moi avait beau vouloir attaquer, mordre et réduire en lambeaux son corps puant, je parvins à la dominer. J'étais incapable de continuer à un rythme aussi intense. Certes, j'avais la puissance d'un loup et d'un vampire, mais Gautier était bien plus que ça, à présent : qui savait quelles forces lui procurait le dragon ? Je devais ralentir, le jouer à son rythme avant de pouvoir imposer le mien.

Il inspira profondément et une lueur d'extase brilla dans son regard.

— Ah, que ta peur a un goût exquis, Riley. Bien plus exquis que celui du sang.

Je reculai légèrement et essuyai la sueur sur mon front d'un avant-bras sanglant. La confiance irradiait de tous les pores de Gautier et, franchement, qui aurait pu l'en blâmer ? Je puais la sueur, l'effort et le sang, mais surtout la terreur, et il était inutile de le nier.

— Profites-en bien, grand malade, parce que ce sera la dernière fois que tu en auras l'occasion.

Il passa la main derrière son dos et en sortit de nouveau le couteau. Dans la lumière vacillante des torches, la lame d'argent sembla étinceler d'un étrange éclat rouge et or. Comme si elle était déjà recouverte de mon sang.

Je frissonnai et me forçai à ne pas la regarder, observant ses mains à la place. Avec les psychopathes normaux, il valait mieux surveiller les yeux pour savoir ce qu'ils s'apprêtaient à faire, mais Gautier était bien trop malin pour se trahir ainsi. S'il avait l'intention de lancer le couteau, je le saurais en voyant le bref mouvement de ses doigts.

Il ne le lança pas.

Il se contenta de rire encore. Le son résonna dans le silence et me titilla les nerfs.

Je fis craquer mes articulations et attendis.

Il sourit en balançant négligemment sa lame d'avant en arrière, d'avant en arrière.

Quand il attaqua enfin, ce fut avec une rapidité telle que j'eus à peine le temps de cligner des yeux. Je fis volte-face et envoyai mon pied nu en direction de son ventre. Mon talon ne fit que l'effleurer, mais il fut contraint de reculer. Il abattit sa main libre et manqua mon tibia de justesse ; puis il profita de l'inertie du mouvement pour se ruer sur moi en un tourbillon de coups et de lames. Je laissai échapper mon couteau, mes doigts refusant de réagir. Le sien passa à quelques centimètres de mon nez, et aurait probablement déchiré mon visage si je n'avais pas eu un brusque mouvement de recul.

Pour une raison inconnue, cela me mit dans une colère noire. Qu'il me batte comme plâtre, ça, je pouvais l'accepter. Mais me défigurer, ça dépassait les bornes. Je n'étais peut-être pas super jolie, mais je tenais à mon visage.

Gautier resserra les doigts autour du manche du couteau, puis il se camoufla. Ses pas étaient légers comme la plume sur le sol poussiéreux, à peine plus que des murmures dans l'air. J'aurais aimé pouvoir en dire autant de son odeur. Il puait la mort, et cette odeur rendait ma respiration difficile, m'empêchant de me concentrer.

Je le suivis en vision infrarouge, attendant qu'il approche avant de me laisser tomber au sol en envoyant ma jambe dans les siennes afin de lui faire perdre l'équilibre. Il évita aisément le coup et envoya son poing vers moi. Je l'esquivai, sentis l'air hurler près de ma joue et me jetai en avant en le taclant au niveau des genoux et en l'entraînant par terre. Nous heurtâmes tous deux le sol avec un grognement et nous effondrâmes en un tas informe de bras, de jambes et de crocs affamés. Je fis appel à ma forme alternative, la sentis envahir mon corps avec enthousiasme, et attaquai Gautier à l'estomac, tous crocs dehors. Le sang et la chair emplirent ma gueule, un goût encore plus immonde que son odeur. Je sentis la bile remonter dans ma gorge et, agitée de nausées, je battis en retraite en crachant cette saveur atroce. Un éclair d'argent déchira l'obscurité. J'évitai la lame et me jetai de nouveau sur mon adversaire en visant cette fois-ci la main, les doigts qui tenaient le couteau.

Il poussa un juron et abattit son poing libre dans mon flanc, l'enfonçant profondément dans ma chair. Quelque chose céda à l'intérieur et ma vision se teinta de rouge alors que la force du coup m'envoyait valdinguer en arrière. Je roulai dans la poussière, me métamorphosant en chemin, et percutai violemment le mur sous forme humaine.

Mais je n'avais pas le temps de rester allongée. Pas le temps de reprendre mon souffle. J'entendais déjà la riposte de Gautier fendant l'air. S'il réussissait à me clouer au sol, c'en serait terminé. Je le savais du seul et unique vrai combat qui m'avait opposée à lui jusqu'à présent.

Je roulai sur moi-même en envoyant un coup de pied latéral. Mon talon frappa bas, heurtant sa jambe juste en dessous du genou. L'os céda sous la force du coup, et je pus jurer entendre un craquement. Il poussa un grognement et la fureur illumina ses traits morts, puis il se retourna et saisit ma jambe alors que j'essayais de m'éloigner. Je poussai un glapissement de terreur et il ricana doucement.

Je me relevai précipitamment et me jetai sur lui, les doigts tendus comme des dagues en direction de ses yeux. Il recula et je changeai d'idée, visant un point de pression à la place et essayant de lui faire lâcher ma jambe.

Il poussa un juron et fit volte-face en m'envoyant une nouvelle fois à l'autre bout de la pièce. Je heurtai le mur avec une violence telle que tout l'air fut expulsé de mes poumons, et je me retrouvai pantelante et incapable du moindre mouvement. Ou peut-être n'était-ce pas dû au coup. On aurait dit qu'il n'y avait pas d'air à respirer, parce que mes poumons me brûlaient et que je n'arrivais pas à reprendre ma respiration malgré tous mes efforts pour aspirer une goulée d'oxygène.

Et Gautier se jeta une nouvelle fois sur moi.

Je ne sais comment, je parvins à me lever. Je ne sais comment, je parvins à bouger. Je sentis plus que je ne vis l'arc de la lame qui s'approchait de moi et me jetai hors de sa trajectoire. Je sentis la pointe d'argent me déchirer les mollets au passage, laissant une piste incandescente dans ma chair.

Je me mis à quatre pattes et me précipitai derrière la table, l'utilisant comme un bouclier. Puis je me redressai, observant Gautier en reprenant mon souffle, le corps parcouru de tremblements, perclus de douleurs et couvert de sang. Mais ça n'avait aucune importance. J'étais toujours debout, toujours prête au combat. Le grand Gautier n'avait pas encore réussi à triompher de moi, et il n'y arriverait jamais. Quoi qu'il fasse. Et même si la situation empirait encore.

Il se projeta de nouveau sur moi, la lame de son couteau ne formant qu'une brume argentée et mortelle, ne me laissant pas d'autre choix que de reculer. Je ne m'attendais pas à ce qu'il se lance en avant et son mouvement me prit par surprise. Je sautai en arrière, mais mon pied buta sur quelque chose de solide – le cadavre de Jin, me rendis-je compte avec désespoir – et je me retrouvai soudain étalée par terre… juste à côté du couteau sacrificiel à la lame courbe qui se trouvait aux pieds de Gautier.

Celui-ci éclata de rire, un rire triomphant et vibrant de plaisir, et il leva le couteau dont la lame ensanglantée étincela à la lumière des torches.

Je n'avais plus qu'un seul espoir et je tentai ma chance.

— Rhoan, éructai-je en regardant derrière Gautier, fais-lui sauter la cervelle !

Contre toute logique, contre toute raison, Gautier tourna la tête. J'attrapai le couteau incurvé et abattis la lame de gauche à droite, séparant la tête de Gautier de ses épaules.

Je vis l'incrédulité envahir son regard avant que son corps s'affaisse et que sa tête aille rouler dans la pénombre. Ce qui tombait bien, parce que je n'avais nulle envie de contempler son horrible visage plus que nécessaire.

Je me laissai tomber à genoux près de son cadavre et pris une grande inspiration tremblante. Rhoan m'avait dit que ce genre de blague ne me sauverait jamais la vie. Il avait eu tort.

J'avais gagné la bataille que je ne pensais jamais pouvoir remporter. J'avais triomphé du grand Gautier, et avec une méthode vieille comme le monde.

Mais je n'étais pas pour autant hors de danger. Deux des têtes du dragon étaient mortes, mais il restait encore la troisième ainsi que le seigneur des ténèbres. Il fallait que je sorte de là pendant qu'il en était encore temps.

Mais il semblait que le destin m'avait apporté toute l'aide dont il était capable. Car, pendant que j'essayais de me relever, John Kingsley entra dans la pièce.

Son regard passa de l'autel aux deux cadavres, puis se posa sur moi. Si la mort de ses dragons le contrariait, il le cachait bien. Il avait plutôt l'air amusé, en fait. Cela étant, j'imaginais que le dieu des ténèbres devait être capable de ramener aisément l'âme de ses valets.

— Il semble que Gautier avait raison. J'ai effectivement sous-estimé votre puissance.

Je serrai plus fortement le couteau sacrificiel.

— C'est souvent le cas.

Il contempla le couteau que je tenais si fermement et un petit sourire vint chatouiller la commissure de ses fines lèvres.

— Qui êtes-vous donc, précisément ?

— Gautier ne vous a *vraiment* rien dit ?

— Gautier était étrangement silencieux quand il s'agissait de donner des détails à votre propos. Et il en a payé le prix fort.

— Je suis une gardienne, déclarai-je. Et je suis ici pour vous arrêter.

Il éclata d'un rire si chaleureux et séduisant que la peur me saisit.

Je croyais m'être libérée de l'influence du dieu des ténèbres.

Mais j'avais eu tort. Terriblement tort.

Kingsley leva les mains et commença à psalmodier. Sa voix puissante sembla en appeler aux hiéroglyphes sur les murs, car ils se mirent à émettre une lueur mauve pâle. Une énergie acide et âcre tourbillonna autour de nous, caressant ma peau avec une chaleur qui donnait l'impression d'être faite d'eau, et pourtant picotait comme du sel dans une blessure.

Ma peau réagit en conséquence et mes doigts et orteils se mirent à tressauter. Je respirai l'air devenu soudain empli d'arômes et toutes les douleurs qui tourmentaient mon corps s'atténuèrent jusqu'à ne plus être qu'une sensation distante.

Je me souvins soudain du sourire avec lequel ses victimes avaient péri. Me rappelai de l'impression que j'avais eue : que ces femmes étaient mortes en désirant la douleur et la mort que Kingsley leur avait apportées.

Et je me rendis compte que sa puissance, quelle qu'en soit la nature, en était la raison. Elle ne faisait pas qu'atténuer la douleur : elle réduisait aussi la volonté à néant. Je ne pouvais pas me permettre de voir mes pensées s'obscurcir… Pas si je voulais sortir vivante de là.

Je levai la lame sacrificielle. Dans l'étrange feu mauve dégagé par les hiéroglyphes, elle sembla luire d'un éclat écarlate. Comme si elle était vivante, et pleine de sang.

— Arrêtez ce que vous êtes en train de faire, Kingsley, ou je vous coupe quelque chose de vital.

Je ne pouvais pas le tuer, pas tant que je n'aurais pas cloué son âme à ce corps.

Et pour cela il faudrait que j'utilise l'un des couteaux toujours miraculeusement camouflés dans mes cheveux. Mais cela signifiait aussi que je devrais l'approcher, et ça, je n'en avais pas la moindre envie.

Il sourit. Une nouvelle explosion de puissance m'enveloppa, me traversa, mettant ma motivation à rude épreuve, étouffant ma volonté.

— Vous allez poser ce couteau, jeune Riley.

J'en agrippai le manche avec vigueur, tentant de résister à l'influence croissante de Kingsley qui agaçait mes sens et me rendait folle de désir. J'étais une louve, et la luxure faisait partie de mon être, mais ce qu'il avait à m'offrir n'avait rien à voir avec la douceur de l'orgasme, plutôt avec la mort.

Je sentis la sueur dégouliner le long de ma colonne vertébrale.

— Kingsley, cette maison est encerclée par le Directoire. S'ils ne sont pas déjà en train d'entrer dans votre repaire, ça ne devrait pas tarder. Rendez-vous pendant qu'il est encore temps.

— Jamais ils ne trouveront cet endroit. Nous nous trouvons à plusieurs mètres sous terre et cette chambre est protégée par magie. Il ne sert à rien de résister, mon enfant.

Et la magie tourbillonna en un crescendo auquel il était impossible d'échapper. Je voulais résister, je le voulais désespérément, mais c'était comme si mon courage et ma détermination étaient partis avec l'eau du bain. Ceux-ci s'évacuèrent sans un bruit et laissèrent place à l'étrange sentiment de détachement.

Je n'avais aucune chance de le vaincre. Pas toute seule.

— Venez, dit-il.

Mes pieds m'amenèrent de l'autre côté de la pièce. Je résistai à chaque pas, mais ce fut totalement inutile. Kingsley sourit en posant sa main contre ma joue. Il avait les doigts froids et moites, comme de la chair morte, et la partie de moi qui était encore libre de son influence voulut pousser un gémissement d'horreur.

— Regardez-moi, murmura-t-il doucement.

Ses paroles claquèrent comme un ordre, et je ne pus rien faire pour éviter d'y obéir. À si courte distance, sa volonté était d'une puissance incroyable, fouettant ma peau d'un mélange de magie, de chaleur et de désir. En dépit des circonstances, mon corps réagit en conséquence, et ce fut de nouveau comme si du vif-argent coulait dans mes veines.

Son regard étincelait de puissance et de désir, mais ce qu'il désirait, cette fois-ci, ce n'était pas du sexe, pas des émotions, mais quelque chose de bien plus fort.

La mort.

— Voulez-vous qu'on en finisse ?

C'était la même question qu'il avait posée dans la chambre au pilori. Et, une fois encore, je me mordis la langue pour m'empêcher de répondre.

Parce que si je répondais, c'en serait fini de moi.

— Je peux vous apporter la plus grande des satisfactions, vous savez ? poursuivit-il. Une satisfaction différente de tout ce que vous avez jamais ressenti.

Je ne dis rien. J'en étais incapable. Ma langue semblait collée à mon palais.

— Voulez-vous un avant-goût, mon enfant ?

Le tourbillon de puissance sembla devenir plus fort, plus brillant, et mon corps vibra à l'unisson, le besoin de céder prenant la forme d'une déferlante se dirigeant inexorablement vers un rivage assoiffé.

C'est alors qu'une ombre bougea dans l'autre pièce, et ce fut comme si on m'avait réveillée en sursaut. Je n'étais plus seule dans cette bataille, et cette pensée suffit à me redonner du courage, alimentant mon énergie et ma détermination vacillantes.

— Ce que je veux, répondis-je dans un souffle, c'est que vous creviez aussi horriblement que ces femmes.

Et dans un mouvement fluide, j'attrapai les lames dans mes cheveux, en fis sauter les protections avec mes pouces et les enfonçai profondément dans la poitrine de Kingsley.

La fureur envahit son regard, et la puissance qui faisait vibrer l'air environnant se rassembla en une arme qui me frappa avec la force d'un marteau et m'envoya valser à l'autre bout de la pièce. Je heurtai le mur avec un grognement et me cognai brutalement l'arrière du crâne en glissant le long de la paroi. Ma vision vacilla et je vis trente-six chandelles alors que Kingsley s'approchait de moi. Du sang et de la fumée jaillissaient de ses blessures, mais il ne semblait pas y accorder la moindre attention.

Je me mis à quatre pattes mais il agrippa ma cheville et me força à m'immobiliser.

— Pour cela, vous paierez en souffrant avant de mourir.

— Lâchez-moi, salopard ! criai-je en essayant de le frapper de mon pied libre.

— Ou sinon, quoi ? Vous me tuerez ? On m'a déjà menacé d'un tel sort, ma petite, et ça n'a pas eu plus grand effet que ces petites lames enfoncées dans mon corps.

Je ne répondis rien, faute de temps. Parce qu'un son retentit à cet instant précis.

Et pas n'importe quel son : un coup de feu.

La balle traversa le crâne de Kingsley et fit jaillir sa cervelle sur le mur.

Je n'eus même pas la force de pousser un cri de joie.

Le corps de Kingsley s'effondra au sol et Rhoan entra dans la pièce.

— Mais pourquoi les méchants n'apprennent-ils jamais leur leçon ? lança-t-il à l'adresse de Kingsley comme si celui-ci était encore en mesure de l'entendre et de lui répondre. (Et j'imaginais que si le fil d'argent avait fait son office et enfermé son âme dans ce cadavre, alors il était toujours capable de comprendre ce que Rhoan disait. Il ne pouvait simplement pas répliquer.) Je passe mon temps à les prévenir, et on dirait qu'ils ne veulent rien entendre. Un de ces jours, il y en a un qui va se rendre compte que je suis mortellement sérieux quand je dis de ne pas s'en prendre à ma sœur si on ne veut pas se retrouver avec moi sur le dos.

Je me redressai à grand mal en position assise et me laissai aller contre le mur, complètement épuisée.

— Peut-être faudrait-il que tu envoies un communiqué à ce propos au quartier général des méchants. C'est peut-être le seul moyen pour qu'ils le sachent.

— Voilà une excellente idée ! approuva-t-il en posant son fusil sur son épaule et en me décochant un grand sourire. Merci de m'avoir gardé le meilleur moment.

Je ne pus m'empêcher de rire : de l'ironie de ses paroles, mais aussi de pur soulagement d'être encore vivante.

Je ris encore et encore, au point d'en pleurer, et la douleur revint en force.

Je ris à en perdre connaissance.

Chapitre 13

Rhoan s'accroupit à côté de moi sur le trottoir et m'offrit l'un des deux gobelets de café qu'il tenait à la main.

— Ce n'est que de l'ordinaire, s'excusa-t-il.

— Je m'en fiche comme de ma première chaussette, maugréai-je en prenant le gobelet dans mes mains, les réchauffant sur les parois chaudes. Comment se passe le nettoyage ?

Il haussa les épaules.

— Pareil que d'habitude. Comment va ta main ?

Je baissai les yeux vers celle-ci. Mon auriculaire rouge et gonflé se dressait à un angle étrange par rapport aux autres doigts. La métamorphose avait permis de stopper le saignement, mais jamais elle ne remplacerait ce qui m'avait été pris. J'aurais un souvenir permanent et assez « moignon » de la période passée en compagnie d'un dieu des ténèbres.

— C'est douloureux.

— Jack veut que tu te fasses examiner à l'hôpital.

— J'ai déjà dit à Jack ce qu'il pouvait faire de cette suggestion. (Je lui lançai un regard en coin.) Il t'a donc demandé de me convaincre ?

Rhoan prit une gorgée de café et acquiesça.

— Il pensait que ça valait le coup d'essayer.

— Les hôpitaux, ça craint.

— Indéniablement.

— Et ça pue.

— Absolument.

— Et je cicatriserai sans avoir besoin d'y mettre le pied.

— Au bout d'un moment, oui.

Je souris.

— Tu sais, ça ne fonctionnera pas mieux en *ne me mettant pas* la pression.

— Je peux toujours essayer. (Son regard gris croisa le mien, et il était empli d'une telle inquiétude que ma détermination vacilla.) Tu as perdu beaucoup de sang, sœurette.

Je fis la grimace.

— Rien qu'un bon steak ne saura remplacer.

— Quinn ne semble pas d'accord, et c'est lui, l'expert en matières sanguines.

J'avalai un peu de café et laissai mon regard se poser sur la maison, de l'autre côté de la rue. Selon Rhoan, Quinn était arrivé dans la chambre souterraine à peu près cinq secondes après que je me fus évanouie. Il avait ordonné à mon frère de me sortir de là, puis avait refermé la grande porte métallique sur lui.

Finissant enfin la tâche que sa famille n'était pas parvenue à accomplir si longtemps auparavant.

Je comprenais ses actes, ainsi que son besoin de terminer ce qui était resté inachevé pendant des siècles, et pourtant cela me rendait furieuse, quelque part.

S'il avait tenu à moi autant qu'il le disait, son premier instinct n'aurait-il pas dû être de prendre soin de moi lui-même ? De me tenir dans ses bras, de m'embrasser, de m'assurer que le seigneur des ténèbres était prisonnier, qu'il ne pourrait jamais s'échapper, que je ne portais pas une partie de lui en moi ? La chambre et le dieu des ténèbres n'allaient pas disparaître, après tout. Les lames d'argent avaient fait leur office, et son esprit était piégé de la même manière que l'était celui de la sœur de Quinn.

Mais non. Quinn faisait toujours passer le travail avant le plaisir. Toujours la raison avant l'émotion.

Je poussai un soupir et me frottai les yeux de ma main intacte. Qu'est-ce que ça m'apportait de remâcher tout ça ? Quinn n'allait pas changer, pas plus que moi j'en étais capable. Et je ne trouverais jamais ce que je voulais avec lui. Parce que mon désir le plus profond, c'était de rencontrer mon âme sœur et de vivre tranquillement avec celle-ci et nos enfants.

Une partie de ce rêve avait beau d'ores et déjà s'être désintégrée, il en restait encore quelques bribes. Et j'avais bien l'intention de m'y raccrocher avec autant de force que je le pourrais.

Il y avait encore un espoir pour moi. Et j'avais actuellement dans ma vie un loup prêt à explorer ces possibilités avec moi.

Il méritait cette chance.

Nous la méritions tous les deux.

Je pris une nouvelle gorgée de café.

— Kingsley va-t-il être momifié et scellé dans l'argent comme Caelfind ?

Rhoan acquiesça.

— Et stocké au plus profond des réserves du Directoire, oui. Quinn s'occupera de sceller le cercueil et la porte de la cave par magie. Ils ne s'échapperont jamais.

— Bien.

Je regardai le ciel nocturne derrière Rhoan. Une mince bande rose pâle commençait à faire son apparition, annonçant l'arrivée d'une nouvelle journée.

— Une nouvelle journée, un nouveau départ, murmurai-je avant de croiser de nouveau le regard de mon frère. (Sans raison, les larmes se mirent à couler sur mes joues.) J'aimerais bien pouvoir bénéficier d'un nouveau départ.

Il posa son gobelet, me passa le bras autour des épaules et me serra contre lui. Il resta silencieux plusieurs minutes durant, se contentant de m'enlacer et de serrer fort. C'était mon roc, mon île. Le seul esquif de raison sur l'océan de folie qu'était devenue ma vie.

— Rien de ce qui a été fait n'est irréversible, finit-il par murmurer, son souffle faisant danser les cheveux au sommet de mon crâne. Rien dans ta vie n'est si catastrophique que tu ne puisses rien y faire.

Je ricanai doucement, la bouche plaquée contre sa poitrine.

— Il y a quantité de choses sur lesquelles il n'est pas possible de revenir, et tu le sais aussi bien que moi.

— Mais ce n'est pas quantité de choses qui te causent tant de peine. Seulement une. (Il me caressa gentiment le bras.) Je pense que tu as surtout besoin d'un peu de repos. De longues vacances te feront un bien fou, je suis prêt à le parier.

J'émis un son qui était un mélange de rire et de reniflement et m'éloignai de lui.

— Kellen t'aurait-il parlé ?

Il sourit.

— Non. C'est toi qui as mentionné qu'il voulait t'emmener en vacances. Pourquoi ne pas les rallonger ? Vous pourrez ainsi vous rendre compte de la profondeur de votre relation. Tu n'as rien à perdre et, au contraire, tout à y gagner.

— Je ne pense pas que Jack...

Il leva la main pour m'interrompre.

— Jack est d'accord pour t'accorder un congé.

— *Hein ?* m'exclamai-je en lui lançant un regard ahuri. Et comment un tel miracle s'est-il produit ?

Un sourire ironique illumina le visage de Rhoan.

— C'est incroyable ce qu'on peut obtenir en le menaçant de perdre ses deux meilleurs gardiens. Tu as six semaines de congé.

— Six *semaines* ?

— Oui. Profite bien de ton temps libre, petite chienne.

Je lui envoyai un coup de poing dans le bras.

— Fais gaffe, je pourrais très bien l'utiliser pour t'embêter et te harceler.

— Ce qui ne changerait pas de d'habitude, or ce congé a pour but de te faire prendre de nouveaux chemins, je te rappelle.

De nouveaux chemins. Un nouveau départ, et le temps nécessaire pour partir à la recherche de mes rêves. Rien que le fait d'y penser me redonna le sourire. Six semaines à ne rien faire à part ce que je voulais, moi. Six semaines pour découvrir de nouveaux horizons, de nouveaux endroits, de nouvelles personnes.

Six semaines pour déterminer si Kellen et moi pouvions vraiment être des âmes sœurs.

L'excitation m'envahit. Je voulais cela. Je le voulais tellement.

Mais un nouveau départ, ça signifiait aussi une fin, et il fallait que je fasse quelque chose avant de pouvoir me lancer dans une nouvelle vie.

C'est le moment exact que Quinn choisit pour sortir de la maison. Il parcourut la rue obscure du regard jusqu'à tomber sur moi. Même à cette distance, je sentais ce qui le tourmentait.

Tout simplement parce que je partageais ce sentiment.

Je tendis mon gobelet à Rhoan.

— Tiens-moi ça, je n'en ai pas pour longtemps.

Il ne dit mot et se contenta de prendre le gobelet. Je me levai et me dirigeai vers Quinn. La brise matinale tourbillonnait autour de nous, faisant voleter ses cheveux bruns, transportant son odeur vers moi. Le désir me picota la peau et mes hormones se lancèrent une nouvelle fois dans leur petite danse de joie.

Je n'arrivais pas à imaginer un jour ne plus le désirer. Mais j'étais plus que la somme de mes hormones, et j'étais lasse de notre petit jeu. J'avais besoin de ce nouveau départ offert par Rhoan, vraiment besoin.

Nous nous arrêtâmes au milieu de la rue. Il planta son regard d'obsidienne dans le mien. Les émotions que j'avais perçues plus tôt avaient disparu, soigneusement cachées derrière son habituel masque inexpressif.

Cela ne fit que me conforter dans ma décision.

—C'est ici que ça se finit, ce soir.

—Ça ne finira jamais entre nous, et tu le sais très bien.

—Tout ce que je sais, répliquai-je doucement, c'est que tu m'as utilisée encore et encore durant ces dix derniers mois. Tu m'assures que je suis importante pour toi, et pourtant tu ne me fais jamais passer au premier plan dans ta vie. Ce sont toujours tes projets et tes besoins qui sont prioritaires. Tu l'as démontré en utilisant le lien qui existe entre nous pour mettre en sourdine les désirs qui font de moi ce que je suis.

—Et qu'est-ce que tu as raté ? rétorqua-t-il avec une note de colère dans la voix. Quelques nuits avec des inconnus ? Tu parles d'une perte.

Je le dévisageai, incapable de croire qu'il puisse ne pas voir à quel point ce qu'il avait fait était mal.

—Ce que tu as fait n'est pas si différent de ce que Talon, Misha ou même Starr m'ont fait subir. Tu as essayé de me forcer à prendre une voie que je n'avais pas choisie. Bon sang, tu as détesté quand ça t'est arrivé à toi, Quinn ! Et, en représailles, tu as dépouillé ton ex-fiancée de son identité et de sa vie. Et pourtant, tu n'as pas hésité à utiliser notre connexion psychique plutôt que la drogue pour me contraindre à faire ce que toi, tu désirais.

Il ne répondit rien. Pas facile de réfuter ce qui n'était que la pure et simple vérité, j'imagine… même si j'étais surprise qu'il n'essaie pas. C'était le cas, en général.

—Jack m'a donné six semaines de congé, poursuivis-je. Et j'aurai besoin du double pour mettre ma vie en ordre.

Pendant cette période, je ne veux avoir aucun contact avec toi. Je ne veux pas te voir. Je ne veux pas t'entendre. Je ne veux pas te sentir dans mes pensées ou dans mes rêves. Je veux une séparation totale et absolue.

— Seulement trois mois ?

Il dit cela d'une voix neutre, mais j'eus quand même l'impression qu'il se contrôlait énormément.

Et c'était bien une partie du problème.

Comment pouvais-je me fier à quelque chose que je ne voyais jamais ?

Comment pouvais-je me fier à des émotions qu'il m'assurait ressentir à mon égard, mais qu'il ne me montrait jamais, ni dans ses actes ni dans son comportement ?

— Dans trois mois, je verrai plus clairement où j'en suis. Il n'y a aucune certitude que nous nous remettions un jour ensemble, Quinn.

Il resta silencieux un long moment, me fusillant de ses yeux d'obsidienne plus sombres que la nuit et nettement plus dangereux.

Puis il m'agrippa et m'attira brutalement à lui, plaquant sa bouche contre la mienne presque sauvagement. J'aurais pu me débattre. J'en aurais été capable. Mais je n'en avais pas envie. Si c'était un au revoir, alors j'avais la ferme intention d'en profiter.

Et si ce n'était pas un au revoir, alors j'allais quand même en profiter. Et lui foutre une baffe ensuite.

Parce que ce baiser ne ressemblait à rien de ce que j'avais connu auparavant. C'était une affirmation sauvage, érotique et indéniable de ce qu'il désirait. De ce qu'il ressentait. Peut-être n'avait-il jamais été capable de prononcer les mots ou même de laisser deviner ses émotions, mais tout était là, dans ce baiser, dans la pression de son corps contre le mien, dans le tourbillon de chaleur étouffante qui virevoltait autour de nous.

Mais c'était trop peu, et c'était trop tard. J'avais besoin de temps, du temps pour réfléchir. J'interrompis notre baiser et m'arrachai à son étreinte.

— Non, soufflai-je en reculant, la main tendue pour l'empêcher d'avancer. Ça suffit. Tu me dois bien ça, Quinn : un peu de temps, à défaut d'autre chose.

— Ne demande pas ce que tu ne désires pas vraiment, dit-il d'une voix rendue rauque par notre baiser. Parce que tu pourrais bien l'obtenir.

Sur ces paroles, il s'enveloppa de son manteau d'ombre, fit volte-face et s'éloigna. Je laissai échapper un long soupir tremblant.

— Eh bien, ça s'est drôlement mieux passé que je m'y attendais, fit remarquer Rhoan de l'autre côté de la rue.

Je ricanai doucement et me tournai vers lui.

Et me sentis soudain merveilleusement *libre*.

— Et si on allait au pub ? Je t'offre un steak et une bière.

J'enfonçai la main dans la poche du manteau qu'on m'avait prêté et lui offris mon coude. Il me tendit mon café, passa son bras dans le mien et nous commençâmes à descendre la rue.

— Et ensuite ?

— J'appellerai Kellen pour organiser les semaines à venir.

— Super.

Et, oui, c'était super.

Parce que, pour la première fois depuis des années, je contemplais l'avenir avec enthousiasme. Mon avenir.

Et il faut bien le dire, après les dix mois que je venais de passer, ça faisait sacrément du bien.

EN AVANT-PREMIÈRE

Découvrez un extrait de la suite des aventures
de Riley Jenson
(version non corrigée)

Traduit de l'anglais (États-Unis) par Lorène Lenoir

Chapitre premier

Le vrai problème, avec le fait de se retrouver loin de tout, c'était justement d'être loin de tout.

On aurait pu croire que six semaines de farniente sur la très luxueuse et privée Monitor Island, sans rien d'autre à faire que manger, boire et parfois baver sur les jolis garçons de passage, ce serait le paradis. Et c'était bien le cas.

Pendant les trois premières semaines.

Mais, arrivée à la fin de la cinquième, la louve en moi ne voulait plus qu'une seule chose : retrouver la compagnie de ses semblables. Les loups-garous ne sont pas, par nature, des âmes solitaires. Nous avons tendance à vivre en meute, exactement comme nos cousins sauvages.

Ma meute avait beau n'être constituée que de mon frère jumeau, Rhoan, de son compagnon, Liander, et du mien, Kellen, ces trois-là me manquaient terriblement.

Surtout Kellen. Il était resté avec moi les trois premières semaines du séjour, et notre relation s'en était retrouvée profondément renforcée. Même si j'étais tout à fait capable de m'occuper de moi-même, j'adorais la sensation délicieuse que me procurait ce loup grand et fort tout à fait disposé à prendre soin de moi. D'une certaine manière, il me rappelait l'un de mes ex. Certes, Talon était fou à lier, mais lui aussi savait ce qu'il voulait et était prêt à tout pour l'obtenir. Kellen avait le même mode de fonctionnement, mais en bien plus attentif. Et comme, en plus, c'était un amant merveilleux, on pouvait dire qu'il était quasiment irrésistible. Tout du moins, pour quelqu'un comme moi.

Pourtant, j'éprouvais presque de la surprise à l'idée qu'il me manque autant. Nous n'étions ensemble que depuis quelques mois, et durant cette période nous avions probablement passé plus de temps séparés qu'en compagnie l'un de l'autre. Bien entendu, j'avais conscience que cette situation découlait en grande partie de ma relation avec Quinn, le vampire ténébreux qui m'avait juré ressentir quelque chose de profond pour moi, alors qu'il ne faisait que m'utiliser pour châtier ceux qui avaient détruit son créateur et ami de toujours. Néanmoins, même à présent et malgré les sentiments que je nourrissais pour Kellen, au fond de moi, je mourais d'envie d'être avec Quinn. Et je redoutais que ce soit toujours le cas.

Parce qu'il y avait entre Quinn et moi une connexion que je n'avais jamais ressentie avec aucun autre homme. Pas même Kellen.

Mais Quinn était sorti de ma vie pour le moment – peut-être même pour toujours – et je ne pouvais pas vraiment le regretter. Je n'avais jamais accepté l'usage de la force dans aucun type de relation or, c'était exactement ce que Quinn avait fait lorsqu'il avait utilisé ses pouvoirs vampiriques pour influencer ma nature. Certes, il avait utilisé des méthodes psychiques plutôt que physiques, mais au bout du compte, c'était pareil. Tout ce qui forçait quelqu'un à adopter un comportement qu'il n'aurait jamais eu en temps normal représentait une maltraitance à mes yeux, quelle qu'en soit la justification.

Bref, je devais l'oublier. Il fallait que ma vie reprenne son cours et que son existence même disparaisse de ma mémoire. Même si cette simple pensée me déprimait profondément.

Mais au cours des deux dernières semaines la solitude m'avait laissé plus de temps que nécessaire pour penser aux personnes qui partageaient ma vie et aux événements des dix mois passés. Alors que le but premier de mes vacances avait précisément été d'oublier tout cela.

Je frottai mes yeux fatigués et me penchai sur la balustrade du petit patio qui ornait la façade de la jolie petite villa où je résidais.

Une brise fraîche me parvenait de la mer, agitant mes cheveux courts et me donnant la chair de poule. J'hésitai un instant à aller chercher un tee-shirt à l'intérieur, mais la flemme l'emporta.

Je parcourus les vagues du regard, contemplant l'écume qui bouillonnait sur le sable blanc. Un son relaxant, aussi paisible que la nuit elle-même… et je m'interrogeai soudain sur les raisons pour lesquelles je m'étais réveillée en pleine nuit.

Aucun bruit n'émanait des autres villas réparties tout autour du croissant de plage. Même les jeunes mariés semblaient endormis, et pourtant, ils n'avaient pas arrêté depuis leur arrivée, cinq jours auparavant.

Et on disait que les loups-garous étaient endurants…

Je souris d'un air amusé et cueillis une feuille sur la branche d'eucalyptus qui s'enroulait autour de la rambarde, puis l'envoyai d'une pichenette vers le ciel en la regardant tournoyer dans sa chute.

J'avais vraiment très envie de rentrer chez moi. De reprendre le cours de ma vie et mon travail. De passer un peu plus de temps avec Kellen. Mais il me restait moins d'une semaine de vacances, et même si l'ennui me rendait vaguement folle, faire mes bagages et partir était hors de question. Rhoan et Liander m'avaient offert ce voyage pour me permettre de me reposer, de récupérer, et je ne pouvais pas – je ne voulais pas – les blesser en revenant plus tôt que prévu.

— Riley.

On aurait dit un murmure porté par le vent, mais cela ressemblait plus à un ordre qu'à une tentative d'attirer mon attention.

Je me redressai d'un coup et parcourus le paysage nocturne du regard à la recherche de la source de cet appel… ou au moins, de la direction générale d'où il provenait.

Ce qui n'était pas une mince affaire car la voix semblait venir de partout et nulle part à la fois.

— Riley.

La voix retentit de nouveau dans la nuit, amplifiée cette fois. Je pus distinguer qu'il s'agissait d'une voix d'homme.

Elle n'appartenait pourtant ni à l'un des cinq hommes qui résidaient dans les villas de notre petit complexe, ni à l'un des employés qui s'occupaient de celles-ci, pas plus qu'aux animateurs du club de vacances qui se trouvait sur la plage voisine.

Mais je n'avais jamais vraiment eu l'occasion de rencontrer les personnes qui résidaient ou travaillaient dans les trois autres hôtels de l'île. De toute façon, même si cette voix avait appartenu à l'un d'eux, pour quelle raison aurait-il connu mon prénom ? Et pourquoi m'appellerait-il au beau milieu de la nuit ?

Tout cela était bien étrange, et le simple fait qu'un événement bizarre se produise fit courir un frisson d'excitation sur ma peau.

Ce qui en disait long sur l'ennui que je ressentais ces temps-ci… ou peut-être que ça démontrait combien j'étais devenue accro aux poussées d'adrénaline si caractéristiques de mon métier de gardienne. Bon sang, j'étais prête à abandonner tout ce qui concernait les exécutions, mais pas le plaisir de la traque. La chasse, pour un loup, c'était capital. Et j'avais beau avoir voulu le nier des années durant, j'étais une chasseuse, exactement comme mon frère.

J'observai les alentours un peu plus attentivement. Le vent murmurait dans les branches, mais aucun autre son ne me parvenait. Je ne détectais rien ni personne à proximité, et pourtant, il y avait quelque chose. Je le sentais, comme une décharge électrique qui me donnait la chair de poule.

Je fis volte-face et revins dans ma chambre. Me balader toute nue en public ne me posait aucun problème, mais la plupart des vacanciers présents sur l'île étaient humains, et la nudité avait tendance à rendre ces derniers un peu nerveux.

Cela étant, ici, dans le Queensland, ce genre d'attitude était beaucoup moins remarquable que dans l'état de Victoria. Certes, le climat de l'endroit où je vivais n'était pas vraiment compatible avec l'envie de se mettre à poil, tout simplement parce que la météo était à peu près aussi imprévisible que les réactions d'un serpent-tigre en pleine saison des amours.

J'enfilai rapidement un tee-shirt décolleté et un short large et retournai sur la terrasse.

— Riley, viens.

La voix grave et pleine d'arrogance tourbillonna autour de moi. C'était celle d'un homme de pouvoir qui ne devait pas hésiter à abuser de sa position. Et mon esprit de loup réagit de manière inattendue à l'ordre contenu dans la phrase : non pas avec un sentiment de révolte, mais avec soumission. Comme si la louve en moi ne voulait qu'une chose : se recroqueviller, la queue entre les pattes.

Et il ne pouvait y avoir qu'une seule explication à une telle réaction.

La voix appartenait à un membre de ma meute. Et pas n'importe lequel : l'Alpha. Le loup qui nous gouvernait.

Sauf que cette voix n'était pas celle de mon Alpha, celui qui avait dirigé la meute d'aussi loin que je m'en souvenais. J'aurais quand même reconnu la voix de mon propre grand-père.

Mais alors, qu'est-ce que c'était que cette histoire ?

Les sourcils froncés, je descendis les marches qui menaient au bosquet d'arbres et me dirigeai vers la plage qui luisait au clair de lune. Le vent était plus agressif quand on ne se tenait plus sous le couvert des eucalyptus et les embruns me fouettèrent le visage.

Mais il n'y avait rien d'autre. Aucune odeur musquée de mâle, pas le moindre effluve de loup. Rien qui puisse laisser penser que quelqu'un se trouvait sur cette plage.

Un frisson me parcourut l'échine. Peut-être étais-je en train d'imaginer tout cela, de rêver. Je n'allais probablement pas tarder à me réveiller en riant de ma propre stupidité.

Après tout, notre meute nous avait menacés de mort si nous nous avisions de contacter – sans parler d'approcher – l'un de ses membres. Même notre mère n'avait pas osé désobéir à cet ordre.

Je ne pensais d'ailleurs pas qu'elle l'ait tenté. Même si je ne doutais pas qu'elle nous aimait, elle avait semblé aussi soulagée que le reste de la meute de nous voir partir.

— Riley, viens.

L'ordre retentit de nouveau dans la nuit, avec encore plus de force. Je fermai les yeux en essayant de me concentrer sur le son et de déterminer l'endroit d'où il me parvenait.

Au bout d'un moment, je fis demi-tour et retournai dans la forêt. L'odeur des acacias et des eucalyptus saturait l'atmosphère.

Aucune importance : en l'occurrence, je ne me fiais pas à mon odorat pour suivre cette piste précise, mais plutôt à mes « autres » sens. Ceux que j'avais acquis très récemment, et auxquels je n'accordais qu'une confiance toute relative.

Ceux qui me permettaient de voir les âmes quitter les corps.

Certes, la capacité de voir – et d'entendre – les morts ne faisait pas partie des dons que j'aurais voulu posséder. Bon sang, j'avais déjà assez de problèmes avec les morts-vivants sans devoir m'inquiéter de voir apparaître à tout instant des morts vraiment morts.

Mais comme pour beaucoup d'événements récents dans ma vie, il semblait que je n'avais pas vraiment le choix. Le traitement anti-stérilité que Talon m'avait administré de force n'avait pas seulement eu pour conséquence d'amplifier certains talents dormants chez moi : il leur avait apporté certains petits extras particulièrement amusants. La clairvoyance faisait partie de ces dons restés latents jusqu'à récemment… et le petit extra amusant, c'était d'être capable de voir les morts émerger des ténèbres.

Et j'espérais vraiment que ce serait le seul effet secondaire causé par le traitement. Je ne voulais pas connaître le même sort que les autres hybrides à qui on avait injecté ce médicament. Je refusais d'être capable de me transformer en n'importe quel animal ou oiseau, parce que, même si c'était plutôt cool à première vue, un tel don se payait chèrement : tous les autres cobayes avaient fini par ne plus pouvoir reprendre forme humaine. J'avais beau aimer être une louve, je ne voulais pas passer le reste de ma vie sous cette forme, ou sous quelque autre forme animale que ce soit, d'ailleurs.

En comparaison, voir les morts n'était donc pas si grave. Et jusqu'à présent, ceux-ci ne m'avaient jamais contactée à distance : je n'en avais vu qu'en étant proche de leur cadavre. Enfin, la plupart du temps, pensai-je avec un frisson au souvenir des tourbillons de fumée qui flottaient dans l'arène ensanglantée de Starr.

Je n'étais pas certaine qu'il s'agissait de la voix d'un mort que j'entendais cette nuit-là, mais le simple fait que je ne puisse sentir ou voir personne était étrange. Je possédais les sens aiguisés d'un loup. S'il y avait eu quelqu'un dans le coin, j'aurais perçu sa présence.

Je revins sur la plage de sable blanc et me dirigeai vers la péninsule rocheuse. Le vent se fit soudain plus mordant et la mer plus agitée, les vagues s'abattant violemment sur les rochers, faisant jaillir des gerbes d'écume vers le ciel.

La marée était haute et, si la voix m'entraînait vers l'autre crique, il faudrait que je me mouille.

Je m'arrêtai pour parcourir l'horizon des yeux. Cette partie de l'île était proche de Lighthouse Island, la plus grande des deux petites îles qui se trouvaient à distance de nage de Monitor. C'était là que se trouvait le centre de recherches de Monitor Island, une institution mi-publique, mi-privée, qui se consacrait à l'étude de la faune marine et des récifs. Je l'avais visité la semaine précédente, et m'étais copieusement ennuyée. Certes, c'était joli, des récifs. Et on pouvait en dire autant des myriades de poissons colorés qui y vivaient. Oui, il était probablement nécessaire de savoir pour quelles raisons ils disparaissaient. Mais bon, je n'y pouvais rien : la science, ça ne m'avait jamais passionnée. Les loups sont en général plus intéressés par la chasse que par la protection de la nature. En outre, nous n'avions pas assez de patience pour pouvoir envisager des activités impliquant des heures entières d'inactivité.

L'impression d'une présence fit courir un picotement sur ma peau. Qui que soit celui qui m'appelait, il ne se trouvait pas loin.

— Riley, tourne-toi.

Pour la première fois, certains souvenirs remontèrent à la surface. Je connaissais cette voix. Je me retournai et scrutai les arbres.

Un homme se tenait devant moi. À première vue, il semblait être vraiment là, mais un examen plus attentif me permit de constater que ses mains et ses pieds étaient presque translucides. Comme s'il n'avait pas la puissance nécessaire pour se projeter correctement.

C'était un homme de grande taille et élancé, avec des bras puissants et un visage aux traits peu remarquables. Il n'était ni laid, ni beau, juste banal. Mais, même s'il avait été l'être le plus laid de la terre, cela n'aurait eu aucune importance : l'autorité et la puissance qui émanaient de son regard étaient tout ce qui comptait aux yeux d'un loup.

Et la louve en moi ne voulait qu'une chose : s'incliner devant lui.

Mais je n'étais pas seulement une louve, et mon autre moitié retroussa les babines, prête pour la bagarre. Je me forçai à ne pas courber l'échine et jetai un coup d'œil à sa chevelure. Une crinière abondante aux reflets acajou. C'était indéniablement un membre d'une meute rousse. Ma meute rousse. Mais qui était-ce ?

Je croisai son regard et l'impression de familiarité se confirma. Je connaissais ces yeux, ainsi que leur froide expression de supériorité. Mais j'étais incapable de me souvenir du nom de leur propriétaire.

— Pourquoi m'appelez-vous ?

Je n'avais que murmuré, mais ma voix sembla résonner dans le silence de la nuit. Je fus agitée d'un tremblement et me demandai s'il était dû au vent glacial qui fouettait la peau nue de mes bras et de mes jambes, ou à la soudaine terreur qui envahissait mon âme.

Une lueur d'amusement anima le gris pâle de ses iris.

— Tu ne te souviens pas de moi ?

— Pour quelle raison le devrais-je ?

Cette fois-ci, l'amusement atteignit ses lèvres, qui s'étirèrent en un mince sourire.

— J'aurais cru que tu te souviendrais du loup qui t'a jetée du haut d'une montagne.

Achevé d'imprimer en août 2011
Par CPI Brodard & Taupin - La Flèche (France)
N° d'impression : 65562
Dépôt légal : février 2011
Imprimé en France
81120470-2